Pertinácia

SUE HECKER

Pertinácia

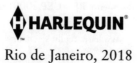

Rio de Janeiro, 2018

Copyright © 2018 por Sue Hecker
Todos os direitos desta publicação são reservados por Casa dos Livros Editora LTDA.

Diretor editorial *Omar de Souza*
Gerente editorial *Renata Sturm*
Assistente editorial *Marina Castro*
Copidesque *Danilo Barbosa*
Revisão *Luana Balthazar e Expressão Editorial*
Capa *Denis Lenzi*
Diagramação *Abreu's System*

CIP-Brasil. Catalogação na Publicação
Sindicato Nacional dos Editores de Livros, RJ

H353p

Hecker, Sue
  Pertinácia / Sue Hecker. – 1. ed. – Rio de Janeiro : HarperCollins, 2018.
  256 p.

  ISBN 9788595082304

  1. Ficção brasileira. I. Título.

18-47271
CDD: 869.93
CDU: 821.134.3(81)-3

Harlequin é uma marca licenciada à Casa dos Livros Editora LTDA.
Todos os direitos reservados à Casa dos Livros Editora LTDA.
Rua da Quitanda, 86, sala 218 — Centro
Rio de Janeiro, RJ — CEP 20091-005
Tel.: (21) 3175-1030
www.harpercollins.com.br

Dedicatória

Dedico este livro aos queridos livreiros da Saraiva, da Leitura, da Cultura, da Curitiba, das Lojas Americanas e outros, que estão fazendo do meu sonho uma realidade.

Obrigada pelo carinho e apoio.

Prólogo

Rafaela

Prezado dr. Marco,
    Quero pedir desculpas pelo constrangimento que causei ao senhor com o meu comportamento inadequado. Sei que agi vergonhosamente. Desde que comecei a trabalhar com a Vitória, dediquei-me tanto a ela que acabei adotando-a como parte da minha vida. Acho que esse envolvimento emocional me deixou um pouco confusa. Peço que reconsidere sua decisão de me demitir, e prometo que nunca mais importunarei o senhor.
    Hoje a Nana me contou o que aconteceu com a dona Bárbara. Espero que ela esteja melhor. Este é mais um motivo para eu lhe implorar que me aceite de volta e deixe que eu continue cuidando da pequena Vitória. A ausência de ambas, nesse momento, pode não fazer bem a ela. Aguardo ansiosa por uma resposta...

Rafaela
P.S.: Peço que pense somente no bem-estar da Vitória.

    Coloco o ponto final com uma pequena esperança, apesar de saber que, no fundo, não adiantará nada. O que fiz naquele momento insano foi imperdoável. Fechei, assim, a única porta que abri na vida – que, embora tenha sido na verdade uma fresta, proporcionou alegrias inimagináveis.
    Uma lágrima escorre pelo meu rosto e cai no centro do papel. Droga! Balanço-o e a situação piora: a gota escorre pelas palavras, manchando-as. Não acredito! Não era para borrar desse jeito. Infelizmente, não tenho tempo e muito menos forças para retomar a dor para registrá-las em forma cursiva novamente.
    Nana foi muito clara quando disse que Marco não me queria mais ali. Ela era a governanta, a mulher que cuidava de tudo para o patrão dentro daquela casa.

Senti-me muito envergonhada contando para ela o que aconteceu. Fui à cozinha buscar um copo de água e ela surgiu, repentinamente. Nana me parou no meio do corredor, e parecia estar justamente vindo falar comigo. Acabei confessando tudo.

Desde que Vitória recebeu alta do hospital e viemos embora, eu me apeguei à Nana. Eu já gostava muito dela, desde quando ia visitar Vitória no hospital, porém nunca nos envolvemos tanto quanto nesse último mês em que passamos a conviver diretamente.

— O Marco acabou de me ligar, Rafaela. Por que hoje de manhã, quando me pediu para passar o dia com Vitória, me omitiu o fato de que foi demitida? — Nana me fitava, séria. Naquele momento o meu corpo congelou, invadido por um misto de cólera e humilhação.

— Não tive essa intenção, apenas imaginei que já soubesse. Eu só queria passar algumas horas com ela, nada mais.

— Eu ainda não sabia o que você havia feito. Poderia ter me contado, Rafaela.

Meus olhos se voltaram para o chão, não tive coragem de encará-la.

— Agora você sabe, Nana...

— O que foi fazer, menina?! Você se insinuou para o sr. Marco? Não sabia que ele estava envolvido com a Bárbara? — Era claro que eu sabia, entretanto, me recusei a dizer as verdadeiras razões. Não poderia confessar que fui uma tola e me deixei levar pelos conselhos de Paula, a ex-esposa do meu patrão. Minha vergonha era tanta que eu mal conseguia encará-la, quanto mais falar que fui usada como uma marionete, cega por sentimentos fantasiosos, para seduzir o homem que eu amava. — O que deu na sua cabeça?

— Eu me apaixonei por ele, Nana.

— E você acha que isso é motivo suficiente para aparecer na frente do seu patrão e se despir para ele?

— Não! — expliquei-me mais que depressa. — Estou muito arrependida do que fiz.

— Arrependida ou não... — Ela me encara com pesar. — Eu preciso que você vá embora. Marco ligou para Ester, a enfermeira da noite, e ela já está chegando.

— Nana! — supliquei, pegando as mãos dela. — Converse com ele. Diga que eu faço o que for necessário para me retratar.

— Rafaela, tem coisas que não podem ser consertadas de imediato. Dê tempo ao tempo.

Ela tinha razão, afinal, eu nem mesmo conseguiria olhar para o dr. Marco depois do que fiz.

— Pelo menos deixa eu juntar minhas coisas e me despedir da Vitória?

— Marco me disse que no mais tardar em uma hora estará em casa. Se apresse. — Deixando-me no corredor, ela se dirigiu para o quarto de Vitória.

Pego-me assoprando o papel, voltando à realidade e admirando a foto do Marco com Vitória, no dia em que ela veio para casa. Eles pareciam tão certos para minha vida; podia me ver ali, entre eles.

O que foi que eu fiz?! Eu destruí tudo.

Junto o resto de dignidade que tenho, deixo o bilhete sobre a mesa e saio do escritório. Meus dedos percorrem as paredes do apartamento bem decorado, despedindo-se de um passado breve e esperançoso que vivi ali, de um presente desastroso e de um futuro que talvez não esteja aqui.

Silenciosamente, paro na porta do quarto da pequena estrelinha, da paciente que passou em minha vida como uma estrela cadente rasgando o meu céu. Vitória me ensinou que podemos amar alguém sem palavras ditas, abraços apertados ou carinhos recebidos. Amar pelo simples fato de estar perto, sentindo a presença do outro.

Como é que eu posso seguir em frente, longe dela, depois de ter me apegado tanto? Como profissional, eu deveria saber separar as coisas, e eu sei. Porém, como fazer isso quando aquela pequena me ensinava tantas coisas, dia a dia?

Graduei-me enfermeira e, durante o curso, aprendi que a anencefalia é um defeito congênito, que atinge o embrião por volta da quarta semana de desenvolvimento, ou seja, numa fase muito precoce. Em função dessa anomalia, ocorre um erro no fechamento do tubo neural, impossibilitando o desenvolvimento do cérebro e, por esse motivo, os casos apresentados eram de sobrevidas quase nulas.

Quando fui indicada por uma amiga ao trabalho de enfermeira particular de um bebê anencéfalo, imaginei que seria algo temporário já que, de acordo com o meu conhecimento, a sobrevida dos bebês nessa condição era de horas, dias, ou no máximo poucas semanas. Mas como estava desesperada, sem dinheiro, aceitando qualquer bico para tentar sobreviver, eu me agarrei àquela chance. Mal imaginava as coisas boas e tristes que esse trabalho me proporcionaria.

Abro a porta lentamente e as lágrimas rolam em meu rosto, mas não entro. O peito aperta e a garganta se fecha quando a olho adormecida ao longe, tão serena.

Nem todas as sondas que usou ou os aparelhos hospitalares que a envolveram durante os meses em que esteve internada a deixaram abatida.

Conviver com ela foi um grande presente para mim.

A cada manhã que chegava aos meus plantões, ela estava lá com aquele olhar fixo, me esperando.

A cada história que eu contava, sentia que ela apreciava ouvir minha voz.

A cada carinho que fazia, era como se ela pudesse retribuir.

Um soluço involuntário me escapa... Eu fiz tudo errado e agora minha sentença era ficar longe da pessoa que mais me dera amor.

O som dos meus espasmos melancólicos chama a atenção da enfermeira de plantão, que já havia chegado e estava sentada, distraída.

— O que está fazendo aqui, Rafaela? Tenho ordens do dr. Marco para que você não tenha mais contato com a menina.

— Eu só queria me despedir dela — sussurro.

— Olha, seja lá o que tenha feito, ele foi bem categórico em suas ordens e eu não vou desobedecê-lo. Então sugiro que vá embora ou serei obrigada a chamar

Nana. — A mulher se levanta e eu a tranquilizo. Se, por causa do orgulho, eu tinha que optar por não ser enxotada, teria que aprender a lidar com a saudade.

— Já estou indo embora. Não precisa fazer nada. — A dor é incontrolável, mal consigo falar entre os soluços. — Cuide bem dela. Vitória é... — A angústia não me permite terminar de falar. Antes de fechar a porta, sinto uma mão delicada tocar meu ombro.

— Ester, está tudo bem. Rafaela só veio se despedir da Vitória — Nana me incentiva. — Pode ir dar um beijo nela.

Não consigo me mexer, ouvir isso é muito duro para mim. Eu não queria me despedir dela, não queria dizer adeus.

— Mas... — Ester tenta falar e Nana a interrompe.

— Deixa que eu me entendo com Marco.

— Acho melhor você ir logo, Rafaela. Marco está quase chegando e não seria prudente ele encontrá-la aqui.

Eu olho para Nana, limpando as lágrimas, e assinto. Ela está sendo muito legal comigo, me permitindo dizer até logo para a minha pequena. Amparada por ela, consigo chegar perto da cama de Vitória.

O sorriso consolador de Nana me incentiva a me debruçar sobre o berço da pequena e lhe dar um beijo na testa, em despedida. Deixaria para trás a pessoa mais importante na minha vida.

Ironicamente, vem à minha mente algo a respeito de um personagem específico da mitologia grega: o Pigmalião, escultor lendário de Chipre, que via tantos defeitos nas mulheres que passou a abominá-las. Assim como ele, eu me afastei de qualquer homem, mas não pelo mesmo motivo. Talvez fosse pela timidez e por ter um objetivo de vida, que era estudar para sair da condição de pobreza em que vivia. Na lenda, ele esculpiu uma estátua tão linda que se apaixonou por ela. Ficava horas apalpando-a para verificar se estava viva, dando-lhe presentes com os quais toda mulher do mundo sempre sonhou. Eu, em compensação, não dei nenhum presente ao dr. Marco, muito menos tive chance de tocá-lo. Apenas cometi a patética tentativa de entregar meu corpo virgem a ele. Mas, assim como o escultor, também me apaixonei pelo ideal de homem com que sempre sonhei.

Porém, diferente de Pigmalião, que orou a Afrodite que desse vida à estátua, eu me deixei levar pela influência de uma única pessoa, capaz de deturpar o que eu sentia por ele, tornando-me gananciosa e inconsequente. No mito, a deusa atendeu ao pedido do apaixonado, que deu à amada o nome de Galateia. Só que no meu caso, o resultado não foi o mesmo. Na verdade, foi catastrófico...

Capítulo 1

Rafaela

Esperei a semana toda por uma ligação do dr. Marco, mas no lugar dele, quem ligou foi o seu advogado.

E agora estou aqui, sentada na recepção de um escritório de advocacia, esperando ser atendida por um desconhecido para decidir o meu futuro profissional.

Quer dizer... Esse já está decidido: estou desempregada. O que esse advogado vai me falar é se fui demitida por justa causa ou não. Eu estou perdida, e a melancolia diante desse fato me desestabiliza.

Também, o que eu poderia esperar? Que o homem que sempre foi educado comigo – e nada além disso – fosse o príncipe encantado que sempre sonhei para mim? Que o pai amoroso e responsável chegasse à minha porta e dissesse: *Rafaela, você é a mulher da minha vida?* Ou então que dr. Marco dissesse: *Rafaela, vamos esquecer que aconteceu esse pequeno incidente, aquele em que você praticamente se jogou nua sobre mim?!*

Não, isso definitivamente não aconteceria.

Durante todos esses dias, pude perceber o quanto fui cega. Esperei tanto tempo, apaixonada, sem coragem de me declarar ao homem mais amável que conheci, e quando agi, foi sem pensar, incitada por apenas uma conversa com a ex dele. Deixei-me ser convencida a fazer aquela cena bizarra... Que vergonha! Fui infantil e vulgar, mas não parei. Mesmo ciente de que estava errada, segui novamente os conselhos daquela despeitada e o desafiei. Eu não devia ter feito isso, só que o amor que sentia por aquela menininha guerreira era maior do que eu. Os sentimentos que Vitória despertou em mim eu nunca esquecerei.

De repente ouço o meu nome ao longe. Logo ele soa mais alto e percebo a secretária ao meu lado.

— Dona Rafaela, o dr. Jonas vai atendê-la agora. Queira me acompanhar, por favor. — Eu levanto, respiro fundo e sigo em direção à sala onde sou aguardada.

Observando o espaço ao meu redor, percebo que o homem é detalhista. Há objetos decorativos em todos os cantos da sala, demonstrando luxo e bom gosto. Uma música clássica bem baixinha ecoa pelo ambiente, fazendo com que o lugar pareça mais o consultório de um analista do que um escritório de advocacia.

Chego à porta da sala dele e a secretária me pede para aguardar. Perdida em pensamentos, me pego analisando tudo. Estou suando, com as mãos frias, sentindo-me como uma lutadora impedida de conquistar o grande prêmio. Independentemente da resposta do advogado, eu aceitarei, pois não tenho argumentos. Eu estou errada, e pronto.

Uma linda imagem em cima da mesa chama a minha atenção e, quando estendo a mão para tocá-la, ouço uma voz profunda atrás de mim.

— Boa tarde, Rafaela! Sou o dr. Jonas Pamplona. Desculpe a demora, pois precisei imprimir a sua rescisão. Pode se sentar.

A voz rouca vai se aproximando de mim e não me dou nem ao trabalho de olhar. O que mais quero é terminar logo com isso. Na minha frente vejo uma mão estendida em um cumprimento formal, incorporada há centímetros e centímetros de ombros e um peito bem largo, cobertos com uma camisa branca, gravata bordô e um terno preto.

Mal levanto os olhos, estendendo a mão na direção dele. Sei que está fria e trêmula, refletindo a humilhação que sinto em falar com um representante do meu ex-patrão. Diferente da minha mão, a dele é quente e o cumprimento, forte. Atônita pela segurança que ele transmite neste toque, me afasto com a sensação de ter recebido uma descarga elétrica.

— Boa tarde, doutor! Já imagino que, pelo fato de o dr. Marco ter solicitado ao seu advogado para resolver essa questão, ele deve ter caracterizado minha demissão como justa causa. O pior é que eu sei que mereci isso. Onde eu assino? — atropelo tudo, impulsivamente, limitando minha visão apenas para o queixo e maxilar dele.

O advogado parece estar sem pressa, porque cruza os braços sobre o peito e se inclina no encosto da cadeira. Acompanho seus movimentos impaciente, sem me atrever a encará-lo diretamente.

— Calma, Rafaela. Ainda preciso explicar todos os acertos para você. O Marco é grato pela sua dedicação à Vitória e achou melhor não levar em consideração os motivos da demissão.

Como assim? Fico vermelha. Pela insinuação do advogado, ele sabe de tudo. Será que Marco deu todos os detalhes? Como pôde contar aquilo a um estranho? Eu entreguei o meu coração a ele, e ele transformou meu ato em motivo de chacota. Se não havia fitado o advogado até aquele momento, agora que eu não conseguiria olhar mesmo. Fico tomada pela cólera. Sinto-me a mulher mais vulgar e suja de todos os tempos. E, ainda por cima, exposta por causa de um ato desastroso.

— Como ele foi capaz de dizer tudo? Não tinha esse direito!

Seus lábios se curvam em um sorriso malicioso, ou talvez de espanto, dando um charme sexy à sua expressão soturna. Eu não deveria me pegar analisando seus lábios, mas é impossível não ver que os contornos deles os deixam grandes, capazes de cobrir os meus, tão finos e pequenos.

— Rafaela, vamos esclarecer uma coisa aqui. — Os lábios se mexem e eu volto à realidade. — Sou o advogado que representa o Marco e, por motivos mais do que óbvios, ele me contou a causa da sua demissão. Então, não vejo razão nenhuma para ficar encabulada. Fiz um juramento, em função da minha profissão, e tudo o que me foi relatado não será dito a ninguém. Meu intuito é apenas seguir com a demissão. Portanto, deixemos os pormenores de lado e vamos ao que interessa.

Ele responde com tamanha calma e determinação que meu sangue sobe à cabeça.

Que arrogante! Será que não entende? Tudo o que aconteceu significou muito para mim! Diante de toda a situação, sem aviso prévio, as lágrimas começam a deslizar por meu rosto... Que ótimo! Mais um mico nessa história toda. Tento disfarçar, fungando baixinho, fingindo tirar uma sujeira imaginária no canto dos olhos. De cabeça baixa, não percebo a movimentação na sala e quando dou por mim, sinto um corpo ao meu lado, a mão masculina perfeita segurando um lenço de pano. Flagrada pela fragilidade, não tenho como esconder que estou sentida.

Pego o lenço e o levo ao nariz. O cheiro da colônia amadeirada impregnada no pedaço de pano é inebriante. Invade meus sentidos e mexe com todo meu corpo.

Enquanto a razão exigia que eu jamais me enveredasse por um homem, meus sentidos faziam com que eu me esquecesse completamente disso.

— Você precisa de um minuto para se recompor. Vou buscar um copo d'água e já volto. — Ele sai e me deixa ali, só com a minha vergonha, afogada em um oceano de lágrimas. Que cena deplorável. Acho que sou digna de pena neste miserável momento.

Minutos passaram e meus pensamentos gritam milhares de coisas em mim. De repente, sinto a presença dele de volta na sala.

— Está mais calma? — Ele me entrega um copo d'água e a pele bronzeada de seus dedos me toca. *Foco, Rafaela*, a razão me adverte. Bebo todo o líquido em um só gole. Educadamente e agradecida por seu gesto, finalmente o encaro, e vejo que está com uma linda sobrancelha erguida em minha direção. Arrependo-me do gesto no mesmo instante.

Por que todo homem que se forma em direito tem que ser tão bonito?

Um aroma envolvente paira no ar e o som de alguma melodia que eu não conheço ressoa no som ambiente. Intimamente, eu não estava preparada para o impacto que aquele contato me causou. Não esperava deparar com um advogado de cabelo preto, desalinhado, e arrumado no seu modo desorganizado. Tudo nele é um detalhe a se admirar, até o colarinho amarfanhado sob o paletó.

Sinto uma sensação familiar, do tipo que jurei nunca mais querer.

— Obrigada, estou melhor agora. Só fiquei magoada porque, quando eu disse ao dr. Marco que me guardei para o homem da minha vida... — Sobrancelhas grossas e negras se erguem, fazendo com que eu me sentisse uma pombinha na mira ávida de um falcão.

Quando vejo a reação dele, paro de falar. Percebo que esse detalhe é novidade para o advogado, porque ele continua a me olhar, curioso, enquanto vai se sentar em sua cadeira. Levo a mão à boca no mesmo instante e minha pulsação se acelera, chocada demais para pensar em algo. Se eu não estivesse sentada, cairia no chão, tamanho o meu constrangimento. Agora que falei, não tem como voltar atrás. Não vou entrar em pânico, ainda não... Vou pensar nele como um padre ao qual acabo de me confessar. Melhor não! Isso não funcionaria porque o homem à minha frente é grande demais e exala uma energia e força que fazem o meu coração disparar, e aceitar a opção que ele possa ser indiferente ao que acabo de confessar é um pouco demais. Ele parece processar a informação, leva um tempo para se recompor e diz, suavemente:

— Rafaela, acredite em mim, os detalhes de tudo o que você verbalizou ao seu antigo chefe não me foram relatados. — Ele faz uma pausa e seu olhar se fixa em meu rosto corado. — Meu cliente apenas me contou que aconteceu uma cena constrangedora entre os dois e que você declarou um sentimento impróprio a uma relação de trabalho. Fora isso, não mencionou mais nenhuma palavra.

Parabéns, Rafaela, mais uma bola fora no dia! Acho que o melhor que tenho a fazer é ficar calada. Sinto que o meu rosto esquenta, queima em brasa.

— Doutor, eu... — Nem sei o que falar.

Sensato e educado, ele percebe que não consigo concluir as minhas desculpas diante da situação e se adianta.

— Jonas, pode me chamar pelo meu nome. Aqui estão os papéis da sua rescisão, Rafaela. Aconselho ler tudo antes de assinar.

Ele se inclina um pouco sobre a mesa para aproximar de mim os papéis e explica os detalhes. Inicialmente olho para eles, porém a voz sensual e o perfume inebriante vão me distraindo. Praticamente paro e não presto atenção em mais nada, a não ser no belíssimo homem à minha frente, vestido com um lindo terno preto, a camisa branca e uma gravata bordô. Acho que o perfume dele é uma espécie de droga, que deixa a pessoa dopada e dependente, de tão viciante! Enquanto termina de mostrar as contas referentes à minha rescisão, aproveito um pouquinho para terminar a "checagem em raios-X", analisando-o em cada detalhe.

— Rafaela, se está de acordo, pode assinar aqui. — Jonas olha profundamente para mim e passa a língua pelos lábios. Não me lembro de um dia tão áureo em minha vida em que tenha ficado tão encantada por alguém. E olha que eu ficava por horas observando o dr. Marco. Ele sempre foi um exemplo de homem para se apaixonar: bom pai, educado, lindo, sexy. Já esse advogado à minha frente parece ser totalmente o oposto.

Olhos negros passam a fitar a minha boca, com expressão predatória, juntamente com sobrancelhas curvadas.

— Está tudo bem, Rafaela? — ele chama a minha atenção. Sou pega no flagra, observando-o, mas acho até que ele gosta, porque sorri. O pavão abre ainda mais a cauda na tentativa de me encantar, e consegue. Fico de queixo caído! O homem tem o sorriso de um comercial de pasta de dentes! Jonas me cativa com o olhar e me sinto uma presa fácil, pronta para ser tomada.

— Estou de acordo com tudo. Por favor, me empresta sua caneta? — E de novo nossos dedos se tocam... Aquela sensação de choque me faz arrepiar novamente. Sinto a eletricidade e, a contragosto, puxo a mão.

Começo a assinar, a cabeça de volta à minha triste situação. Nunca imaginei que seria tão doloroso escrever meu nome. Talvez, no futuro, descubra que me iludi, mas agora sinto como se tentasse consolar o meu coração com meias verdades para que a dor pareça menor. Não será fácil, mas, até hoje, o que foi fácil na minha vida?

Fui criada em um orfanato, onde era voluntária na ala de crianças especiais. Isso fazia com que os outros pequenos, fora daquele espaço, não quisessem brincar comigo, pois tinham medo de pegar algo e ficar como as outras crianças, que eu amava de todo o coração. Eu me sentia especial, sim, por ter tantas pessoas puras e amáveis ao meu redor. Eles não xingavam ou apontavam, me viam com os olhos do coração.

Por isso, quando decidi estudar enfermagem, já sabia a área a que me dedicaria: iria cuidar daqueles que não tinham voz, que eram muitas vezes deixados de lado pelos outros. Estudava durante o dia e, à noite, trabalhava como acompanhante de idosos. Entre as trocas de fraldas geriátricas e os cochilos de cada idoso, aproveitava para estudar. Acho que dormia umas quatro horas por noite. Mas venci e me formei, sem qualquer apoio financeiro.

Agora estou aqui e me vejo novamente com uma dor enorme no peito. Tentarei recuperar a garra e a determinação que sempre me mantiveram e, quem sabe, um dia consiga vencer esta provação. A única coisa que eu sei é que nunca mais aceitarei migalhas sentimentais, como permitir que pequenos sorrisos despertem o amor em mim. Quando me apaixonei pelo Marco, foi porque enxerguei nele o sentimento mais puro, que é o amor pela vida. Como me iludi achando que poderia compartilhar daquilo. Não pretendo nunca mais abrir o coração para homem nenhum. A cota de dor em minha vida já foi o suficiente. Os sonhos românticos de encontrar minha outra metade não existem mais. Aprendi com os meus erros. Viverei melhor sozinha.

Termino de assinar os papéis, respiro fundo e me levanto, tentando recuperar a dignidade. Estendo a mão para me despedir.

— Obrigada, dr. Jonas. E me desculpe pela crise de choro. Estou muito envergonhada por tudo o que aconteceu. — Ele pega a minha mão e a sensação de conexão recomeça.

— Por que mesmo você está pedindo desculpas?

— Não vou repetir tudo o que aconteceu aqui... Se o senhor já esqueceu, muito obrigada!

Mirando-me atentamente, sinto-o me olhar com cuidado e interesse. A sensação é de que estou sendo o centro das suas atenções. É estranho aquilo, para dizer a verdade. Não me lembro de quantas pessoas conheci que me trataram daquela forma. Ele não solta minha mão e começo a desconfiar que o ar-condicionado da sala está com defeito, porque o calor que sinto não é normal.

— Para de ficar se desculpando, Rafaela! Ora, você cometeu um erro, e já está pagando por ele. Então, siga em frente, menina! — Seu conselho é carinhoso e chego à conclusão de que ele tem razão. Tento puxar a mão e Jonas a segura um pouquinho mais forte.

— Até mais, dr. Jonas...

— Você tem algum emprego em vista, Rafaela? — Que voz é essa? É a primeira coisa que penso. Mas logo em seguida, ergo as minhas defesas e me pergunto o que ele tem a ver com isso. Será que está me sondando para contar o que fiz ao meu próximo empregador?

— Não. Mas hoje mesmo ligarei para algumas amigas.

— Você pode deixar o seu número de telefone comigo? — O abusado acha mesmo que só porque fui oferecida com o Marco vou sair por aí oferecendo a virgindade para qualquer um?

— Olha, dr. Jonas, não sou como o senhor deve estar pensando. O que aconteceu com o Marco foi um amor verdadeiro. Então, engana-se se acha que vou dar meu telefone a você. — O ousado dá uma gargalhada e aperta um pouco mais a minha mão. Ele me encara, com o olhar cintilante.

— Você é bem pretensiosa, dona Rafaela Faria! Pedi o seu telefone porque acho que tenho uma pessoa a quem posso indicar você para uma futura entrevista. — E assim encerro com chave de ouro a série de micos do dia! Fico pensando na sequência de gafes e o que momentos antes eram lágrimas transformam-se em verdadeiras gargalhadas histéricas.

Ele olha chocado para mim, talvez imaginando o motivo de tanta graça. Ou talvez até pense que sou uma maluca que não dá uma dentro. As risadas vão parando e as lágrimas tentam me assaltar novamente.

— Desculpa de novo, dr. Jonas...

— Se me pedir desculpas mais uma vez, Rafaela, serei obrigado a ser indelicado, e quem ficará ouvindo pedidos de desculpas será a senhorita. E quanto às gargalhadas, prefiro acreditar que o motivo delas tenha sido a generosa indenização que meu cliente lhe ofereceu.

Mal sabe ele que nem reparei no valor.

— Deve ter sido, doutor. O senhor tem razão! Estou muito feliz com a indenização. — Ele percebe a ironia e só quando sinto um aperto maior em meus dedos é que me dou conta de que ele ainda não soltou a minha mão.

Toda sem jeito e nervosa por toda a situação, puxo, desajeitadamente, com uma mão só, minha bolsa, que acaba enroscando em uma alça da estatueta, na mesa, derrubando-a no chão. Acho que minha generosa indenização acaba de ter um destino final e minha série de gafes não se encerrou ainda.

Que dia!

Capítulo 2

Jonas

A escolha do bar para conversarmos foi ideia de Felipe. Em uma sexta-feira à noite, eu teria escolhido um lugar mais apropriado para me divertir, mas já que estaria acompanhado de meu cunhado, um bar sossegado, calmo e sem muitos atrativos – principalmente os femininos – estava de bom tamanho. Portanto, ali estávamos nós, para ter aquela conversa difícil.

Mas isso deixa de ser importante quando eu a vejo. Noto-a assim que entro no bar. Belas formas sempre me atraíram, e as dela eram especiais. A cintura fina, marcando o corpo delgado e se alargando delicadamente para os quadris é para mim uma verdadeira tentação. Poderia imaginar facilmente o quanto aquele corpo poderia me excitar em vê-lo se exibir nu.

Felipe conversa com o garçom, que vem nos atender para encontrar um lugar onde possamos sentar tranquilamente e conversar sobre Eliana e Gui: minha irmã e sobrinho. Enquanto isso, não consigo desprender os meus olhos da figura altiva, sentada imponentemente com a coluna reta, no banco em frente ao balcão. Estou hipnotizado. Tento verificar se está acompanhada, pois se eu vou caçar uma presa, sempre me certifico do território antes.

O balcão está cheio e ao seu lado não há espaços vazios, já que os dois lados têm homens sentados. Um parece estar interessado em falar com ela e o outro entretido com o que eles conversam. A loira, no entanto, não parece interessada em nenhum deles. Aproveito que o telefone de Felipe toca e, enquanto ele fala, chamo o garçom.

– Amigo, me faz um favor? Nos arrume uma mesa perto dali. – Erguendo a sobrancelha, sinalizo a loira. Felipe pode não se importar com o lugar para sentarmos, porque é casado, mas eu sou um solteiro convicto, um homem livre para o mundo, aventureiro e na pista.

O garçom nos indica uma mesa com boa visão para o bar e eu agradeço. Caminho poucos passos até o local sugerido, sem tirar os olhos da loira. O fascínio de observar o que me interessa sempre foi o meu ponto fraco.

– Estava pensando que teria toda sua atenção essa noite, mas acho que a perdi. – Felipe me cutuca, percebendo onde os meus olhos estão presos.

– Não há nada que tenha a minha total atenção mais que a família.

— Nem mesmo os cabelos dourados que estão ofuscando seus olhos e o bar inteiro? — Bar inteiro? Olho para os lados e é exatamente como ele descreve que os abutres estão. Todos os focos voltados para ela, inclusive o meu.

A loira realmente chama a atenção. Ela se remexe no banco, cruzando e descruzando as longas pernas, enquanto eu observo os seus movimentos em câmera lenta. Pela primeira vez na noite, desejo estar sozinho. Um anseio egoísta, sei bem disso, até porque o assunto que tenho que tratar com Felipe é de extrema urgência.

A gravidez de Eliana é de risco e ela é muito teimosa, não aceita que ninguém a ajude. Os motivos dela são bem compreensíveis para nós dois, já que tiveram empregadas que judiaram do Gui e outra que acabou os roubando. Felipe é piloto da Força Aérea e fica a semana toda trabalhando em Campo Grande, impossibilitado de voltar para São Paulo todos os dias. E eu, por mais que me esforce para estar sempre presente para ajudá-la no que é possível, como advogado nem sempre posso acompanhá-la nas quimioterapias do Gui, por causa de meus compromissos. Desde que descobrimos a leucemia em Guilherme, nos desdobramos para passar o máximo de tempo unidos. Meus horários são bem flexíveis, mas não o insuficiente para estar verdadeiramente presente.

Por mais que Eliana acredite que dá conta de cuidar da casa e do tratamento do Gui, Felipe e eu não concordamos com isso. E é exatamente o que estamos fazendo aqui: tentando arrumar um jeito de convencê-la de que precisa de alguém para ajudá-la na correria diária. Nem que seja uma enfermeira para ajudá-la no tratamento do Gui.

— Jonas? — sua voz tira-me dos devaneios.
— Sobre o que estávamos falando mesmo?

Felipe sorri.

— Te perguntei sobre estar com os olhos em cima da loira.
— Ah, verdade! — A bela loira, penso comigo. — Achei apenas que era uma conhecida.

O tom daquele cabelo não era de um loiro comum, assim como o da mulher que me levara até ali. Era justamente sobre ela que falaríamos naquele instante.

Quando liguei sugerindo a ideia de contratar uma enfermeira, Felipe logo achou a opção perfeita. Há alguns dias, eu fiz a rescisão de uma enfermeira que trabalhou com meu amigo e cliente Marco Ladeia e, por mais que as razões dele tenham sido justas, me contou que a profissional foi brilhante no tratamento da filha e que, se não fosse a paixão que ela desenvolveu por ele, jamais a demitiria. As qualificações dela como profissional e cuidadora foram tantas que não hesitei em me aproveitar da situação e indicá-la para ajudar a minha família. Isso sem contar que a moça me pareceu bem sensível e delicada. Um pouco inocente, devo admitir. Mas linda, que mulher atraente! Eu no lugar do Marco, não a teria deixado escapar. Ou também a recusaria? Pensando bem, também acho que a rejeitaria, já que virgens não me seduzem. Sem contar que a história de misturar trabalho com prazer nunca me agradou. Se bem que esse não seria o caso, porque se ela fosse trabalhar para minha irmã, seria funcionária deles. Portanto, nada que quiséssemos fazer em comum acordo caracterizaria assédio.

— Conhecida boa essa, que ofusca os olhos. Sei bem como é isso.

— Major, você entende apenas de pilotar avião, não do que ofusca meus olhos. Essas máquinas, pode deixar para mim...

— Sou piloto do caça, meu caro. Acredite em mim, tenho visão ampla das coisas.

Olho para Felipe sorrindo e o vejo sentado, enquanto ainda estou de pé, olhando para loira como um míssil em busca do alvo. Eu não queria falar com o meu cunhado sobre mulheres em bares. Estávamos ali para conversar sobre a gravidez de risco de Eliana. Ela, sim, era importante para mim.

— O que você falou para Eliana sobre sairmos para beber alguma coisa? — mudo de assunto, sentando-me.

— Falei para Stella a verdade — ele insiste em chamar minha irmã pelo seu segundo nome, com aquela história clichê de dizer que ela é a estrela do seu céu.

— Que sairíamos para falar sobre ela? — questiono-o, brincando, enquanto pedimos as bebidas.

— Disse que você teve uma ideia brilhante de contratarmos uma enfermeira para ajudá-la.

— Você não fez isso!

Ele ri.

— Acredita que estaria aqui se tivesse feito isso?

— Definitivamente, não! Mas precisamos mudar esse quadro.

— Será bem difícil.

— Se ela não aceitar a ideia de contratarmos uma enfermeira para auxiliá-la no tratamento do Gui e ajudá-la com a gravidez, que aceite uma empregada então.

Falo isso porque a casa em que moram é a mesma em que nós crescemos, a que herdamos depois da morte dos nossos pais. Ela é enorme, com mais de cinco quartos, três salas, escadas para todos os lados e um quintal enorme. Tem quase 800 metros quadrados. Eu, pessoalmente, sempre achei um exagero Eliana querer continuar morando naquela casa, mas ela dizia amá-la. Assim que eles se casaram, Felipe propôs comprar a minha parte, e eu disse que ela ficaria como presente de casamento, mas o orgulho dele não permitiu a minha oferta. Depois de muita insistência, acabei aceitando que ele comprasse a minha parte da casa.

— A enfermeira nesse momento é mais necessária. Hoje estive com ela no médico e ele a aconselhou a não acompanhar mais Gui nas sessões de quimio. Não sei o que faremos se ela se recusar a fazer isso. — Abatido, Felipe passa as mãos pelos cabelos, em sinal de preocupação.

— Acho que as câmeras podem ser um bom meio de garantir a segurança, não acha? Elas já estão instaladas pela casa toda.

Depois que passaram pelos incidentes com os empregados, sugeri que instalassem câmeras pela residência. Inicialmente a ideia não pareceu eficaz, porque Eliana dizia que não tinha o mínimo de paciência e tempo para lidar com tecnologia e Felipe, por sua vez, não tinha tempo para monitorá-la, falando que a ideia o preocupava em termos legais.

Na ocasião, eu os tranquilizei, dizendo que, juridicamente, não existe proibição para o monitoramento através das câmeras. Conhecendo a legislação, sabia que a instalação e todo o monitoramento deveriam ser feitos de forma responsável e não abusiva, para não acarretar problemas jurídicos futuros e desnecessários. A intenção era facilitar a vida da minha irmã e não lhe causar mais problemas. Por isso, analisei a situação e os avisei que o ideal seria instalar essas câmeras em locais estratégicos, mas que não violassem a dignidade e intimidade do empregado. Ainda deixei bem claro para Eliana que os empregados deveriam estar cientes do monitoramento, inibindo dessa forma atitudes suspeitas.

Acontece que, mais uma vez, minha irmã se recusou, alegando que não queria câmeras espalhadas pela casa. E eu, sentindo-me responsável por ela, não poderia permitir que se acabasse cuidando daquela casa. Ela tinha outras preocupações em mente. Como um exímio advogado que sou, não me deixo convencer com qualquer argumento e encontrei uma saída para convencê-los: instalar câmeras ocultas atrás dos espelhos, que estão espalhados pela casa.

Minha mãe sempre gostou da ideia de espelhos para decoração. Quando eles substituíam as paredes, ela dizia: "Eles são como porta-retratos reais! Afinal, basta que olhemos para eles para vermos como somos de verdade". Se Freud estudasse a minha tendência ao *voyeurismo*, diria que todos esses espelhos desencadearam em mim o fascínio pelos maiores segredos, aqueles que se escondem além dos olhos, na alma.

— Ela ficou bem assustada com o que o médico falou. Não acho que relutará tanto dessa vez.

— A enfermeira que eu te falei parece ser bem qualificada. Ela vinha cuidando de uma bebê anencefálica, passou um tempo como enfermeira particular no hospital e continuou com ela pouco tempo depois que teve alta.

— Se era tão boa, por que foi demitida?

Pela minha ética eu não diria a Felipe os motivos. Caso Rafaela quisesse contar em sua entrevista a ele e Eliana, seria uma decisão dela, não minha. A imagem daquela bela e inocente mulher vem à minha mente e, por coincidência, me lembro mais uma vez da loira sentada no banco do bar. Meus olhos se voltam para ela e eu paraliso ao vê-la virar a cabeça em nossa direção. Ou pelo menos era em minha direção que eu achava que estava olhando.

Por um pequeno instante posso jurar que nossos olhos se cruzaram. Não consegui desviar e a encarei. Não podia ser... Podia? Ela estava muito diferente de quando a conheci. A primeira impressão que tive de Rafaela no escritório foi a de uma ratinha assustada, a moça tímida e recatada que tinha tomado decisões erradas, mas estava muito arrependida. Eu podia até apostar que, quando confidenciou involuntariamente sua falta de experiência, estava muito arrependida do que tinha feito. Deus sabe o quanto roguei para que a moça superasse o acontecido e não se fechasse para todos os homens que porventura surgissem.

Mas aquela moça tímida e inocente que eu tive a impressão de conhecer está sendo agora substituída pela imagem de uma sedutora bem sociável. Talvez aquela mudança radical de aparência fosse parte de um golpe, fingindo-se de inocente para não ser dispensada por justa causa.

O cabelo antes preso da moça recatada do escritório estava agora solto e esvoaçante, o que a deixa exuberante e provocadora. O rosto em formato oval, limpo sem ostentar maquiagem, está coberto por uma camada generosa de pintura, a tornando muito sedutora. E os lábios? O que são esses lábios vermelhos e suculentos? Como ela os tinha disfarçado em sua homologação? Lábios como esses eu jamais deixaria passar sem observá-los ou prová-los. Dos olhos azuis, cristalinos e fascinantes, desses eu não me esqueci, pois para mim eles continuavam deliciosamente atraentes. Só com uma pequena ressalva: em vez de encantadores, nesse momento eles parecem matadores e envolventes.

Até o seu nariz está diferente. Antes não o havia percebido direito, porque ela ficou a maior parte do tempo com o rosto voltado para o chão. No entanto, empinado como está, tão altivo e exibido, é capaz de fazer as minhas bolas se chocarem. Adoro uma mulher que sabe usar o poder que tem.

— Jonas, você ainda está aqui na mesa? Ou os motivos da demissão da tal enfermeira foram tão graves que você está procurando um jeito de me contar? — Felipe chama a minha atenção e eu respondo o que me vem à cabeça.

— Incompatibilidade de pensamentos.

— Se ela não aceita regras, não sei se vai dar certo. Você conhece sua irmã tanto quanto eu.

— Definitivamente, os pensamentos em que eles não concordavam não têm nada a ver com regras. Mas se não quiser entrevistá-la e procurar na agência alguém com as qualificações necessárias para a vaga, fique à vontade. Rafaela é só uma indicação.

— Ela se chama Rafaela?

— Quem? — intrigado, respondo a pergunta dele sem tirar os olhos da mulher que prende a minha atenção. Eu não podia ter me enganado tanto com uma mulher. Ou será que podia?

— A enfermeira que você indicou?

— Ah! — respondo, disperso. — É sim.

— Perguntei para sabermos quando ela nos procurar.

— Eu ainda não dei o contato de vocês para ela.

— Se sabia que poderia ser útil, por que não deu?

Como poderia explicar que não ofereci o emprego de enfermeira para ela porque, quando inofensivamente lhe pedi o telefone, ela pensou que eu estava querendo me aproveitar dela? Era melhor deixar quieto. O pavor que vi em seu rosto me fez sentir como o Lobo Mau, pronto para comer a Chapeuzinho.

— Eu estava fazendo a rescisão da moça. Não era o momento correto de fazer uma proposta de trabalho para ela.

— Ao menos você pegou o telefone dela?
— Não!
— Não?
— Esqueci, mas não se preocupe que posso conseguir isso com o Marco, seu antigo empregador. — Ou quem sabe com ela, ali mesmo, naquele bar?
— Por favor, Jonas, faça isso.

Trocamos mais algumas palavras sem nos aprofundarmos muito e ele diz que precisa ir, pois não quer deixar Eliana e Gui muito tempo sozinhos.

Eu sempre bebi razoavelmente, talvez um pouco acima do que se entende por social, e não estava satisfeito por ter tomado até agora somente dois copos de chope. Passei praticamente minha juventude e atual vida adulta viajando com o pessoal do Clube Maveca, um clube de apaixonados pelo carro Maverick, em que os caras acham um insulto alguém parar de beber enquanto não acaba a última gota de uma garrafa. Além disso, tinha as viagens com os amigos do time de polo, ora em pequenos torneios, ora praticando esportes de aventura. Com eles, foram raras as vezes que não conheci um vinhedo ou alambique. Sou o típico homem que bebe quando pode, fuma ocasionalmente e fode sempre.

Assim que Felipe deixa a mesa, fico esperando o garçom vir me servir mais um chope. O ambiente e o murmurinho me fazem levantar e me dirigir ao balcão. Ou esse movimento teria sido por causa da mulher, que se virou para o bar novamente?

Sigo em linha reta, mesmo sem ter a certeza de que ela está sozinha. Mas o que isso importa? Eu vou ao bar apenas pedir uma bebida, não é mesmo?

Será que a mulher que não saiu dos meus pensamentos, roubando-me o sossego nos últimos dias, não passa de uma gatuna? Seria sua imagem frágil e inocente apenas um engodo?

Aproximo-me do bar e vislumbro alguns copos à sua frente, o que mostra que ela bebe mais que o meu Maverick V8. Se falasse isso para o pessoal do Clube Maveca, eles me responderiam: "V8 não bebe, degusta!" Pois é, meu bolso sabia o quanto o meu Maverick bebia a cada aventura que passávamos juntos.

Capítulo 3

Rafaela

Qualquer pessoa que me encontrar aqui, em um bar, sozinha e bêbada, vai achar que estou à procura de homem, mas juro que não é nada disso. Esta é a minha primeira vez em muitas coisas, inclusive em vir sozinha para um bar! Engraçado, não é? Também é a primeira vez que eu bebo algo alcóolico... E fui logo escolher o negócio mais amargo. *Argh*, a primeira dose que tomei desceu queimando! Talvez eu tenha exagerado, porque tomei de um gole só. A partir da segunda dose desceu sem estrago nenhum – talvez porque a anterior tenha anestesiado tudo –, e o mesmo aconteceu com as demais, que já não tenho a menor ideia de quantas foram.

Hoje é um daqueles dias em que necessito desabafar. Mas com quem? Minhas jornadas de trabalho só me permitiram ter amigos nos horários de expediente. Nos momentos de folga, lá estava eu arrumando a casa e, quando terminava, o cansaço era tão grande que a única coisa que me interessava era a minha melhor e eterna amiga: a cama.

Do amor, nunca soube direito. Gostei, sim, de muitas pessoas. Mas amar? A única vez que me permiti senti-lo, estraguei tudo! Olho à minha volta e vejo diversos casais. Será que um dia serei igual a eles?

— Ei, moço! — chamo o rapaz que está atrás do balcão, servindo-me esta bebida que me descontrai a ponto de me permitir desabafar. — Está vendo aquele casal ali? — Aponto de um jeito bem indiscreto para duas pessoas que conversam, de mãos dadas.

— Estou vendo... Não vai dizer que aquele careca barrigudo é a causa de você estar aqui, enchendo a cara? — Dou um tapa no ar, já que a imagem do rapaz parece meio fora de foco.

— Nada dissoooo... — Engraçado, minha voz parece estar meio lenta. — Me responde uma coisa... E seja sincero, ok? Você acha que, pelo agarramento deles, existe amor ali?

— Não sei. Talvez estejam apenas curtindo o momento... — Já vi que esse não pode ser meu amigo. Ele também não entende nada de amor.

— Ah, esquece! Eu quero mais uma dose deste Jack. Mas vê se coloca um pouquinho mais agora, tá? Porque mal coloco na boca e o copo já fica vazio.

Enquanto fico brincando, balançando o copo e ouvindo o barulhinho que o gelo faz, percebo um rapaz, até que bonitinho, sentado ao meu lado.

— Sozinha? — Olho para os dois lados e balanço os ombros. Claro que tudo parece levar o dobro do tempo. Beber deixa as coisas meio esquisitas.

— Hoje estou acompanhada. Digamos que nunca estive tão bem-acompanhada...

— Engraçado... Estou observando você há algum tempo e sua companhia não parece muito preocupada em deixá-la sozinha.

Inclino um pouco o corpo para o lado dele.

— É porque você não pode vê-lo. Aliás, só eu posso.

— Jura? Se for dor de cotovelo, posso ajudá-la a se curar. O que acha, gatinha?

— Meu Deus, ele é tão bonitinho, mas que hálito é esse?!

— Você definitivamente não pode. O desabafo é todo meu hoje, e não o divido com ninguém. — Um soluço involuntário escapa da minha garganta e eu levo a mão a boca. — Obrigada.

— Se mudar de ideia, estarei por aqui. — Nem respondo, apenas aceno, nada delicada. Não quero falar com ninguém que não seja comigo mesma.

Pensei que o amor seria sincero comigo, mas foi uma decepção. Giro no banco meio tonta e fixo o meu olhar em um ponto qualquer. Ele entrou em mim e me entreguei a ele. E o que ele fez? Zombou de mim. Agora, não acredito mais nele. Será que eu queria tanto amar ou estou aqui, refletindo sobre tudo isso, porque queria, pelo menos uma vez na vida, ser amada? Amar alguém sem ser amada foi um tapa na cara. Nunca mais vou amar, é fato.

Viro-me novamente para o bar, fazendo uma força imensa para segurar meu corpo e não me desmanchar. Estou que nem o patinho naquela piada do urubu que o convidou para fumar um baseado. O patinho começou a fumar e o urubu perguntou se ele estava sentindo alguma coisa, e ele disse que não sentia nada: nem as patinhas, o bico, ou as asinhas. No meu caso, não sinto direito minhas pernas e braços, além da minha língua, que parece enrolada.

— Mais uma dose para o desabafo! — peço para o rapaz atrás do balcão e ele me serve. Dessa vez, na verdade, é para outro sentimento. — Um brinde ao arrependimento!

— Tomou uma decisão errada? — O cara ao meu lado tenta puxar assunto e eu o ignoro novamente. Que cara chato!

Olho de lado e o mundo gira. Uma ânsia de vômito vem à minha garganta e eu me controlo para que o liquido quente volte para o meu esôfago.

O rapaz do bafo horroroso se levanta depressa, resmungando. Acho que ele pensou que eu ia golfar sobre ele. Dou de ombros, indiferente. Melhor que vá mesmo, pois se ele falasse mais alguma coisa, vomitaria por causa do bafo. Respiro fundo e volto os meus olhos para o copo à minha frente.

Eu preciso aguentar em grande estilo para brindar ao arrependimento.

Nesse caso, ele tem uma relação gigantesca com a minha experiência com o amor. Não porque me arrependi de amar o homem mais maravilhoso que conheci. Longe disso! Mas porque me deixei levar. Acho que o meu arrependimento faz com que eu me sinta igual àquela estatueta que quebrei no escritório do bonitão cheiroso: estraçalhada!

Ah, não! Esta bebida só pode estar fazendo com que eu tenha alucinações, pois estou sentindo o cheiro dele, daquele advogado lindo. Está dominando os meus sentidos. E o calor que vem do toque dele então... Ai, não posso nem comentar!

— Quantos copos será que a bela dama solitária quebrou esta noite?

Pimba, sabia que estava alucinando! Coincidências não existem, delírios, sim...

— Você sabe o que é arrependimento? — Já que ele apareceu no meu mundo da fantasia, então, que aja como se fosse meu amigo e responda às minhas perguntas.

— A origem da palavra arrependimento é grega. Significa uma conversão, tanto espiritual quanto intelectual. Na verdade, uma mudança de direção ou de mente, até mesmo de uma atitude oposta àquela tomada antes. Você está arrependida de algo?

Esse é inteligente... Então pode ser meu amigo. Pena que estou começando a passar mal, mas acho que algumas palavras ainda consigo dizer.

— É assim que você conquista as mulheres?

— Como?

— Mostrando a elas que é inteligente? Se for assim, pode esquecer porque meu corpo você não vai ter. Pode encontrar outra pessoa pelo bar.

As sobrancelhas dele se arqueiam e eu seguro uma gargalhada. Como tudo é engraçado quando a gente bebe... Consigo até falar tudo o que eu penso sem ficar vermelha! Isso deve ser um dos reais efeitos do álcool: a bebida entra goela abaixo e a verdade sai, sem censura.

— Sinto informar, mas vai ter que descer sua pretensão do décimo andar de escada, porque o elevador quebrou — ele afirma, tentando me dar um banho de água fria.

— Quer me dizer que está puxando assunto comigo só por acaso?

— Não! Eu só vim pedir uma bebida e acabei te encontrando. Simples assim.

— Então vou te contar um segredinho... — Solto um soluço e aqueles olhos negros cintilantes tentam me desvendar... Diacho de fantasia mais real! — Meu arrependimento já virou remorso.

O advogado bonitão arqueia a sobrancelha e eu fico esperando sua resposta. Será que ele consegue decifrar o peso que essa palavra tem em mim?

É eletrizante a forma como ele me olha. Por um momento eu gosto do seu jeito de fazer isso.

Capítulo 4

Jonas

— Um pouco de remorso às vezes nos faz crescer.

De perto ela parece ser a mesma mulher vulnerável que esteve em meu escritório, porém eu não vou me deixar convencer por essa beleza angelical. Estive sentado a noite toda observando-a e vi muito bem que ela está mais para uma diabinha sensual. Sexy pra caramba. Sem contar que, repito, é um V8 encharcado de bebida. Esse combustível todo que ela ingeriu pode muito bem deixá-la livre para fingir ser o que desejar: ora uma mulher sexy, ora uma menina inocente.

— Você diz isso para os clientes que o procuram quando estão arrependidos por algo que fizeram?

Sua pergunta sai melancólica, suave. A voz doce, embora triste e amargurada, ainda assim parece me acariciar. Não há julgamento e eu decido ser direto:

— Sou advogado, defendo os meus clientes. Se eles precisam de um terapeuta, que procurem um.

Ela me fita surpresa e eu me viro para o barman. Peço um chope. Para alguém que não está acostumado a se sensibilizar com ninguém, a não ser as pessoas da minha família, eu receio fixar os meus olhos nos dela e me deixar levar pelos seus sentimentos.

Sinto-a me encarar. *Se eu fosse você, boneca, procurava se resguardar.* Sou um homem que adora retribuir, nem imagina o quanto. Para mim, observar é um ato bem excitante. Percebo que ela desiste de me atrair com os olhos, esperando que eu volte a minha atenção para ela. Se vira, falando para frente.

— Se leva o seu profissionalismo tão a ferro e fogo, parabéns para você. Sabe, eu aprendi no curso de enfermagem que um paciente é sempre um paciente. Lógico falar isso, não é mesmo? Mas acredite em mim, eu me apaixonei pela minha paciente e por tudo que estava a sua volta.

Ouvi-la dizer que se apaixonou por sua paciente e de quebra pelo meu amigo Marco me faz sentir como um cachorro, porque há pouco eu a estava cobiçando. Como é que eu poderia querer me aproximar de uma mulher que tinha o seu coração preenchido por um amigo meu?

O barman coloca o copo à minha frente e eu tento mudar de assunto, aproveitar a deixa e me despedir dela. É melhor eu ir embora antes que essa conversa rume para mares em que eu não saberei conduzir o leme.

— Eu lhe ofereceria uma bebida, mas acho que você já bebeu o bastante. Rafaela, levanta o copo e me surpreende.

— É bom que não se deu ao trabalho. Eu não aceitaria que você me pagasse uma bebida. — Ela dá de ombros e conclui: — Mas isso não quer dizer que eu recusaria um brinde.

Ela sorri, sugestiva, e eu noto quanto ela consegue ser linda em sua simplicidade. Usando um vestido reto de cores indefinidas, e eu posso jurar que continuaria linda com qualquer roupa que usasse. Ela tem uma beleza natural, as curvas capazes de esculpir qualquer peça de roupa. Esforço-me para erguer os olhos e parar de analisá-la, porém os meus olhos param mais uma vez em naquela boca, que está com um largo sorriso. Eu me imagino sugando-a para dentro da minha.

— Ao que sugere brindar?

— Um brinde aos profissionais que amam o que fazem e tudo o que vem com isso? — Os olhos azuis radiantes dela me queimam, esperando uma aprovação. Eu ergo a fronte e correspondo ao seu olhar, mas me arrependo, pois dou liberdade aos mais controversos pensamentos. *Você não deveria me olhar assim, Rafaela. Essa sua vulnerabilidade me faz querer abraçá-la. Será que consegue imaginar o que me causa?* Fico perdido em silêncio em seus olhos, por alguns segundos, tentando buscar o controle. Discretamente, pigarreio, dissipando a rouquidão na minha voz, devolvendo sua pergunta com outra.

— Você quer brindar a algo que estava lamentando?

A linda Rafaela dá de ombros, exibindo sua forma delgada e postura altiva. Fecho a mão em punho para me conter e não lhe estender o braço, agarrá-la pela cintura, puxá-la para meu colo e acalentar a sua boca sedutora.

— Quero apenas brindar, então! — Ela levanta o copo, junto com seus olhos e eu me perco novamente dentro deles. O que têm que me hipnotizam tanto? Será que a obstinação em desejar o melhor para si?

— Vamos fazer melhor, brindamos aos ensinamentos da vida — sugiro.

Apoiado casualmente no banco ao lado, sou pego desprevenido ao senti-la inclinar o seu copo junto ao meu, para brindar. Até aquele momento eu não percebera como os bancos eram próximos. Seu perfume doce me embriaga.

Confesso que sou um formigão desde que nasci. Existem essências que podem fazer uma pessoa enxergar sentidos excitantes e eu, como um homem de visão, não resisto a um pote de melado. O barulho dos nossos copos se chocando me faz racional e me lembro que nesse pote de melado há restrições sérias de algum ministério da saúde mental, advertindo que uma Rafaela pode causar sérios problemas na vida de um Jonas.

— Você parece ser um cara sensato, dr. Jonas.

Dane-se a racionalidade. Por um instante, me esqueço de tudo, tentado a pedir que Rafaela apenas repita o meu nome. Ouvi-la pronunciá-lo de forma lenta e manhosa é desconcertante, quase como uma tortura nos testículos. Outro ponto atraente em Rafaela é que ela consegue ser excitante até falando meu nome.

Por que tudo o que é proibido nessa vida nos atrai tanto? Pego-me tentando me convencer que, por mais sexy que ela possa ser, está bem alcoolizada, e não devo me aproveitar de uma mulher assim. Ela mal consegue levar o copo à boca, minando assim qualquer situação que se aproxime de uma paquera. Arrependido de ter sido tão seco em minha resposta anterior, quando falei dos meus clientes, resolvo começar a minha resposta em tom de desculpas:

— Não me leve a mal, mas o dr. Jonas, aquele que trabalha o dia todo no escritório e no fórum, é bem sensato. — Ela presta atenção em tudo que falo tão meigamente, limpando os lábios com a pontinha da língua, que perco a linha de raciocínio. — Mas o Jonas à sua frente, fora do trabalho, é bem desajuizado na maioria das vezes. Então esqueça as formalidades e me chame somente de Jonas.

— Posso não querer chamá-lo assim.

Atrevida e linda!

— Talvez eu faça de tudo para convencê-la, Rafaela.

— Já falaram que você também é pretensioso?

— Frequentemente. Mas não se preocupe, não sou avesso a julgamentos. Vivo a maior parte do tempo em meio a eles.

— Não concordo com você. — Chacoalhando a cabeça, ela se inclina mais um pouco em minha direção e eu a observo. Eu adoraria curvar a cabeça só um pouquinho mais à frente e beijar-lhe os lábios.

— Está aí uma coisa que eu gosto. É bom saber que as pessoas não pensam igualmente. O que a leva a discordar de mim, Rafaela?

— Antes de responder, quero dizer que você é a primeira pessoa que ao falar comigo sempre tenta colocar o meu nome em cada frase.

— Será que é porque estou tendo segundas intenções, induzindo-a a falar meu nome também?

— Você quer que eu repita seu nome, Jonas?

Tento focar em seu rosto, mas fica difícil quando à minha frente tem um colo tão bem desenhado, se exibindo para mim.

— Está sendo bem interessante ouvi-lo ser pronunciado por você.

— Então agora vou explicar para você, Jonas, por que eu não concordei com você. Vida real não tem nada a ver com a profissional. Se fosse assim, a dor que estou sentindo esses dias por ter sido rejeitada seria fácil de suportar, porque trabalho como enfermeira, cuidando das dores alheias. Acontece — ela faz uma pausa, parecendo passar mal. — que não é.

Não me lembro de ter estado ao lado de uma mulher que me despertasse tanta ternura. É insano o desejo que tenho de abrir os braços, confortá-la e tirá-la dali. Porém, retraio-me, pois se eu a tocar não serei capaz de parar. Algo dentro de mim me diz que não faz parte da minha personalidade se aproveitar de uma virgem embriagada. Penso então em rebater o que ela disse, mas a decisão é interrompida por um jato ácido que me atinge antes de eu conseguir desviar.

Que bela noite eu teria pela frente.

Capítulo 5

Rafaela

Abro os olhos e sinto um incômodo pela claridade que passa por uma fresta da cortina. Fecho os olhos de novo e tento voltar a dormir, mas o gosto horrível na boca e um cheiro azedo que me incomoda não deixam. Lembro-me vagamente de duas coisas que podem ou não ter acontecido ontem. Uma dizia respeito à fantasia de ver, novamente, aquele cheiroso, e a outra de ter vomitado no colo de alguém! Confesso que ambas me deixam com vergonha. Bem, pelo menos estou em casa, apesar de não ter a menor ideia de como cheguei até aqui...

Se minha boca estava com o gosto de cola antes, agora ela pregou de vez no travesseiro com a baba grudenta que botei para fora. Sinto os lábios ressecados. A dor de cabeça diminuiu um pouco e, com medo de abrir os olhos de uma só vez, abro apenas um. Vejo no relógio que já são quatro e meia da tarde. A luz faz com que eu sinta como se facas quentes penetrassem em minhas retinas. O único pensamento coerente que tenho é a necessidade de um copo de água gelada e um analgésico. O cheiro de azedo me incomoda e minha bexiga está prestes a explodir. Levanto-me, devagar e tenho náuseas ao erguer o corpo. Minha cabeça parece ter passado pelo liquidificador e transformado os miolos em geleia. Estico o pé e, ao alcançar o carpete, piso em uma poça. Percebo que é um lago de vômito que escorre por toda a lateral da cama.

Acabo gemendo diante daquela bagunça que fiz. Não sou fresca, minha profissão nem permite isso, mas pisar descalça em uma poça nojenta não é lá uma das melhores experiências. Chego ao banheiro mancando com o pé que se salvou, me perguntando como cheguei em casa. Forço a memória e, aos poucos, flashes vêm à minha mente.

"Esta noite acho que a mocinha deixou os bons modos em casa." A voz não é estranha, mas o rosto ainda não é nítido. As lembranças afloram, e me vejo vomitando sem parar. "Você não está bem. Preciso do seu endereço. Preciso do seu endereço..."

Preciso do seu endereço. Estas são as últimas palavras de que me lembro. Tiro a camisa colada no meu corpo, evitando inspirar. Entro de cabeça debaixo da ducha e sinto a água quente agir como um calmante. Os flashes voltam, e meu corpo responde, como se sentisse tudo de novo. Lembro-me de estar no colo de alguém e de que o quarto girava, enquanto a mão em minhas costas tentava fazer com que eu ficasse ereta. Mesmo para lá de Bagdá, lembro-me de que era um corpo forte, quente, rígido e musculoso, como uma muralha. Minhas mãos deslizaram pelo seu peitoral e envolveram o seu pescoço longo. Minha cabeça pesada ficou apoiada no seu ombro e ainda conseguia sentir a fragrância tentadora me rodeando.

"Faça de mim uma mulher", lembro de pedir, sem pensar. Instantes pavorosos passaram em seguida. O silêncio era sepulcral. Ele limpou a garganta e levei um susto, sobressaltando-me em seu colo.

"Talvez um dia, hoje não."

Senti algo me cutucar. Com o susto, me apoiei sem jeito nele, e percebi que aquilo que dizia não estava de acordo com o que as suas partes íntimas revelavam. Do resto, não me lembro de mais nada. O que foi que eu fiz?!

Tento forçar, mas nada mais me vem à memória. Levo a mão ao meu sexo e percebo que não fui abusada. Nesta hora, alívio é a palavra que me define. Não deixo de dar um sorriso de satisfação ao constatar que ele não estava tão insensível ao meu corpo. Mas logo em seguida a vergonha e o medo tomam conta de mim. Em minha estadia nos hospitais, principalmente na época de estágio, atendi a muitas meninas que foram estupradas em festinhas, submetidas ao entorpecimento pelo álcool. Burra, burra, burra! Não acredito que demorei uma vida inteira procurando a pessoa certa para me entregar de corpo e alma, e, em um momento de desabafo, regado a uísque barato, quase fiz isso com alguém de quem nem me lembro, como se fosse uma cadela no cio.

Fecho o chuveiro barulhento e escuto batidas secas na porta. O prédio em que moro é muito antigo e não tem porteiro, somente um zelador birrento. Ele é velhinho e tem uma voz que intimida. Os outros moradores não gostam, mas eu me sinto segura com ele por perto. Enrolo-me na toalha, abro a porta do banheiro e pergunto quem é. Na verdade, sussurro, pois a dor de cabeça ainda não permite que eu fale nem sequer um pouquinho mais alto.

— Sou eu, a Betina. — Não pode ser! O que a mulher do zelador quer? Agonizo e me amaldiçoo mentalmente. Juro que gosto muito dela, mas, neste momento, não tenho vontade de falar com ninguém.

— Só um minuto. — Inspiro profundamente.

— Eu e o Zé estamos preocupados com você. Trouxe uma canja. — Abro a porta e lá está ela, tímida, com seu corpanzil segurando uma panela enrolada em uma toalha xadrez. Ela estende os braços e me passa a panela ainda quente.

— Entra um pouco, dona Betina, e descansa. Essas escadas não fazem bem à senhora. Não deveria ter esse trabalho todo. — Afasto-me da porta, dando passagem. Ela entra de forma tímida, com os olhinhos castanhos escaneando cada centímetro do lugar. Acho que ela e o seu Zé são as únicas pessoas no mundo que se preocupam comigo e me dão carinho. Às vezes, sinto como se tivessem me adotado, pois me enchem de mimos, convidam-me para a ceia de Natal e aniversários. Eles nunca tiveram filhos e sou a única moradora que os respeita.

Quase todas as noites passo pelo apartamento deles para deixar alguma coisa diferente e ver como passaram o dia. Essa rotina me acalenta há anos.

— Eu fiz ontem à noite pro Zé, que não anda bem do estômago. Acho que fará bem a você também. Não é trabalho nenhum. E quero pedir desculpas em nome do Zé, porque ele ficou tão louco quando viu você desfalecida no colo do rapaz ontem que o tocou daqui como um cachorro sarnento. — Sua última frase me tira do devaneio.

— Como é que é? — Engasgo. — Cheguei carregada por um estranho? Como assim? — Que vergonha! Sinto o rosto queimar e as lágrimas ameaçam aparecer. — Ai, dona Betina, ultimamente acho que não estou fazendo nada certo. Como era esse rapaz? — questiono, envergonhada e curiosa.

— Ele era alto, moreno, bem bonito. Seus olhos negros cintilavam ao olhar para você, com carinho. Mas o Zé, você sabe como é, né? Desconfia até da própria sombra. Achou que o moço a embebedou. Ele até tentou explicar, mas o Zé não deixou. — Ela fala mais algumas coisas e fico surpresa por não me lembrar de nada. Fui atingida pela famosa amnésia alcoólica.

Dona Betina se levanta de repente, como se percebesse que falou demais ou deixou o feijão no fogo...

— Agora vou embora e espero que descanse um pouquinho, mas antes tome a canja, que ainda está quentinha.

— Obrigada — digo, sem graça. — Diga ao seu Zé que ele é meu herói. — Mesmo não sabendo se fui salva pelo anjo da guarda ou do mal, pronuncio as últimas palavras mais para mim mesma.

Abro o armário, perdida em pensamentos, e só encontro pão dormido, que esfarelo na canja ainda quente. Cada colherada aquece o meu coração, que está congelado. Traí meus princípios para tentar ser feliz. Com a ânsia de amar, passei por cima do que é certo. Agora tenho que enfrentar a consequência dos meus atos. Desde pequena, tudo o que aprendi foi através da dor. Mas agora aprendi também que, para demonstrar o amor que sinto por uma pessoa, preciso ter certeza de que este amor é correspondido. Fui impulsiva, pois ele nunca demonstrou sentimentos por mim, e sempre me respeitou. E não fui capaz de respeitá-lo.

Ouço um bipe de notificação de mensagens no celular. Entre uma colherada e outra, vou lendo-as. Eram três, todas de um número desconhecido.

> *Está tudo bem? Uma mocinha inocente não pode sair sozinha quando decide beber para afogar as mágoas. Pode ser muito perigoso.*
> *J.*

Esfrego os olhos. Quem me conhece a ponto de saber o meu endereço e, ainda por cima, meu número de telefone? Rolo a tela e lá está a segunda mensagem, mais confusa ainda.

> *Pensei que enfermeiras cuidavam das pessoas e advogados defendiam-nas. Depois que te conheci, acho que, além de defender pessoas, tenho grande vocação para cuidar delas também. Quanto ao seu carro, permanece no estacionamento do bar, pois não achei prudente deixá-la guiar, já que não enxergava um palmo à frente do nariz. Mocinhas que pretendem sair para encher a cara devem saber que existe uma regra básica na vida: álcool e direção não combinam.*
> *J.*

Imagens daquele advogado, o Jonas, vêm à minha mente. Será que é o pavão que está falando comigo? Não pode ser! O cara nem sabe o meu endereço... Claro que sabe, sua doida! Quem fez a sua rescisão? Lá tem todos os meus dados. Aposto que gravou meu endereço só para me mandar a conta da obra de arte que quebrei no escritório. Defensor e cuidador de pessoas? É muito pretensioso! Bom, vou ler a última mensagem antes de mandá-lo ao inferno, porque a minha curiosidade não me deixa apagá-la.

> *Acho que não começamos bem. Primeiro, você sai quebrando tudo que vê à sua frente, inclusive algo que é muito importante para mim. Depois, quando me reencontra, sou recebido com um banho de álcool e suco gástrico. Agora tenho até medo de vê-la novamente. De qualquer forma, espero que esteja bem.*
> *J.*

Não aguento, o impulso de responder é mais forte do que eu. Deve ser algum vestígio do álcool em minhas veias a me encorajar, pois digito rapidamente.

> *Em primeiro lugar, sou maior de idade, dona dos meus atos e responsabilidades. Portanto, o que faço da minha vida diz respeito somente a mim. Quanto a sair para beber, eu saio a hora que quiser... E não te pedi ajuda, pois nem te conheço! Se foi falar comigo em um momento em que não estava passando bem, o problema é seu. Não acredito que seja tão bom samaritano assim, a ponto de sair protegendo mocinhas indefesas. E não foi culpa minha ter quebrado aquela coisa no seu escritório. Foi sua, pois ficou segurando a minha mão, deixando-me apenas com uma delas livre para pegar a bolsa. Só por isso a alça enroscou naquela coisa, que caiu no chão. Nem tenho carro, portanto, seu receio foi injustificado. Por último, fique sossegado que não pretendo vê-lo nunca mais mesmo. Passar bem.*
> *R.*

Saio limpando tudo na casa, como se quisesse apagar um passado próximo e nada louvável. Agacho perto da cama para limpar a poça gosmenta e sinto uma dor no cotovelo esquerdo. Ele está machucado. Provavelmente, levei um tombo. Com a roupa suja nas mãos, ouço outro bipe do celular. Juro que, dessa vez, vou lhe xingar!

Não fique tão brava. Essas coisas acontecem até com os bebedores mais experientes. Juro que não fiquei chateado com sua mensagem simpática. Imagino que esteja com uma ressaca daquelas. Deve ter acordado meio azeda, diferente da mocinha delicada que conheci. Mas pode ficar tranquila que esse sentimento e o mal-estar logo passarão. E, para provar que não guardo mágoas no coração e que sou um bom samaritano, indiquei você a uma pessoa especial. Anota aí:
Entrevista com Eliana Stella Pamplona
Dia: 26/11/2014 (amanhã)
Horário: 10h
Cargo: Enfermeira.
Paciente: Guilherme Pamplona Onassis
Patologia: Leucemia em tratamento
Endereço: Rua Santos Dumont, nº 137, Vila Madalena.
Caso se interesse pela vaga, já estará sendo aguardada no local e horário marcados.
Um até mais de um bom samaritano para mocinhas desprotegidas...
Jonas Pamplona.

Meu Deus, esse homem gosta de escrever...
O que será que ele falou para a suposta empregadora?
De imediato, seguro o celular firme e começo a digitar.

Capítulo 6

Jonas

Mal consegui pregar o olho naquela noite e quando pensei que conseguiria dormir, o meu telefone tocou. Era Felipe, eufórico, me contando que Eliana tinha concordado em receber Rafaela para uma entrevista.

Deus ajudasse que elas se entrosassem. Era uma hipótese remota, porém era um primeiro passo. Olho novamente para o celular, na esperança de que Rafaela responda a minha mensagem, o que não acontece.

Deixo o aparelho na cama e me viro para o outro lado, tentando dormir novamente, mas a imagem de Rafaela vem assombrar o meu sono. Talvez esse interesse todo tenha surgido por ela ser uma novidade na minha vida, nada mais do que isso. A verdade é que por mais excitante que pudesse ser o ato de ter uma virgem em meus braços, eu duvidava que isso me prenderia por muito tempo. Talvez um pouco mais que uma noite.

Gosto das mulheres ousadas, daquelas que se exibem para mim, daquelas que me fazem gozar só com a observação, sem sequer tocá-las.

Estou estragado para relacionamentos e já tive provas disso com algumas experiências no passado. As poucas mulheres para quem tentei me abrir quando já estávamos há algum tempo juntos, me aconselharam a me tratar. Rio da bobagem. Tesão, é tesão e prazer também. Se eu sou um homem adepto ao *voyeurismo*, não vou reprimir quem eu sou. Para ter alguém com quem dividir os meus dias, terá que ser uma pessoa que se adeque a mim, tanto quanto eu a ela.

Acredito que toda pessoa tem os próprios desejos e taras. Comigo não seria diferente. Descobri minha propensão a *voyeur* ainda jovem e tenho certeza que um pouco do meu modo de pensar e agir é oriundo da primeira experiência que eu tive com esse fetiche. Eu adorava ver a minha vizinha se tocar. Nossas casas não eram coladas, mas as janelas davam de frente uma para outra. Espiá-la sempre me excitava muito e quando eu percebia que ela jogava a cabeça para trás na cama, sabia que estava gozando e eu a acompanhava. Algumas vezes eu nem precisava me tocar, só de vê-la se tocar o meu pau já ejaculava. Conforme o tempo foi passando, ela ficou mais ousada e, com isso, mais exibida. Ela era casada e começou a abrir as cortinas até quando estava com seu marido na cama. Montava nele e me dava o prazer de olhá-los de longe.

Da minha casa eu não podia ouvir os seus gemidos, mas podia vê-la se tocar enquanto cavalgava o marido. O ato de vê-los era para mim uma forma de realizar os meus próprios desejos. Eu ficava alucinado, saía para as noitadas como um vampiro que necessitava de sexo para sobreviver. Por mais deliciosas que fossem as garotas com que eu passava a noite, era durante o dia que eu tinha os melhores orgasmos, só observando a minha vizinha. Ela não tinha nada que atrairia outros garotos da minha idade, mas ser ousada e gostar de se exibir era o suficiente para mim.

Nunca a toquei, nem sequer consegui chegar perto dela. A única vez que tentei me aproximar foi quando fui até lá ver se tinha acontecido algo, se precisava de alguma ajuda. Fazia dias que ela estava trancada no quarto, e eu não sabia o porquê. Parecia chorar copiosamente e, como sabia que estava só, criei coragem e caminhei até lá. Quando me atendeu no interfone e eu disse que era seu vizinho de janela, logo me despachou, até meio ríspida, dizendo que não podia me atender.

Voltei para casa arrependido por ter ido até lá, sentindo-me um adolescente tolo. O que eu estava esperando? Que indo até lá eu pudesse consolá-la, levá-la para a cama? Não, eu não deveria ter saído da minha casa.

Naquele dia eu nem voltei para o meu quarto. Estava envergonhado e arrependido demais para vê-la pela janela. Já era noite alta quando fui me deitar e, ao fechar a persiana, ela estava lá. Parecia me esperar.

Eu a fitei, sem entender que pudor era aquele, a recusa em abrir a porta para mim. Será que eu só servia para observá-la? E ali, quando ela começou a se tocar, indiferente à minha opinião, eu a entendi. Era daquele jeito que me queria, a distância, sem que a realidade interferisse em nosso desejo. Ao deslizar a mão pelo corpo, tocando-o, esfregando seus dedos em sua genitália, ela fazia com que despertasse o meu desejo, que eu a apreciasse, tornando-a objeto de desejo. Eu poderia me acabar em seguidas punhetas, gozar muitas vezes só olhando-a, tomado pelo poder que ela exercia sobre mim. Isso era a verdadeira fonte dos seus orgasmos, ela estando sozinha ou acompanhada.

Mais tarde, quando já estava na fase adulta, não era mais a vizinha que eu sentia prazer em observar: aprendi a conquistar minhas parceiras, incutindo nelas o desejo de se exibirem para mim.

Esse fetiche, se é assim que pode se classificar o meu desejo, permite que eu enxergue algo ainda não visto: talvez a exposição da alma da mulher, com seus desejos ocultos ou, quem sabe, anseios íntimos que surgem sem explicação.

Eu gosto de ver o que os olhos dizem, aquilo que o corpo fala, aquilo que muda constantemente, sem perder a sua essência, única. Não são sardas, manchas, celulites ou estrias que me impedem de olhar, de apreciar o esplendor de quem eu observo.

Considero-me um espelho, aquele que é seduzido pela mulher que reflete em mim o seu sorriso, que se mostra e que não tem vergonha do seu corpo desnudo e entregue. Não tenho desejo por fantasias que envolvam observar as pessoas fora de quatro paredes, ou qualquer outra coisa que possa ser considerada crime, sem consentimento. Bisbilhotar pessoas sem estarem cientes não tem nada a ver com o que me proporciona prazer. Sou adepto, sim, de observar o sexo e gostar muito do que vejo: como parceiras minhas que já ficaram com outras na minha frente, por exemplo. Por isso não me envolvo com ninguém que não seja dos lugares que considero certos, onde frequento. Não tenho ciúmes ou qualquer outra dessas banalidades. A verdade é que nunca me apaixonei por ninguém para me sentir dono dela, talvez isso possa ter facilitado a minha vida sexual aventureira. Não sei se, caso isso ocorra, vou me sentir bem com minhas fantasias. Por enquanto, vou levando a vida.

Sinto algo macio e úmido entre os dedos do meu pé, trazendo-me para realidade. Não sei se cochilei ou apenas fiquei refletindo sobre a vida.

Sorrio, porque sei o que é. Finjo continuar dormindo e entre lambidas, Bóris late para me chamar a atenção.

— O que você quer, rapaz?

Ele late mais uma vez, querendo subir na cama. É impressionante como os cães da raça *pug* são companheiros. Quando eu o comprei, logo no primeiro dia, achei que a dona do canil tinha me enganado, porque ela me garantiu que a raça era doce, simpática, gostava de crianças e era companheira. Bóris, no entanto, assim que chegou em casa, não se mostrou nada disso, muito pelo contrário. Eu dizia que ele era desordeiro e destruidor. Não sei quantas gravatas, sapatos e chinelos meus ele comeu. Por um lado, a chegada dele me ajudou muito, pois passei a ser mais organizado. Por exemplo, no lugar de sapatos espalhados pela casa, passou a haver somente brinquedos para ele. Nossa adaptação na convivência foi perfeita.

— Volta depois, amigão. Eu ainda estou conversando com os sonhos.

Fico quieto novamente para ver se ele vai desistir, mas as lambidas e os latidos continuam.

Bato o braço na cama e em segundos ele sobe, deitando-se ao meu lado.

— Você tem sorte, Bóris, que esse cantinho não tem ninguém. — Brinco com o seu focinho e ele logo se vira com a barriga para cima. — Sai para lá. Não vou acariciar nenhum macho na minha cama. Está na hora de você arrumar uma namorada, o que acha?

Meu celular vibra embaixo dele, que pula de repente, latindo. Mais rápido que ele eu pego o aparelho.

— Ei, morde esse aparelho que te dou para a primeira pessoa que passar pela rua — repreendo-o. Afasto o mau humor pela falta de sono, vendo que é uma mensagem da Rafaela.

Bom samaritano de mocinhas desprotegidas...
Você contou para a pessoa que vai me entrevistar os motivos
que me fizeram sair do meu último emprego?

> *Mocinha, protegida e vacinada contra BONS SAMA-*
> *RITANOS...*

Que tipo de advogado ela pensa que sou? Não consigo raciocinar direito, me sentando na cama. Essa mocinha definitivamente não sabe com quem está lidando. Preciso colocá-la na linha e, para isso, resolvo ser sarcástico.

> *Mocinha,*
> *Quais eram mesmo?*
> *Bom samaritano de mocinhas desprotegidas*
> *(Caso precise de ajuda novamente)*

— Vai aprendendo, Bóris. As fêmeas são os bichinhos mais estranhos que existem. Nós nunca sabemos o que elas estão pensando. Não podemos dar mole para elas.

Vejo no visor que ela está digitando uma resposta.

> *Bom samaritano de mocinhas desprotegidas...*
> *(Não precisarei, pode ter certeza)*
> *Não se faça de esquecido, nós dois sabemos quais foram*
> *os motivos.*
> *R.*

Agora você me decepcionou, Rafaela. Estava esperando que você continuasse com a brincadeira, mas se prefere formalidade, não conte comigo. Ainda mais depois de colocar a minha ética em prova e imaginar que vou sair contando para todo mundo sobre a sua virgindade, ou que foi desligada do emprego porque se apaixonou pelo patrão. Ainda que a contratante seja minha irmã, jamais divido com minha família o que acontece na minha vida profissional.

> *R.,*
> *Não sei com qual tipo de pessoa você está acostumada a*
> *lidar, mas sou um homem íntegro. Quando me formei e recebi*
> *a minha carteira da OAB, fiz o juramento me comprometendo*
> *a seguir um código de ética. Eu só apontei quão qualificada*
> *você é, já que o seu passado não é do interesse deles. Muito*
> *menos do meu.*

Essa troca de mensagens está excitante, e eu resolvo buscar na internet a íntegra dos juramentos que fiz. Quem sabe assim Rafaela entende de uma vez a minha seriedade profissional. Coloco em seguida os links de todos os juramentos que fazemos ao nos formar, que falam sobre sigilo profissional e respeito ao cliente.

Divirto-me imaginando o que ela vai achar de tudo isso.
Durma com essa, Rafaela.
Se não servir para ela aprender a não duvidar das pessoas, pelo menos aprenderá quais são os deveres de um advogado.

Satisfeito, fico feliz quando vejo que ela visualizou a mensagem instantaneamente.

— Aprenda que não sou nenhum cachorro sarnento. — Bóris late, confirmando. — Não é nada pessoal, amigão. — Mexo na cabeça dele, enquanto espero ela digitar a mensagem depois de algum tempo.

> *Dr. Jonas,*
> *Desculpa, não foi minha intenção ofendê-lo, tampouco duvidar do seu profissionalismo. Eu só queria me certificar do que tinha falado, pois fiquei preocupada. Sei que acabei falando mais do que devia e, depois do ocorrido, não queria que ninguém ficasse pensando mal de mim. Desde já, agradeço a indicação e a aulinha de ética. Passar bem.*
> *Rafaela.*

Maldição, acabou a brincadeira! As palavras dela demonstram quanto ficou ressentida. Resmungo e Bóris me encara, como se estivesse me chamando a atenção.

— Não me olha assim! Foi ela que me insultou... — Ele late, como se não acreditasse muito nas minhas desculpas. — Não adianta, que não vou responder. — Ele late novamente, como se tivesse me reprovando. Quem sou eu para discutir? Decido então enviar uma mensagem. Pois, caso dê certo de ela trabalhar na casa da minha irmã, cuidando do meu sobrinho, vamos nos ver muito. Não será legal deixar um clima chato entre nós.

> *Mocinha que é muito pertinaz,*
> *Não dê tanto valor para o que aconteceu.*
> *Pessoas erram...*
> *Vida nova.*

Fico pensando como concluir e digito PASSAR BEM, mas apago. No fim vai um...

> *Boa sorte.*
> *Jonas.*

Jogo o celular na cama e digo a frase que faz uma verdadeira mágica em Bóris:
— Vamos passear?

Capítulo 7

Rafaela

São 9h58 e estou diante de um sobrado antigo, com diversos janelões de vidro, todos fechados com cortinas. A única coisa na fachada que parece ter vida é o grande jardim. Toco a campainha pela segunda vez. Um vulto me observa atrás de uma das cortinas e eu sinto calafrios com aquilo, uma sensação estranha se apoderando de mim. Segundos se passam e eu estalo os dedos, refletindo sobre a semana que tive. Hoje precisei passar uma boa camada de maquiagem para encobrir minhas olheiras. Nunca tinha derramado tantas lágrimas como fiz nos últimos dias.

Aprendi a lição da maneira mais difícil, mas que jamais a esquecerei. Amar e se sentir amada é para gente grande.

O vazio que o amor deixou será preenchido por meu trabalho, e é nele que eu focarei. Trabalharei dia e noite, como fiz até hoje, para viver melhor.

A porta da casa se abre por fim e, à minha frente, aparece uma mulher com traços fortes e tristes, cabelos desgrenhados e olheiras gigantes. Uma expressão séria e dura me encara, desconfiada.

— Bom dia! Sou Rafaela Faria e tenho uma entrevista marcada com dona Eliana Stella Pamplona.

Mesmo com traços cansados, a mulher é linda. Seus cabelos negros e compridos brilham com a luz do sol. Seria a dona Eliana?

Ela caminha altivamente em minha direção sem dizer nada, como se me analisasse da cabeça aos pés, assim como faço com ela.

— Eu estava te esperando.

A mulher destranca o portão e o abre, rangendo suas dobradiças precisadas de lubrificantes.

Parada na entrada, ela não me convida para entrar, nem sequer estende a mão e muito menos me oferece um olhar de boas-vindas. Será que ela vai me entrevistar na calçada? Indecisa, digo a primeira coisa que me vem à mente.

— Vim para a vaga de *home care*. O dr. Jonas me enviou uma mensagem pedindo para procurá-la, indicando um trabalho de um paciente em tratamento.

Ela levanta as sobrancelhas, junto com as pálpebras, de uma maneira semelhante à de alguém que conheço. Sua fisionomia não me é estranha e começo a desconfiar da causa de estar ali.

— Jonas tem esse hábito de tomar decisões do jeito que acredita ser o certo.

Ela se refere a ele de forma íntima. E eu, inocente, pensando que poderia ser apenas uma conhecida precisando de uma profissional na área da saúde. Será que são casados? Não pode ser. Ele não pode ser tão cachorro a ponto de deixar a esposa em casa com um filho doente e sair para a noitada.

— Então a senhora não está precisando de uma enfermeira? Peço descul...

Antes que eu o faça, ela levanta a mão e me interrompe.

— Por favor, entre. Não vamos conversar aqui na calçada.

Já não era sem tempo que ela me convidasse para entrar. Porém, se não está precisando de uma enfermeira, não tem sentido eu entrar.

— Dona Eliana, deve ter havido algum mal-entendido. Não é preciso me oferecer para entrar — tento me explicar, mas a mulher se escora no portão, parecendo bem debilitada. — A senhora está bem?

Mal conseguindo falar, ela murmura:

— Acho que tive uma vertigem.

Sensibilizada, eu a pego pelo braço e passo pelo meu ombro, amparando-a.

— Vem, vou levar a senhora para dentro.

Empurro o portão com o pé e a conduzo para o interior da casa. Segurando-a com um braço e na outra mão a pasta branca com o currículo, passo pelo jardim, tão silencioso. Penso como ele poderia ser aproveitado com crianças brincando e correndo por toda a parte.

No vestíbulo, há serenidade e simplicidade com paredes bege, apagadas, da mesma cor da fachada. Admirada com a arquitetura antiga, dou passagem para ela entrar na sala enorme e silenciosa. Tudo está milimetricamente organizado, os móveis de madeira escura alinhados uniformemente, nada fora do lugar. Para uma família que tem um filho, o lugar é arrumado até demais. Nas paredes da sala, no lugar de quadros há muitos espelhos, emoldurados e talhados em madeiras provençais. Não entendo muito de decoração, por nunca ter tido um lar de verdade, mas até minha quitinete alugada, que é bem menor que esse ambiente, tem mais cores e vida.

— Ali! — Indico o sofá para sentá-la. — A senhora precisa de alguma coisa, água ou tomar algum remédio para mal-estar? Deve ser a pressão.

Uma expressão impaciente cruza o seu rosto e então rapidamente ela parece se controlar.

— Não estou doente, Rafaela, e sim grávida.

— Nossa! Parabéns. — Sento ao seu lado, sentindo as pernas bambearem devido à rudeza presente na voz dela. Como profissional da saúde, eu deveria ter perguntado antes, mas estou tão desconcertada com sua secura que nem me atentei em ser prudente.

— Tenho tido algumas vertigens. — Sinto um pouco de emoção na sua confissão e, quando penso em responder, ela conclui: — Mas, no meu caso — ela é enfática —, não preciso de uma enfermeira.

— Precisa se cuidar.

— Estou fazendo isso. Pode deixar que eu sei me cuidar.

— Ah, sim! Tenho certeza disso. Bom, se a senhora acredita que está bem, vou deixá-la para poder descansar. — Puxo a bolsa no ombro e me levanto.

— Você tem experiência com crianças? — Ela interrompe meus movimentos e eu paro, sentindo uma pontinha de esperança. Não posso ficar desempregada. Embora o dr. Marco tenha sido generoso com a rescisão e eu tenha sentido que ela foi mais uma indenização de "fica longe porque sou comprometido", eu ainda preciso de um trabalho para poder me manter.

— Tenho sim, senhora. — Abro a pasta branca e lhe entrego o meu currículo, satisfeita. Pensei que voltaria com ele para casa. — No meu último emprego, como a senhora pode ver, trabalhei cuidando de uma paciente com anencefalia.

— Jonas me falou.

Alguma coisa no tom desdenhoso da voz dela me faz perguntar o que ele disse. Ou o que deixou de contar... Com a intimidade com que ela se refere ao advogado, imagino que tenha dito muito. E o fato de me sentir humilhada me deixa sem jeito.

— Ele fez a minha rescisão.

— Ele me contou isso também.

Claro que contou. Será que falou também que se acha um bom samaritano, protetor de mocinhas indefesas? Ah, isso acho que não. Ele não seria tão pretensioso assim.

— Meu último emprego foi uma boa experiência.

— E com a leucemia, Rafaela? Você sabe alguma coisa sobre ela?

Se a mulher passando mal consegue ser inquisidora desse jeito, imagino como é em seu estado normal.

— Já cuidei de pacientes em estágios bem avançados do câncer. No curso de enfermagem trabalhamos muito na oncologia. Sem contar que fiz residência multiprofissional em pediatria, tendo trabalhado com crianças portadoras de doenças graves.

— Então você não sabe nada sobre a leucemia?

Como assim, não sei nada sobre a leucemia? Será que ela acha que só os médicos têm conhecimentos? Enfermeiros também têm importância essencial na saúde, também estudam e se tornam qualificados e entendedores de patologias.

— Sei muito sobre a leucemia e seu tratamento. No curso de enfermagem e na residência, tivemos sob nossos cuidados crianças na oncologia. — Pela primeira vez parece que tenho a atenção da mulher.

— Aprendeu direitinho, não é mesmo, Rafaela?

Não entendo o seu tom irônico.

— Ah, sim, durante esses cursos aprendi muito sobre a doença, inclusive informações importantes sobre como a leucemia é uma doença na qual os glóbulos brancos perdem a função de defesa e passam a se produzir de maneira descontrolada. — Respiro, achando desnecessário falar sobre termos técnicos. Porém, concluo falando um pouco do que sei sobre suas reações, esperando que ela perceba que sou uma profissional qualificada.

— Os sintomas dessa doença são cruéis. — Ela parece reflexiva. — O tratamento, então, é mais ainda.

As crianças com esse diagnóstico apresentam sintomas comuns a outras patologias, como febre, perda de peso, infecções recorrentes; pode ainda ter o surgimento de manchas arroxeadas e avermelhadas, sangramento fácil, diminuição do apetite, dispneia, aumento do baço/fígado, além do aumento dos gânglios, por isso seu diagnóstico nem sempre é fácil, por ser uma patologia rara em crianças.

— Muito, mas os pacientes com que trabalhei reagiram bem, de certa forma.

— O que aconteceu com eles?

Uma expressão de imensa tristeza cobre as feições dela, juntamente com o questionamento que, dessa vez, parece cheio de curiosidade, na esperança de que eu diga algo mágico... Mas como profissional eu devo ser o mais honesta possível, mesmo que não queira:

— Como mencionei para senhora, não as acompanhei durante o tratamento inteiro, então fica difícil contar todos os prognósticos, mas as que acompanhei e seguiram um tratamento correto responderam bem, mesmo sofrendo os efeitos colaterais.

Ela suspira. A verdade nem sempre é o que as pessoas querem ouvir. Vi tantas vezes entes queridos exigirem de nós, profissionais da saúde, a cura. A realidade é difícil de encarar e não posso oferecer promessas enganosas.

— Vejo aqui que você cursou enfermagem primeiro na Universidade Federal de Santa Catarina e concluiu aqui em São Paulo, na Unifesp. Por que mudou, Rafaela?

— Mãe?! — Refletindo o que posso dizer para ela sobre essa decisão, sou surpreendida pela voz baixinha de uma criança, mostrando que não estamos sozinhas. Curiosa, olho para trás para ver se o vejo, mas não encontro ninguém.

— Oi, filho, a mamãe já vai. Rafaela, me dá licença um minuto que já venho.

Educada, a mulher sai da sala e eu penso com orgulho como foi minha mudança para São Paulo.

Bendita a hora que descobri a possibilidade de me transferir para a Unifesp por meio da transferência entre universidades, fazendo somente uma prova!

Em uma viagem científico-cultural a São Paulo, que também foi a minha primeira viagem interestadual, surgiu a oportunidade que eu sempre sonhei!

Durante um tour pela Escola Paulista de Enfermagem (EPE) da Unifesp, conversei com a tutora e coordenadora do curso de enfermagem e descobri a possibilidade de transferência entre universidades. Ela havia mostrado a estrutura da escola, me deixado encantada com a tecnologia e o corpo docente. Portanto, diante dessa nova informação, a ideia me enfeitiçou totalmente. Eu só pensava em me mudar para São Paulo, viver uma vida completamente nova...

Não tinha nada mais que me prendesse em Joaçara. Isso sem contar que ter que viajar todos os dias duas horas para estudar em Florianópolis com o ônibus da prefeitura era muito cansativo. Eu tinha que me desdobrar por causa do estágio. Por inúmeras vezes procurei repúblicas para morar próximo à universidade, sem sucesso. Encontrei até alguns lugares, mas eram longe da faculdade e, se fosse de ônibus estudar, demoraria mais ainda para chegar. A solução era continuar onde estava, no porão da casa da dona Georgina.

Como forma de pagamento do aluguel, eu cuidava de suas feridas causadas pela diabetes, doença que a acometia havia anos. A gentil senhora ainda me pagava um salário, para que eu ajudasse em casa e cuidasse dos cachorros. Foi por causa dela que decidi fazer enfermagem, pois cuidando dela eu senti, pela primeira vez na vida, que poderia ser importante na vida de alguém e fazer algo de bom para o próximo. Cresci em um orfanato, deixada por alguém sem nome, quando eu ainda tinha dois anos. As voluntárias que trabalhavam lá diziam que muitos quiseram me adotar, porém nenhum deles conseguiu. Os anos foram passando e eu acabei ficando.

Assim que voltamos da viagem a São Paulo, sondei a data da publicação do edital de transferência, o que, graças ao bom Deus, não demorou muito. Eu sabia que a mudança para São Paulo seria toda custeada por mim. Porém, crescer em orfanatos me ensinou que se eu quisesse ser alguém na vida eu precisava estudar muito e poupar todos os centavos que ganhava. E assim o fiz. Por incrível que pareça, eu não tinha conta em banco e guardava tudo dentro do colchão, escondido sob um rasgo que havia no canto direito. Ali eu sabia que estava todo o dinheiro que tinha.

No quarto semestre, eu já era aluna aqui na federal de São Paulo. A prova não foi fácil, mas, como sempre fui dedicada aos estudos, consegui passar com excelente nota. A transferência se deu rapidamente.

Cheguei aqui com a cara e a coragem. Morei por duas semanas em um albergue, até o dia que vi em um jornal o anúncio da quitinete em que moro até hoje. Não pensei duas vezes em fechar o negócio, tinha de aproveitar a oportunidade. O lugar estava destruído, porém tinha uma cama velha sustentada por tijolos como quebra-galho, uma geladeira e um fogão, abandonados pelo antigo inquilino, que fugiu sem pagar os aluguéis. Eu só podia pagar dois meses até ficar sem dinheiro, ou seja, caso não encontrasse um emprego em breve, me restariam apenas alguns trocados para eu comer.

Claro que no início eu só fazia uma refeição no dia. Almoçava no bandejão na Unifesp e só tomava um copo com leite à noite e outro pela manhã. Eu economizava cada centavo. O pessoal da minha turma foi muito legal comigo, pois viviam me indicando bicos para fazer nos meus horários livres. Além disso, não esqueciam de me levar sempre algo diferente para comer. Após a conclusão da graduação, surgiu a oportunidade de concorrer a uma vaga no concurso de residência multiprofissional em pediatria. Aquele era o meu sonho!

Outra prova, outro desafio realizado! Apesar de ter que me dedicar por dois anos ao curso de pós-graduação, sessenta horas por semana, recebendo cerca de dois mil e oitocentos reais, era minha oportunidade de fazer o meu pé de meia. Foi uma vida dura, porém me orgulho de ter passado por isso de cabeça erguida. Sou feliz pelas minhas conquistas. Formada em enfermagem, com residência em pediatria, uma especialização que me permitiu chegar até aqui. Arrumei o meu cantinho simples com as próprias mãos e hoje até posso dizer que não sei mais o que é viver sem tecnologia. Tenho computador, celular, televisão e livros... Muitos livros.

— Rafaela, desculpa a demora. — Trazendo-me de volta para a entrevista, ouço dona Eliana se explicando ao voltar à sala. — Eu tinha que ver o que meu filho queria. Onde foi que paramos?

— A senhora me perguntou por que comecei cursando enfermagem em Santa Catarina e terminei aqui.

— Verdade. Por que essa mudança?

Ela se ajeita na poltrona, demonstrando que ainda não está bem. Como está abatida, penso novamente em lhe oferecer ajuda, mas ela parece estar me entrevistando contra sua vontade.

— Aqui as oportunidades são melhores. Eu não morava muito perto da universidade, tive a oportunidade e decidi me mudar.

— Não sente falta da sua família?

Não entendo o que minha vida pessoal tem a ver com a entrevista. Entretanto, decido ser curta e clara.

— Não tenho parentes próximos.

— Sinto muito!

— Não tem problema, já faz muito tempo que eu superei isso.

— Que bom.

Não sei o que estou fazendo aqui, já que ela se mostra completamente desinteressada. Eu resolvo então ser direta, para acabar logo com aquilo.

— Sobre a vaga de enfermeira, para qual o período está contratando?

— Rafaela, vou ser franca com você. Eu acho um exagero por parte do meu marido e do Jonas essa obsessão deles de que eu preciso de alguém para me ajudar. Embora o início da minha gestação não seja dos mais normais, isso não quer dizer que eu precise de alguém para cuidar de mim e do meu filho. Vou ficar com seu currículo, que, como pode imaginar pela minha atitude inicial, de surpresa, é a primeira profissional que entrevisto. Falarei com Felipe e logo entro em contato com você. Pode ser assim?

Considerando que ela mal olhou para meu currículo e que não falou nada sobre o paciente, penso que o contato será bem improvável. Mas aceno com a cabeça.

Demoro para processar a informação de que ela vai falar com... Felipe? Isso quer dizer que Jonas não é seu marido? Observo os seus traços mais uma vez e noto o óbvio, me achando uma estúpida: ela é a versão feminina do Jonas. Como não percebi?! Diante disso, agradeço aos céus pela possibilidade de ela não me ligar. Ter aquele homem que me faz arrepiar dos dedos do pé aos pelos da nuca por perto não é o que planejo para meu futuro. Ainda mais tendo consciência de que ele sabe da minha falta de experiências sexuais. Demorei tanto para declarar isso, achando que só iria contar para alguém que eu achasse especial... E acabei revelando de forma involuntária para ele. Será que um dia eu me perdoaria por aquilo?

— Aguardo a senhora me ligar. Passar bem, dona Eliana.

Levanto-me depressa, seguindo para porta. Se ela não me cumprimentou quando cheguei, não será ao me dispensar que o fará.

— Rafaela — ela chama, e viro-me em sua direção. — Obrigada por ter me trazido para dentro de casa. Você tinha razão, acho que minha pressão deve ter caído.

Pela primeira vez desde que cheguei vejo uma pessoa de carne e osso à minha frente e não a pedra de gelo que me recebeu.

— Não precisa agradecer. Tente não se esforçar muito.

Dona Eliana é uma mulher que não parece aceitar muitos conselhos, porém um leve sorriso se abre em seu rosto.

— Até logo.

Espero que não, penso comigo.

Será que me enganaria tanto assim?

Capítulo 8

Rafaela

Já faz mais de um mês que estou desempregada e até agora não consegui recolocação. Fiz meia dúzia de entrevistas e nada. A resposta é sempre a mesma: "entraremos em contato com você".

Para passar o tempo, eu já reformei e customizei o pequeno sofá de dois lugares da minha sala, fiz almofadas decorativas e adesivei a geladeira. Isso sem contar que entreguei em todas as agências o meu currículo. A cabeça se enche de besteiras, mas tento não ceder ao desespero. Quando deito para dormir, não sei se choro pela solidão, por saudade da vida que tinha ou por arrependimento de tudo que fiz.

Essa é uma daquelas noites... Não são nem oito horas e já estou deitada. Na televisão não passa nada interessante, por isso decido ler um livro, e fico brigando contra o sono que a leitura técnica proporciona. Ao longe ouço o um ruído contínuo e imagino ser o tráfego intenso do Minhocão, essas são as desvantagens de morar em frente a ele. É preciso ter paciência. Às vezes parece que o elevado da cidade de São Paulo passa dentro da minha cabeça de tão ensurdecedor: os carros freando sobre o viaduto e abaixo dele, as buzinas tocando. Minha janela vive fechada por causa da poluição. A sensação de quando a abro é de que posso comer fumaça de colher. O pó preto me faz limpar a quitinete o tempo todo.

O trânsito não me incomodava tanto antes porque eu trabalhava fora o dia todo, então não percebia todo o caos. À noite e aos fins de semana, quando o elevado fecha para os carros e abre para os pedestres, poderia falar que sinto um conforto enorme, mas estaria me enganando. O meu apartamento é na altura exata do elevado, possibilitando que as pessoas fiquem olhando para dentro daquele que deveria ser o meu recanto. Sinto-me um animal em um zoológico, porque elas não só nos observam por aqui, como fotografam. Assim, mesmo nos dias mais quentes, tenho de viver com a cortina fechada. É uma invasão total de privacidade.

O ruído intensifica e eu abro os olhos para ver que horas são, pois o elevado só fica aberto até às nove e meia da noite. Quando pego o celular para ver a hora, percebo que o ruído vem dele.

Por um segundo penso em não atender, porque ninguém além dos recrutadores tem o meu número, e àquela hora ninguém me ligaria para dizer que estou contratada. A ligação só pode ser de um atendente de uma operadora de celular qualquer me oferecendo um pacote vantajoso. Fico imaginando como deve ser duro para os atendentes de telemarketing ligar para as pessoas e não conseguir falar com elas. O que tem de mais em atender? Estou aqui sem fazer nada, solitária mesmo. Respiro fundo e me sento na cama, alisando o cabelo. Como se alguém fosse me ver...

Senhor operador, hoje é seu dia de sorte! Vamos conversar.
— Alô?
— Rafaela?

Acho que quem está no dia de sorte sou eu. Que voz é essa que faz minha pulsação acelerar? Acendo a luz do quarto para ver se a claridade afasta as ilusões que o escuro quer me pregar.

— Quem está falando?
— Jonas Pamplona.

A voz do outro lado da linha é rouca e sensual como eu me lembrava. Pressiono o celular contra a orelha para me certificar de que ouvi direito.

— Quem?
— Jonas, o advogado que fez sua rescisão, o bom samaritano?

Posso visualizar claramente um sorriso maroto em seu rosto, ao omitir que também é o advogado que sabe da minha virgindade.

Que espécie de entidade é esse homem, que aparece em horas inesperadas? Puxo a camiseta para baixo, como se do outro lado da linha ele pudesse ver que ela subiu quando me sentei, deixando as minhas pernas todas de fora. Fico muda...

O que será que ele quer?

— Esse silêncio todo é porque está procurando algo perigoso para fazer e assim eu poder salvá-la? — Seu questionamento escorre por mim como café torrado na hora. Forte e marcante, capaz de me acordar e, ao mesmo tempo, entorpecer os meus sentidos. Assusto-me com a reação do meu corpo. *Que ótimo! Quando uma voz masculina mexeu tanto comigo?*

— Claro que não. Eu estava dormindo.
— Às nove horas da noite? Não vai me dizer que tomou outro porre? Porque hoje preciso de você sã.
— De onde você tirou que sou uma alcoólatra? Fique sabendo que...
— Calma, eu não quis dizer nada. Só perguntei, ok?

Puxo o lençol, irritada por sua voz rouca fazer meus hormônios aflorarem de forma perigosa. Esse homem sempre tem argumentos para tudo? Ele é advogado, tenho certeza que deve ter o prazer de contestar até a si mesmo.

Minha cota de bando de micos com ele já tinha se esgotado. Primeiro no seu escritório, depois quando me encontrou no bar e eu pensei ser uma miragem e, por último, quando fui na entrevista imaginária que ele inventou.

— Eliana está no hospital. — Ele encerra a discussão. Suspira, parecendo triste.

Engulo uma resposta em defensiva. Não tinha sido ela mesma que me disse não precisar de ninguém?

— Onde me encaixo nisso? — indaguei, sem entender onde ele queria chegar.

— Gui precisa de alguém para cuidar dele.

— Nesse caso, acho que você deve ligar para uma babá.

— Ele não está passando bem. Ontem fez uma sessão de quimio e está queimando de febre devido à imunidade baixa.

— Já pensou em levá-lo ao médico?

— Chegamos de lá há pouco. Rafaela, precisamos de você.

Jonas parece determinado a não me dar chance de recusa.

— Não sei, Jonas — desabafo. — Sua irmã foi bem clara ao dizer que a ideia de contratar uma enfermeira foi sua e do marido dela.

— É mesmo? E o que mais ela disse? — Ele é sarcástico no tom de voz.

Meu coração dispara. Com ele tudo o que é falado parece se virar contra mim.

— Vocês me fizeram perder tempo, sabia?

— Prometo recompensá-la.

Ele não soa arrependido. No fundo, parece se divertir. Mas quem sou eu para avaliar os homens? A única certeza que tinha é de que algo na voz dele parecia diferente.

— Não preciso de recompensas. Escuta, Jonas, são nove horas da noite e, por mais que eu me esforçasse, não chegaria aí tão cedo.

— Daqui até lá são apenas dez minutos de carro.

Daqui?

— Não tenho um.

Ter um carro já esteve nos meus planos. Eu até pensei que o dinheiro da rescisão daria, mas sem arrumar um emprego minhas esperanças estavam indo embora.

— Dê outra desculpa, Rafaela, porque estou na frente do seu prédio.

Por mais que eu quisesse que a coragem de dizer não vertesse dos meus poros, não consigo fazer isso. Não por ele, mas pelo menino.

— Você estava tão certo assim de que eu aceitaria? — Não gosto do tom meloso com que digo isso, como se eu fosse fácil de ser convencida. Bom, talvez eu fosse um pouco. Também como não ser com aquela voz falando na minha orelha? Ela é máscula, não de um modo brusco e agressivo, mas firme. Acho que, com esse tom de voz, ele já deve estar acostumado a convencer todo mundo do que quer.

Rafaela, não devaneia. Vocês estão falando apenas de trabalho. Foco. Esqueça a carência. Isso não é uma paquera.

— Como enfermeira formada, acho que não desonraria o juramento que fez.

Com ele as coisas parecem sempre dar ganho de causa. Quanta convicção... Duvido de que, para Jonas, perder uma ação não resulte em recorrer a todas as instâncias, até que vire o resultado a seu favor.

— Você tirou esse juramento de onde?

— Se no juramento do profissional de enfermagem não existir a promessa de que tem que ajudar a todos os doentes que o procurarem, deveriam incluir isso. Agora, vamos parar de conversa, pois o Gui está começando a choramingar no banco de trás.

— Você está com ele doente no carro?

— Eu não podia deixá-lo sozinho para vir até aqui buscá-la.

— Dr. Jonas, estou feliz que tenha pensado em mim...

— Mas?

— Não sei se devo aceitar.

— O que preciso fazer para aceitar? Já pensou que posso acabar pingando dipirona nos olhos do Gui, achando ser o colírio que ele usa todas as manhãs?

Ele é tão bem-humorado. Está na ponta da língua lhe dizer que não me importo com sua falta de atenção caso aconteça, mas engulo a resposta.

— Você não faria isso...

— Não? Acredite, eu já fiz isso.

— Com ele?

— Não, comigo. Um dia te conto essa história. O que posso adiantar é que ardeu muito.

— Você deve ser um perigo mesmo. Só vou com você pelo menino. — Não acredito que estou aceitando. — Mas não pense que ficarei lá sem que Eliana peça para mim.

— Vamos ver.

Parece que o vejo sorrindo e sua resposta sugere duplo sentido. O poderoso advogado não é o tipo que parece negociar, e o medo faz o meu peito se apertar. Deus do céu, essa decisão parece mais um pesadelo do que uma boa ação, com uma pitada de tortura. Não sei se estou preparada para me abster do contágio por aquela voz sensual.

— Isso não vai funcionar — penso em voz alta, com minha falta de credulidade nos fatos.

— Acredite em mim, vai dar mais que certo. Agora pare de enrolar, estamos esperando. — Ele desligou?! Olho para o celular e o jogo na cama.

Vamos lá Rafaela, um bico ajudará nas despesas. Pense nos seus sonhos e objetivos.

Puxando o jeans pela perna, ouço o celular vibrar na cama e o pego para ler a mensagem:

Boa samaritana.
Leve uma troca de roupa. Produtos de higiene não são necessários. Na minha casa tem tudo.
Mocinho desprotegido.

Oi? Nós vamos para casa dele? Um alerta de perigo máximo vem à minha mente... Ou seria pânico por entrar na toca do lobo? Minhas pernas bambas me fazem tropeçar na calça e eu caio estatelada na cama.

Será que seria o meu carma trabalhar perto de homens bonitos e charmosos e ter que resistir a eles?

Rafaela, não pensa besteira!

Lembre-se: "Onde se ganha o pão, não se come a carne".

O que está acontecendo? Sinto o meu rosto corar de embaraço, mesmo falando sozinha.

Capítulo 9

Jonas

As coisas, quando acontecem, vêm todas de uma vez...
Eliana teve que ser internada às pressas, eu tenho uma audiência complicadíssima daqui a dois dias e preciso estudar o caso minuciosamente para não deixar brecha nenhuma para a defesa. A mãe do Felipe teve um AVC há pouco tempo e não pode vir a São Paulo para ajudar. Enfim...
Se Eliana não tivesse sido tão teimosa, parte de tudo o que está acontecendo estava resolvido. Mas, não. Ela não quis contratar ninguém para ajudá-la, convenceu Felipe e a mim de que estava tudo sob controle e deu no que deu.
A gravidez vem deixando-a debilitada devido aos riscos que corre e, para piorar, ontem Gui fez uma sessão de quimioterapia e não passou muito bem ao chegar em casa. Ela o pegou sozinha no colo para socorrê-lo. Conclusão: um sangramento inesperado.
Agora está internada sem previsão de alta. Felipe, por sua vez, disse que não arreda o pé do hospital. Pobre homem, ele a ama, mas trabalha tanto que se sente culpado por não estar mais presente. É um guerreiro mesmo. Ficar a semana toda indo trabalhar em Campo Grande não deve ser fácil. Felipe já pediu transferência para São Paulo e, pelo que me falou, ela parece estar para sair. Não sei se aqui em São Paulo trabalhando como piloto das Forças Aéreas ele terá tanta alegria como sendo piloto do caça. Porém, ele diz que é o que quer, que estar próximo da família é o mais importante em sua vida. Então, o que me resta fazer é apoiá-lo e ajudá-los a segurar as pontas enquanto isso não acontece.
A solução para o meu problema começou a piscar na minha cabeça como um outdoor eletrônico em cada cruzamento em que parava, ao voltar da clínica onde acabava de passar em consulta com Gui. *Rafaela*. Ela era a mais competente para me auxiliar, decidir qual a maneira de melhor cuidar do meu sobrinho. O dr. Rafael recomendou a Gui evitar hospitais, por causa de seu estado. Aliás, que médico arrogante Eliana foi encontrar para cuidar dele. Eu como pai já o teria colocado no seu lugar, não aceitaria nunca toda aquela prepotência quando diz algo, como se as pessoas que o procuram fossem extremamente ignorantes e só ele o dono da sabedoria. Foda-se ele, porque minha solução acaba de abrir a porta do prédio.

Ela por fim aparece, olhando para os lados, procurando o meu carro. Fico fascinado por vê-la toda monocromática, vestida de branco. A calça colada no corpo e a camiseta regata marcando suas curvas são atrações à parte. Quase não a reconheço... Mentira. Eu a reconheceria muito bem, depois do raio-x que fiz na última vez em que nos encontramos. Sua beleza mexe comigo mais do que eu queira admitir. Ela não é daquelas mulheres exuberantes, mas tem uma beleza toda dela, sutil e provocante, de tirar o meu fôlego.

Eu já a vi no estilo inocente e desajeitada, atraente e sensual e agora no modo profissional. A postura e a simplicidade dela ao segurar a mochila de colegial e uma bolsa na mão me fazem ter fantasias, desejar coisas obscenas. Ela é geniosa, mas o que é seu temperamento perto do corpo curvilíneo e delgado? Serei tolerante! Sim, eu aguento encarar uma língua afiada para que os meus olhos tenham o privilégio daquela bela visão.

Mas o que é que estou pensando? Quem precisa da Rafaela agora é o Gui e não eu. Saio do carro, me censurando por minha depravação, e ela me vê. Aceno, e ela caminha até mim.

É mais forte do que eu. Meus olhos não obedecem ao que é certo fazer e começam a se movimentar sobre ela, conforme se aproxima. Aquele cabelo que vi solto, beirando a cintura, está amarrado em um rabo de cavalo. Ela não usa maquiagem, tornando sua aparência mais envolvente ainda. Os olhos azuis estão cinzas, mais claros que já vi em noite de luar. Observo-a e fico imaginando centelhas de fogos naqueles olhos.

Franzo a testa, incomodado com meus pensamentos loucos. Sustento um sorriso simpático no rosto para tentar manter os meus olhos somente no rosto dela e me arrependo quando vejo os seus lábios se movimentarem, apetitosos:

— Boa noite, dr. Jonas.

É demais para mim vê-la fazer biquinho quando diz a primeira sílaba do meu nome. Seus lábios rosados em formato de coração aumentam os meus níveis de testosterona. Eu estendo a mão, em um cumprimento. Ela corresponde, a pequena mão dela aperta a minha e sinto a pele macia e fria. Uma energia boa converge do aperto.

De tênis, sua altura fica em torno do meu ombro. Por isso, inclino o rosto para encontrar os seus olhos. A proximidade me dá oportunidade de radiografar até as sardas espalhadas pela pele clara.

Como é prazeroso apreciar uma bela mulher. Chega a ser extremamente voluptuoso para mim. Que pele é essa? Que fascínio... Noto que ela percebe que a observo.

— Boa noite, Rafaela. Obrigada por aceitar me ajudar.

Sem pressa, continuo catalogando-a em cada detalhe, desde o cabelo preso até a nuance da pele do seu pescoço longo e nu.

— Digamos que seus métodos de convencimentos foram bons. Não gosto de ver crianças com dores nem febris.

Continuo segurando a sua mão, retribuindo a firmeza dela... De uma forma perversa, gosto do contato.

Faz tempo que não me envolvo com alguém em uma apresentação que não seja nas noitadas, onde o cumprimentar de modo formal é substituído pelo agarramento.

Essa novidade me surpreende e eu recuo um pouco. Envolver-me com Rafaela não está em meus planos. Principalmente quando minha família precisa dela e a moça está tão solicitamente aqui, para ajudar. Longe de mim ter pensamentos perversos agora e correr o risco de colocar tudo a perder! Ainda que ela seja uma atraente tentação e meu corpo pareça queimar como uma fornalha com sua aproximação, recorrerei a toda força de vontade e um pouco mais para ficar com os olhos longe dela. Vou levá-la para cuidar do Gui e tentar convencer Eliana de que ela precisa de alguém, nada além disso.

Não há opções.

Esse é meu dever, para o bem-estar de todos.

Esse pedaço de deusa em forma de mulher com olhos intensos me encarando não vai me desestabilizar. Eu preciso pensar apenas no bem-estar da minha família.

E o seu bem-estar, Jonas, onde ficará nisso tudo? Pobre alma de um homem... É o que penso comigo ao direcionar meus olhos para seu ombro coberto por apenas uma tira fininha. Era tanta pele exposta e convidativa... Deus, dê-me discernimento para não descer os olhos mais alguns milímetros, pois, se eu fizer isso e constatar que ela está sem sutiã, será a minha ruina. Ela solta um suspiro e eu volto meus olhos para ela. Se esse suspiro for por sentir-se intimidada por mim, ela disfarça bem, pois não vejo nenhum fio de rubor em seu rosto.

— Agora você acabou com meu ego — brinco, enquanto me ofereço para pegar a mochila dela. — Achei que estava vindo por mim também. — Assim que falo essa besteira me arrependo, vendo os olhos dela incrédulos sobre mim. — E poder me ajudar — tento consertar o meu deslize. Exibo um sorriso, tentando mostrar assim a minha gratidão.

Ela mantém uma expressão austera e não se abranda nem com a simpatia que tento demonstrar. Adoro uma mulher que me encara quando fala. Rafaela se torna cada vez mais interessante.

Há um momento de silêncio, talvez longo demais para pessoas que estão em uma rua praticamente deserta.

— Dê suas coisas para eu colocar no carro, Rafaela.

Espero que ela abra os dedos para romper o enlace. Mas, em vez disso, ela continua a me encarar, e nos seus olhos eu vejo desafio, esperando que eu tome a atitude. *Eu teria a noite toda, gatinha, mas hoje Gui precisa mais de você do que eu.* Ela olha diretamente para nossas mãos unidas e eu refreio um sorriso. Rompo o contato, levando a minha mão para a mochila.

— Pode deixar que eu levo a mochila no colo. — Ela a junta em seu corpo. Parece encabulada com a gentileza que eu lhe ofereço.

— De jeito nenhum. Para que ir apertada? Vou colocá-la no porta-malas.

Sem soltar a mochila, ela me acompanha até a traseira do carro. Coloco-me atrás dela, estendendo o braço para destravar a porta. Nossos braços se encostam e eu fecho os olhos, sentindo a suavidade de sua pele. Ela tenta sair do caminho, mas acaba se embaralhando, envolvendo suas pernas nas minhas, causando uma estranha dança entre nós. Cedendo, ela me deixa pegar a mochila e se afasta.

— O que você está levando aqui? Uma UTI móvel?

— Apenas uma troca de roupa e tudo que precisarei para cuidar do Guilherme. Por acaso, dr. Jonas, na sua casa tem termômetro? — Rafaela me olha com uma fina sobrancelha arqueada.

Capturo um movimento minúsculo no canto da sua boca, que posso apostar ser puro sarcasmo. O desenho da sua feição a deixa mais linda do que é. Encaro-a e ela se constrange. Aquele quase riso no canto do lábio é substituído por algo indecifrável. Ela está mordendo a bochecha? Definitivamente está. Até seu nariz delicado, retorcido, prova seus movimentos. Como pode ficar linda desse jeito, fazendo careta? Não sei se esse termômetro que ela carrega é capaz de medir minha temperatura erótica, mas ela está fazendo meu corpo esquentar a níveis que só um banho frio será capaz de amenizar.

— Termômetro eu tenho. Ele só não é pesado desse jeito. Está parecendo mais o termoscópio de Galileu.

— Além de ser tão convincente é conhecedor de história, dr. Jonas? — Rafaela abre um sorriso irônico.

— Por favor, tira esse doutor antes do meu nome. Digamos que sou um homem curioso, Rafaela! Quando algo me fascina, costumo pesquisar a fundo. — Ruborizada, ela dá alguns passos em direção à porta do passageiro. A obstinação involuntária dela me excita.

— Acho que precisamos ir logo. Se a febre do Guilherme está tão alta como mencionou, preciso cuidar para que ela diminua.

Ponho sua mochila no porta-malas, curioso em saber o que tanto tem nela. Será que entre seu material de trabalho tem também peças íntimas? A imagem dela vestida apenas de lingerie branca com o estetoscópio, ou sem ele, me faz fechar os olhos, fantasioso.

— Gui já está medicado? — Rafaela chama a minha atenção, fazendo-me lembrar que estou perdendo tempo, devaneando no meio da rua deserta. Essa mulher é um pisca-alerta, anunciando perigo. Bato o porta-malas e vou até ela, para abrir a porta. Faço questão de ser gentil com todas as mulheres que acompanho. Para mim é uma obrigação do homem ser gentil. Os caras do Clube Maveca dizem que eu sou a ovelha negra da turma, pois vivo fazendo gentilezas e arrancando suspiros da mulherada, por achar necessárias atitudes como essa.

— Sim, ele já foi medicado — respondo.

Uma mecha de cabelo escapa do elástico, indo em direção ao seu rosto. Minha mão ameaça removê-la, mas suprimo a vontade. Esse gesto seria íntimo demais. Não quero que ela pense que estou me aproveitando dela por saber dos seus precedentes.

— Em outras palavras, você mentiu para mim, dizendo que ele ainda estava com febre, para me convencer?

— De jeito nenhum chamaria o que te falei de mentira. — Olho para ela, esperando decifrar sua reação e ganhar tempo. Esperava surpresa ou incredulidade. Em vez disso, ela sustenta o olhar, me desafiando.

— Pois eu classifico sua chantagem exatamente como uma mentira.

— Eu realmente preciso de você. Agora ele está medicado, mas não sei como reagirá quando o efeito passar.

— Medicado ou não, ele precisa repousar em uma cama e não no banco de trás de um carro. Estou certa?

Certa? O que está certo aqui? Será que cometi o erro de trazê-la para me ajudar? Ela é uma distração que eu não preciso nesse momento.

— Você tem razão. — Ela entra no carro e eu fico me perguntando em qual espécie me enquadro nesse momento: um sensato *homo sapiens* ou um macho irracional?

Momentos atrás eu juraria de pés juntos que nunca desejei qualquer profissional que viesse prestar serviços para mim, direta ou indiretamente. Agora, porém, não sou mais digno desse juramento. Essa mulher é como um enigma na minha existência. Não penso nisso por ela ser misteriosa, mas pelo desejo que ela me desperta de querer desvendar cada centímetro do seu corpo. Rafaela exala sedução, e eu tenho vontade de me embriagar.

Seguindo o trajeto, meus olhos se alternam do trânsito para as pernas cobertas pela calça branca justa, mostrando quanto são torneadas. Rafaela é o que se pode chamar de falsa magra. O que será que é verdadeiro nela? A moça tímida, a ousada dama da noite, ou a profissional preocupada que vem demonstrando ser desde que entrou no carro e acomodou a cabecinha do Gui em um travesseiro, cobrindo-o e cuidando realmente dele?

— Marco falou muito bem de você.

— Ele foi um bom patrão. — Sua resposta sai melancólica. — Tenho tanta vergonha do que aconteceu...

— Não deveria. Pelo que soube, você foi muito profissional e isso é que importa. Teve um deslize pessoal, admito, mas isso só não funcionou para vocês porque não estavam na mesma sintonia.

— Você acha que se ele também tivesse interesse em mim, estaríamos juntos? Olha para mim, sem chances.

— Por que não? Você é tão linda. Tenho certeza de que com qualquer outro homem livre e desimpedido teria dado certo.

— O jeito que o senhor fala faz as coisas parecerem simples. Mas não são, dr. Jonas.

— Rafaela, sinto lhe informar que não estamos no meu escritório. Tenho apenas 35 anos e por mais sensual que você possa achar me chamar de doutor toda hora, não estamos em uma consulta. Por isso, me chame apenas de Jonas. E também, como pode ver, não sou tão velho assim para me chamar de senhor. Estamos entendidos?

— Se prefere assim, Jonas. — Gui choraminga no banco de trás e ela solta o cinto. Vira-se para verificá-lo, jogando o seu tronco no vão dos bancos, aproximando-se de mim. O perfume adocicado, com um contraste ardido, faz-me lembrar do meu doce preferido: chocolate com pimenta. Um movimento e eu poderia me colar a ela. Mantenho a mão no volante e o rosto reto, focado no trânsito, porque sei que, se me virar para ver o que ela está fazendo, não serei capaz de voltar a atenção ao tráfego. — Quando foi a última vez que mediu a febre dele?

— Mediram no consultório, acredito que já faz mais ou menos duas horas. A febre voltou? — questiono, preocupado.

— Não, ele deve estar sonhando. Está tudo bem.

— Já estamos chegando.

Rafaela volta o corpo para frente e seu perfume vem no ar novamente, como uma brisa. A essência é diferente da noite em que a tive em meus braços, mas ainda assim excitante.

— Mudou o perfume? — meu pensamento escapa em voz alta.

— Não sei a que está se referindo.

— Desculpe, acabei deixando escapar. É que na noite que nos encontramos, como sabe, acabei tendo que te carregar, e seu perfume acabou ficando em mim. — Sorrio para descontrair.

— Nem me lembre daquela noite. A enxaqueca me fez lembrar dela por dias.

A mim também. Como queria que não tivesse tomado doses a mais. Se não tivesse encharcado o caneco, nossa noite poderia ter sido bem promissora. Seguro a boca fechada e ela não diz mais nada.

Seguem alguns quarteirões e ela rompe o silêncio.

— Por quanto tempo você precisará dos meus serviços?

Se fosse para cuidar de mim, responderia que sem previsão de alta. Não sei o quanto precisaria de seus cuidados para me curar do desejo que ela me desperta, mas como é sobre o Gui, prefiro ser franco.

— Pelo que o obstetra da Eliana nos informou, ela deve ficar uns três dias no hospital.

— Isso significa setenta e duas horas de trabalho. Acredito que você vai contratar mais alguém para trocar de turno comigo.

— Não pensei nisso. Na verdade, pedi para pegar trocas de roupa para poder ficar direto.

— Tem certeza que estudou direito? No curso que fez não mencionaram que isso é escravidão?

— Não seja tão radical. Não quero que trabalhe em tempo integral. Apenas que durma esses três dias lá, caso ocorra alguma emergência com Gui.

Seus olhos saltam de horror.

— Se eu disser que não posso?

— Nesse caso, terei que ir atrás de alguém que tenha disponibilidade, amanhã no primeiro horário. Não temos nenhum parente próximo em São Paulo. Felipe, meu cunhado, pai do Guilherme, está tão transtornado com o estado da esposa que disse que não arredará o pé do hospital, enquanto ela estiver lá. Tenho uma audiência depois de amanhã, que depende de um estudo exaustivo, pois preciso encontrar uma brecha de qualquer jeito no caso para vencer. Como você pode ver, não tenho ninguém a quem recorrer.

— Você deve estar bem certo de que encontrará alguma lacuna no processo...

— Nada passa despercebido por meus olhos, Rafaela.

Tentado a ler a mente daquela mulher, prendo meus olhos nos seus. Por algum motivo além da minha compreensão, ela mexe comigo como nenhuma outra antes. Rafaela parece ruborizar e se agitar. Interessante a sua reação.

— Será que Eliana não se importará que eu cuide dele? Ela parecia tão...

— Está me dizendo que vai ficar?

— Se você achar que está tudo bem com sua irmã.

— Eliana é um assunto para depois. No momento ela não pode decidir nada.

— Mas ela é a mãe!

Consternado, falo da minha irmã com dor no coração, por me sentir impotente de não poder fazer nada para privá-la de tudo que está passando. Mas também.... Como fazer algo para ajudar aquela cabeça-dura?

— Uma mãe muito teimosa e centralizadora. Se tivesse aceitado nossa sugestão, agora talvez não estivesse internada.

— Não seja tão duro com ela. Imagino o quanto deve ser difícil para uma mãe aceitar alguém cuidar do seu filho quando ele mais precisa.

— Você é uma boa pessoa, Rafaela. Não se deixe comover com a pertinácia dela. Ela se tornou muito obstinada a cuidar sozinha do Gui, como se tudo o que acontece com ele fosse responsabilidade só dela.

— O que Guilherme gosta de fazer?

— Jogar no tablet.

— Ele não pratica esporte?

— Fazia futebol e natação, mas ultimamente não quer fazer mais nada.

Rafaela me faz várias perguntas. As simples sei responder, como o que ele gosta de comer ou em que ano está na escola, mas quando ela aborda assuntos como o tratamento do pequeno, não consigo responder quase nada.

A boca de Rafaela se abre em um sorriso quando digo que sou responsável por tudo de errado que o Gui faz. Que o estrago, mimando e o ensinando a paquerar as gatinhas da escola.

— E você, Jonas? Sua namorada não vai se importar de ter uma mulher, mesmo que seja uma enfermeira, trabalhando na sua casa?
— Minha esposa sabe que você está indo — brinco para ver a reação dela.
— Você é casado?! — Ela parece surpresa. — Desculpa, mencionei namorada porque não vi aliança em seu dedo.
Solto um sorriso.
— Minha esposa é a independência, não liga para o que faço. Ela é totalmente liberal quando o assunto sou eu, pois já nascemos casados. — Olho para ela de canto de olho e percebo que ela sorri, ciente da brincadeira. — A liberdade é excepcional, não faz questão nenhuma de eu ter que me adaptar a ela. Não reclama de nada e é totalmente liberal. Preza que eu não tenha amarras.
— Uma esposa perfeita.
É impressão minha ou ela soltou um suspiro de alívio depois da resposta?
— E você, Rafaela? Devo avisar o porteiro para barrar a entrada no prédio de algum namorado ciumento?
Ela parece pensar na resposta.
— Venho mantendo a mesma relação conjugal que a sua.
Que mulher era essa, que me intriga desde a primeira vez que a vi?
No meu mundo, as pessoas sempre são previsíveis e talvez seja isso que me faz ficar intrigado com ela. Ela nunca segue uma fórmula programada, e aguça o meu olhar espião. Para falar a verdade, as mulheres ultimamente estavam me entediando. No entanto, isso não acontecia com Rafaela, ela só me dava motivos para conhecê-la melhor, cada vez mais.
— Somos pessoas inteligentes. — Pisco para ela. Engulo em seco ao notá-la ruborizada. Será que é timidez? Como ela é linda! Não tem nenhuma expressão que a deixe esquisita? Rafaela morde o canto dos lábios e eu olho para frente, recebendo seu ato sensual e inocente como um tiro de misericórdia. Travo os dentes, sentindo minha mandíbula doer.
Como serão os meus próximos dias ao lado dessa mulher?
Ainda que ela possa ser mais atraente do que eu deseje e me desperte tanto interesse, não vou me deixar levar. Não posso.
Ela puxa assunto, perguntando do estado de saúde da minha irmã, parecendo incomodada com o silêncio. Eu acabo contando um pouco mais. Falo de sua gravidez de risco e que o estresse que vem a deixando amarga originava-se de um aborto espontâneo que teve recentemente e acabou não contando para ninguém. Eu quis estrangulá-la quando Felipe me contou que o médico o havia surpreendido com essa informação. Porém, resolvi guardar esse segredo que meu cunhado confidenciou como um desabafo e não falei nada com ela. Não que com essa atitude eu tivesse decidido passar a mão na sua cabeça, mas também não podia recriminá-la por suas atitudes. Imaginava o que ela tinha passado. Um irmão para o seu filho podia ter sido uma opção de cura. O mais importante de tudo era que agora estava grávida novamente e as esperanças estavam de volta.

— O que a fez decidir trabalhar na área da saúde? — Dessa vez eu puxo assunto, notando-a impaciente com o silêncio.

— Quando era pequena, eu sempre via as voluntárias do orfanato examinando a todos nós. Elas eram tão carinhosas, pareciam fazer aquilo com amor. Quando estávamos doentes e melhorávamos, elas comemoravam. Ganhávamos até doces. — Ela sorri e por um instante percebo a hesitação em sua voz ao se lembrar do passado. — Fui me encantando, tornando-me mais velha e as ajudando com as crianças menores e especiais, por ser insuficiente o número de pessoas que trabalhavam lá. O tempo foi passando e aqui estou.

— Você se decidiu pela enfermagem devido ao amor com que via as voluntárias cuidarem de vocês?

— Foi o que me levou a chegar mais perto do amor. Acho que é isso, gosto de cuidar das pessoas. No fundo não fui eu que escolhi a enfermagem, foi ela que me escolheu. Esse é o jeito certo de definir. Na minha profissão, encontro a maneira mais próxima de me sentir útil: ajudando o próximo.

A espontaneidade dela me encanta.

Capítulo 10

Rafaela

Seguro a porta do carro, enquanto Jonas pega Guilherme em um só braço. Foi comovente como contou sobre a relação dele com a irmã e a família. Minha impressão sobre ela agora é outra, não imaginava que um dia a mulher sisuda tivesse sido uma pessoa bem-humorada. O mero fato de sua hostilidade no dia em que me entrevistou me fez tomá-la por uma verdadeira esnobe, como se só ela soubesse sobre a doença do filho e como cuidar dele.

Recordo-me da tensão na voz da mulher enquanto não queria deixar transparecer que sua gravidez a sobrecarregava.

Tento pensar de forma positiva e me agarrar às informações atualizadas pelo seu irmão. Afinal, preciso desse emprego e a lição está aprendida: nunca mais criar expectativas sobre as coisas ou as pessoas. A missão agora é viver um dia de cada vez.

O som da porta batendo me faz voltar a atenção para a realidade. Vejo Jonas pegar a minha mochila.

— Deixa pelo menos que eu a leve — me ofereço.

— Fica tranquila, está tudo bem.

Encostando a mão no meu cotovelo, ele me olha com expressão acolhedora e me conduz para a frente do elevador.

Eu já tinha esquecido que esse homem tem um olhar atencioso e capaz de perceber todos os movimentos. Para falar a verdade, chega até a ser intimidador. Sua linguagem corporal de se corresponder com as pessoas pelo olhar é bem interessante. Tudo o que ele fala, olha nos olhos.

Calafrios percorrem a minha pele. Não sei se pelo fato de estarmos sozinhos no segundo piso do subsolo, no estacionamento do prédio, onde o ar é sombrio, ou por estar admirada em ver o quanto o homem à minha frente é tão seguro de si. Másculo e forte, ele segura o sobrinho como se fosse uma pena no braço, enquanto no outro, gentilmente carrega a minha mochila. Não me ofereço para pegá-la novamente porque já percebi que ele não vai permitir. Engulo em seco. Nunca antes me vi analisando um homem desse jeito. As palmas das minhas mãos estão úmidas. Quero falar qualquer coisa, porém o meu cérebro parece ter parado de funcionar. Mordendo os lábios, ansiosa, parada ao seu lado, estou esperando o elevador. O silêncio entre nós dois é ensurdecedor. As minhas mãos estão frias, mas o ventre está quente, fervilha. Enquanto vínhamos para cá, descobri sensações jamais sentidas. A todo momento me senti acariciada pelo seu olhar, como se eu fosse uma presa que ele estivesse analisando como atacar e devorar. Não posso me enganar com esse gavião. Novamente, confundir as coisas podia resultar em um novo desastre.

Desde a minha demissão, há um pouco mais de um mês, venho repetindo para mim que atração física só serve para confundir a cabeça de uma pessoa. Sem contar que venho também me prometendo, incansavelmente, que qualquer sentimento ou reação a algum homem envolvido direta ou indiretamente com o meu trabalho será proibido. Para mim, ele será mulher. O pensamento me faz rir. Sem chances para Jonas ter quaisquer características femininas. O homem exala potência masculina.

Um sinal informa que o elevador chegou.

Com o braço livre, ele educadamente indica para eu entrar. Esse homem existe ou está fazendo firula para me impressionar? É muita gentileza e eu tento retribuir:

— Por favor, entra. Você está com o Gui! — falo baixinho e ele aceita. Entro logo em seguida, ficando um passo à frente. — Qual andar?

— Décimo — ele responde baixinho, soprando um hálito quente em meu ouvido. Na minha cabeça, eu continuo comparando-o a uma ave de rapina, capaz de morar alto o suficiente para mostrar o seu poder sobre os outros, mas ainda perto o suficiente para vislumbrar e vigiar as suas presas. Jonas me parece assim: por mais que se mostre distante, sempre está à espreita, pronto para brincar com as minhas fraquezas e me atacar, tirar o meu eixo. Coisa que eu não poderia permitir.

As portas se fecham e eu fico paralisada pela proximidade de nossos corpos. Sinto um calor subir pelo meu corpo, sentindo-me ser observada por ele. Eu deveria me sentir constrangida, mas não é isso que acontece. A vontade que tenho é de me exibir, como se ele fosse um apreciador e eu uma peça a ser estimada. Que gênese é essa da natureza humana que está em nós? Esse desejo profundo de sermos observados e, pior, apreciar essa avaliação.

— Mais uma vez quero agradecer por estar aqui.

Reprimo os meus desejos e pensamentos, forçando-me a encontrar o seu olhar. Observo-o sorrindo e fico admirando distraidamente as suas sobrancelhas negras, o nariz fino e a boca carnuda.

— Não precisa agradecer. — Ele abre ainda mais o sorriso diante da minha resposta. Os dentes brancos e a barba cerrada em seu maxilar o deixam ainda mais sexy. Por um instante, imagino como seria aquela boca sensual movendo-se sobre a minha. Fico chocada com o pensamento.

Jonas estreita o cenho de maneira especulativa. Senhor, será que ele adivinhou o que estou pensando? Mortificada, volto os olhos para frente. O elevador para e fito o painel, indicando que ainda estamos no térreo. As portas se abrem e junto dela sinto soltar o ar que estava preso no meu peito e que eu nem tinha percebido.

Uma moça linda, malhada e escultural, vestida com um macacão fitness, entra na caixa de metal. A roupa de lycra marcando as curvas do corpo da morena seria normal se não fosse o decote exagerado, deixando os seios praticamente saltando para fora. De rabo de olho a vejo se aproximar de Jonas, toda eufórica.

— O que é isso, Jonas? Por acaso você fez uma viagem na linha do tempo e está voltando do futuro trazendo uma esposa e o filho praticamente alfabetizado? Você me fala onde está a máquina do tempo, que preciso voltar uns três dias. — Ela pisca para ele. — Se bem que se fossem três dias, você não poderia ver a surpresinha que preparei... Lembra da coelhinha?

— Boa noite para você também, Angélica.

A curiosidade é maior do que eu e me viro discretamente para eles. A expressão do Jonas é indecifrável. O queixo está contraído como se estivesse mordendo um prego entre os lábios.

Ih, acho que a coelhinha perdeu o rumo da toca...

— Nossa, que falta de educação a minha – ela se desculpa. — Boa noite, gente! Quem são vocês?

Assistir a um encontro romântico é a última coisa que pensei ver essa noite.

— São meus convidados e vieram passar alguns dias comigo. Esse é meu sobrinho, Guilherme, e Rafaela é...

— Enfermeira dele — respondo antes dele.

— Por isso o branco? — ela pergunta para mim.

— Por isso. — Balanço a cabeça com um sorriso forçado.

— Babás também usam branco, não?

— Acredito que algumas usem.

— E o que seu sobrinho tem que precisa de enfermeira? — Me medindo dos pés à cabeça, o questionamento dela é quase desdenhoso.

Pode apostar que não é por futilidade, coisa que decerto você deve entender muito bem, penso comigo.

— Ele está em tratamento.

— Pobrezinho!

Mas que mulher louca. Tenho vontade de dizer para ela que se soubesse o que é ser um pobrezinho, ela aprenderia usar melhor as palavras.

— Pobrezinho por quê? — Jonas a questiona bruscamente, assustando até a mim. — Guilherme é um guerreiro.

Percebo que o humor dele está prestes a explodir! Pega leve, coelhinha.

— Não foi minha intenção. Só fiquei com peninha dele por estar doente.

— Teria mostrado mais solidariedade se tivesse ficado calada.

O elevador avisa que chegamos ao décimo andar e eu saio, deixando um tchau sem graça.

Jonas vem logo atrás de mim, mas antes ela pega no seu braço.

— Você não se ofendeu com o que eu disse, né? Fiz sem pensar e não quero que isso atrapalhe o que nós temos. — Ela enrola a franja com o dedo, toda melosa. — Está tão excitante...

Eu a observo calada. *Queridinha, seja menos melada: doce demais dá cárie.*

— Já passou, Angélica. — Ele nem sequer olha em sua direção. — Esqueça. Até mais.

— Ei, tatuei as pegadas da coelhinha. — Ela franze o nariz e por um minuto penso comigo que só faltou colocar os dentinhos. — Mal posso esperar para exibi-las para você. Estou ansiosa para você ver para onde elas levam. Vê se me liga.

Eu sei que meu telhado é de vidro, tendo em vista o que eu fiz com o dr. Marco. Eu também me joguei em cima de um homem... Mas nunca seria como essa moça. Ela é descarada demais e não está apenas se oferecendo para Jonas, está dando um show e gemendo na frente de todos enquanto fala, parecendo aquelas gatas no telhado quando estão no cio.

— Estou ocupado por esses dias. — Jonas sai do elevador, indiferente a ela. De camarote, fico olhando a porta se fechar.

— Estarei te esperando. — Ela balança os dedos para mim. — A propósito, Jonas, lembra da Geisa? Então, ela disse que se juntará a nós da próxima vez.

Trio?! O que foi isso? Algum tipo de relacionamento moderno?

O som do molho de chaves abrindo a porta chama a minha atenção. Dessa vez sou eu quem vou atrás dele.

Parado na porta de entrada, Jonas indica com a mão para que eu entre.

— Bem-vinda, Rafaela! E me desculpe pela Angélica, acho que ela hoje esmagou os seus modos em algum aparelho na academia.

Arrepio-me com a frieza com que ele se refere a ela.

— Sem problemas. Não se preocupe comigo, estou aqui como profissional, nem lembro o que ela disse.

— Você mente muito mal — ele fala baixinho, próximo de mim, fazendo-me arrepiar. Viro-me para ele e a visão só faz acentuar tudo que sinto.

Esse deveria ser mais um indício para eu dar meia-volta e sumir, deixando toda essa situação para trás, mas essa não seria eu. Nunca fui de deixar alguém que precisa de mim na mão. Não fujo das minhas obrigações e responsabilidade, jamais.

— Bóris! Temos visita! — Jonas chama por alguém e a pessoa não responde. Imagino que não esteja em casa.

— Vamos acomodar o Gui? — Recomponho-me e demonstro o meu profissionalismo.

— É melhor.

Focada no menino dormindo no seu ombro, me admiro por ele não ter acordado até agora.

Pelo tamanho do ambiente, vejo que a família Pamplona gosta de espaço. Porém, com um enorme contraste de gosto. Enquanto na casa da irmã tudo é nostálgico, aqui a decoração é moderna. O design dos móveis é atual e bem arrojado, de cores diversas e laqueadas. O lugar é incrível, um verdadeiro testemunho das maravilhas da arquitetura.

Eu não o imagino decorando o apartamento desse jeito. Jonas parece prático e com certeza deve ter contratado um designer de interiores para ajudá-lo, se bem que um profissional talvez pensaria em algo mais familiar. No entanto, é tudo bonito e de bom gosto. É tudo muito visual. Há souvenires de diversos lugares do mundo espalhados por todo o ambiente. O espaço é todo aberto, com as salas de estar e jantar divididas por apenas duas colunas. As janelas vão do chão ao teto, dando uma bela vista para a cidade.

— Lindo o seu apartamento.

— Também o acho bacana.

Uma bola de pelo champanhe atravessa correndo a sala, latindo, e só então noto que espalhados pelo chão há brinquedos e mordedores, além de uma caminha de cachorro.

— Quieto! O Gui está dormindo — Jonas o repreende. — Onde você estava e que bagunça é essa? — Obediente, o cachorrinho da raça *pug* para de latir e olha para ele, prestando atenção no que o seu dono fala. — Amigão, espera aqui que eu vou acomodar Gui e Rafaela. Nós dois já conversamos.

É engraçado e ao mesmo tempo comovente vê-los se comunicarem. O *pug* parece olhá-lo com ciúmes por estar carregando o Gui. Tenho vontade de me abaixar e dar carinho a ele. Mas não tenho tempo, pois Jonas sai da sala e eu o sigo.

— Até depois, amigão. — Pisco para o cão.

Já no quarto, vejo uma mesinha ao lado da cama e os remédios disponíveis sobre ela. Noto que Jonas tentou adequar o quarto para um garoto, com brinquedos, carrinhos e bolas. Enquanto arruma Gui na cama, o menino desperta.

— Oi, tio Jonas. Minha mãe já chegou?

O rostinho dele se ilumina ao ver o tio.

— Não, Gui, mas tenho uma amiga para te apresentar.

Jonas dá um sorriso incerto para Gui e o brilho se apaga no rosto do menino.

— Eu quero a minha mãe!

Meu coração se aperta e as lágrimas vêm aos meus olhos. Quantas noites eu chorei no orfanato, me sentindo sozinha, e pedi pela mãe que nunca conheci! Fui deixada lá ainda muito pequena, por isso nunca consegui recordar de seu rosto, mas eu a sentia perto de mim. Posso sentir na pele o pedido dele. Tem momentos em que nada substitui o colo ou o aconchego da mãe.

— Ela vem logo, pigmeu. — Jonas passa a mão na cabeça dele. — Vamos aproveitar para fazer bastante bagunça enquanto ela não chega. O que acha?

Pego na mochila o jaleco branco com estampa de bichinhos – no primeiro contato com pacientes de pediatria é sempre necessário estabelecer confiança. Meus olhos se encontram com os do Jonas. É impressionante como esse simples gesto mexe comigo... Eu visto o jaleco rapidamente. Meu Deus, será que já fui observada por alguém assim? Uma ruguinha surge entre os olhos dele, que parecem desaprovar o fato de eu me cobrir. Meu cérebro, que não funciona apropriadamente por causa da lasciva troca de olhares, mal consegue fazer com que eu tenha forças para pegar o termômetro, o aparelho de pressão e estetoscópio customizados e estilizados com motivos infantis. Decido não colocar as luvas. Geralmente o manuseio e contato com pacientes depois de quimioterapias é recomendado ser feito com luvas, em virtude da imunossupressão e da própria medicação, porém como Jonas me contou que foi ontem que ele fez a quimio, prefiro evitar a fim de proporcionar um toque mais caloroso em um momento tão frágil para o menino. O jaleco colorido, que sempre é usado para minimizar o contato com a roupa, e que na pediatria também serve para diminuir o medo das crianças com relação à roupa branca do pessoal da área da saúde, hoje tem mais uma função para mim: a de me proteger do olhar de um adulto bem sedutor.

Aproximo-me da cama e me apresento, tentando focar no paciente à minha frente e ignoro o fato de que os olhos escuros de Jonas, me percorrendo, estão me causando uma sensação de tortura.

— Olá, Guilherme! Sou a Rafaela, como você está se sentindo?

Ele não responde.

— Gui, você não vai cumprimentar a Rafaela? Olha que moça bonita com cara de anjo. Eu fiquei sabendo que ela, além de ser linda, ainda faz uma pizza deliciosa.

Curvo as sobrancelhas, surpresa. Jonas sorri, divertido, dando de ombros. Não poderia ter parado de me apresentar na parte dos elogios? Tinha que inventar uma história? Pois é, agora tenho um problema, porque nunca fiz pizza. Isso mesmo, Jonas, passe os seus problemas para os outros.

— Oi. — Seu cumprimento é a contragosto.

Guilherme é alto para sua idade e ainda mais bonito acordado. Eu já tinha achado seus traços lindos no carro. Na cabecinha careca, seu cabelo parece começar a crescer. As olheiras profundas mostram o quanto o tratamento vem judiando dele. Até seu peso parece estar bem abaixo do esperado. Cada paciente reage de um jeito ao tratamento. Tem tantas informações que preciso conversar com Jonas sobre ele. Não quis entrar em detalhes no carro, porque o pequeno estava no banco de trás e eu não tinha certeza do que a família já havia dito a ele sobre a doença. Há familiares que preferem privá-los da verdade, principalmente quando crianças.

— Tio Jonas, o que acha de eu me sentar perto do Guilherme para saber a temperatura dele?

— Não, tio Jonas, fica aqui. — Ele olha suplicando para o tio. — Eu não quero a médica, quero a minha mãe.

Seus olhinhos mostram que estão cansados de passar tanto tempo ao lado de médicos. Eu sinto simpatia e compaixão por ele.

— Ela não é médica, Gui. Ela é uma amiga que veio cuidar de você.
— Você conhece a história do termômetro, Gui? O seu tio me contou hoje que ele sabe.

Acho que consegui a atenção do pequeno. Aliás, do tio também. Jonas me olha, divertido.

— Termometrozinho enganador esse, hein? — Jonas me olha intensamente: os olhos, a boca, os cabelos, o corpo... Ou seja, ele parece se interessar por tudo em mim e o conhecido arrepio volta.

Devolvo o olhar.

Ele realmente é o homem mais bonito que já vi. Não que tenha uma beleza fora do normal. Entretanto, algo nele me faz ficar hipnotizada. Admirável! Ele é tão... Tão charmoso. Com certeza deve ter não só coelhinhas no seu encalço, como também a fauna inteira. Não apenas por causa do seu porte físico perfeito. Algo nele emana atração e dominação.

Seu olhar explorador é o que mais me intriga. Cada vez que me olha, parece se fixar em mim como se eu fosse algo importante a ser desvendado. Não lembro de algum dia alguém me olhar assim antes dele.

— Como pode ver, precisa comer mais arroz e feijão. A mochila não estava tão pesada.

— Falando assim, você me faz lembrar que estou faminto.

— O que acha de ir comer e me deixar com o Guilherme? — Pisco para ele. —Tenho certeza de que ele vai amar a história que vou contar.

— Gui, vou domar o leão que está rugindo aqui dentro da minha barriga. Põe a mão para você ver. — Jonas pega a mãozinha dele e põe sobre o seu estômago. — Grrr... Grrr! — Enquanto ele ruge imitando o leão do seu estômago, se debruça sobre o garotinho, mordendo-o e fazendo cócegas.

— Socorro! Tira esse leão daqui... Socorro! — Gui pede ajuda, dando gargalhadas gostosas de ouvir.

Espero eles brincarem, admirando o carinho entre tio e sobrinho, sentindo uma inveja boa por nunca participar desse tipo de brincadeira com ninguém. Na minha infância, o mais próximo de afeto que recebi era quando as funcionárias do orfanato amarravam o meu cabelo para não pegar piolho.

— Esse leão vai te comer.

Reparo nele se debruçando, um braço em cada lado do menino, e meus olhos são capturados pelos braços firmes e sólidos, cobertos pela camisa. Tento conter meus pensamentos, que imaginam aqueles braços em torno de mim, focando na brincadeira deles. O que estava acontecendo comigo? Eu nunca fui de pensar tão libertinamente toda vez que via um homem.

— Sai, tio Jonas. — Ele não para de rir e receber cócegas. — Ajuda, Rafaela!

Sorrio mentalmente por entender o quanto Jonas é esperto. Ele torturou o menino até ele me pedir ajuda e facilitar a situação. Penso em improvisar algo para me intrometer e a lembrança dos meninos do orfanato vem à minha mente, quando usavam qualquer coisa para fazer de armazinha. Olho para os lados e não vejo nada que possa me ajudar, então uso o termômetro.

— Afasta-te do Gui, leão, ou eu atiro.

Os dois olham para mim e Jonas começa a rir, se levantando da cama, fingindo rendição.

— Não me mate, caçadora.

— Não o matarei se você for procurar outro alimento.

Jonas levanta e nossos corpos ficam um rente ao outro, irradiando um calor que estouraria qualquer termômetro. Ele me encara, desafiando, como se dissesse que eu não teria coragem de matá-lo. Seu olhar, intenso, é capaz de atravessar o meu interior. Sinto tantas coisas ao mesmo tempo que até fico tonta. Ele me hipnotiza, sacudindo a cabeça negativamente, desdenhando o meu gesto ameaçador. Eu retribuo a resposta, acenando com a cabeça, mostrando a minha coragem. Tudo o que vejo é ele e um silêncio cheio de promessas. Meu coração acelera, bombeando forte.

— Você me assusta, caçadora.

Sua mão toca meu braço, me fazendo sentir um formigamento. Só então percebo que estou suando com o calor transmitido pelo toque dele. Incrível como as mãos de um homem podem ser tão gentis e firmes. Algo que faz sentir os meus seios pesados e o ar faltar no peito. Quando tinha sido que algo sensorial ou sexual me tinha deixado tão vulnerável?

— Não tenho a intenção de assustá-lo.

Cada poro do seu corpo exala *sex appeal*. Fico perturbada e confusa...

— Poderia assustar muitos leões de tão linda que é.

Jonas sorri e a carga elétrica que ele vem provocando em mim percorre meu corpo mais uma vez, como se fosse um raio me atingindo.

Deuses que atormentam mulheres carentes, alguma vez na vida alguém causou esse efeito em mim?!

Não que eu me lembre.

— Entre esses muitos leões, você é um deles? — ouço-me perguntando.

— Em mim você desperta outros sentimentos — Jonas diz tão baixinho que mal entendo.

— Fui salvo! — Guilherme grita, comemorando. Jonas olha para ele rugindo e dessa vez não sei se o faz por brincadeira ou desconcertado com o breve clima.

— Você não está com fome? — Sua pergunta tem um duplo sentido. Fico muda. Em vez de responder, me envolvo por segundos no contato com ele, travando algo que não consigo discernir. Como poderei colocar os pensamentos em ordem, quando ele está tão próximo, me fitando com aqueles olhos tão escuros? Ergo o queixo para tentar disfarçar o quanto ele me seduz, em um misto de preservação e profissionalismo.

— Eu comi antes de dormir. — Não gosto do tom de voz rouca com a qual respondo, demonstrando a ele que me deixa nervosa com a sua proximidade. Bem, talvez eu esteja mesmo nervosa. Afinal, é tudo novo e incerto nesse emprego.

— Mais uma vez obrigada, Rafaela. Foi tudo tão rápido, que acabamos não acertando o seu pagamento.

Ele é gentil. Vejo a verdade nos seus olhos, acompanhado de um leve sorriso simpático e, ao mesmo tempo, uma fome sensual. Imagino a barba rala e bem desenhada em seu rosto raspando por meu pescoço e o fazendo pinicar.

— Não tem problema. Acertamos mais tarde.

Minha respiração parece voltar ao normal depois do efeito estranho que ele me causa.

— Estarei te esperando.

A voz cheia de promessas me deixa muda, novamente. Eu mal me restabeleço e já amoleço novamente. Ensaio um sorriso como resposta incapaz de responder qualquer coisa a respeito de toda aquela tensão sensual. Isso não está certo. Homens sexualmente confiantes estão riscados da minha vida. Temendo que ele pense que estou flertando, mudo a minha postura.

— Ele tem algum medicamento prescrito?

— Está tudo na pasta sobre a mesinha.

— Assim que examiná-lo, cuidarei de ler tudo. Obrigada.

— Volto daqui a pouco com um lanche para o Gui.

— Se ele já jantou, acho que um leite cairá melhor.

Jonas sai do quarto e nos deixa a sós. Eu volto toda minha atenção para Gui.

— O que acha de eu contar a história do termômetro para você no tempo recorde que ele vai levar para medir a sua temperatura?

Sem dar o braço a torcer, ele dá de ombros.

Sento-me ao seu lado, admirada pelo esforço enorme que estou fazendo para manter-me em cima das pernas, depois da demonstração de sedução que o seu tio me forneceu.

— Em que ano você está na escola, Gui?

— Segundo.

— Que inteligente! Sabia que o primeiro termômetro foi inventado por Galileu em 1602? — Guilherme me olha curioso e não responde. — Faz muito tempo, né? Ele era composto de uma parte de vidro arredondada, chamada de bulbo, e um fino "pescoço", também de vidro, que servia para ser imerso em um recipiente que contivesse água e corante. — Envolvido na história que vou contando, ele nem percebe que levanto o seu bracinho e coloco o termômetro. — Galileu aquecia o bulbo de vidro, retirando parte do ar que estava dentro para, assim, poder emborcar o tubo dentro da água. Após mergulhar o tubo dentro da vasilha com água e corante, a temperatura do bulbo voltava a seu valor normal, fazendo com que a água subisse através do tubo até certa altura — concluo, contando como era a medição da temperatura.

— Mas hoje não é assim.

— Não mesmo. Porque desde aquela época a tecnologia foi se aprimorando. Depois de Galileu, um médico francês chamado Jean Rey construiu um termômetro de líquido. — Aproveito para ouvir as batidas do seu coração e sua respiração enquanto conto a história. — Que também não é igual ao dos dias de hoje. Anos mais tarde, o Duque de Toscana, Fernando II, contribuiu inventando outro termômetro, parecido com o de Rey, que era capaz de medir temperaturas bem baixas, como a do gelo! Para isso, ele utilizou álcool como líquido de base, já que ele congela a uma temperatura bem mais baixa que a água.

— Ele que fez esse? — Sua pergunta é curta e seca.

— Não! Esse termômetro que está em você foi aprimorado por vários cientistas que vieram depois.

— Você sabe o nome de todos eles? — Contenho um sorriso, satisfeita por perceber que, por mais taciturno que ele tente se mostrar para mim, no fundo está interessado na história.

— Não lembro, mas prometo me informar para a próxima vez que medir sua temperatura. Combinado?

Deixo a sementinha da curiosidade plantada para colher nos nossos próximos contatos.

Tirando o termômetro debaixo do bracinho fininho do Gui, olho a temperatura e imagino como deve ser difícil e confuso para ele passar por tudo aquilo. Anoto no meu bloquinho as informações e pisco para ele. Como enfermeira, preciso saber mais detalhes de sua doença, desde o início, como os primeiros sintomas, o diagnóstico, o tempo que está em tratamento, as medicações que vem tomando, horários, dietas alimentares e tudo mais que se refira à saúde dele. Desta forma, posso planejar o cuidado individualizado que será ministrado ao Gui. Isso se a mãe dele concordar que eu continue trabalhando com eles.

Satisfeita, olho orgulhosa para Guilherme, refletindo que não tinha jeito: eu nasci para ser enfermeira. Quando comecei o curso, tinha muitas dúvidas. Era uma profissão que lidaria com a vida e a morte. E exatamente essas eram minhas dúvidas... Eu tinha ideia do que tudo aquilo significaria para mim? Quais eram as emoções que eu sentiria ao cuidar de pessoas doentes?

Foi na graduação que eu enfrentei o dilema e me decidi que era, sim, a profissão da minha vida. Quando prestei o cuidado de enfermagem ao primeiro paciente e percebi que ele dependia de mim, a maior preocupação era saber se eu conseguiria, se daria conta. Mas eu superei e consegui! Foram muitos desafios, muitos enfrentamentos. Lidei muitas vezes com a morte, com a dor, com o sentimento de impotência...

Todos os pacientes que estiveram sob meus cuidados me ensinaram a superar as dificuldades, a compreender o cuidado com o ser humano e aperfeiçoar meus conhecimentos; aprendi a me tornar forte por eles. Afinal, muitas pessoas dependeriam de mim um dia e eu estaria ali para ajudá-las. Só que cuidar de criança sempre mexe comigo. Aquele ser frágil, muitas vezes sem poder falar o que sente, somente expressando pelo olhar ou por gestos seu desconforto ou dor, me torna mais sensível ao cuidar do outro. Eu sempre me questionei e me preservei ao criar vínculos com pacientes, porém com Vitória, por exemplo, a minha estrelinha, foi mais forte que eu. Quando dei por mim, estava totalmente envolvida e sofri quando nos separamos. Mas não me arrependi, porque eu sei que fiz o meu melhor para ela, contribuindo de alguma forma para o bem-estar da pequena. Eu me doei o quanto ela precisava que eu o fizesse.

— Estou com sede. — Guilherme chama a minha atenção. No seu modo taciturno, ele parece tão frágil... O cateter em seu braço mostra o quanto o tratamento tem sido intenso.

— Vou pegar um copo com leite para você. — Pisco para ele.

— Queria ir junto para brincar com o Bóris.

— Gui, já é tarde. Amanhã você tem aula, não tem?

— Tenho.

— Então o que acha de eu contar mais algumas histórias para você e amanhã você brincar com o Bóris? Proponho até passearmos com ele.

— Jura? — Pela primeira vez desde que estamos juntos vejo um brilho nos seus olhos. Seu entusiasmo me faz duvidar se tomei a decisão certa. Será que poderíamos dar uma volta com o Bóris? Por isso, antes de afirmar e fazer falsas promessas, tento dar a melhor resposta.

— Prometo pedir para o tio Jonas.

Deixo-o rapidinho no quarto e vou à cozinha pegar o copo com leite. Se eu tiver que continuar aqui, precisarei que todas as informações sejam esclarecidas. Embora Gui pareça um garotinho triste, quero muito ter a oportunidade de trabalhar junto dele para, pelo menos, conseguir ver mais vezes o brilho nos seus olhos tão opacos, como presenciei há pouco.

Capítulo 11

Jonas

Enquanto releio o processo, tamborilo os dedos na mesa.

Que feio, caro colega! Grifo a data e comemoro em antecipação. Que bosta a defesa do funcionário fez? Essa ação tinha tudo para ser causa perdida para o meu cliente, se não estivesse nas mãos de um profissional atento.

Então o seu cliente começou a trabalhar oito meses antes da contratação? Vocês estavam com a faca e queijo na mão. Agora me deram boas opções de defesa.

Estou cansado de aconselhar os meus clientes a não contratar ninguém sem registro. Não que eles não saibam disso, mas ainda assim essa é maior incidência entre todos. O funcionário pisou na empresa, os recursos humanos já têm que providenciar a anotação na carteira e assinatura no contrato de trabalho. No caso dessa ação, além de a empresa que represento não ter registrado o funcionário, ainda se recusou a pagar a rescisão depois de um enorme prejuízo que o funcionário deu. Continuo analisando o processo e o som de passos quase levitando do chão chama a minha atenção. No relógio passa das duas da manhã.

Quer dizer que Rafaela estava cumprindo o que me disse mais cedo? Sua tenacidade me espanta! Quando ofereci meu quarto para ela descansar, depois de ter ido ver se Gui tinha adormecido, ela teimou dizendo que durante o trabalho não descansava e que eu não precisava me dar ao trabalho de sair do meu conforto porque ela não dormiria.

Para mim não era esforço nenhum ceder meu quarto para ela, até porque passo mais horas aqui no escritório trabalhando e dormindo no sofá do que na minha própria cama. Eu repeti isso para ela mais de uma vez, mas pelo que vejo é mais teimosa do que eu imaginava.

Mal sabe ela que pertinácia é uma qualidade que me excita muito. Adoro um desafio.

Vejo pela fresta da porta entreaberta o vulto dela passar, me fazendo perder a concentração...

— Não está conseguindo dormir? — Alguns segundos se alongam depois que comento. Será que ela não ouviu?

Uma leve fisgada no peito me faz desconfiar que estou perdido e inseguro com os meus desejos, coisa que nunca me aconteceu antes.

Há anos que ninguém passa da linha do meu abdômen e chega ao meu peito. Tudo tem sido sexo e nada além disso. Se bem que nesse caso acredito que possa ser uma combinação de sentimentos. Afinal, eu a conheci em um momento que ela estava vulnerável e não foi diferente quando a encontrei pela segunda vez. Por ter uma irmã, sempre me comovi com situações onde as mulheres se encontram frágeis. Mas é aí que entra a conjunção, e posso apostar que não tem nada a ver com compaixão... Ela desperta em mim puro tesão.

Uma batida leve na porta demonstra que ela me ouviu e de repente me faz lembrar como minha libido esteve à prova, sendo testada a todo momento no dia em que a encontrei no bar embriagada e a tive nos meus braços. O dia em que banquei o bom samaritano.

— A porta está aberta. Pode entrar.

Lentamente, como o nascer do sol, a porta vai se abrindo e eu, como um espectador e admirador da natureza, a vejo reluzindo, parada na porta com os cabelos platinados soltos.

As alcinhas estão de volta e minha atração por elas também. Se Rafaela soubesse como foi broxante vê-la vestindo aquele jaleco infantil que encobriu todo o seu corpo, principalmente os robustos seios...

Ela deve estar com calor. No alto verão de São Paulo, o ar-condicionado é imprescindível, mas eu não achei conveniente ligar no quarto do Gui por seu estado gripal.

— Você falou comigo?

— Perguntei se não está conseguindo dormir.

— Já disse que não durmo quando estou de plantão.

Nossos olhos se encontram e eu concluo que embora Rafaela seja inacessível para mim, gosto da forma como ela me encara sem se deixar intimidar. Essa mulher decididamente é única, pura e atraente demais.

— Foi bom você falar sobre isso. — Ironicamente, penso que em casa de ferreiro, o espeto é de pau. Há minutos estava pensando no conselho que dou aos meus clientes e, no entanto, acabo de contratar uma enfermeira temporária e não fiz o contrato, nem mesmo tratamos do seu salário. — Entre e sente-se um momento aqui, Rafaela, já que está sem sono.

Porque, se ficar parada na porta do escritório tão majestosa como está, acabarei tendo um orgasmo só a observando. Não posso acreditar que não consigo olhar para ela apenas como uma profissional. O desejo carnal é muito mais forte do que eu.

— Tenho descansado muito desde que saí do meu último emprego.

— Ainda assim, não vejo necessidade de ficar acordada quando Gui parece dormir tão tranquilamente. A não ser que esteja com medo de eu entrar no meu quarto enquanto está lá — a provoco.

— Essa não é minha preocupação.

No fundo sua resposta me frustra...

— Que bom, isso me deixará tranquilo futuramente. Agora me fala, Rafaela, qual é o honorário da sua diária?

— Antes de tratarmos dos meus honorários, quero deixar claro que não ficarei se sua irmã não concordar.

Seus lábios rosados franzidos me fazem desejar vê-los relaxados. Eles são tentadores demais para permanecerem apertados. Faz tempo que uma mulher não desperta o meu interesse desse jeito.

— Creio que ela não está em posição de decidir nada.

— Nesse caso, amanhã, assim que o Guilherme sair para aula, eu vou embora.

— Ela demonstra achar ultrajante a ideia de cuidar do Gui sem o consentimento da mãe. Ela é até um pouco ríspida diante disso. Justo Rafaela, que se mostrou até agora ser tão plácida...

— Eu asseguro que a comunicarei amanhã no primeiro horário. Eliana sabe que eu preciso de alguém.

— Ela pode preferir uma babá.

Nenhuma babá seria tão linda quanto você, nem teria olhos azuis fascinantes como os seus, muito menos a combinação excitante que você desperta em mim. Se soubesse a fraqueza que tenho em admirar uma bela mulher... Tenho vontade de responder tudo isso. Porém, a despeito do que ela desperta em mim, não posso deixar esse fascínio se misturar com o que temos que tratar sobre os dias trabalhando aqui, no meu apartamento. Ela está aqui para tornar a vida melhor para Gui e não para sustentar minhas fantasias sórdidas.

— Uma babá não saberá me ajudar a cuidar do Gui. Ele precisa de uma enfermeira.

— Sendo assim, precisamos tratar da questão da minha contratação.

Não era isso que eu tinha proposto assim que ela entrou?

— Pelo que o médico da Eliana falou, ele deseja que ela fique em observação dois ou três dias. Isso se a pressão se estabilizar. Está bem para você inicialmente ficar aqui por esse período?

— Trabalhar 72 horas seguidas? — Vejo perplexidade e reprovação no seu tom.

Se 72 horas para ela é muito, para mim parece pouco tempo em vista do desejo que ela desperta e mim. Eu a quero com uma intensidade que me choca e não acho que seja apenas por sua beleza. Eu simplesmente a desejo de formas que a razão não é capaz de decifrar.

— Não quero que trabalhe o tempo todo nesses próximos dias — esclareço. — Sei dos seus direitos. Teoricamente, o horário será somente no tempo em que Gui estiver em casa. Pela manhã ele está na escola. E no período da noite, como mencionei horas atrás, você pode ter seu momento de descanso e recesso.

Pego-a me olhando séria e sustento a expressão, me permitindo continuar observando-a com cautela. Rafaela é mutável e inconstante como um vulcão pronto para entrar em erupção. Ou será que dentro desse olhar mesclado de

determinação e vulnerabilidade que me cativa tanto tem uma mulher disposta a se exibir para mim?
— Por que será que tenho a sensação de que a operária está em desvantagem perante o homem que conhece as leis?
— Não faça mau juízo de mim. Vou confessar baixinho que me pego mais em desvantagem do que você.
Posso ver um sorriso tímido e relutante se formar em sua boca.

Rafaela

Confusa, eu o encaro. Ele só pode estar brincando... Seu rosto impassível e sério descarta a possibilidade de brincadeira. Seus argumentos me desestabilizam. E se os meus instintos estiverem certos, ele não é um homem que aceitará o não como resposta. Mesmo sentindo-me mexida, não baixo os meus ombros, nem recuo, demonstrando assim que ele pode conseguir o que quer.
— Posso saber como ficarei aqui por 72 horas, sem roupas e objetos pessoais?
— A ideia de vê-la trabalhar sem roupa não tinha passado pela minha cabeça, Rafaela... Mas se quiser, fique à vontade. Adorarei apreciá-la.
Sua sugestão libidinosa à ideia de me ver nua trabalhando me faz ruborizar. Ele sorri de forma assexuada, mas ainda assim é dono de qualquer outra coisa, algo escondido na forma que me fita, que não consigo decifrar e faz o meu coração palpitar. Seus olhos escurecem me encarando intensamente. A forma masculina de Jonas me atrai. Imagens minhas desfilando nua, me exibindo para ele somente com estetoscópio pendurado no pescoço, fazem uma onda de calor me inundar. Ele faz me sentir desejável! Por um momento me dou conta de que o sedutor advogado também deve estar imaginando isso e ignoro repentinamente essa ideia que parece controlar o meu cérebro, conseguindo recuperar o bom senso.
— Andar nua não foi o que eu quis sugerir. Como pode ver, não posso ficar aqui por muito tempo.
— Não arrume desculpas. Se o problema é a roupa, simples, buscaremos o que precisa amanhã pela manhã.
Nós? Apenas a sugestão de ele ir comigo me faz arrepiar.
Por alguns segundos acho que entendi errado. Que patrão se disporia a levar uma funcionária até a sua casa para buscar objetos pessoais, para se mudar temporariamente, ainda mais para o seu quarto?
— Por que preciso dormir aqui? Não posso trabalhar apenas o período em que Guilherme estiver em casa até que adormeça?
Fito-o, esperando que ele aceite minha sugestão. Em vez de me responder, ele me encara. Como esse homem é visual! Algo nele me causa frio na barriga e faz as minhas mãos suarem. Não é nada associado ao medo, e sim ao pavor por

me pegar gostando de ser observada por ele, sem saber controlar essa compulsão. Quanto mais ele me encara, mais ousada me sinto.
— O que faço se ele ficar doente à noite?
Ele continua a sustentar o olhar, mordendo o lábio inferior como se medisse forças comigo, tornando a minha fala quase impossível de sair.
— Pode levá-lo ao hospital.
— Você não acha que eu quero ser olhado pelos médicos como aqueles pais que ao ouvirem um "ai" do filho correm para o hospital, acha? — ele me questiona com sorriso irônico, como se o que estivéssemos falando fossem palavras jogadas ao vento.
— Qual seria o problema?
Impaciente, mexo no cabelo, trocando de lado a franja. Cruzo e descruzo as pernas, procurando uma posição favorável, e ele acompanha cada movimento meu, demonstrando interesse, como se eu tivesse fazendo uma dança sensual para ele.
— Por que complicar, Rafaela? Na sua imaginação fértil você não está com medo de que eu a ataque no período da noite, está?
Quem tem medo de acabar fazendo isso sou eu... Meus hormônios parecem entrar em ebulição, deixando o meu corpo com uma sensação inebriante.
— Oh, por favor... Isso nem passou pela minha cabeça — minto.
— E se eu fizesse?
— Eu o processaria por assédio? — Satisfeita por acreditar que ganhei a discussão, sorrio com um olhar triunfal.
— Então devo ir contra o tempo e começar o meu assédio desde já. O que acha? Afinal, ainda não temos nenhum vínculo empregatício, nem ao menos sou seu superior hierárquico. — O sorriso dele é tão vibrante que, enquanto Jonas parece comemorar que dessa vez ele venceu o *round* da luta com sua implícita brincadeira, sinto aumentar a onda de calor, que me transborda como um tsunami.
Meu queixo deve estar caído. Não sei se me sinto horrorizada, incrédula ou divertida. Prefiro a última opção, por isso respondo à altura:
— Devo adverti-lo que será em vão — digo com indubitável veemência, tentando ser firme sem mostrar que a sua brincadeira mexeu comigo.
— Duvidando do meu poder de persuasão, Rafaela?
Atraída por seus olhos que parecem me tocar, sinto a reação química do meu corpo. A sensação é tão estranha que chega a pulsar entre as minhas pernas. Pisco na tentativa de romper essa hipnose, mortificada com a ideia de ele descobrir o que estou pensando e o quanto ele me faz sentir como uma narcisista hedonista.
— Na minha terra, dr. Jonas, aprendi que quando um não quer, dois não brigam.
— Já na minha, aprendi que temos que tentar conseguir aquilo que queremos.
— Onde foi parar o bom samaritano de mocinhas desprotegidas, dr. Jonas?

— Voltamos a isso?
— Ao bom samaritano?
— Não, ao doutor. Já lhe disse quais são os momentos que você pode me chamar de doutor. Se não lembra, posso lhe refrescar a memória. — A incredulidade me domina. Será que ele pensa mesmo que tenho fantasias eróticas chamando-o de doutor?
— Não é necessário — respondo depressa.
— Sendo assim, onde estávamos?
— Estávamos falando sobre a minha contratação.
— Pois bem! — Jonas retoma suas pretensões e eu fico imaginando como vou conseguir permanecer os próximos dias trabalhando ao lado dele, sentindo tudo o que esse homem desperta em mim. Ele concorda com meus honorários, aceita que eu vá sozinha para casa pegar minhas coisas e consegue me convencer que se sentirá bem em me ceder o seu quarto, situação que para mim é um absurdo. Mas, enfim, com ele não existem objeções que não tenham uma resposta.
— Li os relatórios do Guilherme.
Enquanto eu o observava dormir, pude ver que a pasta que Jonas indicou em cima da mesinha continha tudo. Fiquei admirada com a organização que Eliana vem mantendo desde o início do tratamento do Gui. Dentre as anotações, li que a leucemia dele não foi precoce e que não era portador de doenças genéticas antes de descobrirem a doença. Imagino o choque que foi para todos. Preocupei-me em ler tudo, a medicação que ele toma, e os horários de cada remédio.

A quimioterapia mata as células cancerígenas, mas também afeta as normais, o que acarreta uma série de efeitos colaterais, que dependem das drogas utilizadas, da dosagem e da duração e frequência do tratamento. A quimioterapia ataca basicamente as células que se dividem e, por isso, ela é útil contra as células cancerígenas, que passam a maior parte do tempo se reproduzindo.

O problema é que algumas células normais, como as da medula, as que revestem a boca e intestinos, a pele e os folículos capilares, também se dividem depressa e acabam sendo danificadas pela quimioterapia.

— Que bom que já se inteirou sobre ele.
Sua mudança de humor inesperada faz surgir uma ruguinha em sua testa.
— Faz tempo que ele começou a perder cabelo?
— Acho que foi logo quando começou o tratamento. — Jonas parece refletir e vagar nas suas lembranças. — Acredita que Felipe e eu também raspamos o cabelo, para incentivá-lo a fazer como nós?
— Muito nobre da parte de vocês.
Ele dá de ombros e me pega olhando para seus cabelos.
— A genética foi generosa comigo. Meu cabelo cresce rápido. — Ele passa a mão sobre eles e os bagunça. — Raspo tudo de novo se perceber que Gui está se sentindo diferente dos outros. Faço o que precisar por aquele garoto, para amenizar sua dor.

Pego-me sorrindo e admirada com o carinho com que se refere ao sobrinho e imagino como seria se fosse pai.
— Li no relatório que no caso dele um transplante pode ser a cura.
— Faz tanto tempo que ele está na fila e não consegue. — Sua voz sai melancólica. Por um momento instintivo, para confortá-lo, ponho a mão sobre a sua na mesa. Um fluxo de calor já conhecido pelo meu corpo parte da minha mão até o meu núcleo. A pele quente dele sob a minha faz os pelos dos meus braços se eriçarem. Nunca imaginei que um simples toque em alguém pudesse ser tão fatal. Tocar nele é.
— Esse é o problema da humanidade: a falta de informação. Se as pessoas soubessem como é simples a doação de medula, tenho certeza que não teríamos tantos doentes esperando tanto tempo. Confio que esse doador compatível que ele tanto precisa está por aí e em breve aparecerá.
— Você é doadora?
Sua pergunta me faz cair em mim e perceber que faço parte do número de pessoas omissas. Como nunca pensei nisso, trabalhando na área de saúde?
— Ainda não, mas em breve repararei isso. E você?
— Fiz até o teste para saber se era compatível com Gui e sei lá por que não me inscrevi no programa de doação. Como você, repararei esse erro. — Ele pisca para mim.
— Você sabe que no caso do Guilherme o transplante de medula é a única solução, porque suas chances de recuperação com a quimioterapia são pequenas.
— Por isso acreditamos que a gravidez da Eliana veio para renovar nossas esperanças.
Emocionado, vislumbro os seus olhos marejados.
— Vai dar tudo certo.
— É bom ouvir o quanto é otimista. — Jonas sorri, simpático.
— Pelas experiências de alguns casos já vistos, os transplantes alogênicos dão muito certo quando o doador é cem por cento compatível. A maioria das vezes funciona com irmãos.
— Eliana me falou um pouco sobre as células-tronco. — Sua voz parece embargada. — Eu nunca entendi direito como tudo isso funciona.
— As células-tronco para transplante podem vir da medula do doador, obtida por meio de várias aspirações do conteúdo da medula óssea ou, como é mais comum, extraídas do sangue por meio de um processo chamado aférese. Essas células também podem vir do cordão umbilical. Então acredito que existe, sim, um motivo para vocês terem esperanças. Uma vida salvando outra. — O homem de porte grande e forte de repente se mostra frágil e eu pisco, consoladora. Ponho-me em seu lugar. Se eu tivesse um ente querido nas condições do Gui, faria de tudo também para ajudá-lo.
— É por isso que minha irmã e meu cunhado precisam tanto de mim agora. — Ele passa a mão pela cabeça. — Enquanto eles lutam juntos para segurar o

bebê, estou aqui cuidando do Gui, dando o melhor de mim. Tenho tanto medo que possa dar algo errado...

Não é de admirar que ele seja tão determinado a proteger sua família. Como posso dar as costas a ele? Que sina dessa família ter que lutar pela sobrevivência!

— No que depender de mim, pode contar comigo.

— Você é uma boa pessoa e muito inteligente, Rafaela.

Com o elogio, me sinto envaidecida. Seu polegar acaricia a minha mão, parando ao centro quando os nossos olhos se cruzam. A sintonia do gesto estabelece um elo, selando a solidariedade ou quem sabe o que mais, tamanho o carinho sentido. Suas palavras não deveriam me seduzir tanto, mas o fazem. Ele não deveria ter qualquer efeito sobre mim, mas tem! A única coisa que poderia existir entre nós dois seria um acordo profissional. Nossa relação não tinha nada de sentimental. Se não fosse o problema da gravidez da irmã, nós dois jamais nos veríamos novamente. Agarro-me a isso para me lembrar futuramente que qualquer fantasia seria apenas coisa da minha cabeça. Tento desfazer o contato de nossas mãos e ele a segura, movimentando o polegar ainda mais forte.

— Acho que está na hora de eu ir ver o Gui.

— Carinho te constrange, Rafaela?

— Não acho certo que patrão e funcionária tenham qualquer tipo de contato.

— Lembre-se de que eu não sou seu patrão. Só estou intermediando sua contratação. No mais, ainda não a estou assediando. Esse é apenas um gesto de carinho que eu faria em qualquer mulher que me ajudasse.

— Acontece que não sou qualquer mulher.

— Não mesmo. Você é muito diferente.

No auge da sua masculinidade sensual e atraente, deduzo que ele deva gostar de atenção feminina. Sua carícia se intensifica e o pego trilhando os dedos pelo meu pulso. Volto a me sentir quente e corando, fazendo um esforço danado para controlar a reação que ele me causa. De repente, ele gira o meu pulso e o segura firme, olhando fixamente a palma da minha mão.

— Está vendo essas quatro linhas? — Com a outra mão ele traz os dedos sobre a minha palma, lentamente deslizando-os sobre mim, como se a estivesse estudando. A ansiedade corrói meu peito. O contato acende um fogo dentro de mim que me incendeia da palma da mão ao ventre. Uma pulsação forte e pesada entre minhas coxas me faz cruzar as pernas, enquanto ele continua a falar e me torturar: — Essa aqui é a linha do coração. — Sua carícia me faz sentir cócegas e eu me retraio, enquanto ele segura firme o meu pulso para não fechar a mão. Não consigo ignorar o arrepio que ele me causa. — Já essa é da cabeça, essa outra da vida e aqui o destino. Está vendo, Rafaela, como ela faz uma curva aqui? Isso quer dizer que precisa deixar o destino te levar. — Jonas parece determinado a me insinuar algo, como se eu fosse lenta em compreender o óbvio. Seus olhos sombrios me sugam para um buraco negro e eu fico paralisada por um momento.

— Não podemos fugir do que elas dizem, não se esqueça disso.

— Você é algum bruxo? — mal consigo falar.
— Apenas um bom observador.

Ele solta a minha mão e eu empurro a cadeira para trás, me levantando de forma ensandecida para me distanciar dele. Sinto-me nua e desprotegida. Esse homem tem o poder de roubar toda e qualquer capacidade minha de pensar racionalmente. Só o fato de estar perto dele me tira o controle... Controle esse que imaginei adquirir depois da minha última e única experiência frustrada.

— Não esquecerei o que me disse. Boa noite!

Sem olhar para trás, saio. Estou sem fôlego e assustada com a intensidade do quanto ele me afeta.

Capítulo 12

Rafaela

Tudo o que preciso é de um banho. De preferência, gelado.
O que foi aquilo no escritório dele?
Eu praticamente fiquei me exibindo para Jonas com trejeitos ousados, como se fosse uma perita na arte da sedução. Nunca me imaginei fazendo aquilo. Até então minha experiência mais próxima à promiscuidade foi quando me insinuei para o dr. Marco.
Também, o que fazer quando se tem um homem que te olha como uma joia rara e te faz sentir linda? Ele usa e abusa da sua ferramenta de sedução. Não são apenas os olhares de admiração e encantamento que ele me dirige que me seduzem. É a forma interessada e especulativa com que me fita que me prende. Parece que tudo o que falo desperta a atenção dele. Jonas tem uma forma de olhar que me faz querer ser quem nunca fui, encontrar dentro de mim uma Rafaela que ainda não conheci.
Abano-me, sentindo ainda o calor da pele dele em minha palma. O coração bate forte, enquanto o interior do meu corpo pulsa. Não posso negar: o que estou sentindo é pura excitação.
Como pode? Como um simples olhar dele pode ameaçar incendiar o meu corpo de dentro para fora daquele jeito?
Aproveito que Jonas ofereceu o seu quarto para tentar descansar um pouco e o adentro. Seu perfume paira no ar e eu me questiono se foi uma decisão sábia, tendo em vista o frio na barriga que sinto. Os móveis dispostos e em sincronia, o cabideiro com seu terno pendurado, tudo me remete ao homem que há segundos me deixou insana. A lembrança dele em cada espaço do quarto me faz estremecer dos pés à cabeça. Não por medo, mas pela inquietação que percorre as minhas veias.
Deitada na cama, olho inquieta para o teto e para as sancas decorativas. A sensação de desconforto me faz pular. Não conseguirei ficar aqui. Não quando ainda sinto o olhar dele percorrer o meu corpo. Andando de um lado a outro, mexo na maçaneta da porta que dá para sua suíte e descubro dentro um box com duchas de hidromassagem verticais.

A tentação é demais, então atravesso devagar o banheiro, decidida a tomar um banho para tentar relaxar os ânimos. Abro o registro e a água sai por todas as hidros. Ainda me sentindo provocante, tiro a roupa lentamente, alisando cada parte do meu corpo excitado. O jogo perverso de sentir a pele sob minhas mãos me faz arrepiar e sentir meu ventre formigar. Um desejo imenso de me revelar para ele e de ficar sob a sua mira me assombra. Só de lembrar amoleço, umedeço. Foi bom senti-lo me devorar com os olhos.

Os jatos de água tocam meu corpo sensível junto com minhas mãos e eu fecho os olhos, imaginando ser as mãos dele me tocando e os olhos me observando. Meu baixo ventre vibra, enquanto a água desliza sobre mim. Cada centímetro do meu corpo se excita. A lembrança daqueles olhos encarando os meus seios os deixa túrgidos e doloridos. Toco-os. Massageá-los não é o bastante, então belisco e torço cada mamilo intumescido, a fim de conseguir alívio. O desejo vai aumentando junto com a água deslizando pela minha barriga, chegando em minha parte íntima. Vagando com os dedos, me ensaboando, chego à parte do meu corpo que clama pelo toque dele e me deleito enfiando a cabeça debaixo da água, sentindo toda a pressão dos meus dedos me massageando avidamente. Meu corpo treme, precisando demais, chego a queimar me lembrando do seu olhar. O jato do meio da parede excita a minha feminilidade, me auxilia a imaginar a língua dele me lambendo. A intimidade de imaginá-lo me observar me faz insana. Eu solto um gemido abafado pela água, sentindo o prazer me abraçar.

Jonas

As letras começam a embaralhar em minha visão por causa do horário. Eu luto contra o sono. Mal consigo me concentrar com a enorme ereção que aquela atrevida me causou. Quem diria que a linda Rafaela, com sua pele translúcida e aparência impecável, sentada de modo tão formal inicialmente, fosse se transformar em uma bela exibicionista. E o melhor era que demonstrava gostar de ser observada. Aqueles seios volumosos na altura da mesa se oferecendo como um banquete para um rei foram a minha perdição. O desejo, desde então, se apertou em mim. Só eu sei o quanto me segurei para aliviar a pressão da minha excitação crescente. As mulheres que se oferecem exibidas para mim, eu geralmente devoro, porém com ela tudo precisa ser cauteloso. A atração que eu sentia por ela se tornou só um adendo às intenções que agora tenho. Afinal, não pretendo me tornar um monge e muito menos resolver a questão do meu desejo com qualquer encontro casual.

Eu a quero!

Procuro meus óculos e não os encontro. Lembro-me que depois da última vez que os usei deixei-os guardados na pasta e vou até lá pegar.

Como Rafaela mencionou que iria ver o pigmeu, deduzo que não está no quarto. Se ela tivesse dito que estaria lá eu não a incomodaria. Até porque não sei se seria capaz de resistir a ela mais uma vez, depois da visita que fez aqui no escritório.

Bato levemente na porta e não tenho resposta, então a abro. Afinal, o quarto é meu e se não tem ninguém, posso entrar quando quero. O som da água escorrendo pelo ralo chama a minha atenção. De frente para a porta de entrada tem a do banheiro e pelo vidro transparente, embaçado pelo vapor, vejo a sombra do corpo dela.

Com esforço, me limito a erguer os olhos só até altura da sua boca, a única parte que consigo ver com perfeição através do vidro. Seus lábios polpudos estão comprimidos e eu me deleito em pensar que essa força que faz é pela excitação que deve estar sentindo. Linda como sempre, não resisto e meus olhos seguem os seus movimentos. Fico paralisado ao constatar que ela se toca e me deixo hipnotizar, como se ela fosse uma sereia a seduzir um pescador. Meu pau lateja dentro da calça, querendo explodir de excitação. Em outras circunstâncias, eu o tiraria para fora e me masturbaria observando-a. Porém, a situação é outra.

Não posso e nem vou me aproveitar do acontecimento.

Tento dar um passo atrás e meus pés não respondem, como se estivessem acorrentados. Sinto-me um escravo da devassidão sexual. De repente, me pego voltando ao tempo de quando eu ainda era garoto e observava a vizinha se tocar. Rafaela pressiona lindamente os dedos com tanta vontade e entusiasmo em seu núcleo que sou capaz de gozar só em imaginar o prazer intenso que sente, enquanto com a outra mão retorce o bico dos seios. Chego a salivar imaginando-os em minha boca, e pensando nela chupando o meu pau com igual vigor. Seus sussurros são quase gemidos.

Ela lambe os lábios e eu sinto o corpo todo doer com a necessidade de provar sua pele doce e acariciá-la com a língua. Mais enrijecido do que imagino ser possível, meu corpo sofre espasmos.

Para um *voyeur* como eu, só a oportunidade de observar alguém é o bastante, é como multiplicar uma onda de prazer com graça e formosura e isso Rafaela tem de sobra. Seus repetidos movimentos a tornam uma sedutora libidinosa em sua vaidosa alcova.

Meus olhos vidrados nela capturam tudo: suas curvas, as linhas perfeitas. A curvatura dos seus lábios se retorcendo de desejo. Seus mamilos rosados, durinhos e provocantes e o V perfeito na junção das suas coxas, invadido por sua mão, que a masturba.

Ela solta um gemido alto e eu consigo me mexer, como se a sua explosão de júbilo fosse minha libertação.

Depressa, fecho a porta sem barulho e sigo para o outro banheiro, onde mal tenho tempo de tirar minha ereção da calça e aliviar a dor que pulsa em meu pau, pensando nela olhando dentro dos meus olhos, enquanto eu a fizesse minha para jorrar toda a porra quente e espessa, absorvida pela ânsia do desejo carnal.

Capítulo 13

Jonas

De um lado da mesa estão sentados o representante da viação Papa-Léguas e eu. No lado oposto, o nobre colega, o requerente e sua testemunha. Todos estão de frente para o juiz e o escrivão.

Até agora eu não contei para meu cliente que tenho uma carta na manga. E isso porque não gostei do almofadinha arrogante que a empresa enviou, que veio querer jogar a responsabilidade do resultado da causa em cima de mim. Quando nos encontramos minutos antes da audiência, eu o adverti sobre a besteira que fizeram contratando um funcionário sem registrá-lo. O arrogante disse que tinha feito aquilo porque foram contemplados com uma licitação de última hora e precisavam de motoristas urgente. Eu só dei de ombros e disse:

— Lei é lei, meu amigo.

— Acredito que na lei também tem algo que penalize um funcionário por dirigir embriagado e causar um acidente. Como um bom advogado, acredito que você saberá usar isso a nosso favor — em tom debochado, ele me enfrentou.

A matéria de jornal que eu tinha lido dizia que o motorista do ônibus havia atravessado a pista oposta em uma ultrapassagem proibida, levando três carros para a ribanceira e deixando vários passageiros do ônibus e dos carros feridos. Como se essa imprudência não fosse suficiente, ainda foi constatado pela polícia que o motorista estava embriagado.

— É com esse argumento que espera que ganhemos essa ação?

— Não sei se isso nos faz ganhar. Mas a empresa não pode arcar sozinha com todas as indenizações das vítimas do acidente.

— Esse problema é assunto para se resolver na outra ação. Hoje estamos aqui como requeridos, não como requerentes. — Deixei-o parado com cara de tacho, saindo para cumprimentar um colega.

A audiência segue e tudo conta a favor do requerente. Ao ser questionada por mim sobre o envolvimento com o requerente, a testemunha conta que eram amigos e moravam perto. Desde que o requerente começou a trabalhar na empresa de ônibus, a testemunha dava carona para ele, uma vez que esse já era o caminho para seu próprio local de trabalho.

— Você afirma então que em meados de maio de 2013 você já dava carona para o sr. Enzo?

— Não me lembro muito bem da data precisa.

— Vou tentar ajudá-lo. O senhor afirmou momentos atrás para todos nós nessa sala que, desde que o sr. Enzo começou a trabalhar na viação Papa-Léguas, o senhor vinha lhe dando carona, por trabalharem perto. Se ele trabalhou na empresa por um ano e sete meses, como consta no processo, e estamos em dezembro de 2014, o senhor começou a lhe dar carona aproximadamente nessa data.

— Acredito que sim.

Estendendo uma anotação para o advogado do requerente e ao juiz, dou o tiro de misericórdia.

— Então o senhor afirma para todos nessa sala que em maio de 2013 o senhor dava carona para o sr. Enzo da Silva até seu trabalho na viação Papa-Léguas?

Observo meu nobre colega fechar os olhos, detectando o erro que cometeu na descrição da ação.

— Foi isso, sim.

— Não tenho mais perguntas, Excelentíssimo.

Inquirindo com a sobrancelha erguida, o almofadinha representante da empresa me questiona em silêncio. Não queria uma prova da minha eficiência? Tenha paciência, meu caro, e espere a sentença.

Depois de um dia exaustivo no escritório, seguido da audiência, jogo as chaves na mesinha de centro após chegar em casa. Algumas audiências são prazerosas. A de hoje, por exemplo, foi uma delas.

Meu cliente não ficou satisfeito com o desfecho, porque o juiz remarcou a audiência para uma nova data, mas isso é um problema dele e do seu chefe na empresa. Quem não agiu de acordo com a lei foram eles. No entanto, para mim, foi uma vitória ver uma das testemunhas do reclamante autuada da acusação de perjúrio pelo juiz, com a expressão de surpresa e desespero. Foi a melhor parte da audiência. Nunca gostei de mentiras. Burros!

O silêncio da casa me chama a atenção. Não há latidos do Bóris, nem televisão ligada... Até parece que não tem ninguém. E eu que pensei que chegaria aqui e seria recebido por uma casa acolhedora. Ver Rafaela chegando ontem com uma pequena malinha em suas mãos despertou em mim algo curioso. Depois de tanto tempo morando sozinho e tendo ojeriza ao casamento, eu até senti certo conforto tendo a sua companhia por esses dias. O sorriso dela traz vida para essa casa e aquela cena bônus do incidente no banheiro não sai da minha cabeça. Ela se tocando foi como um ferro quente marcando em minha pele as suas iniciais.

— Bóris! — chamo, e nada. Aquele putinho já se enrabichou pela beleza da Rafaela e deve estar no quarto com ela e o Gui. Não posso culpá-lo por tais sentimentos, até porque eu também seria capaz de ficar deitado aos seus pés, admirando-a como um cachorro sem dono. O estranho é que Rafaela concordou comigo quando disse que era melhor mantê-lo fora do quarto do Gui, porque, mesmo eu achando um exagero da minha irmã, ela tinha me pedido para não deixá-lo dormir com o menino e eu prometi que não deixaria.

Espio o corredor e não vejo sinal dele, na cozinha também não.

— Bóris! — tento mais uma vez. Meu celular começa a vibrar com uma sequência de mensagens. Rolando a tela, entre as mensagens, vejo uma da Rafaela, enviada há dez minutos.

> *Estamos descendo para o parquinho. Espero não haver problemas, porque estou levando o Bóris junto.*

Para quem estava determinada a se limitar à sua função de enfermeira, ela estava se superando. Curioso, puxo a gravata do colarinho, dobro as mangas da camisa e decido me juntar a eles.

Hoje, quando a informei que passaria o dia fora, Rafaela pareceu não gostar muito da ideia, inventando mil contratempos, com um pouco de receio notório em seus argumentos.

Também pudera, Gui não estava facilitando muito para ela. Eliana ligou ontem a cada meia hora para falar com Gui, deixando-o melancólico. Passei o dia com eles e pude ver o quão hostil ele foi com ela na hora de tomar a medicação, exigindo que eu o medicasse e a ignorando na maior parte do tempo. Por vezes tentei envolver nós três nas conversas e brincadeiras, mas ele agia como se ela não estivesse ali e, pior, a comparando o tempo todo com a mãe.

Entendo a saudade que ele está sentindo, mas já é um rapazinho e precisa entender que a mãe necessita de cuidados agora e ele tem que se adequar à atual situação.

Decidi ficar ausente na parte da manhã e da tarde com o intuito de deixá-los um pouco a sós. Já que minha audiência era às 15 horas, Gui teria que ficar com ela depois que chegasse da escola. E ouvi-la falar comigo com aquela voz sexy e rouca de quem tinha acabado de acordar logo pela manhã também contribuiu para que eu fugisse para o escritório. Não sabia dizer quanto tempo fazia que uma mulher tinha mexido tanto comigo assim.

Não tenho a intenção de pressioná-la a conhecer meu mundo, muito pelo contrário, quero que ela descubra sozinha. Se Rafaela sentir a metade do que estou sentindo, com base naquela cena que presenciei, estou certo de que ela não resistirá muito tempo para que as coisas aconteçam naturalmente.

Franzo o cenho por causa dos pensamentos insanos, chegando ao hall do prédio. De longe, vejo-os no playground.

A feminilidade com que Rafaela move os braços enquanto fala com Gui é contagiante. Bóris é um putinho mesmo: ele está aos pés dela, se achando um cão de guarda exibido. Estreito os olhos ao reparar no balanço rítmico dos seus cabelos batendo no meio das costas. Claros como raios de sol, ela os usa soltos e atrás da orelha de forma simples, como se desprezasse o poder de sedução que eles podem ter sobre um homem.

A linguagem corporal da Rafaela provoca curiosidade em mim. Fico imaginando ela se tocando, não de olhos fechados como a flagrei, mas me encarando e se mostrando para mim... Uma leve ereção me faz decidir mudar o foco da imaginação e voltar a atenção para eles. Preciso também parar de fixar os meus olhos somente nela.

Ela fala algo para Gui e ele sorri. Eu poderia me acostumar com essa visão. A ideia de um dia ter uma família nunca passou pela minha cabeça. Entretanto, imagino como deve ser prazeroso chegar em casa e ver esposa e filho interagindo com você. Fico de longe, os observando indeciso se devo ou não ir até lá. Parece que estão começando a se dar bem, agradeço aos céus por isso. Antes de ir para o Fórum, passei no hospital e fiz uma visitinha rápida à minha irmã. As notícias que tive não foram nada animadoras. Felipe me contou que Eliana terá que passar a gravidez toda em repouso, com muitas restrições. Por isso, Rafaela e Gui se darem bem era a melhor coisa que poderia acontecer, pois isso ajudaria muito a convencer Eliana de que uma enfermeira em sua casa era a melhor solução.

Alguns garotos passam por mim correndo, trazendo uma bola, e vão direto na direção de Gui. Trocam algumas palavras, e ele chacoalha a cabeça em negativa.

Encostado ao pilar, fico só observando.

Faz tempo que não vejo Gui brincar com amiguinhos.

Para minha surpresa, Rafaela para de empurrar o balanço e pede a bola para os meninos.

O que ela vai fazer?

Não!, penso, abrindo um sorriso, desacreditado.

Rafaela faz embaixadinha com os pés, coxas, cabeça e ombros, como se tivesse crescido nas ruas, brincando com moleques. Sinto-me babar, como os meninos que a olham com admiração.

Belo jeito de impressionar, garota...

Essa mulher é uma caixinha de surpresas.

Será que cometi o erro de trazê-la para trabalhar conosco? Erro nunca, tentação sim. *Ela está aqui porque é talentosa e pelas qualidades profissionais que o Marco recomendou*, advirto-me. *Não para eu fantasiar coisas e muito menos desejar que ela se renda aos meus desejos.* Chega a ser vertiginoso o prazer de apreciá-la.

Os meninos vibram.

O rosto dela se ilumina em um sorriso doce para eles, curvando ligeiramente os lábios. Impressiono-me com a alegria em seus olhos. Ela parece estar em um território confortável.

Aproximo-me de mansinho, ouvindo a emoção na voz dela em falar com Gui, e percebo o quanto ela está empenhada em motivá-lo a se juntar com os meninos. Determino-me a juntar a eles. Um bom *voyeur* como eu não gosta só de olhar, aprecia também a boa linguagem e não subestima a habilidade de ouvir com atenção e falar no momento certo.

Aquela cena dela no chuveiro comprometeu meu autocontrole, me fez esquecer quem sou eu e quem é ela. Não consigo olhar para ela e não me lembrar da expressão de prazer que vi em seu rosto. A facilidade com a qual ela compromete o meu bom senso e capacidade de pensar coerentemente vai me trazer problemas sérios.

Rafaela

Quico uma última vez a bola e chuto na direção do Gui.

— Vai jogar, Gui — incentivo-o a ir com os meninos. Vi o brilho nos seus olhos quando os meninos falaram que iam à portaria pegar a bola.

— Ah, não! — O "não" que ele pronuncia mais parece um "sim" indeciso.

— Por que não, Gui? É só um jogo entre amigos.

— É, vem jogar com a gente! — O menino loirinho que se chama Rafael também o incentiva. Quando chegamos no playground, eles já estavam lá brincando e vieram se enturmar conosco.

— E eu? Não vão me chamar? — Faço-me de interessada, para tentar convencê-lo. — Eu mostrei para vocês que também sei jogar.

— Se você for, vai faltar um jogador. — Gui parece se animar com a minha sugestão.

Bóris late. Estaria aprovando a animação do Gui?

— Ouvi falar que está faltando um jogador? — Uma voz masculina e conhecida me assusta, como um trovão que vem depois de um raio. Meu coração dispara, enquanto o corpo se arrepia, como faz todas as vezes que ele chega. Essa voz vem ecoando dentro de mim em vibrações, provocando em meu inconsciente excitações jamais sentidas. Até já me toquei insanamente pensando nele. Nunca na minha vida tinha feito isso... Quer dizer, sempre me toquei, até porque isso é muito sadio. Entretanto, pensando em um homem como ele, foi novidade para mim.

— Ih, tio, com esse sapato você não pode jogar.

— Acho que você tem razão, Gui. Nesse caso, vou ter que ficar com Rafaela aqui enquanto vocês jogam.

Como assim ele fala por mim? Relutante, olho para ele e quase me arrependo ao deparar com o homem tão grande, de peito largo e musculoso. O contorno dos músculos visíveis através da camisa é um show à parte. As mangas dobradas até o cotovelo, revelando as veias dos antebraços e a deliciosa pele bronzeada me fazem perder o fôlego.

Não consigo olhar em seus olhos para saber o que está pensando, porque Jonas está de óculos escuros.

— Mas eu não sei se vou. Ainda tenho lição...

— Vai sim. Ainda é cedo, você pode fazer a lição mais tarde.

Quando dizem que tios e avós estragam as crianças, não é exagero. Belo jeito de tirar o menino da sua rotina. A expressão marota no rosto de Jonas faz jus a tudo que ele deixa transparecer como sendo um *bon vivant*.

— Minha mãe não gosta que eu faça a lição à noite.

— Ela não está aqui. — Jonas pisca para ele.

— Vamos, Gui! — Os meninos esperam sua resposta na expectativa. Ele olha para mim e depois para o tio.

— Só vou poder jogar um pouquinho.

Com um aperto no peito, consigo perceber que o medo dele é de passar mal na frente dos meninos e não de não saber jogar.

— Estaremos aqui torcendo, Gui. — Repito o gesto do tio, piscando para ele, e os meninos o levam.

— Você parecia empolgada brincando com a bola. — Jonas se aproxima e tira os óculos escuros, prendendo-os na frente da camisa aberta, revelando parte do peito bronzeado. Fico hipnotizada instantaneamente, seguindo os seus movimentos despretensiosos.

— Sempre gostei de futebol.

Seus olhos se fixam nos meus e o aperto já conhecido em meu estômago se intensifica com a atração instantânea. Tento ignorar as pequenas palpitações, mas é em vão. O contato visual é direto e confiante.

— Percebi que tem intimidade com a bola.

— As bonecas nunca me fascinaram.

— Isso é uma prova de que os brinquedos não são regras, que os meninos não têm que brincar com carrinhos ou bolas e as meninas, com bonecas. Olha só a linda mulher sedutora e feminina em que se transformou! — Ruborizo, enquanto ele olha dentro dos meus olhos, me elogiando. Eu me sinto bela, refletida diante das suas palavras.

— Não tínhamos muitas opções de brinquedos no orfanato. — Desvio os olhos dele e mudo de assunto, sem intenção de despertar nele compaixão. — Os meninos parecem animados.

— Foi uma ótima decisão descer com ele. — Outro elogio me faz voltar a atenção para ele. O homem alto, de olhos negros que me hipnotizam e ombros largos, a epítome da masculinidade em sua plenitude, parece se emocionar vendo o sobrinho brincar. Os traços dele são perfeitos demais para serem reais.

— Imaginei que um pouco de ar fresco lhe faria bem.

— Vai fazer. Gui não tem brincado muito. Antes de ficar doente vivia correndo por todo lado e fazia esportes.

— Ele tem que ser mais forte que a doença e derrotá-la, não o contrário — constato.

— Como desejo isso. Ele se afastou de todos os amiguinhos. Ficou recluso, não consigo entender...

— Percebi certa relutância dele quando chegamos aqui — respondo ao me lembrar dos passos hesitantes dele quando viu os meninos. Porém, ele não teve chances de querer voltar, porque Bóris correu até eles para brincar e ele não teve saída senão se juntar.

— Como foi a tarde de vocês? — Ele sorri, curioso.

— Tivemos alguns progressos.

— Deixa eu adivinhar? — Jonas põe o indicador no queixo. — Em vez de comparar você com a mãe a cada dez minutos, passou para vinte?

— Não subestime os nossos progressos. Ele só falou dela uma ou duas vezes.

— Você está brincando?! — Animado, ele coloca a mão em minhas costas, me levando para perto da quadra para vermos os meninos. O simples toque gentil me causa efeitos profundos, conduzindo-me os pensamentos a direções que vêm me assolando libidinosamente. — Isso merece uma comemoração. Que tal jantar comigo essa noite?

Jantar? Ele está me chamando para um encontro ou está grato por eu ter cuidado sozinha hoje do Gui? Totalmente à vontade, ele grita o nome do menino, como se o convite que acaba de me fazer fosse a coisa mais normal do mundo.

— O que foi, Rafaela? Vai me dizer que não pode jantar comigo porque tem um compromisso? — Um tremor involuntário sobe pela minha coluna e só então percebo que sua mão se mantém às minhas costas.

— Devo lembrá-lo que o meu único compromisso pelas próximas 48 horas é com Gui. Sendo assim, não posso aceitar o seu convite.

— Não come quando trabalha?

— Claro que sim, mas como você insistiu quando me contratou e exigiu que eu dormisse em sua casa caso precisasse de mim, não posso sair para um jantar.

Jonas franze a testa e eu não deixo de reparar em todo seu corpo. A calça justa o suficiente, apertada nas coxas, mostra o quanto elas são sólidas em comparação ao resto do corpo. Que meus bons modos me perdoem, mas não resisto à tentação de dar uma espiada ligeira na saliência entre suas pernas.

— Esse é o único motivo?

Quase dou risada quando percebo que não é apenas ele que espera uma resposta minha, como também Bóris, que parece prestar atenção em tudo. Abaixo os olhos, envergonhada. Quando eu tinha olhado para um homem daquele jeito antes?

— Não vejo outro.

— Se a negativa ao meu jantar é somente por isso, Rafaela, então é melhor reconsiderar a sua decisão. Porque o jantar será no meu próprio apartamento. Pensei em preparar algo especial para nós.

— Você é muito prático. — Nossos olhos se prendem por mais alguns instantes.

— Sou prático por querer recompensá-la por uma conquista?

Não sei o que responder para ele. Por um lado, quero me deixar levar pela intuição, mas por outro me recordo, por experiência, de que posso estar confundindo tudo. Jonas não é igual ao dr. Marco, pois ele nunca me chamou para jantar, tampouco tocou em mim, quem dirá me olhou como Jonas me olha. Mas também pudera: dr. Marco, além de ser comprometido — e eu não querer ver isso —, nunca soube da minha virgindade até que declarasse isso para ele. Essa informação, inclusive, foi irrelevante, pois ele não estava interessado em mim. No entanto, deixei escapar meu segredo sem querer para Jonas, e minha confissão parece tê-lo atiçado.

— Sonhando acordada? — Ele me observa como se pudesse ouvir meus pensamentos. — É só um jantar preparado por mim, Rafaela. Vantagens de um homem que mora sozinho e que adquiriu experiência de cozinhar bons pratos com a necessidade de sobreviver. — Jonas tira a mão das minhas costas, levando os dedos à boca, em sinal de cruz. — Prometo que não se arrependerá de comer a minha comida.

— Se está afirmando que se garante, acho que vou me arriscar a acompanhá-lo.
— Tenho certeza de que não se arrependerá.

Junto com sua revelação, uma onda de calor me incendeia. Jonas me fita com um olhar cheio de promessas que chega a arrepiar até os cabelos da minha nuca, tamanha a intensidade. Dentro do meu âmago sinto sensações inexplicáveis e temo me tornar dependente. Vejo-me obrigada a desviar o olhar para os meninos jogando e ver Bóris em cima da mureta, prestando atenção em tudo.

— Gui parece ter se rendido ao jogo.
— O pigmeu sempre mandou bem. Vamos lá, Gui, chuta essa bola! — É contagiante e vibrante vê-lo torcer pelo sobrinho... Quem vê o menino cheio de vida correndo não diz ser aquele de antes, taciturno e apático.

— Goooool! — comemoramos juntos.

Minha respiração parece assumir vida própria ao sentir meu corpo ser suspenso do chão e ser girado pelos braços de Jonas. Feliz, não reclamo com a espontaneidade dele. Meu coração acelera à medida que ele potencializa o nosso contato e as consequências que esse ato causa em mim. Inspiro fundo, sentindo o perfume dele. Fico toda inebriada. Ele parece sentir o mesmo e me solta.

— Você merece muito mais que um jantar, Rafaela. Vou me dedicar a preparar uma deliciosa sobremesa também. — Meus olhos se arregalam, enquanto o corpo sente mil coisas envolvidas com essa sobremesa. O ar falta em meu peito.
—Consegue imaginar quanto tempo faz que não vejo meu sobrinho tão feliz?

Mal me recupero das vibrações lascivas que ele me proporcionou a tempo de entender o que ele fala. Pego-me olhando em seus olhos escuros e flamejantes, enquanto nossos rostos se encontram, muito próximos, o suficiente para nossos lábios quase se tocarem. Por um instante o mundo parece parar. O calor do seu corpo queima o meu. Minha feminilidade totalmente nocauteada fica entorpecida. Jonas curva a cabeça e eu tenho certeza que ele vai me beijar, pois vários tremores me envolvem.

— Você tem ideia de como deveria ser proibido olhar para um homem desse jeito? — Sua voz é rouca e preguiçosa. O que eu faço? Ele vai me beijar?

— Acho que você já me disse isso antes.

— E não se preocupou com a advertência? — Engulo em seco. É muito fácil esquecer tudo quando ele exibe o sorriso tão charmosamente daquele jeito. Estar tão próxima dele é uma experiência palpável quando o olhar dele se mantém tão cativo ao meu. Com dificuldade de respirar, levo a mão ao meu peito e tento não perder o tênue controle que me resta. Seu olhar é diferente de todos os outros que já recebi, ele parece exprimir algo indecifrável. No fundo ele me encoraja. Eu sinto uma vontade imensa de me exibir e mostrar-lhe o que parece estar procurando.

Um barulho nos tira da bolha e nossos olhos seguem juntos, na mesma direção. Caído no chão, Gui parece ter se machucado. Bóris corre na frente e o seguimos.

— Gui! O que aconteceu? — Jonas tenta pegá-lo e eu o impeço. Meu instinto em ajudá-lo da melhor maneira entra em comando e eu me agacho próxima dele. Os meninos dizem que ele pisou na bola e se desequilibrou.

Eu sempre me achei forte diante da dor, ainda mais por causa da minha experiência profissional, mas ver uma criança sofrendo corta o meu coração.

— Deixa que eu cuido dele. — A expressão de remorso do Jonas parece desestabilizá-lo. Ele se afasta um pouco para me deixar fazer os primeiros-socorros, mas continua a nos observar, atento. — Você chegou a bater com a cabeça, Gui?

— Não!

— Dói aqui? — Ele nega com a cabeça. Examino seu corpo, braços e pernas. — E aqui? — Ele nega novamente e diagnostico que está tudo bem, salvo o cotovelo ralado. O tio insistentemente faz os meninos repetirem o que aconteceu e questiona-os se não o viram passar mal antes. Entendo perfeitamente como Jonas deve estar se sentindo culpado por não ter visto o tombo, pois eu sinto-me igual. Olho para ele, totalmente aflito, e o tranquilizo.

— Foi só um ralado. Quando casar passa — brinco com a expressão que as voluntárias do orfanato nos diziam quando machucávamos.

— Ih, vai demorar. O pigmeu mal saiu das fraldas. — Jonas brinca, demonstrando alívio.

— Então você usa fralda até hoje, tio Jonas, porque também não se casou.

— Fala baixinho, não conta o meu segredo. — O tio pisca para ele. — O que Rafaela vai pensar de mim?

Gui abre um sorriso e dá de ombros.

— Você quer namorar com ela? É por isso?

— Moleque, de onde você tirou isso? — Sem jeito, Jonas não me olha e eu tampouco me mexo.

— Você não para de falar que ela é bonita.

— Mas ela não é? — O menino dá de ombros novamente e não responde. — Estou vendo que você já está bem.

Sem graça, ofereço a mão para ele se levantar, mas o menino faz uma cara de dor, todo dramático e charmoso para o tio, que não resiste e o pega no colo.

— O que acha de fazer um curativo nesse braço e comer um chocolate depois? Você tem band-aid de super-heróis, Rafaela? — Embora o machucado seja maior que o curativo cobriria, entendo que Jonas foge totalmente do assunto iniciado pelo pequeno.

— Não tenho, mas se o Gui concordar podemos pintar esse machucado.

— Ai... vai arder? — As lágrimas se formam em seus olhos. É notória a aversão que ele tem a medicamento, já pude testemunhar isso.

— Vai nada, você é um guerreiro! Ou não é?

Despedimo-nos dos meninos e eu pego Bóris no colo.

— Assim você vai mimar esse cachorro.

— Eu desci com ele no colo. Não achei a coleira.

— Ele costuma escondê-la. — Sorrio com a cara que faz. Esse danado sabe exatamente que estamos falando dele. Esse *pug* é muito fofo. Eu teria me dado bem tendo um cãozinho. Jamais pensei nisso antes, mas nunca é tarde para querer um companheiro.

Capítulo 14

Jonas

Com a porta da geladeira aberta, eu mexo, remexo e nada vem à minha mente para preparar o jantar. Passei o tempo todo no banho, debaixo de água gelada, pensando nas últimas horas. Ou, para ser mais específico, em Rafaela. Nem me preocupei em pensar no jantar.

E agora, Bóris, o que eu faço? Prometi um jantar e, de quebra, sobremesa. O doce eu até consigo improvisar... Pisco para ele. No entanto, deitado com a cabeça sobre as patas, ele nem se mexe. Parece desdenhar da minha indecisão.

Se eu sair agora para comprar algo, vamos acabar ceando e não jantando. Sinto meu celular vibrar e tiro-o do bolso da bermuda, atendendo antes do segundo toque.

— Fala, Felipão. — Seguro o celular entre o ombro e a orelha, já que no fundo da prateleira vejo que tenho molho pronto. Um fettuccine à bolonhesa cairá bem. — Como está Eliana?

— Está no banheiro se arrumando — animado, ele conclui. — Tenho boas notícias. Eliana teve alta.

— Agora? — Assusto-me com a minha própria surpresa. — E a pressão dela?

— Está como a de uma adolescente, junto com a sua impulsividade. Acredita que fez o médico dar alta, insistindo que não passaria mais uma noite longe do filho?

— Não duvido — murmuro, distraído, enquanto tiro da geladeira os alimentos de que precisarei.

— Estamos indo para casa. — Um aperto no peito egoísta me faz enxergar que a brincadeira de casinha acabou. — Você faz o favor de levar o Gui para mim?

— E Rafaela?

— A muito contragosto da sua irmã, ela também. Stella está ciente que preciso voltar a trabalhar depois de amanhã.

— Eliana vai superar. Ela está fazendo bem para o pigmeu.

— Ele está aí perto?

— Não! Está lá no quarto. Você ia ficar orgulhoso dele. Hoje ele fez um gol de placa que eu fiquei admirado.

— Sério que ele jogou bola? — Posso ouvir no seu tom de voz o quanto essa novidade o anima.
— Rafaela o levou para brincar um pouco na área de lazer do prédio.
— Se foi ela que o levou, como foi que viu o gol? — Felipe é todo inquiridor e faz questão de saber tudo nos mínimos detalhes: coisas de militar.
— Cheguei em casa e não vi ninguém. Por isso, acabei indo encontrá-los lá embaixo. Quando cheguei estavam até escalando um time.
— Pensei que você tivesse falado que contratou uma enfermeira, não uma jogadora de futebol.
— Não foi com ela que ele jogou, major. Foi com os meninos do prédio. E ele até...

Hesito por um momento se devo contar o incidente ou não.

— Até? — Impaciente, meu cunhado me interroga.

Respiro fundo antes de completar. Sei que Felipe não vai se incomodar com o incidente, mas Eliana, protetora como é e zelosa ao extremo, vai fazer um verdadeiro show.

— Saiu com um raladinho.
— Raladinho? Ih, isso vai render falatório.
— Já pensei nisso. Mas Eliana tem que entender que isso é normal. Qual garoto nunca teve um ralado?
— Você sabe disso e eu também. Agora, e a sua irmã? Essa acredita ter todos os motivos do mundo para não ter ninguém para cuidar do Gui. Esse raladinho não vai facilitar nada para... — Uma pausa e então ouço Eliana dizer:
— Quem está ralado? — Felipe parece abafar o fone do celular, porém consigo ouvi-lo contar o que aconteceu.
— Deixa eu falar com Jonas — ela pede.
— Sua irmã vai falar. Nos vemos daqui a pouco.
— Oi, Jonas, o que aconteceu com o Gui?
— Exatamente o que eu ouvi Felipe te falar.
— Como ele está?
— Está com a Rafaela no quarto.
— Meu filho está machucado e você o deixa com uma estranha?

Já até vejo Eliana maquinando na sua cabeça vários problemas para impedir que alguém a ajude. Sinto-me responsável por ela e sei o quanto essa gravidez é importante na vida de todos nós. A ausência de alguém para ajudá-la pode complicar tudo. Ela é teimosa demais. O questionamento do Gui na quadra sobre eu querer namorar com Rafaela vem à minha mente e eu respondo imprudentemente a primeira coisa em que penso.

— Ela não é uma estranha.

Por um instante sorrio, imaginando a confusão que minha irmã vai fazer com essa informação.

— Não?

Quer dizer, mais ou menos. Sua personalidade ainda é um mistério para mim, mas o seu corpo, ah, esse eu conheço. Já a observei tantas vezes que mesmo sem tocá-la posso reconhecer vendado onde fica cada curva.

— Estamos nos conhecendo — digo, por fim.

As circunstâncias fizeram com que minha irmã desconfiasse de estranhos, tendo em vista as pessoas que foram trabalhar com ela anteriormente. Tenho minha parcela de culpa nisso: a repreendi por não ter verificado as referências trabalhistas anteriores. Mas tudo o que eu fazia era para o bem dela. Depois que nossos pais morreram, me senti substituto deles a maior parte do tempo. Minha intenção sempre foi protegê-la. Afinal, ela era tudo que eu tinha, droga!

— Então ela continua sendo uma estranha sozinha com meu filho. Será que esqueceu o que aquela outra mulher que trabalhou conosco fez? Esqueceu que ela o torturava com beliscões quando ele não aceitava tomar a medicação?

— Oh, por favor, Eliana! Não confunda as coisas. Não vou deixar você comparar Rafaela com aquela mulher.

É impressionante como, da pessoa doce e amável que era, minha irmã se transformou em uma mulher tão intransigente depois da doença do Gui.

— Está apaixonado, meu irmão? — Esperançosa, ela muda o tom de voz de repressora para sonhadora e romântica: uma verdadeira mudança radical. Sinto-me mal por enganá-la, mas essa é a melhor decisão a ser tomada. Eliana sempre soube como me sinto a respeito de envolvimentos amorosos permanentes e por isso vive dizendo que, quando eu me apaixonar, não serei tão volúvel como sou.

— E se estivesse? — Não me reconheço. De onde estou tirando tudo isso?

— Sou maior de idade ou não?

Ela bufa por ser pega desprevenida. Com essa informação vai ser difícil se recusar a aceitar Rafaela na casa dela.

— Achei ela bem apresentável.

Eu diria que essa confissão era um elemento a meu favor.

— Ela é linda! — Meu pensamento escapa em voz alta.

— Não está pensando em enfiar uma mulher na minha casa só para levá-la para a cama, né?

— Quando precisei de qualquer interferência para conquistar alguém, posso saber?

— Vou enumerar minhas amigas do colégio para as quais você se mostra um excelente irmão, só para impressioná-las e deixá-las derretidas por você!

— Eu deveria ter sido alguém com mais pulso firme. Quem sabe assim você não se tornaria a megera que se transformou hoje.

— Você pelo menos já o medicou? — Bem típico da minha irmã mudar de assunto quando fica sem argumentos.

— Gui está aos cuidados de uma ótima profissional. Ela já fez todos os procedimentos e ele está bem. Não precisa se preocupar.

Felipe fala algo para ela.

— Precisamos ir. Mal vejo a hora de ver meu filho. Esperamos vocês em casa.

— Pensei em levar Rafaela para jantar hoje. Você se importa de ela ir trabalhar somente amanhã pela manhã?

— Contanto que ela chegue às oito horas, não vejo problemas.

— Ela estará lá no horário certo.

Desligo o celular com um problema enorme na mão.

E agora, amigão? Escondendo os olhos com as patinhas, até ele demonstra que entrei em uma enrascada. *Belo companheiro você! Está vendo no que me meti e esconde a cara para não me ajudar?*

Volto tudo para a geladeira com outras ideias em mente.

Nosso jantar não vai ser interrompido. Ele só mudará de lugar... Que a persuasão esteja ao meu lado essa noite, amigão. Acaricio a cabeça do Bóris, deixando-o na cozinha, deitado.

Vou em direção ao quarto. Abro a porta e percebo que a vida está fazendo o possível para tornar difícil o momento. Rafaela está sentada no chão ao lado do Gui, de pernas cruzadas, ajudando-o com a tarefa. Ela é muito atraente, mas eu não preciso me lembrar disso agora. Minha missão é convencê-la a aceitar o que tenho a propor, portanto não posso me distrair. Todavia, isso é uma pena, penso comigo. Tudo não passaria de uma encenação, até que Eliana confiasse nela como profissional. Eu não queria magoá-la, não seria tão cafajeste em me aproveitar dela, ainda mais sabendo que é virgem. Mulheres inocentes não estavam incluídas nas minhas tendências e preferências sexuais.

Os olhos dela se encontram com os meus e eu a observo enrubescer. O tom avermelhado em sua face está virando característico dela cada vez que me olha. Em vez de lhe dizer algo, me encontro hipnotizado pelo par de olhos azuis, emoldurados por longos cílios, sombreados por um ar de vulnerabilidade. Suas feições são delicadas e perfeitas. Eu poderia me acostumar a ficar observando-a. Descarto os pensamentos, pois tenho que seguir com o planejado...

— Pessoal, mudança de planos! Não vai ser hoje que vocês se deleitarão com meus dotes culinários. — Os dois me olham, surpresos. — Pigmeu, prepara as coisas que sua mãe teve alta do hospital.

— Oba! — Animado, ele pula da cadeira. — Vou ver minha mãe.

— Que notícia boa! — Rafaela se empolga vendo a felicidade dele. Fascinado por ver suas feições vívidas enquanto comemora com ele, decido chamá-la para dar início à solução da equação que está em minhas mãos.

— Consegue arrumar suas coisas sozinho, enquanto roubo um pouquinho a Rafaela?

Ainda mais enrubescida, ela cruza os braços sobre o peito como se o que tenho para falar não fossem boas notícias. Mas mal sabe ela que vou surpreendê-la muito mais.

— Eu já terminei minha lição.

— Guarda o material que já, já saímos. Rafaela, você pode me acompanhar, por favor?

Ela passa por mim entre o batente e a porta entreaberta e eu a fecho. Sem falar nada, posso ver que sua cabecinha está trabalhando como um maquinário, formulando mil perguntas e dúvidas ainda não questionadas.

— Agora vamos falar dos nossos planos para essa noite, Rafaela — digo, fitando-a.

— Nossos planos?

Como ela é perigosamente tentadora... Mantenho uma pequena distância dela, cheio de vontades. Suas pálpebras tremem, me fazendo presumir que está tentando digerir o que estou dizendo. Não há nada de excesso em seu rosto que não seja a perfeição.

— Nós ainda temos um jantar marcado.

— Temos?

Seus olhos mergulham em dúvidas e eu os sigo, reparando que ela fita os meus lábios. Se Rafaela soubesse como é irresistível vê-la me analisar... Luto para reprimir a reação do meu corpo diante dela.

— Você aceitou se juntar a mim e não pode voltar atrás com sua palavra.

— Pensei tê-lo ouvido dizer que tivemos mudanças de planos — ela murmura, jogando os cabelos longos para trás dos ombros. Fecho as mãos em punho contra a vontade de deslizar os dedos através deles. Não consigo desviar meus olhos dos dela. Um homem pode se afogar na profundidade desse mar azul. Parados no estreito corredor dos quartos, não damos nenhum passo. Sustento seu olhar por um longo minuto, curvando os lábios em um sorriso desafiador. A respiração dela é audível e enche minha mente de ideias tentadoras. Desviando minha atenção para seus lábios cheios e brilhantes, fico imaginando qual sabor eles têm.

— Levá-la para jantar fora comigo está incluso nessas mudanças.

— Não é necessário. Entendo que se sente grato por eu tê-lo ajudado, mas não se preocupe com isso. Foi um prazer trabalhar esses dias para você, e o que me ofereceu foi bem acima do que eu cobraria.

— Está enganada.

— Enganada? Não é agora a hora que você diz que estou dispensada?

— Então sua preocupação é essa? Você não está sendo dispensada.

— Não?! — Ela me dá um rápido sorriso, descrente. Até seu jeito surpreso me seduz. Rafaela significava problemas para mim, cada vez mais eu tinha a certeza disso. Não deveria ter seguido meu instinto protetor e muito menos interferido na contratação dela. Quem precisa dos seus serviços é minha irmã e não eu.

— Você está sendo alocada para o endereço no qual foi contratada. Gui e Eliana vão precisar muito de você. Ela está bem empolgada em recebê-la.

Fico imaginando a explosão que pode causar no meu paiol se as faíscas do fogo nos seus olhos o alcançarem. Eles parecem me devorar, não de forma maliciosa. À ameaça velada segue um silêncio fascinante. As mulheres dão em cima de mim o tempo todo e eu aprecio muito a iniciativa, mas Rafaela é diferente, mais desafiadora, até um pouco curiosa. É como se tentasse me desvendar e, em vez do vazio que sentia a cada vez que estava com alguém, com ela algo vibra em mim.

— Se estou sendo alocada, isso significa que preciso conversar com meus empregadores e saber da minha carga horária, não?

— Isso você resolverá amanhã, logo cedo.

— Mais um motivo para ser desnecessário o jantar. Olha, Jonas, eu realmente acho...

— Sou um homem que honra os meus compromissos, Rafaela — corto-a antes de concluir, dando um passo em sua direção, entorpecido pela atração que ela me causa. — Sem contar que esse jantar é necessário para ajustarmos algumas coisas.

Minha boca se enrijece quando me lembro dos reais motivos desse jantar.

— Podemos tratar disso aqui mesmo.

— Apesar de eu estar faminto, não quero deixar Eliana e Felipe muito tempo esperando. — Examino-a melhor. Sua postura plácida tenta esconder uma forte expressão de medo, apesar do seu comportamento teimoso.

— Sendo assim. — Ela dá de ombros, curvando levemente os lábios em um sorriso tímido. Sinto uma estranha sensação de gratificação por tê-la convencido. O que ela estaria pensando? A curiosidade é o que mais me perturba. Se ao menos eu tivesse respostas mais explícitas dela, talvez não me atraísse tanto.

— Esse é um jeito de dizer que estamos combinados? — Seguro seu queixo entre o polegar e indicador, com os olhos cravados nela.

Seu peito sobe e desce, demostrando a respiração descompensada. Ela responde tão bem a mim quando estamos um em frente ao outro. A ponta da sua língua umedece os lábios e o desejo de provar sua boca me toma. Instintivamente, inclino-me um pouco mais em sua direção, deixando minha boca a centímetros de beijá-la. A aproximação daquele corpo acerta-me como um raio. Seus olhos a denunciam. Eu já vi de tudo neles... Enrijeço instantaneamente, tomado pela necessidade de tê-la em meus braços. Parece tão errado desejá-la assim, ainda mais quando lembro que ela é tão inocente. Parte do fogo que sinto flameja ao nosso redor eu fico preocupado.

— Estou pronto! — Gui abre a porta do quarto, nos tirando do duelo de desejo.

— Vamos deixá-lo em casa e de lá seguimos. — Me afasto dela, sentindo as veias pulsarem.

— Você vai contar para sua irmã que me levará para jantar?

— Já contei. — Dou de ombro, para tranquilizá-la. — Agora arruma suas coisas, por favor. Não sei você, mas eu estou faminto.

Considerando a grandeza da tarefa que tenho pela frente, deixo-a no corredor sem esperar que conteste. Não precisávamos discutir nada antes do momento certo. Afinal, se não existissem problemas a serem discutidos, não haveria bons

advogados, e olha que tenho tido êxito em minhas defesas. E se nessa causa eu não tiver chances de ganhar, antes de recorrer tentarei um acordo.
— O que acha de dar uma volta no Maveca do tio? — questiono Gui e ele vibra.
— Oba! Vamos andar no "veloz e furioso"?
— É isso aí, pigmeu.
O perfume dela fica em minhas narinas. Esfrego a nuca, pensando no que vou fazer. Essa noite eu mostrarei um pouco de quem sou eu para Rafaela. Ah, droga, eu nem sei o que quero direito! Estou confuso e sem sexo por tempo demais. Minha mente não para de criar milhares de fantasias com essa mulher, que parece afogueada.
Balanço a cabeça, tentando limpar os pensamentos e levo Gui para a sala enquanto esperamos por ela.

Capítulo 15

Rafaela

Sentada ao lado de Jonas, no possante carro com acabamento monocromático marrom que atrai olhares de quem passa, estou amando sentir essa miríade de emoções e a adrenalina ao ouvir o ronco do motor. Mas por que ainda estou reconsiderando se foi uma boa ideia aceitar o convite dele para jantar?

Por que também me senti tão ansiosa nos quarenta minutos que passei esperando por ele, depois de decidirmos que era melhor me deixar em casa para me arrumar, enquanto ele levava o Gui?

Esperá-lo foi tão angustiante quanto era aguardar as decisões das famílias que iam ao orfanato adotar uma criança. Inúmeras vezes eu acreditava que aquela podia ser a minha chance de ter uma família, tinha esperanças de que a minha hora chegaria, mas isso nunca aconteceu. Talvez isso tenha contribuído para que eu olhasse pela janela a todo minuto para me certificar se ele havia chegado. Tolice minha, porque o som que ressoava desse carro poderia ser ouvido a quarteirões, assim como foi quando o ouvi chegando. O alívio de não ser rejeitada foi a coisa mais estranha que senti nos últimos anos. Desci tão depressa e ansiosa os degraus e, quando abri a porta, lá estava ele encostado no carro, com as pernas cruzadas na altura do calcanhar. As luzes dos postes iluminavam o seu rosto esculpido, que sorria.

Quando ele mencionou, ainda na garagem do prédio, que não estávamos indo com o Audi branco novinho porque sairíamos em seu veículo de verdade, não imaginei que andar com um carro daquele poderia ser tão excitante.

Só de lembrar dele me tocando gentilmente quando saímos do seu apartamento, sinto minha pele quente em contraste com a seda fria da blusa. Imagino que a onda de calor seja originada pela timidez de estar saindo com ele, mas no fundo aquilo é diferente de tudo que já senti.

Jonas parece absorvido, orgulhoso e convencido da atração que seu carro causa a todos. Sente-se um rei do asfalto, domando a máquina que o obedece a cada ordem. Entre as ruas estreitas e iluminadas ele segue, acelerando, e eu suspiro tomada pelo frio na barriga.

— Pode parecer clichê, mas eu pago o jantar se souber por que parece tão tensa. — A entonação dele é mais de descontração, para quebrar o gelo do silêncio do que uma indagação.

— É impressão sua.
— Sempre que sai com alguém fica tão calada?
Impaciente, não encontro posição confortável no banco. Não que ele seja ruim, muito pelo contrário. Acontece que a inquietação está dentro de mim.
— Não costumo sair com ninguém — sou honesta.
— Tudo isso é para preservar seu precioso corpo?
— Não sou nenhuma puritana. Só não tenho tempo para encontros.
— Então não se comporte como uma. Porque tenho a impressão de que está apavorada saindo comigo. — Viro-me para ele e o pego piscando para mim. Isso é como chama, incendiando meus pontos mais íntimos. Deveria dizer desaforos para ele, por falar assim comigo, mas eu só bufo, estarrecida.
Contenho a vontade de ser ousada só para provocá-lo, e isso porque ele me atrai... Manter certa distância daquele homem seria a decisão mais saudável para mim.
Por momentos, a velocidade parece fazer o mundo ficar lento ao nosso redor.
— Diz que não está suspirando tantas vezes porque está achando a ideia de jantar comigo entediante? — Olhando-o de lado, vejo sorrir. Claro que ele sabe que estou suspirando de admiração, e não reclamando. Entrando no seu jogo por fim, eu aceito brincar. Dou outro suspiro, distraída com o seu rosto lindo, quando o carro desce uma pequena ladeira, deixando uma sensação louca dentro de mim, como se um buraco se abrisse e me deixasse oca.
— Se estiver achando, mudará alguma coisa?
— Mudará tudo.
Jonas leva uma mão ao vão perto das minhas pernas, inclinando um pouco o tronco, deixando apenas seus olhos na altura do para-brisa, enquanto a outra mão segura o volante. Presto atenção no que está fazendo e logo noto que vai mexer no rádio. Seu perfume me envolve, me incentiva a me aproximar. Seu cheiro me faz sentir como uma ilha perdida, em um oceano de águas ferventes.
— Posso saber como? — provoco-o.
— Assim... — Sua mão se move agilmente no câmbio e de repente a supermáquina atinge uma velocidade maior, aumentando o ronco do motor. — Gosta de Kiss? — A experiência de encontrar seus olhos é palpável, como se ele me tocasse com as mãos. *Every time I look at you* ressoa nas caixas de som do carro, e ao me lembrar da tradução da música ("Toda vez que eu olho para você"), fico me perguntando se ele colocou essa faixa intencionalmente. Ele canta a primeira estrofe, que fala do arrependimento de alguém que não queria quebrar o coração do outro, que nele encontrou a luz.
Tento engolir em seco ao sentir o carro cada vez mais rápido. Agarro-me ao banco, desacreditada que a mudança por ele referida era mostrar o quanto podia ser imprudente dirigindo daquela maneira, como se aquilo fosse o seu maior prazer.
— O que o faz pensar que acelerando desse jeito mudará minha opinião?

— Não costumo usar de táticas exibicionistas, Rafaela. Portanto, estou apenas adicionando um pouco de emoção, para que, no fim dessa noite, se ainda a achar entediante, possa pelo menos guardar na memória que sentiu um pouco de adrenalina.

Ele emenda sua resposta cantando a segunda estrofe, como se estivesse tentando me dizer algo:

> *Há muitas coisas que quero te dizer.*
> *Mas eu não sei por onde começar.*
> *E eu não sei o que faria se você se fosse.*

Uau! Estou variando das ideias ou o sorriso simpático que deu foi direcionado para mim?

Desde que me chamou para conversar, ainda em seu apartamento, notei que quer me dizer algo e não sabe por onde começar. Será que ele acha que estou dando em cima dele porque estou sendo simpática? Espero que não... A humilhação que passei na casa do dr. Marco já foi o bastante e eu não preciso passar por isso novamente. Algo me faz intuir que ele sugerirá algo a respeito nesse jantar.

— Eu diria traumatizada — respondo, com um misto de sentimentos.

— O medo aumenta o cortisol no cérebro. Sendo assim, não poderá negar que o que sentiu na verdade foi pura adrenalina. — Sorrindo, ele desacelera o carro. — Além do mais, você não pode me acusar de imprudência. Esse Maveca é igual cachorro que late, mas não morde, Rafaela. O som do motor faz as coisas parecerem maiores do que realmente são. Eu mal passei de oitenta quilômetros por hora.

Olho para o velocímetro e me certifico de que o meu coração está mais acelerado do que o carro.

— Não posso me considerar injusta. Não costumo andar em carros como esses. Meu transporte por anos tem sido o público.

Ele sorri, divertido. Sigo-o com os olhos, irresistivelmente atraída por sua beleza máscula.

— Suponho que devo estar grato por você reconsiderar o que estava pensando sobre mim?

— Eu diria que sua defesa foi convincente.

— Que ela continue assim.

Esse homem me deixa confusa. Tem horas que ele parece se manter distante. No entanto, em outras, ele se mostra atencioso demais. Por que será que Jonas age assim, como se o que eu pensasse importasse para ele? Dentre todas as possíveis razões, imagino que a menos provável seja um interesse por mim. Talvez queira, sim, deixar claro que deseja manter uma boa relação de patrão e funcionária, para que eu não confunda nada futuramente.

Finalmente ele estaciona. Veículos modernos e luxuosos circulam pela rua à procura de uma vaga, mas é o carro antigo que chama a atenção de todos. Homens e mulheres bem-vestidos dirigem-se à entrada do charmoso restaurante pitoresco. Agradeço a minha obstinação em insistir que eu só me juntaria a ele se fosse para casa me trocar. Sorrio, me lembrando de ele me chamar de teimosa e dizer que ficava linda toda de branco. Eu disse que *ou era isso, ou nada*. Conclusão: venci e ele me deixou em casa antes de levar o Gui. Olhando para mim agora, com o vestido frente única florido, sinto-me mais apropriada para o lugar. Quando ainda em casa, deslizei as mãos sobre ele, incerta se seria apropriado para a ocasião, devido ao decote baixo, que exibia parte do colo. Achei sensual demais, porém agora estou achando perfeito. A roupa branca na maioria das vezes chama a atenção das pessoas com pré-conceitos, sejam eles bons ou ruins.

O nome Aragon Espirito Iberico dá a entender do que se trata sua culinária.

— Comida espanhola? — pergunto, só para me certificar.

— Espanhola... — Seu olhar malicioso está voltado para o meu peito, e eu ruborizo. Acho que ele percebe, e acrescenta: — Costuma ser o meu prato preferido.

Mas que depravado! Entendi muito bem o que falou. Jonas pode até pensar que por ser virgem eu sou inocente, mas está bem enganado.

O flanelinha que indicou a vaga vem abrir a porta para mim. Uma fina garoa típica de São Paulo refresca minha pele, que parece queimar. Antes mesmo de o rapaz fechar a porta, percebo a presença de Jonas ao meu lado, fazendo com que borboletas voem em meu estômago.

— Posso olhar aí, *bródi*?

— Cuide do Maveca como se fosse seu, *brother* — ele enfatiza o cuidado e corrige o rapaz.

— Da hora essa caranga.

— E intacto, não é mesmo? Não tem um risquinho nessa lataria. Então já sabe: quando voltar quero vê-lo do mesmo jeito. — O tom de advertência em sua voz arrepia até a mim.

— A gente olhamos os carros aqui na maior responsa. A taxinha é só quinze reais, chefia.

— Pago até trinta na volta se estiver tudo ok.

— Oh, chefia, assim você me quebra.

— Só vai quebrar você se não estiver aqui quando voltar.

— Firmô. Vá em paz, *bródi*. Vou cuidar dele direitinho.

Sua mão vem à minha cintura, para me conduzir à entrada do restaurante. A firmeza com que pressiona os dedos na minha carne desperta uma mudança súbita de ânimo em mim. Sinto um frio na espinha, esquecendo quase de respirar. Tento agir indiferente, com medo de ele perceber o quanto me afeta. Não quero que pense que eu tenho alguma queda por todos os patrões para quem trabalho. Coisa bizarra de afirmar diante da situação, mas a única coisa que posso fazer é rir. Prometi que não me encantaria mais com nenhum homem que tivesse ligação profissional comigo e o que estou fazendo? Estou de quatro pelo moreno de barba cerrada mais atraente que conheci, que, por sinal, indiretamente é meu patrão.

— Você é muito lógico.

— Está falando isso para inflar o meu ego ou devo ficar preocupado? — Com um jeito desdenhoso e cheio de sarcasmo, suas palavras me fazem rir.

— É só uma constatação. — Ele devolve o sorriso, lançando ondas ardentes sobre mim. Evito encará-lo. Tenho medo de estar interpretando tudo errado.

Parados na entrada do restaurante, fico em silêncio enquanto esperamos uma mesa. O garçom se afasta, informando os minutos de espera, e Jonas se aproxima, prendendo seu olhar em mim. Calafrios arrepiam até a pelugem da minha nuca. Vestido de roupa social, ele é impossível de tão atraente, mas com jeans e camisa polo é ainda mais sedutor. Percebo-o me observar cada vez mais intensamente. Meu coração dispara e a boca seca. Os olhos dele me acompanham umedecer os lábios e por um segundo o imagino me beijando. Isso é loucura, eu sei: pura ilusão e carência da minha mente fértil. *Não se iluda, Rafaela*, repreendo-me mentalmente. Impaciente e constrangida, mordo a bochecha e ele parece apreciar a situação, prendendo os meus olhos e me escravizando por seu magnetismo.

— Impressionante, não é?

— O quê?

— O que os olhos dizem. — Seu semblante é curioso, enquanto suas íris escuras brilham sobre mim. — Ainda tem gente que acredita que a boca é a única forma de comunicação.

Ele sorri e meu coração bombeia no peito.

— Se você está falando é porque deve ter uma teoria lógica para isso.

— Acredite, tenho várias. Uma delas é que os seus olhos azuis me dizem exatamente o que estou querendo ouvir.

Timidamente desvio o rosto, com medo de estar fantasiando cada vez mais coisas. Os dedos dele vêm até o meu queixo, levantando-me o rosto novamente em sua direção.

— Você tem um jeito estranho de analisar a lógica. — Ele dá um sorriso lento e devastador, fazendo a minha pulsação acelerar.

— Acha isso? — Possessivo, sua mão desliza em minha nuca, passando o dedo lentamente sobre o meu pescoço, que pulsa. — Então a atração que estamos sentindo não é lógica, Rafaela?

Sua declaração me choca. Ele está atraído por mim? Respiro fundo, perplexa.

— A mesa está pronta, queiram me acompanhar. — O garçom nos chama e eu agradeço por ser salva, pois não sabia o que responder.

Sinto Jonas caminhar atrás de mim e no estreito corredor que nos leva à mesa, assopra o hálito quente, junto com palavras, em meu ouvido.

— Não se preocupe com minha franqueza.... Por mais que eu possa sentir um imenso prazer com tudo isso, nada acontecerá antes de você se exibir totalmente para mim. — Exibir-me? Como assim? Ele está querendo sugerir que eu devo me oferecer? Não! Eu não vou fazer isso, ou vou? — Sou um verdadeiro *voyeur*, lembre-se disso.

Paro de andar, sentindo-me derretida e perplexa. Quem é esse homem que me chamou para jantar? Não consigo mover um músculo do corpo, enquanto ele parece se divertir com isso. O braço passa mais uma vez pela minha cintura e meu corpo arde de excitação.
— Vamos, querida, o garçom está nos esperando.
— A culpa é sua. Não deveria ficar falando coisas como essas e me...
— Apenas verdades, Rafaela.

Jonas acena de forma calma e civilizada para o garçom deixar que ele faça a cortesia de puxar a cadeira para mim, como se o que acabasse de me falar fosse qualquer banalidade, e ele, um homem totalmente civilizado e não o obsceno que acaba de demonstrar. Seu tronco muito próximo de mim, ajudando a ajeitar a cadeira, me incendeia, e meus pontos mais íntimos parecem entrar em combustão. Eu deveria dizer que não sou como as mulheres que ele costuma lidar, mas ao contrário disso me perco nas sensações despertadas pela declaração.
— Obrigada! — Agradeço quando o percebo ainda parado atrás da minha cadeira. Ele segura meu queixo entre o polegar e o indicador com firmeza. Vira meu rosto, fitando-me.
— Foi um prazer. — Ele se curva e conclui baixinho, fazendo-me arrepiar.
— Em todos os sentidos da palavra. — Descubro com Jonas um jeito novo de apreciar alguém falar comigo.

Nunca imaginei que sentir um sussurrar no ouvido pudesse ser tão excitante...
— Vai sentar ou passará a noite toda cochichando no meu ouvido? Pensei ter ouvido me falar que é um *voyeur*, não um locutor. Sendo assim, acredito que prefira me olhar, não? — brinco com ele para disfarçar o quanto me afeta. Posso sentir sua respiração queimando a minha pele. Típico! Jonas se abaixa mais e abre os braços em cada lado do meu corpo, charmoso e divertido, cativando-me e desarmando-me instantaneamente.
— Tem um longo caminho para se exibir para mim, Rafaela. — Ele se faz intimidante e eu fico atônita. — Sua timidez ainda precisa ser domada.

A promessa sensual por trás das suas palavras me faz engolir em seco.
— Existem pessoas que por mais que se esforcem não mudarão nunca — retruco, quase gargalhando, questionando-me onde ele quer chegar. Eu pensei que minha experiência recente tivesse me endurecido um pouco, tornando-me desconfiada no que diz respeito a acreditar nas minhas fantasias e no que as motiva, mas acho que estava enganada.
— Mudá-la não será necessário. Vejo de longe que pode ser uma exibicionista nata. —Várias respostas brotam em meus pensamentos, mas, quando chegam à minha boca, voltam antes que eu possa expressá-las. Por um instante posso jurar que senti ele beijar o lóbulo da minha orelha.

Ele sorri e nos damos conta de que o garçom observa tudo. Jonas se dirige à sua cadeira. Aparentemente, ele demonstra mais uma vez normalidade, enquanto eu por dentro estou em ebulição. Sua civilidade me assusta. Vejo uma profundidade nela que parece esconder o que eu não tenho meios de disfarçar.

Capítulo 16

Jonas

O que interessa o certo quando o errado parece ser tão perfeito?

Não acredito ainda que contei para ela, mesmo que em tom de brincadeira, minhas preferências fetichistas. Mas, pensando bem, mesmo que soando descontraído, é bom que ela comece a saber um pouquinho sobre mim.

Quem eu estava tentando enganar quando quis me convencer que propor a Rafaela fingir um suposto relacionamento para tranquilizar Eliana era uma solução ilusória e não real? Estar ao lado dela me deixa irracional, tenho vontade de tomá-la em meus braços, apertar seu corpo contra o meu e seduzi-la até se render a mim. Tudo o que vem à minha mente é marcá-la como se eu fosse um animal, com minhas garras em sua pele, penetrando-a ferozmente até que nós dois tenhamos saciado esse desejo lascivo.

Deveria afastá-la para o bem de todos, mas não consigo.

Deveria não sentir nada por ela porque a inocência nunca foi algo que me atraiu, entretanto a desejo como nunca fiz antes com uma mulher.

Apesar dos protestos da minha razão, é o meu corpo que reage insanamente. Ao seu lado, não confio em mim. Ela é inteligente, linda, tem _sex appeal_ e um poder que me atraem, demonstrando um charme e sensualidade fora do normal.

Eu poderia ter sentado ao seu lado para ficar mais próximo, porém optei por ficar à sua frente. Fito-a intensamente, pensando nas opções.

Gentilmente o garçom anota o pedido das nossas bebidas, deixa os cardápios e o _couvert_ sobre a mesa, e se retira.

Por não conhecer ainda seus gostos, escolhi o Aragon. Aqui a comida transita entre a cozinha espanhola e a portuguesa, sem contar com o ambiente acolhedor e o melhor staff.

Fito seu belo rosto, que me desafia, e sinto coisas que me deixam tonto. Sacudo a cabeça e nada de racional me vem. Tudo o que vejo é ela.

— Está me olhando assim por quê?

— Achei que pediria algo mais quente para beber — minto. — Suco de laranja? Você me surpreendeu.

— Não costumo beber em serviço.

— Esse não é mais um jantar de negócios. Se essa era sua preocupação, fique à vontade.

— Quando foi exatamente que mudou e não me informou?

É prazeroso vê-la partir o pão e comer com tanto gosto e com a sensação de saciedade. Uma cena como esta me encanta: a de uma mulher com fome. Na verdade, não posso pensar em nada mais voluptuoso.

Não sou acostumado a pensar no tipo de mulher com quem eu me amarraria e nem de fazer planos futuros na companhia de alguém. Porém, no fundo, Rafaela tem algo que me faz querer cuidar, proteger, algo que não sei distinguir.

— Se eu te contar que a convidei para jantar com a intenção de propor um namoro de fachada, o que diria? — Vamos ver como ela lida com a sinceridade. Nunca fui um homem de rodeios. Para mim é ou não é.

— Diria que ficou louco. — Uma vozinha interna comenta que estou mesmo perdendo a razão.

— Foi exatamente isso que pensei minutos atrás.

Ela parte outro pedaço de pão e dessa vez coloca na boca sem passar a pasta que acompanha.

— Você está me dizendo que essa ideia passou pela sua cabeça? — Ela tosse, quase se engasgando.

— Passou. — Dou de ombros, pegando um pedaço de pão e passando a pasta servida. — É tão abominável assim a ideia de me namorar?

— De inventar, sim.

— Já pensou que poderia ser por uma boa causa?

— Por que você me proporia isso, Jonas? Não é pelo que te disse na minha rescisão, é?

Se ela pensa que o fato de ser virgem é preocupação exclusivamente dela, está enganada. Se eu não soubesse de sua falta de experiência, as coisas seriam bem diferentes. Porém, isso não impede que vivamos a química que está entre nós. Se não for hoje, será amanhã, o certo é que vai acontecer. Nenhum desejo latente nessa proporção tão intensa é dissipado sem que os corpos atraídos se envolvam. O lance de enrustir o desejo não faz parte de mim. Sou prático e ativo.

— Não sugeriria um relacionamento de fachada com você só para levá-la para a cama, Rafaela. — Observo-a mastigar em silêncio. Pela primeira vez desde que a conheci sinto-me no controle. Acredito que o excesso de honestidade de minha parte desde que chegamos a está deixando confusa. — Pensei nessa possibilidade para facilitar o seu relacionamento com Eliana.

Sua expressão de horror muda para frustração. Acho engraçado a mudança.

— Possibilidade estapafúrdia. Se Eliana não souber lidar com o meu profissionalismo, então que arrume outra profissional. Você não pode me sugerir uma coisa como essa.

— Eu sei que não. — Advogar tem me feito amadurecer muito dia após dia e, por mais que minha profissão possa ser considerada controvertida, recebendo elogios de muitos e condenação de outros, tenho consciência de que nasci para isso. Então que eu defenda a minha causa. — Se fosse um pedido real você aceitaria? — pergunto despretensiosamente.

— Não quero namorar por enquanto. — Ela parte mais um pedaço de pão.

— É mesmo? — Tomo-o de seus dedos para mim. — E por quê?

— Não sei. Acho que estou em outro momento.

— O de se tocar sozinha quando sente desejo? — provoco-a. E sinto uma pontada no meu âmago. Eu não sou ciumento. Ao contrário disso, aprecio ver uma mulher se tocar ou ser tocada. Porém, com ela o sentimento de posse me faz insano. Eu quero vê-la se tocar novamente, só que dessa vez olhando para mim. As imagens dela não saem da minha mente.

— Só para começar eu não... — ela finge engasgar, constrangida e eu concluo para ela.

— Se não faz, deveria começar a pensar na ideia. — Não conto que a flagrei.

— Ou se preferir aceitar ajuda, podemos resolver isso. — Acho que agora avancei demais. Não que essa não fosse realmente a minha vontade, mas Rafaela é muito teimosa, e mesmo querendo agir com cautela, simplesmente não consigo mais. É isso o que ela faz comigo: me deixa confuso, à beira de perder o controle. Eu deveria saber que a apelação deve surgir somente em último caso!

— Olha, Jonas, não sei com que tipo de mulher você está acostumado a lidar, mas eu não sou assim.

— Com que tipo de mulher você acha que lido?

— As que se contentam somente com uma noite?

— Sério mesmo? Acredita que uma mulher quando sai comigo se dá por satisfeita com apenas uma noite? Assim você me insulta, Rafaela.

— Se é assim, por que está sozinho até hoje?

Arqueio a sobrancelha, preguiçosamente divertido. Resisto à tentação de provocá-la ainda mais. Seu olhar insinuante me faz imaginá-la deitada sobre essa mesa como um bufê delicioso.

— Não encontrei ainda ninguém que me interessasse o bastante.

— Então tudo é só sexo para você?

— Tem sido assim. E você, Rafaela?

— O que tem eu?

— Como vê o sexo?

Seus olhos arregalam e me excitam, curioso com o que vai responder. Percebo que ela mal consegue respirar. Sua boca entreabre e fecha.

— Isso não lhe diz...

— Respeito. Era isso que ia dizer?

— Sabia que tem um jeito muito peculiar de me desconcertar?

— Sempre gostei de agitar um pouco as coisas e é exatamente isso que as torna interessantes. Se não quer conhecer esse meu lado, é melhor não me provocar.

108

Por 33 anos, consegui me conter racionalmente quanto a relacionamentos sérios. É difícil admitir para mim mesmo que nem sempre as coisas saem do meu jeito, que com Rafaela tudo é imprevisível. No entanto, me pego em segundos revendo todos os meus conceitos. Conhecê-la e constrangê-la está passando a ser o meu mais novo prazer.

— Por que está me fazendo tudo isso?

— Fazendo o quê? — finjo inocência.

— Provocando um assunto no qual sabe que não sou experiente. Juro que me arrependo de ter lhe contado sobre a minha inocência.

— O que me contou não alteraria nada nossa conversa. Ou acredita que tudo o que falaremos para o resto de nossas vidas será voltado a isso?

— Não consigo pensar em outra coisa com a sua mudança de comportamento.

— Nem mesmo se eu disser que estou fascinado por você?

Rafaela me olha, confusa. Por alguns segundos parece se perguntar se estou brincando ou me divertindo com sua cara. Será que o que aconteceu com ela e Marco a fez se sentir tão incapaz de atrair um homem? Inferno! Ela é linda e atraente o suficiente para virar a cabeça de qualquer um.

— Você nem me conhece direito.

— Atração é uma coisa que não cresce com o tempo que você conhece uma pessoa, ela nasce prematura. Às vezes quando se conhece alguém, essa afinidade acaba morrendo.

— E quanto a sua esposa?

— A liberdade me permite fazer o que quero.

— Ah, sim! E imagino também que sua aparência lhe permita ir além com todas as mulheres que conhece.

Se ela soubesse como é luxuriante me encarar, tão curiosa. Minha libido tem se recolhido por tempo demais e não aguenta esperar, provocando uma leve ereção.

— Isso é um elogio ambíguo?

Ela dá de ombros.

— Talvez seja.

Meu celular toca e finjo não ouvir, a redoma de provocações está interessante demais para ser rompida. Os toques não param e ela me fita.

— Não vai atender? Pode ser da sua família.

No visor vejo que está certa. Aceno para esperar um minuto e atendo. Felipe pergunta se ainda estou jantando com Rafaela e o questiono sobre o motivo. Ele conta que não está contente com o estado da esposa e eu prontamente digo que estou indo para lá. Ele insiste que não resolverá e que ninguém impedirá que ela passe a noite com Gui, mas que pela manhã ele gostaria que eu estivesse por lá, já que viaja para Campo Grande logo cedo. Seu tom de voz demonstra que se sente culpado por deixá-la nesse momento e eu o tranquilizo. A carreira militar tem suas regras. Desligo, preocupado.

— Aconteceu alguma coisa, Jonas?
— Era Felipe, Eliana não está muito bem.
— Ela não deveria ter exigido alta tão cedo. Se preferir cancelar o jantar, podemos ir embora — ela diz, sem hesitar.
— E perder ver você comer com tanto gosto? De jeito nenhum. Já escolheu o prato?
— Já comi tanto desse pão com essas pastas deliciosas que não sei se aguentarei comer mais nada.
— Quando experimentar as tapas e o arroz de pato duvido que dirá isso.

Meus pensamentos se alternam entre minha irmã e a linda mulher à minha frente. Conversamos sobre banalidades, como o quanto nossas profissões são bem-vistas por nós, e o tempo voa. Mal percebo o garçom trazer nossos pratos e servir o vinho. Eu tinha razão quando disse que duvidava que ela não comesse mais. Rafaela degusta a comida com muita satisfação, mas meus pensamentos voam, mal consigo me deleitar no prazer de observá-la. Eliana definitivamente me preocupa e não sai da minha cabeça.

— Não vai comer? Está delicioso — ela constata.

Evito dizer que perdi o apetite. Ela distrai os meus pensamentos.

— Está ótimo mesmo. — Levo uma tapa à boca por ela e fico admirando-a.
— É muito bom ver como você aprecia comer.
— No orfanato aprendemos a dar muito valor ao que tinha na mesa.

Ela se mostra vulnerável toda vez que fala do seu passado e, por um momento, me causa uma estranha necessidade de protegê-la. Quase uma necessidade de guerrilhar com seu passado e fazê-lo deixar de existir.

— A vida nele não deve ter sido muito fácil para você.
— Não só para mim. Não é fácil para ninguém que cresce em um.

Examino-a comer sem desperdiçar nada. Ela é tão linda e simples, merecia ter crescido como uma princesa e não ter sido privada de nada. Natural e humilde, nada nela é artificial.

— Imagino que não. Crianças não deveriam ter que passar por necessidades, ainda mais com tantas garantias previstas na nossa legislação... Garantias que, infelizmente, não são eficazes.

Ela ergue o rosto e se depara com meu olhar a admirando.

— Sabe que no fundo não foi tão mal assim. O orfanato em que cresci não era regado de banquetes, mas nunca nos faltou arroz e feijão.
— Impressionante, dadas as circunstâncias em que muitos vivem.
— Muita gente boa ajudava. Por isso faço questão de ser voluntária hoje em dia em uma creche e em um lar de idosos, nas minhas folgas — ela confessa, feliz.

Como não se encantar com ela?

— Muito legal da sua parte. — Rafaela assente, como se o que faz fosse algo muito normal entre as pessoas.

— E você, Jonas, o que faz nas horas vagas? — ela inquire, pegando mais um pedaço de pão partindo com os dedos. — Além de cuidar do seu Maveca? — Ela morde o pão e eu fico hipnotizado, com os olhos fixos em sua boca e queixo enquanto mastiga, tão fascinante. Sempre achei interessante o modo como as pessoas digerem os alimentos e ela definitivamente me faz ficar duro com o movimentar lento do seu maxilar.

Vagabundeio, penso comigo. Qualquer coisa que eu diga sobre meus hobbies e esportes será insignificante perto do seu gesto nobre em ajudar as pessoas. Poderia citar que amo viajar também e que sempre encontro uma mulher espetacular em cada destino, mas isso seria igualmente demais. Esses eram uns dos meus passatempos prediletos, antes de vê-la se tocar. Agora, eu poderia dizer que sem dúvida ela tinha virado prioridade e eu faria de tudo para revê-la muitas vezes.

— Quase nunca folgo. Quando consigo, me junto com alguns amigos para jogar polo.

— Eu amo cavalos. — Flagro-a me encarando e lhe permito um pequeno sorriso.

— Você é uma caixinha de surpresas boas, Rafaela.

— Isso é um elogio? — Acho graça e inclino a cabeça de lado como considerando sua pergunta. Como ela consegue ser uma companhia tão agradável?

— Sim, mas devo me desculpar por não incluir que também é muito bela.

Ela ruboriza.

— Posso acabar acreditando.

— Não deveria duvidar nunca do quanto é linda.

— Eu agradeço a gentileza, mas sei que não sou como as mulheres com que você deve se envolver.

Mal consigo acreditar que ela não veja a sua beleza. É tão encantadora e, ao mesmo tempo, temerosa. Vive presa em sua armadura, achando-se menos que os outros.

— Jamais se compare a nenhuma delas — deixo bem claro, com intenções determinadas. Quero que saiba que não jogo palavras ao vento, e quando acho qualidades em alguém, elas são prezadas de forma verdadeira. — Cada pessoa tem sua beleza, Rafaela. E você tem uma beleza única, que me fascina.

O mundo exterior volta a se conectar e dessa vez atendo o celular no primeiro toque.

— Jonas, acho melhor você vir para cá. Stella está tendo um sangramento...
— Enquanto ele fala, peço a conta. Rafaela, sem hesitar, levanta e me espera impaciente. Nosso encontro saiu do esperado, mas ainda assim gostei muito de passar um momento com ela.

Já do lado de fora, estou prestes a abrir a porta do carro para ela e fico observando a claridade do seu cabelo ao balançar em cada passo. Paro ao seu lado e a pego me fitando, ansiosa e mordendo os lábios. Praticamente colo meu corpo ao seu, intencionalmente.

— O carro parece intacto.

Ele sim, mas eu não diria isso de mim, olhando para aquela mulher cujos olhos parecem arder de desejo, irradiando uma nova energia, apesar de permanecer discreta. Na minha consciência se instala a lembrança, mais uma vez, da noite em que a flagrei. O jeito como ela se tocava e a aparência daquele corpo respondendo...

— Meu dinheiro também ficará. Economizei trinta pilas. Tinha certeza que o cara não estaria aqui quando saíssemos.

— Você sempre tem certeza das coisas.

— Quase sempre. — Seus olhos cintilam de um jeito provocante. — O que eu disse sobre não olhar para mim como você faz? — murmuro.

— Não lembro — ela me provoca, fitando-me a boca.

Algo sobre ela me faz querer tirá-la da zona de conforto e trazê-la para o meu mundo. Minha garganta seca e o resto do corpo enrijece.

— Isso a fará lembrar. — Não me contenho, perdido no belo rosto que me desafia. Cedendo ao impulso, colo meus lábios aos dela, mergulhando a minha língua dentro deles. Inicialmente, ela resiste, surpresa, e acho o desafio excitante. Sinto seu pescoço pulsar sob a minha mão e, em um movimento possessivo, seguro-a firme pela nuca e aprofundo o beijo até que sua boca relaxar. Esqueço de tudo ao senti-la gradualmente se render e corresponder, lento e metodicamente, transformando o nosso contato em algo quente e abrasador. Beijá-la é quase mais que fazer sexo. Seus braços enlaçam o meu pescoço e eu a aperto junto a mim, pressionando-a e roçando minha ereção encubada por dias. Seu gosto é melhor do que eu imaginava. Ah! Ela solta gemidos sussurrados e me faltam palavras para definir como é ouvi-la gemer em minha boca. A necessidade de ter mais dela é tão grande que tudo dói dentro de mim. Eu nunca experimentei esse tipo de sensação antes. Em meio à rua, penso que estamos com roupa demais. Eu preciso dela nua e fundida no meu pau, com as pernas bem abertas, enquanto eu a faço minha. Só minha... Eu preciso dela em meus braços e, apesar da imensa vontade de jogá-la dentro do carro e terminar de beijá-la somente em minha cama, em meio a protestos do meu corpo, afasto-me um pouco. Ela abre os grandes olhos azuis cintilantes, corada e com lábios inchados.

— Jonas. — Sua boca se curva em um sorriso lento e encabulado.

A onda de desejo começa se dissipar e a consciência volta lentamente.

— Isso não foi de fachada, Rafaela. — Chupo seu lábio, estalando-o. — Queria provar isso a você a noite toda, mas não temos tempo.

Ela tenta disfarçar o mesmo desejo. Não posso saber o quanto, mas seu corpo mostra que está lá.

— Só esqueceu de me perguntar se era o que eu queria também. — O tom de voz ainda rouca de Rafaela mostra que aquilo que seus lábios dizem não é o que seu corpo está sentindo.

— Não precisou. Seus olhos me pediram. — Provocante, ela faz o jogo de ceder e recuar.

— Você acredita mesmo ser o último cavaleiro de armadura a salvar a mocinha?

Uma risada escapa de mim. Acho interessante o quanto ela é capaz de tirar sarro de mim, depois de ter se entregado em meus braços.

— Acho que venho me esforçando para ser desde o dia em que te conheci.

— Isso não vai acontecer novamente.

Sabendo agora o que sentiu ao retribuir o meu beijo, sua postura de gata selvagem mostrando as garras só me excita mais.

Trilhando os dedos por sua face, passo o polegar por seus lábios e ela fecha os olhos, sentindo a carícia. Estimulado, continuo deslizando os dedos em seu pescoço. Desço um pouco mais, aproximando-os de seu decote, e ela arregala os olhos. O coração dela bate forte. Rafaela não recua, me desafiando. Ainda assim, isso me impede de ir além... O sangue corre em minhas veias e meu corpo evidencia que a deseja. Mas tirar proveito de uma mulher inocente é algo que jamais faria. Então eu recuo.

— Não duvide de que vai acontecer, porque vai... Só que dá próxima vez quem vai me beijar será você.

Abro a porta e ela entra, aparentemente afetada. O sabor dos seus lábios fica nos meus e eu tenho certeza que essa mulher será a minha morte. Custo ainda a acreditar que eu a estou levando para casa da minha irmã, e não para a minha cama. Em termos de aparência, ela é tudo que sempre gostei em uma mulher. Só a sua falta de experiência ainda me deixa receoso.

Já saí com muitas mulheres. Não sinto orgulho disso, porém, com tamanha experiência, não faz sentido sentir tanta atração por ela. É linda, mas todas também eram. Talvez fossem apenas isso: lindas. Não encantadoras como Rafaela.

Capítulo 17

Rafaela

— Esqueci de mencionar que Eliana pensa que estamos juntos.

Pego-me estendendo a mão para Jonas, sem saber o real motivo. Suas palavras fazem eco na minha cabeça. Fico tomada pela surpresa, sem saber o rumo a tomar.

Como é que ele pode me dar essa notícia a metros de seu cunhado, deixando-me sem saída? E, ainda por cima, consegue acenar para ele, que nos espera na porta, como se nada de anormal estivesse acontecendo?

Começo a pensar que o beijo que ainda formiga em meus lábios foi premeditado e não desejado, como ele mesmo disse.

Tremo dos pés à cabeça, provavelmente por raiva e não pela temperatura fria da noite. Fizemos todo o trajeto do restaurante até aqui, na casa da sua família, sem dizer nada. Ele deveria ter me dito ainda no carro, mas não... Poxa! Não era para esperar chegar aqui.

Olho para ele e não consigo ficar com ódio. Sua beleza é tão irritante, não consigo ignorar isso. Com a claridade das luminárias do jardim voltadas para nós, vejo os traços dele realçados. Sua beleza é paralisante. Quando foi que me deixei levar apenas pela aparência de alguém? Olhar para ele me enche de tanto desejo por coisas que eu não deveria querer, que simplesmente não sei como agir. A revelação que me fez deveria ter me causado um pânico maior, mas não aconteceu. No fundo, eu não queria ter gostado da ideia. Não deveria...

Ao observar o cunhado dele nos esperando, segurando uma pequena bolsa, na porta da casa, penso em recuar. Minhas pernas estão bambas, incapazes de me deixarem dar um passo em sua direção, o coração disparado como nunca. Olhando de lado, vejo Jonas levantar a cabeça e sorrir exultante, como se fosse a última boia no meio do oceano. Não a pegaria nem que ele fosse e eu estivesse à deriva. Nadaria até quanto pudesse, mas resistiria até onde meu corpo me levasse. Ele podia ter inventado o que quisesse para sua irmã, mas eu não entraria nesse jogo.

Sou uma ótima profissional, nunca deixei dúvidas quanto a isso. Não preciso de nenhum subterfúgio para conseguir um emprego.

— Você não deveria ter me incluído nessa história — digo, entre os dentes.

— Não entendo como pode ser tão insensível. — Ele traz a mão que está livre em direção ao meu rosto, fingindo tirar uma mecha imaginária de cabelo. Jonas me acaricia suavemente a face. O leve toque me faz sentir fraca.
— Insensível? — basicamente repito o que ele diz. Em vez de responder, Jonas beija a minha testa, como se tivéssemos uma grande conexão. Sinto um ardor traiçoeiro sob os seios e um desejo inconfundível, quente e abrasador, entre as pernas. Momento errado para sentir. Mas eu o sinto... — Eu não vou mentir para ninguém, está me entendendo?
— Então teremos um problema, se não me ajudar — ele murmura. — Porque Eliana não vai querer ir para o hospital. Preferirá passar à noite aqui e ir ao médico só quando o dia clarear. Por hora levante sua mão para cumprimentar Felipe. Ele está com problemas demais e não precisa saber que estamos tendo divergências de opiniões.
Faço o que ele diz e aceno para o homem.
— Isso é chantagem.
— Essa é a verdade. — Ele continua sussurrando perto do meu ouvido e o breve gesto me acerta como uma faísca, me acendendo como chamas. — Ela é teimosa o suficiente para não querer deixar o Gui sozinho.
A desculpa não me convence. Ele mesmo poderia muito bem passar a noite aqui com o sobrinho, sem precisar de mim.
— Como fala sobre verdades, assim? Por que não me contou que fez isso. Simplesmente... Mentiu para mim.
— Não menti. Deixei apenas a informação implícita.
— Belo jeito de enganar alguém.
Ele aperta a minha mão e puxa, tomando-me como posse. Não tenho tempo de raciocinar. Logo ao lado do homem, se junta a mulher que eu reconheceria mesmo que não estivéssemos tão perto. Eles fazem um casal digno de capa de revista, de tão lindos que são. Eliana parece bem abatida, mas ainda assim polida e cintilante, como sempre.
Ela foca seus olhos entre nossas mãos entrelaçadas. Tento puxá-la, mas Jonas me impede.
— Que bom que chegaram! — O homem demonstra impaciência. Ele não deve ser muito mais velho que nós. Porém, tem uma expressão mais imponente.
— Não sabia que Rafaela viria com você, Jonas.
— Ela fez questão de vir.
Só o fiz porque não sabia o tamanho da saia justa em que ele me colocaria.
— Felipe não precisava interromper o jantar de vocês. O que tive foi apenas um pequeno sangramento. Não vejo necessidade de voltar para aquele hospital.
— Ela tenta parecer mais forte do que de fato está e eu entendo a preocupação de todos. Observo o marido abraçá-la com ternura.
Não estou acostumada a ver maridos tão atenciosos. Entretanto, acho interessante como ele demonstra cuidar dela.

— Isso é algo indiscutível. Seu médico já nos espera. — Com o olhar preocupado, ele a interrompe e se volta para nós, com expressão impassível. — Desculpa ter interrompido os pombinhos, mas era necessário.

Quase engasgo com minha própria língua. Pombinhos? Era só o que me faltava.

— Não interrompeu na...

— Já tínhamos terminado — Jonas emenda. — A propósito, me deixe fazer as apresentações. Felipe, essa é Rafaela.

O homem me estende a mão e eu retribuo o gesto.

— Estamos felizes que tenha aceitado nos ajudar.

Eliana olha para o marido e ele beija sua cabeça. Ela parece não concordar muito, mas também não parece ser do tipo que se deixa manipular. Aparentemente demonstram boa sintonia. Quanto mais os observo, mais penso o quanto a vida tem me privado de ter alguém confidente e companheiro.

— Gui é um bom menino.

— Que precisa de cuidados — Eliana intervém e sorri. Percebo nitidamente que seu sorriso é forçado e de advertência. — Bem-vinda, Rafaela! — Ela me puxa para um abraço e beijo.

— Obrigada — me limito a responder, sem jeito. Não contava com tamanha afetividade. — Farei tudo o que estiver ao meu alcance para o bem-estar dele.

— Rafa e Gui se deram muito bem. Não é, querida? — Braços compridos voltam me puxar, como se a minha liberdade fosse uma ameaça para ele. Fito seus olhos, louca para dar-lhe milhares de respostas.

Eliana e Felipe se entreolham, cúmplices, reconhecendo o gesto de possessividade de Jonas.

Se eu tenho que mentir para o bem de todos, agirei de modo que Jonas experimente o gostinho do que é ser surpreendido. Eu não obedeceria calada, sem arrumar uma boa briga.

— Maravilhosamente! — respondo sarcasticamente, não pelo meu relacionamento com Gui, mas pelo modo como ele me chama de querida. Todos parecem perceber e se entreolham. Para não ficar nenhum clima chato, remendo. — Jogamos até futebol, não é, querido?

De frente para o casal que se prepara para sair, descaradamente, ele entende minha ironia me olhando de esguelha e resolve me provocar, roçando o braço no meu seio lentamente. A carícia me arrepia e me tortura, os movimentos fazem meus mamilos intumescerem. Solto um tossido forçado. Sua expressão parece se divertir com minha reação.

— Está tudo bem, querida?

Devolvo o olhar com um sorrisinho falso.

— Acho que estou resfriando.

— Vou cuidar de você. — Segundas intenções brotam de seus olhos que faíscam desejo e seu braço audacioso pressiona disfarçadamente ainda mais meu seio.

— Tenho certeza que sim. — Sorrio afetuosamente.
— Entrem! Essa garoa não fará bem a vocês. — Alheia ao descaramento do irmão, Eliana não nota nada.
— Vamos entrar, querida. Você é muito sensível — Jonas sussurra baixinho.
— Sei fingir bem! — exclamo baixinho, apenas para ele ouvir.
O casal troca algumas palavras sobre a carteira e documentos.
— Estou pagando para ver se será só fingimento na hora certa — ele me ameaça, também em voz baixa. — Você está me desafiando a fazê-la gritar meu nome.
— Não se iluda, porque você não terá outra oportunidade de estar tão perto de mim novamente.
— Tenho a impressão de já ter ouvido essa ameaça nessa mesma noite, e lhe provei o contrário.
— Pode apostar que não era uma ameaça.
— Se vocês não se importam, precisamos ir. — Felipe nos interrompe, e eu aproveito que ele se distrai e me afasto.
— Ainda acho um exagero. — Eliana se vira para eles.
— Nada de exagero. Vão tranquilos que Rafaela e eu cuidamos de tudo.
— Eu já dei a medicação do Gui. Ele está dormindo e só acorda amanhã. Rafaela, se puder checar a temperatura dele daqui a algumas horas, eu agradeço. Tenho o hábito de controlá-la.
— Li todas as suas observações no caderninho, junto com o prontuário dele. Nessas duas noites me certifiquei de medi-la. Deixei anotado tudo para você.
— Eu li. — Pela primeira vez desde que a conheci vejo simpatia sincera em seus olhos.
— Vamos, Stella — Felipe a chama. Acho uma confusão cada um chamá-la de um jeito. Mas Jonas me alertou que o cunhado só a chamava pelo segundo nome.
— Ei, major! Caso Eliana tenha que ficar no hospital, que horas você quer que eu vá para lá? Amanhã você volta a trabalhar, certo?
— Não, volto só depois de amanhã.
— Não precisa se incomodar, Jonas. Eu não vou ficar — ela afirma, comedida.
— Se tiver, ficará, meu amor. É para o seu bem e do bebê.
Contido, porém com certa autoridade, Felipe é um típico oficial militar e fala com ela com certa sobriedade, porém com firmeza. Ele tem um andar imponente, afinal, como Jonas me contou, ele é um aviador e imagino que a disciplina que tem que seguir seja bem rígida.
— Já disse que estou bem. — Eliana foi abençoada com bons modos. Mesmo parecendo contrariada, ela não se altera. É refinada e polida, coisa que eu jamais serei. Só Deus sabe como estou me segurando para não dar um verdadeiro escândalo cada vez que Jonas me olha com aquele olhar de gavião.
— Logo saberemos — Felipe responde para ela e se volta para Jonas. — Não precisa se preocupar. Caso Stella tenha que ficar em observação, eu apresento o atestado na base nos próximos dias. Cuide de tudo aqui, o resto deixe comigo.

Eles se despedem e saem. Jonas os acompanha. Vejo-o se virar e um sentimento de saudade tão intenso me toma. Parte de mim acha atraente essa história com ele. Já a outra, a sensata, busca razões para querer ficar longe. Um cabo de guerra se forma dentro de mim, e posso até sentir as fisgadas de cada lado. Balanço a cabeça, descrente, e decido ir para o quarto do Gui, onde estou segura de Jonas.

Ainda não conheço a casa, mas me surpreendo com a quantidade de espelhos que a decoram. Eles não estão só na sala, também nos acompanham pela escada que leva para o andar de cima e no corredor. Depois de abrir uma porta e me deparar com um cômodo desconhecido, encontro por fim o quarto do Gui.

O garoto dorme como um anjo. Arrumo a sua coberta e o contemplo. No criado-mudo ao lado, o conhecido caderninho de anotações de Eliana está aberto na página do horário que ela medicou Gui e mediu sua temperatura. Sua obstinação e proteção maternal são contagiantes.

Decidida a não arredar o pé do quarto, me acomodo na poltrona. Meu instinto de autopreservação pede para que eu fique ali, por um momento, esquecida por todos.

Mas será que a autopreservação resolverá o que estou sentindo?

Baseando-me no jantar, que foi uma verdadeira tortura, acredito que não! Jonas pareceu saborear cada mordida, como se eu fosse o prato principal, fazendo ruídos sensuais e passando a língua pelos lábios, como se não quisesse deixar escapar nada. Eu não só me deleitei vendo-o comer, como imaginei cada parte do meu corpo sendo degustada por ele.

Eu devo estar louca! Tudo isso é muito surreal.

O nó do vestido no pescoço me incomoda e o afrouxo para ficar mais confortável. Os imprevistos da noite já não me dão mais a sensação de que a roupa escolhida para sair foi a melhor opção.

As palavras dele voltam à minha mente e um misto de raiva e prazer vem junto.

Por que ele inventou aquela sandice de que estávamos juntos?

Que tipo de pessoa ele imagina que eu sou? Como pode gostar tanto da sua irmã e, mesmo assim, mentir para ela sem pestanejar? Isso não está certo. Eu não vou conseguir levar essa mentira adiante, de jeito nenhum!

Determinada, me levanto, e verifico como está o pequeno pela segunda vez. Bem que gostaria, mas não conseguirei me esconder a noite toda neste quarto, enquanto ele está debaixo do mesmo teto que eu, me devendo uma explicação. Desde pequena, aprendi que temos de encarar os problemas de frente e, assim, me levanto decidida a ir encontrá-lo e enfrentá-lo de uma vez.

Capítulo 18

Rafaela

A raiva e a determinação desaparecem assim que o vejo. Sem camisa, com um físico escultural, Jonas recolhe no centro da sala alguns objetos espalhados, a fim de organizá-la.

O espaço parece não ser arrumado há dias. É tocante ver o quanto ele pensa no bem-estar da sua família. Acompanho vidrada e hipnotizada sua disposição em organizar tudo. Cada espelho decorativo disposto pelos cantos do ambiente reflete um ângulo diferente dos seus músculos.

De repente parece tão certo observá-lo... Sinto escorrer do meu ventre um calor líquido, aumentando o meu desejo por ele. Isso não devia estar acontecendo. Esse homem não podia mexer comigo como faz. Um fio de arrependimento aperta o meu âmago. Eu deveria ter fugido dele na primeira vez que me pediu ajuda, alguns dias atrás. Seus olhos tempestuosos e que parecem enxergar dentro de mim me fazem arrepiar. Dou um passo para trás, decidida a voltar para o quarto. Eu acreditei que teria forças suficientes para afrontá-lo, mas sinto que não tenho condições de fazer isso agora, não diante daquela visão, quando dentro do meu corpo parece queimar uma chama de pura luxúria.... Desastrosamente, esbarro em um móvel, causando um barulho. Na tentativa de segurá-lo, acabo me desequilibrando e, antes de me esborrachar no chão, sinto as mãos firmes de Jonas me ampararem, levando o meu corpo para perto do seu, que parece uma muralha dura e quente. Por um momento nossos olhos se encontram e nenhum dos dois se move. Não tenho certeza se respiro ou não, com o contato da pele contra a pele. O atrito é excitante, fazendo-me querer algo. Ansiar por ele, precisar de mais. Seu braço me prende e a atração insaciável parece crescer.

— Estava pensando em me ajudar na arrumação, Rafaela? — O toque dele me dá choques, gera um tumulto em meu interior.

— Não!

— Pensei que essa fosse a sua intenção quando percebi que me observava.

— Você me viu chegar?

— Isso a assusta? — ele me questiona, com o desejo estampado no rosto.

— Vivi nessa casa desde que nasci, Rafaela. Sei exatamente qual degrau range quando alguém está descendo a escada.

— Nada me assusta. Só acho que poderia ter falado comigo quando percebeu a minha presença.

— E perder a oportunidade de senti-la me devorar com os olhos? Não! Acredite em mim, essa foi a primeira vez que senti minha pele queimar com apenas um olhar. Já admiti para você que sou um *voyeur* e estar do outro lado me fez muito bem.

— Então o exibicionismo dos movimentos foi proposital?

— Não, foi tudo natural, minha querida! Nada relacionado ao prazer é premeditado. Entenda isso.

Coloco a mão nele para afastá-lo de mim e ela gruda em sua pele. Seus olhos escurecem, me fitando, e aquela sensação do buraco negro a me puxar me toma. De espectadora, passo a me sentir o alvo. Isso me faz bem e de retraída passo a ser ousada. Percebo que eu o quero, não importa se isso faz sentido ou não. A ânsia me diz que preciso viver isso. As explicações ficarão para amanhã, porque agora eu só preciso senti-lo. Já fui crucificada e paguei um preço alto por fantasiar sentimentos que não eram recíprocos. Porém, o que está acontecendo é real. Cedo ao desejo que me consome, deslizando as mãos pelo seu dorso, sentindo a dureza e calor da sua pele. Sua força é incrível.

— Pensei que advogados premeditassem tudo — provoco-o.

Jonas solta palavras baixinhas, difíceis de entender. Não sei se xinga ou me elogia. Acredito que ele goste do meu toque, tendo em vista o puxão que me dá, envolvendo-me mais apertado em seus braços, levantando-me do chão.

— Antes de ser advogado, sou um homem. — Seu corpo prova o que diz. Uma das suas mãos desliza pelas minhas costas, enquanto a outra usa os dedos para acariciar-me o pescoço, levantando o meu queixo para encará-lo. — Olhe para mim — ele comanda e eu não tenho mais dúvida de que a partir daqui não tenho saída. Meu corpo fará exatamente o que esse homem quiser.

— Você me deve explicações — tento enfrentá-lo.

— É mesmo? — Ousadamente, seus dedos continuam a se movimentar, indo ao encontro dos meus mamilos, que reagem túrgidos, como se escapassem do nó frouxo que deixei. — Suponho que acha que devo lhe dar agora?

Amoleço com a carícia e ele aproveita para me encurralar na parede, acomodando-me entre suas pernas. Eu percebo os sapatos escorregarem e caírem dos meus pés. A rudeza do ato me acerta como um relâmpago, acendendo um desejo libidinoso, já conhecido, quente e insistente. A centímetros dos meus lábios sua boca me provoca.

— Pensei tê-lo ouvido dizer que só me beijaria quando eu pedisse.

Seus olhos em chamas se juntam a um sorriso no canto da sua boca. É impossível pensar em alguma coisa quando o tenho tão perto. Inspiro fundo o seu perfume, com a intenção de que os meus seios doloridos rocem em seu peito.

— Eu disse isso, mas não mencionei que tentarei seduzi-la para desejar o meu beijo. E pode apostar que tenho toda a intenção de fazer isso.

— Não seja tão pretensioso quanto à sua vitória.

Aproximando ainda mais sua boca da minha, ele sussurra baixinho:

— Adoro desafios. — Não consigo tirar os olhos de sua boca. Bastaria eu inclinar um milímetro o meu rosto e nossos lábios se tocariam. Seus olhos parecem me despir e eu gosto disso. Há tanta intensidade neles que não consigo resistir ao desejo de me exibir para ele. — Eu já disse o quanto esse vestido a deixou linda? — murmurando, ele passa o dedo lentamente por meu pescoço, descendo-o até o V do decote. Meu peito se arrepia com o seu toque, o corpo inteiro reage em expectativa do que ele vai fazer em seguida.

O que você está fazendo, Rafaela? Foge enquanto é tempo, uma vozinha assopra em meu ouvido e eu tento escapar, mas ele não cede.

— Acho que esses desafios estão muito ligados a uma necessidade que não devemos continuar atendendo.

— Então vamos fazer o que com essa necessidade, tentar esquecê-la? Acha que é capaz de fazer isso? Porque eu não sou. — Jonas expõe as coisas como se não fosse imprudente aquilo que estamos sentindo. Seus braços enfim cedem e ele deixa a decisão para mim. Meu corpo me trai e eu não consigo me mover. Para não dizer que estou imóvel, meu peito sobe e desce com a respiração descompensada, o ritmo do coração disparado. Seus olhos recaem sobre o meu colo mal encoberto, ainda sentindo-o formigar por onde o seu dedo passou. — Eu quero vê-los, Rafaela. — O nó que afrouxei ainda no quarto deixa os meus seios quase nus e, em vez de me encolher, inibida, sinto-me toda arrepiada, cheia de prazer ao saber que ele aprecia o meu corpo. — Preciso tê-los em minhas mãos, entre os meus lábios. Eu preciso sentir o seu sabor. Ofereça-os para mim.

Meu rosto queima. Não de constrangimento, mas pelo calor daquele instante. Levo os meus seios intumescidos e doloridos na direção dele, ansiando por seu toque. Seu olhar de cobiça, juntamente com o sorriso libidinoso, mostra que ele fica satisfeito com o meu gesto e isso me excita, fazendo com que eu sinta um líquido quente envolver a minha intimidade. Minhas unhas se cravam em sua pele quente, quase queimando as pontas dos meus dedos. Ele morde os lábios, me provocando, e isso é como um incentivo para mim:

— Eu preciso de você.

— Você já me tem, Rafaela. Basta dizer o que quer. — Sua confissão é implacável e eu me sinto autoritária... Perco a cabeça. Beijo-o, cobrindo os lábios dele com os meus. Sua língua macia e lisa se entrelaça à minha e eu jogo os braços em volta do seu pescoço, para beijá-lo com mais intensidade, sofregamente.

Sem interromper o beijo, ele sussurra várias frases... Entre elas, diz que precisa remover o meu vestido.

— Eu posso tirá-lo se você me soltar.

— Se eu não for capaz de removê-lo, eu o rasgo, mas não te solto mais. Não depois de tê-la. — Suas mãos se movem habilmente, desfazendo o nó do meu vestido. Antes que perceba o que está acontecendo, o tecido escorrega pela minha pele, parando na cintura, deixando os meus seios livres e nus para ele. O contato dos meus mamilos com seu tórax me queima e dói, uma dor prazerosa e obscena. Jonas rompe o contato do nosso beijo novamente e me fita, como se apreciasse a descoberta de um tesouro.

— Lindos como eu imaginava. — Sinto meus pés tocarem o chão. A lascívia do seu olhar me capturando provoca ondas de calor por todo meu corpo. — Você é uma deusa, Rafaela! Consegue imaginar como é prazeroso te apreciar? — Suas palavras são como um estopim para os meus músculos internos, que se comprimem de desejo. Todo o meu corpo formiga, ansioso por seu toque.

— Que poder é esse que você tem que me faz esquecer quem eu sou?

Tento dizer algo, uma maneira de aliviar o apetite que está lentamente me desfazendo. A forma como ele me olha só me intensifica os sentidos.

— O poder é todo seu, minha querida. — Calçando as mãos sob os meus seios, ele os levanta, acariciando com as pontas dos polegares os bicos rijos. Do fundo da garganta deixo escapar um gemido. — Ouvi-la gemer já é o melhor som. — Abaixo a cabeça, acompanhando seu rosto se inclinar, sem romper o contato dos nossos olhos. Ele toca com a ponta da língua os meus mamilos, sensíveis. Voluntariamente os ofereço, colocando minha mão sobre a sua. — Isso, Rafaela, mostra para mim o quanto você quer que eu o tenha em minha boca.

— Muito! — respondo, e ele abocanha meu outro mamilo carente.

— Quanto seus seios clamam por mim? — Jonas deixa beijos, lambidas e chupadas sobre minha pele e eu esqueço quem sou... Envolvida na onda de prazer, não consigo falar nada, só sentir. — Diz, Rafaela?

— Muito! — Seus lábios me sugam com força e entro em combustão, fechando os olhos, queimando por ele, perdendo o controle, deleitando-me e absorvendo tudo.

Como ele diz, nada é premeditado, e as coisas vão acontecendo naturalmente. Não preciso ter uma vasta experiência para saber que isso que nós estamos tendo não é apenas necessidade. É muito mais que isso: é desejo, é letal e quente. Não consigo pensar quando ele me olha, me beija e me toca. Tudo se torna possível. Quando imaginei que estaria com um homem tão intimamente, deduzi que daria a ele todo o poder sobre mim. Teria sido assim com qualquer outro?

Não! Tenho certeza de que não.

Jonas é diferente e me faz sentir desejada.

O desejo por ele ofusca tudo à minha volta: o bom senso e a autopreservação. Não consigo pensar direito. Nunca desejei ninguém assim, sem um pingo de pudor.

Sua evidente ereção contra a minha pélvis me encoraja levar a mão sobre ela, pressionando o seu comprimento. Ele é grosso e duro. Sou incapaz de acreditar no quão grande parece e fico sem fôlego, imaginando tudo aquilo me penetrando.

— Bela e provocadora. — Jonas deixa escapar, junto com um gemido rouco, empurrando sua ereção contra a minha mão. Ele volta e toma o meu seio inteiro em sua boca, me chupando esfomeado, obviamente me desafiando a negar o meu desejo. Sinto-me cada vez mais atrevida e desinibida e aperto toda a extensão do seu membro, me deleitando. Ele solta dessa vez um uivo de prazer, me fazendo acreditar que sou totalmente poderosa, capaz de lhe dar prazer.

Abrir os olhos me traz à realidade por um instante e me dou conta de que estamos no canto da sala. Tanto Gui pode nos ver lá de cima, como sua irmã e cunhado podem chegar a qualquer momento e nos flagrar. O constrangimento toma conta de mim.

— Não! — Empurro-o. — Não podemos fazer isso aqui. Não é certo...
— O quê? — Jonas levanta a cabeça, inconformado. Me solta, vendo o pavor estampado nos meus olhos. Meu corpo sente o abandono do seu toque, no entanto, a razão me dá forças para continuar:
— Isso não está certo! Estamos na sala da sua irmã. Minha presença aqui é extremamente profissional... Eu não posso, essa não sou eu.
— Talvez essa seja exatamente você.
— Não! Essa não sou eu! — Recolhendo as alças do vestido, tento me recompor, virando-me para fugir dele.
— Você tem razão. — Suas palavras me envergonham ainda mais. — Eu não deveria deixar as coisas chegarem a este ponto. Mas o que posso fazer quando estar ao seu lado me deixa insano? — Volto o meu olhar para ele e vejo o arrependimento nas suas feições. Elas exibem aversão por deixar o mundo se intrometer entre nós naquele instante.

A culpa me envolve e, sem dizer nada, subo as escadas, me recusando a olhar novamente para trás. Eu não tenho forças para trazê-lo de volta para o meu abraço e nenhum direito disso. Então me sinto mal por não tocá-lo e deixá-lo sentir-se culpado, tanto quanto eu.

Capítulo 19

Rafaela

De repente tudo se torna estranho para mim e, mais uma vez, me pego no mundo sozinha para absorver tudo à minha volta.

Há cinco dias trabalhando como enfermeira na casa da família Pamplona, eu ainda não consegui me sentir à vontade. Gui parece não ter muito ânimo, é mimado e intransigente, muito diferente da minha estrelinha, que reflete luz e esperança.

Eliana, por sua vez, é fechada, me olha desconfiada a todo momento, questiona-me sobre tudo que faço para testar minha experiência e saber se sou capaz de cuidar do seu filho.

Em questão do coração, nem vou pensar, porque o que aconteceu naquela noite com Jonas não foi nada relacionado a sentimentos. Foi apenas desejo, carnal.

Tudo isso já seria o bastante para me fazer me sentir sozinha e desolada. Acontece que tem mais. Muito mais... Esta semana, ao chegar em casa, encontrei dona Betinha e seu marido, o Zé, me esperando com uma notificação na mão. Esta dizia que o prédio onde moro foi interditado pela precariedade de sua estrutura e que tínhamos 48 horas para desocupá-lo.

Desesperada e sem saber o que fazer, eu só pensei no casal querido que me acolheu desde que cheguei aqui, mas eles me garantiram que tinham um lugar para ficar. Eu, no entanto, não sabia o que fazer. Mais uma vez estava sem um lar.

Alugar alguma coisa tão rápido era impossível. Pedir dias de folga para procurar um lugar para morar é inviável. Não posso simplesmente me ausentar do trabalho, quando a única pessoa com que Eliana pode contar sou eu. Sr. Felipe e Jonas estão fora a trabalho. A solução temporária é arrumar uma pensão para ficar até eu conseguir um lugar.

E para piorar ainda mais a situação, esta manhã o meu coração se fechou em luto. Nana me ligou, contando que Vitória tinha morrido. Fiquei sem chão. O sentimento de não ter mais aqueles olhinhos tão expressivos conversando comigo em um silêncio carregado de palavras deixa um vazio dentro de mim.

Agora estou aqui, de longe, nesse lugar de dor e despedida, esperando todos irem embora para chegar perto dela e dar o meu adeus.

Sou a última pessoa a deixar minha pequena sozinha. Não sei explicar por que a considero dessa maneira. Não é nenhum sentimento de posse, é diferente. Sempre fui muito profissional e nunca me envolvi com os sofrimentos dos pacientes, mas com a Vitória, com quem convivi por meses fechada entre quatro paredes, não consegui manter essa postura. Presenciar sua luta diária me mostrou que, para além da ciência e do homem, tudo é possível. O que mais me dói foi ter deixado que minha insanidade e a paixão indesejável tornassem impossível dar um último abraço nela.

Sento-me em seu túmulo e, com as pontas dos dedos, toco a mensagem de sua lápide. Choro muito antes de conseguir falar as palavras guardadas em meu peito.

— Estrelinha, a tia Rafaela vai amá-la pra sempre — digo, entre lágrimas. — Adorei conhecê-la. Você se lembra de como era minha confidente? Você me achava doida, né? Juro que, se pudesse voltar no tempo, teria feito tudo diferente para continuar cuidando de você.

Os soluços são inevitáveis, junto com as lembranças. Dói... Dói muito!

— Depois que me afastei de você, aprendi muito com meus erros. Descobri que, na vida, nem tudo é como planejamos. Nunca tive medo do futuro, sabe? Muito menos do que ele pode trazer. Nunca tive o sonho de ter uma família, mas, enquanto convivi com você, tive a ilusão de que isso seria possível. Em um momento de solidão, imaginei-me abraçada por uma família feliz. Fantasiei... E errei por isso. Errei muito.

Respiro fundo para tomar fôlego, entre as lágrimas.

— Atualmente, tenho vivido muitos momentos difíceis, pequena. Temo todos os que estão próximos, o meu emprego e o meu futuro. Tenho medo de que algo que ainda não começou já se acabe, de que o meu passado invada o meu futuro.

Derramo assim todas as minhas lágrimas, em meio à dor da saudade, do sofrimento de perdê-la e em desabafo pelos meus temores.

Choro pela perda, pelas circunstâncias e pelo vazio.

— Hoje descobri por que seu pai se apaixonou pela noiva dele. — Sorrio, compreensiva. — Ela foi incrível, passou por cima de tudo o que fiz e me permitiu ficar próxima de você, enquanto eu, por outro lado, já estava adotando uma postura defensiva e pronta para dizer a ela que não podia me impedir de lhe dizer adeus. Em vez disso, ela apenas me agradeceu por tudo que fiz por você.

Respiro fundo, tomando fôlego.

— Pequenininha, perdi muitas pessoas queridas na vida, mas você foi a mais especial de todas. Sua alma sempre me amparou. Não sei se serei capaz de um dia ter sintonia com alguém como tinha com você.

Continuo querendo contar a ela um pouco do que tenho vivido.

— Estou trabalhando com um garotinho que tem leucemia, o Guilherme. Ele é muito diferente de você, pois enquanto você sempre me observava com luz, ele tem um olhar escuro, vive de mal com a vida. Tem sido um grande desafio tentar me aproximar dele. Parece que não quer lutar pela vida, sabe? Todos na casa têm problemas: ela é gelada, sombria, não tem vida. É muito diferente de quando cuidava de você. Quem sabe se, com aquilo que aprendi com você, eu consigo mostrar para o Gui que existe luz no fim do túnel.

Paro um instante, refletindo sobre como vou me despedir.

— Bom, minha pequena e grande amiga, acho que agora temos de nos despedir. Mas é só um até breve, do corpo físico... Porque, de alma, seremos eternas amigas. Admiração é um sentimento que se carrega por toda a vida! E é esse sentimento que envolverá a sua lembrança em meu coração.

Uma leve brisa me envolve. Sinto paz no meu coração, é como se ela me transmitisse isso e minhas lágrimas, finalmente, cessam, dando lugar a um sorriso tímido, causado pelos poucos minutos em que falei para ela sobre minhas angústias. Agora, sim, estou revigorada.

Mais uma vez, despeço-me de alguém importante em minha vida. E olha que nesta mesma semana foram três pessoas. Ela, dona Betinha e seu Zé. Daqui para frente seguirei sozinha, como sempre fiz, aprendendo com meus erros e acertos, em busca de ser feliz. Talvez algum dia eu seja amada. Por enquanto, continuarei com o sentimento nobre de querer amar alguém de verdade.

Capítulo 20

Jonas

O que aquela mulher faz comigo? Ela sabota meu autocontrole e de quebra provoca todos os meus sentidos.

Há dez dias venho evitando visitar Gui e Eliana com regularidade. Nas poucas vezes em que estive lá, me esquivei de ficar sozinho com Rafaela, pois não sei o que serei capaz de fazer com o desejo intenso que venho sentindo por ela se tiver uma oportunidade de tocá-la novamente. Aquela mulher me transformou em um predador, em tudo o que nunca quis ser: um conquistador de virgens.

Ver, naquela noite, a confusão estampada em seus olhos, cheios do desejo que eu despertei, clamando pelo meu toque, fez-me sentir um canalha. Um aproveitador. Eu não podia estar olhando para a mesma mulher, que agira de forma tão contraditória em ocasiões diferentes, em tão pouco tempo. Desde o início dessa atração avassaladora, a voz da razão insistentemente vem me avisando que não pode sair algo bom ao me envolver com uma pessoa tão sem experiência... Tão desinformada a respeito do meu mundo fetichista. Isso sem contar o fato de ter passado por um trauma recente em sua primeira tentativa de ser uma mulher ousada. No entanto, o que fiz? Não a ouvi.

Deixei o instinto primitivo me guiar e as coisas não saíram nada bem. Sempre fui muito racional, comprometido com a minha honra, livre e bem resolvido sexualmente e, talvez por isso, pensei que não teríamos problemas. Quem dera.

Por toda essa situação, tenho estado envolvido e enterrado no trabalho desde a manhã seguinte ao acontecido, quando Eliana e Felipe chegaram do hospital mais aliviados. Contaram que não seria necessário internar minha irmã mais uma vez, que estava tudo bem e que eu poderia ir para casa descansar, já que Rafaela os ajudaria.

Minha fisionomia naquele dia não deveria estar nada apresentável, tendo em vista que eu passei a noite inteira em claro, andando de um lado para o outro, procurando um meio de ir até Rafaela e me desculpar. Mas não tive a oportunidade.

Nestes últimos dias, tenho feito meu trabalho e o do meu assistente. Até ir protocolar uma ação na Argentina, estendendo minha estadia por lá alguns dias a mais, eu fiz. Eu me prontifiquei pessoalmente a fazer o serviço para despistar a minha irmã, usando isso como desculpa quando me questionava sobre minha ausência e a falta de romantismo com Rafaela. Por um lado, a viagem foi boa porque consegui reorganizar parte dos meus pensamentos, mas por outro... Bom, foram dias terríveis e inflexíveis, que não me permitiram fazer outra coisa senão pensar em Rafaela.

E hoje estou de volta, tendo a incumbência deixada por Felipe, que não poderá estar presente, de levar Gui e Rafaela ao hospital para uma sessão de quimio, logo de manhã. Eliana não poderá acompanhá-los porque isso a tem deixado muito abalada.

Por mais que ela não queira admitir, ela me contou que Rafaela está se saindo muito bem. Apesar de acreditar ser indispensável acompanhar Gui em todos os passos do seu tratamento — afinal, ela é a mãe —, me disse que Rafaela os tem acompanhado em todas as consultas e se mostrado muito interessada em tudo o que o médico diz. Eliana até insinuou que o tal médico, que eu acho muito arrogante, foi simpático além da conta com Rafaela e elogiou a sua eficiência. Essa observação que ela fez, claro, foi para me atingir. E ela acertou o alvo em cheio. Na hora fiquei possesso, não digeri muito bem a informação e acho até que, por conta disso, quando Felipe sugeriu para eu acompanhá-los nessa sessão, respondi que iria, antes de ele sequer terminar a pergunta. Hipocrisia, não é mesmo? Não fui eu que preferi me afastar?

Eliana sempre soube revidar e cutucar os meus pontos fracos. Aquela danada! Nunca deixa passar nada. Quando éramos crianças, ela acreditava em coelhinho da páscoa e eu era muito cético. Como no ano anterior eu havia flagrado os meus pais fazendo as patinhas do coelho para a caça aos ovos, eu contei para ela. Depois de ela chorar dizendo que eu estava mentindo, eu a levei até o armário onde minha mãe escondia os ovos e mostrei que, além deles, tinha cenouras e tintas, que tudo não passava de uma ilusão em que nossos pais queriam que acreditássemos. Ela, toda sonhadora, chorou por horas e eu fiquei de castigo sem ganhar o meu ovo de páscoa.

Na manhã seguinte, ao acordar, encontrei todos os meus robôs do tipo Transformers desmontados no chão. Eu tinha verdadeira paixão por aqueles robôs. Poxa, passei meses montando a coleção completa! Quando fui questioná-la se sabia o que tinha acontecido ela respondeu, sorrindo ironicamente, que eles não deviam ter tido tempo de voltar à forma de robôs, ao regressarem de alguma missão... Eu sabia que tinha sido ela. Porém, não tive o que fazer além de chorar e perceber já desde pequeno que minha irmã sabia como abalar as minhas estruturas.

Vindo direto do aeroporto, passo rapidinho no escritório, pois preciso encontrar um documento antigo, solicitado por um cliente, que apenas eu sei em que lugar está. Troco algumas palavras com dona Izabel sobre os recados deixados para mim. Pego algumas correspondências e, antes de seguir para minha sala, ela diz que passou por lá no dia anterior e deixou tudo organizado. Não sei o que seria de mim sem ela, que veio trabalhar comigo logo que comecei no escritório e, de quebra, passou a me ajudar também em casa meio período desde então.

Entre os recados, vejo a anotação da dona Izabel informando que, como condolências ao meu amigo Marco, enviou uma coroa de flores para expressar o meu pesar pelo falecimento de sua filha. Na hora me vem à mente Rafaela e um gosto amargo na boca por não estar aqui para protegê-la e lhe dar forças. Faço uma nota mental de que tenho que ligar para o meu amigo mais tarde... E também conversar com Rafaela para expressar os meus sentimentos. Meu tempo agora é curto. Tenho que ser rápido para não me atrasar para a quimio do Gui.

Ligo o notebook e vasculho as imensas pastas e arquivos que tenho. Um ícone na tela começa a piscar, me lembrando do programa de segurança que tenho tentado não abrir desde então. Ralho comigo por ter me prontificado a monitorar as câmeras de segurança da casa da minha irmã. Na época em que sugeri isso, não me passava pela cabeça que essa vital incumbência pudesse se virar contra mim com tanto afinco.

Por um instante, esqueço o que estou fazendo e a tentação fala mais alto quando vejo que várias telas dos ambientes da casa de minha irmã estão em meu monitor. A imagem da mulher que vem tomando meus pensamentos está fixa em uma das câmeras. Clico sobre ela e me pego sorrindo para as caras e bocas que ela faz parada em frente do espelho disposto no canto da sala.

Estreito os olhos, vendo ela mexer nos cabelos e virar a cabeça de lado, verificando a lombar arredondada. As curvas do seu corpo a favorecem. É tão linda! Ela continua se arrumando e verificando o reflexo. Rafaela se aproxima e seu rosto fica quase colado na câmera oculta atrás do espelho. Seus olhos azuis como o mar me hipnotizam e, de repente, me pego afogando-me neles. Capturo cada movimento seu até que ela leva o batom aos lábios sensuais e carnudos. Desliza o bastão vermelho por toda a boca, realçando sua feminilidade e poder de sedução. Isso me deixa louco! Faz-me lembrar dos lábios dela queimando sob os meus, a sua língua brincando com a minha, do seu sabor e do prazer de engolir seus gemidos sussurrados. Uma fisgada excitante desperta o meu membro, deixando-o ereto e desconfortável dentro da calça. Não consigo desviar meus olhos da tela e instintivamente toco-me para ajeitar o pau em uma posição que proporcione alívio. Que ironia! Sei que alívio, mesmo, eu só sentirei quando puder jorrar essa porra encubada dentro dela. Inferno! Eu não penso em outra coisa que não seja isso!

Diabinha! Ela me torna insano... Demente por sua beleza, um louco alucinado por ela.

Rafaela faz bico para o espelho e leva o indicador para limpar o excesso de batom no canto da boca. Sorri. O contraste dos dentes brancos com a cor quente encobrindo os lábios me faz imaginá-los envolvendo o meu membro em um movimento excitante. Ainda com a mão sobre o meu pau, eu o massageio por cima da calça. Sei que isso é proibido... Mas a tentação é maior. A linguagem corporal dela demonstra que está se arrumando e preocupada em agradar alguém. Sinto saudade da sua pele, do seu gosto, do seu corpo... Estaria ela se arrumando porque dali a poucos instantes eu vou buscá-la junto com Gui? Seria para mim toda essa produção, ou para o tal médico? O ciúme atinge o meu âmago e eu aperto mais ainda o meu pau, com intuito de flagelá-lo por estar tão excitado e duro. A forma como ela desafia o reflexo, como se pudesse me ver do outro lado do espelho, mexe comigo como nunca fizeram antes. É tão errado observá-la... Porém não consigo parar.

Enquanto para alguns aquilo é um tabu, para mim é puro prazer.

Lembranças da noite em que ficamos juntos vêm à minha mente e eu fecho as mãos em punho, frustrado.

Eu havia aceitado seu pedido para me afastar. No entanto, ficara inconformado. A espontaneidade da atração que explodiu entre nós havia terminado ali? Aceitei suas condições absurdas, alegando que alguém podia nos ver, mas eu não era nenhum irresponsável de tomá-la naquela noite, no meio da sala. Não sabe ela que, como uma virgem, precisa de um momento lindo e especial? O que estávamos tendo ali era apreciação e reconhecimento. Algo muito mais lindo do que o sexo propriamente dito. Se Rafaela soubesse como fazia bem a beleza das formas humanas, sem se prender a padrões, apenas apreciando e sentindo, entenderia que ali estávamos nos envolvendo de forma pura e emocional.

A ideia de ela me julgar como se eu tivesse agido de forma irresponsável me incomodou porque, para mim, sua interrupção foi mais uma fuga do que qualquer outra coisa. E se tem uma coisa que eu abomino é justamente forçar alguém a fazer algo que não queira, diferentemente do que ela pensa. Por causa desse meu hábito de gostar de observar, vem à minha mente a história da Lady Godiva.* Ao fechar a tela do notebook, percebo que me sinto o próprio Peeping Tom, o *voyeur* dessa história, que foi cegado por Lorde Leofrico por ter contrariado suas ordens e espiado pela janela enquanto sua esposa passeava nua pelas ruas de Coventry.

Aquele olhar de abandono que Rafaela me dirigiu doeu no fundo do meu ser. Sempre fiquei irritado com as armadilhas que meu jeito *voyeur* preparava para mim, quando alguma mulher em que eu estava interessado não o entendia. Mas agora eu amaldiçoava a minha impulsividade por tê-la envolvido nas minhas necessidades.

---

* Diz a lenda que a bela Lady Godiva ficou sensibilizada com a situação do povo de Coventry, na Inglaterra, que sofria com os altos impostos estabelecidos por seu marido, Leofrico, Duque da Mércia. Lady Godiva teria apelado tanto que ele concordou em ceder, com uma condição: que ela cavalgasse nua pelas ruas de Coventry. Ela aceitou a proposta e Leofrico mandou que todos os moradores da cidade se fechassem em suas casas até que ela passasse. Diz a lenda que somente uma pessoa (Peeping Tom) ousou olhá-la, e ficou cego por consequência. Ao fim da história, Leofrico retira os impostos mais altos, mantendo sua palavra.

No canto do monitor, vejo a hora e percebo que essa escapadinha me atrasou além da conta. Eu me levanto, apressado.

— Dona Izabel! — Saio da minha sala falando com minha assistente, apressado, me dirigindo direto para o elevador.

— Sim, dr. Jonas?

— Estou saindo para levar Gui ao médico e não volto hoje.

— Tudo bem.

— A propósito, a senhora deixou algum daqueles docinhos dos deuses preparado na geladeira?

— O doutor é mesmo um formigão. Deixei, sim.

— Ótimo!

O elevador chega e eu me despeço dela, já pensando em Rafaela cheio de segundas intenções. Afinal, eu ainda devo uma sobremesa para ela, não é? E por mais que possa ser avesso a impor algo a alguém, tenho correndo dentro das minhas veias uma boa dose de persuasão e de sedução. Sem contar que adoro advogar a meu favor.

Rafaela

Depois da bela performance carinhosa com que Jonas me brindou há alguns dias, nas raras vezes em que esteve aqui demonstrou-se atencioso comigo na frente da sua família. Mas quando tínhamos oportunidade de ficarmos sozinhos, fez um excelente papel me evitando.

Em um primeiro instante, senti-me culpada pela rejeição, mas não tinha sido apenas eu que o tinha afastado, foi a circunstância toda que me apavorou. A forma com que perdi o controle sobre os meus atos diante dele. Quem mandou Jonas ter aquele olhar encantador, de cobiça, que fazia eu me sentir uma verdadeira exibida narcisista? Nunca ninguém me olhou como se eu fosse perfeita! E o pior foi me fazer acreditar nisso! Assim como Narciso se afogou na fonte, encantado por sua própria beleza, eu também devo ter me afogado, levada pela crença de que podia ser uma mulher desejável e amada.

Quanta ilusão!

Como eu podia ter me enganado tanto com aquele olhar hipnotizante. O que foi que ele fez quando me viu assustada? Aceitou, sem luta...

Não era isso o que eu queria? Ter afastado o único homem que me olhou como uma mulher? Será que ele me olhou daquele jeito por eu ser virgem, pelo sabor da conquista? Ou será que deixou de me olhar exatamente por isso?

Mas tudo isso não é nada perto de tudo o que me aconteceu nesta última semana. Tive de lidar com a partida da minha estrelinha, como se uma parte de mim tivesse ido com ela. E como se a dor que me devastasse não fosse o suficiente, eu ainda estou tendo que lidar com a minha mudança para uma pequena pensão, perto daqui.

Perdida em pensamentos, um formigamento já conhecido pelo meu corpo me traz de volta à realidade. Algo me diz que Jonas chegou... E nem preciso me virar para saber que ele está na sala, me observando.

— Não está muito desnuda para o horário de trabalho? Para acompanhar Gui no hospital você não precisa estar vestida com o seu jaleco?

Sua voz é como um trovão, detonando uma descarga elétrica em meu corpo. Olho para minhas roupas e não entendo seu questionamento. Estou de calça jeans branca e uma regata amarela. Tenho colocado um pouco de cor em vez de trabalhar toda de branco por pedido de Eliana, que me avisou sobre a aversão do Gui ao branco. Porém, para mim é difícil cumprir todos os seus pedidos, pois, no meu limitado vestuário, tenho poucas peças que não sejam brancas.

— Eliana me pediu para evitar o branco... — Dou de ombros e me viro em sua direção. Vacilo em meus pés e, para variar, esbarro em um móvel. Perdendo o equilíbrio, espalmo minha mão em seu peito.

Meu Deus! Como é que ele chegou tão perto de mim e não percebi? Jonas coloca os braços em volta de mim e me leva até ele. Seus olhos me fitam e eu digo a primeira coisa idiota que me vem à mente.

— Se você fizer questão de que eu vista o jaleco para saber o meu lugar, não há problema nenhum. Posso dizer para Gui que você se sente mais confortável em acompanhá-lo se a enfermeira dele estiver vestida como tal.

— Se fosse para dizer como eu gostaria de vê-la vestida, diria que eu a prefiro sem nada. Essas roupas que está vestindo agora são indecentes porque marcam muito o seu corpo.

A intensidade com a qual aqueles olhos me fitavam semanas atrás está de volta. O braço dele aperta o meu corpo, me fazendo perder o fôlego. A adrenalina corre feito louca em meu sangue.

— É mesmo?

Sua boca chega perto do meu ouvido como se fosse confidenciar algo:

— Muito!

O ar de repente parece faltar em meu peito, o calor do corpo dele aquecendo cada parte do meu.

— Você já pode me soltar? Como pode ver, foi apenas um pequeno desequilíbrio. Não precisa me segurar assim. — A agressividade na minha voz é direcionada para o corpo, que não sabe responder racionalmente quando ele está tão perto.

— Estou achando que isso já virou proposital... — Sua insinuação em tom rouco me faz estremecer. — Confessa, Rafaela.

— Claro que sim. Passo noites e dias treinando maneiras de me desequilibrar. Afinal, que mulher não sonha em ter um herói para salvá-la sempre, não é mesmo?

— Está se saindo muito bem. Continue assim, porque estou gostando de ampará-la em meus braços.

Fito-o desdenhosa, tentando não demonstrar o quanto ele me afeta, respondendo no mesmo nível de audácia.

— Você não leva um pingo de jeito para super-herói.

— Acredito que não, mas isso não nos impede de voltarmos de onde paramos, da última vez que a salvei... Antes de você fugir, é claro.

Ouço minha mente pedindo para eu me afastar. Porém, não consigo prestar atenção em nada além das reações do meu corpo ao toque dele.

— Eu não fugi de você. Só não tinha cabimento continuarmos o que estávamos fazendo.

Seus dedos entrelaçam-se em meu cabelo com firmeza, posicionando o meu rosto na altura do dele. Gentilmente, para que eu me perca dentro dos seus olhos.

— E o que exatamente estávamos fazendo, Rafaela? — Uma meia risada duvidosa reverbera em seus lábios — Nos beijando? Nos conhecendo? Nos adorando? O que tinha demais nisso?

— Eu fiquei praticamente nua! — contesto. — Não é assim que as pessoas se conhecem.

— Você estava linda. Posso lhe garantir que não há maneira melhor para as pessoas se conhecerem do que quando elas estão desprendidas de roupas, ou pudores.

De repente ele faz as coisas parecerem tão simples e perfeitas que me esqueço de tudo, até de quem eu sou. Sinto um sorriso se formar em mim, dissipando qualquer mágoa. Tenho de admitir que, no fundo, ele tem razão.

— Com essa informação devo deduzir que me conhecer não o agradou muito, né, Jonas? Porque se tivesse apreciado o que viu, não evitaria me olhar nos olhos nos dias seguintes e muito menos sumiria por dias.

Ele me fuzila com os olhos, como se o que eu acabo de dizer lhe ferisse.

Fico paralisada e sem forças para me mexer. Sinto meus lábios ressecados, e os umedeço com a ponta da língua. Seus olhos negros acompanham todos os meus movimentos, fazendo-me sentir mortificada com a reação incontrolável que toma conta de mim diante da mágoa velada em seu olhar. Após um tempo, sua habitual racionalidade volta a ficar entre nós e ele sorri, satisfeito.

— Talvez nós dois não tenhamos nos permitido esse conhecimento. Se você, quem sabe, estivesse aberta a isso, descobriria o melhor de mim. — Sua mão abandona minha nuca e seus dedos trilham um caminho por minha face até seu polegar alisar meus lábios úmidos. — A minha voz, o meu toque... E se depois disso, ainda continuasse querendo me conhecer, ia sentir que eu posso marcá-la profundamente. Marcas gostosas, assinadas com desejo. Aquelas que te fariam ansiar por cada pedaço de mim.

Ele aperta um pouco mais o braço em volta da minha cintura, fazendo a espaçosa sala parecer um ambiente minúsculo. Quando solto um gemido, ele se afasta um pouco, sorrindo satisfeito. A fome em seus olhos, percorrendo o meu corpo, suscita um atrevimento em mim que só se faz presente com ele. Uma coragem que me leva a encará-lo, absorvendo tudo e me deleitando com cada palavra. É como se elas me atraíssem para um campo de força. Cada centímetro do seu corpo formidável encosta no meu, me deixando inebriada com seu perfume de capim-limão. Em vez de me acalmar, aquela combinação leva-me quase ao desespero.

A única certeza que tenho é a de que eu preciso dele!

— Depois de conhecer esse meu lado, você poderia pensar que, consequentemente, isso lhe proporcionaria intensos orgasmos de satisfação.

Ele sorri maliciosamente diante da própria sugestão obscena. Eu sinto umedecer a minha feminilidade, que começa a formigar.

— Mas, ao invés, você preferiu não me conhecer. Ficou distante, Rafaela... — Para completar a tortura, ele raspa a barba rala em meu pescoço, deixando-me arrepiada, e completa: — Eu agora só posso ser um fantasma para a sua imaginação, uma lembrança, aquela que deve rondar as suas madrugadas quando o sono não vem. Sou aquela vozinha que diz que não deveria ter fugido, pois você me quer. Não se assuste, ela não vem do além, é do seu subconsciente. Não teime com ela, ela não quer atrapalhar o seu querer. Ela só vai ajudar você a me chamar nos seus sonhos. E eu a ouvirei e virei ao seu encontro.

Sua profecia erótica parece acender chamas dentro de mim.

— Da próxima vez que estivermos conectados como naquela noite, não fuja, pois o que aconteceu entre nós foi o início de algo lindo a ser explorado. Você é uma joia a ser apreciada e idolatrada, nunca duvide disso. Felizardo é aquele que você deixar abrir esse baú. Mostre-se para mim! Faça de mim um rosto conhecido por você na multidão. Permita que seu corpo reconheça o meu sempre que estiverem no mesmo ambiente. Aproveite tudo o que eu sou capaz de lhe proporcionar. Não quero te machucar, ao contrário. O que eu te ofereço é a mais plena libertação...

Sua voz é baixa, contendo um aviso inconfundível de que não se dará por vencido por qualquer objeção minha. As palavras de Jonas ecoam em minha mente, tamanha profundidade de sentimentos.

Inspiro o ar profundamente, descolando o meu rosto do dele. Olhos negros encaram os meus lábios e, em câmera lenta, ele desce um pouco a cabeça e sua boca toma a minha, em segundos.

O choque elétrico me mantém imóvel tempo suficiente para sentir sua língua me invadir, aprofundando o beijo. Sensações incríveis me deixam sem ar enquanto um gemido brota da minha alma, expressando todo o desejo que eu sinto por ele. Agarro-lhe ambos os braços, roço os meus seios doloridos nele, recebendo como recompensa um gemido de Jonas. Suas mãos percorrem minhas costas até o traseiro, a fim de me trazer ainda para mais perto. Ele as pressiona contra mim, fazendo com que meu ventre cole em sua ereção viril, umedecendo-me quando o sinto esfregar-se em mim. Abro mão da lucidez e me entrego, derreto-me. O beijo rouba a força das minhas pernas. A dor entre elas necessita de alívio. Necessita dele... O desejo transcende a racionalidade e transborda em mim.

Lábios esculpidos se abrem para continuar me seduzindo e são interrompidos por uma voz infantil.

— Tio Jonas, você chegou! — Não tenho forças para me mover. Sinto falta do contato e me assusto, tentando me recompor. O lado esquerdo da sua boca se curva em um sorriso frustrado. Mais uma vez somos interrompidos, mesmo com o desejo de continuar.

Esse homem é letal em todos os sentidos da palavra. Suas promessas tiram o meu prumo.

— Essa conversa não acabou. E, Rafaela, antes de vir para cá, liguei para saber como Eliana estava e sei que ela está muito bem, e que só não nos acompanhará na quimio por recomendações médicas. Então, considere que eu lhe devo uma sobremesa, que lhe proporcionarei ainda hoje.

— Você não me deve nada.

Ele sorri, mostrando que sua beleza é um testamento divino, lavrada à beira da perfeição.

— Devo, sim. E hoje eu pretendo pagar.

Como se fosse possível, meu coração acelera um pouco mais pela intensidade com que ele me fita. Sua advertência me faz zombar:

— Estou de dieta.

— Sairá dela.

— Está me ameaçando?

Vindo de qualquer outro homem, eu poderia acreditar que aquelas palavras seriam uma ameaça ultrajante ou até mesmo uma cantada. Porém, dele tudo vem como uma promessa erótica e envolvente.

— Apenas comunicando.

Então ele se afasta e me deixa parada no meio da sala, sem saber para que lado seguir.

— Vem cá, Gui! Trouxe presentes da Argentina para você.

Inspiro com dificuldade e expiro com força, inconformada. Ele simplesmente não pode ter todo esse poder sobre mim. Jonas me olha ciente do som que emito, erguendo as sobrancelhas, questionando-me em silêncio o motivo de eu ter bufado de raiva e, de repente, sorri, malicioso. O ar dentro do meu corpo então se transforma em ofego, me fazendo estremecer novamente. Sinto as pernas fracas e tento não esbarrar em nenhum móvel disposto pelo ambiente.

Me xingo mentalmente. Não sei por que Eliana junta tanta relíquia em um lugar só. Não bastam todos os afazeres que tem? Precisa querer guardar tudo isso para ter mais serviços domésticos? Perdi as contas de quantas marcas arroxeadas tenho nas minhas pernas por todas as vezes que distraidamente esbarrei nesses móveis.

É nessa hora que a voz dela se anuncia, descendo as escadas lentamente:

— Faz tempo que chegou? Já estava preocupada com o horário e não sabia mais o que dizer para Gui pela sua demora.

— Acabei de chegar. Só tive tempo de cumprimentar Rafaela e dizer o quanto estava com saudades dela. Não é, querida?

Fuzilo-o com os olhos. Como é que ele consegue ser tão cínico sem parecer se afetar?

— Hoje vocês terão um bom tempo para matar a saudade. — Ela nos observa, divertida, e faz um comentário que me desconcerta. — A boca de vocês manchada de batom é a prova viva de que já começaram. — Meus dedos trêmulos vão aos meus lábios, enquanto percebo que Jonas se constrange, tanto quanto eu. Parecemos dois adolescentes flagrados pela irmã mais velha. — No mais, Rafaela está mesmo precisando de uma folga. Desde que começou a trabalhar conosco, tem ficado mais aqui do que em sua própria casa.

De fato, tenho passado mais tempo com eles do que o combinado. Mas o que eu podia fazer se uma coisa estava levando a outra? Nos primeiros dois dias, ela mal se levantou da cama, e depois me fez prometer ficar para o jantar, alegando que me devia um em agradecimento. O que essa família tem com esse negócio de todos sentarem-se à mesa juntos para celebrar qualquer coisa? É como se fosse um ritual. Sem contar que aqui pelo menos me sentia mais próxima de um lar do que naquela pensão onde as pessoas não pareciam respeitar o espaço dos outros. Não contei para ela que tive que me mudar, achei melhor ocultar essa informação. Detestaria vê-la se sentir obrigada a me oferecer um teto.

— Percebi mesmo que mais alguém anda habitando este lar. Até flores tem espalhadas pelo ambiente.

Ruborizo quando ele me olha, sorrindo.

— Fomos nós que pegamos, tio Jonas. Ela me levou para caminhar ontem à tarde e me mostrou um monte de flores.

Contra o gosto de Eliana, eu consegui convencê-la de que Gui precisa fazer exercícios. Ele não podia se limitar a brincar somente no quintal, mesmo sendo grande. O menino precisa esticar as pernas. Enxergar vida na natureza para ter forças, acreditar que ele é mais forte que a doença. O menino mal-humorado que conheci há dias já está até um pouco menos manhoso e mais sorridente. Vi muito bem a alegria em seus olhos quando eu disse que ele podia pegar as flores das plantas pelo caminho. Sem contar, é claro, a travessura que fizemos ao pegar um ramo de jasmim amarelo no quintal da vizinha ao lado. Esse fato ocultamos de sua mãe. E daí? Um pouco de travessura é bom. Perder Vitória me fez enxergar a grande lição que ela me ensinou, que é a de lutar pela vida. E eu sinto que preciso passá-la para o garoto.

— Não tire os seus créditos, Gui. Foi você quem sugeriu apanhá-las para presentear sua mãe.

— Eu também te dei — ele contesta.

— Ah, sim! Você está se saindo um belo romântico à moda antiga. Amei as flores que escolheu para mim.

— Quem diria, hein, pigmeu, que suas atitudes me mostrariam o quanto estou em falta com essa bela mulher. — Braços longos me puxam, enlaçando minha cintura. — Você foi capaz de conquistá-la com seu romantismo antes de mim.

— Que isso, meu irmão? Ciúmes do Gui? — Eliana o questiona, divertida.

— Não estamos atrasados? — Solto-me de seus braços e mudo de assunto, sem intenção de esperar a resposta, com medo de fantasiar algo que não existe.

— Estão mesmo. Melhor irem.

Eliana se abaixa na altura de Gui e conversa com ele, olhando em seus olhos, pedindo desculpas por não acompanhá-lo. Eu noto que ela segura as lágrimas. A cena é de partir o coração. Imagino o quanto está sendo difícil para ela abrir mão de estar com ele.

— Gui, estarei aqui contando os segundos para te ter volta. Vai lá, meu filho, e mostre para a leucemia que você é mais forte que ela e aguenta o que for preciso.

Ela o abraça e ele chora.

— Eu queria que você fosse comigo.

— Não estarei presente, mas junto com você estará toda a minha força. Somos fortes ou não somos?

— Eu não gosto daquela agulha. — Ela afaga sua cabeça careca com ternura.

Mordo os lábios, contendo as lágrimas. Deveria ser proibido no mundo ver uma criança ter que passar por tudo isso. Jonas se vira, mas antes vejo o quanto está emocionado também.

— Eu sei, meu bem. Mas é preciso. Você está na reta final, terminando o ciclo das sessões, e, se Deus quiser, sei que ele quer, entrará na manutenção agora em dezembro. Vamos comemorar, filho! Vou fazer o seu bolo de chocolate preferido para quando voltar.

— Não consigo comer quando eu volto — ele diz, melancólico. — Eu só tenho enjoo. Tudo quer sair da minha barriga.

— Mas hoje conseguirá, porque eu vou colocar duas camadas de recheio. O que acha?

— Se eu não conseguir, você guarda para eu comer amanhã?

— Claro, meu amor. O bolo é inteirinho seu. O papai ligou dizendo que vem para casa hoje, mas vou avisá-lo para não mexer. Comeremos somente quando você desejar.

— Isso não é justo. E nós? Merecemos um pedaço também — Jonas comenta, apontando também em minha direção.

— Só te dou um pedacinho se você me levar para o jogo de polo no sábado. Mamãe me contou que você vai jogar.

— Combinado, Gui. Um pedaço de bolo em troca de levá-lo para assistir ao jogo.

— Dois... — ele diz, e completa: — se você fizer um gol.

— Então ficará sem bolo, porque pretendo fazer muitos gols. Agora vamos, porque quem fará muitos gols será você hoje. Gui 10, leucemia 0.

Eliana sorri ao perceber que Jonas consegue a atenção do Gui. Ela o beija e eu pego minha bolsa para segui-los.

— Tio Jonas, a Rafaela pode ir junto no sábado?

Surpreendo-me com o pedido dele. Quem diria que ele iria me incluir nos seus planos?

— Ela já está escalada desde anteontem, quando eu descobri que jogaria. Não é, querida?

Eu odeio quando Jonas me inclui nas suas confusões sem me consultar antes.

— Claro, querido, mal posso esperar para ver o quanto joga bem.

Ele pisca para mim e eu ignoro. Hoje ele saberá o que eu farei com a sobremesa que me ofereceu: a esfregarei em sua cara de pau.

Capítulo 21

Jonas

Ver as gotas da dose de quimioterapia pingando minuto a minuto pelo port-a-cath,* instalado sob a pele no lado esquerdo do peito do Gui, contribui para testar minha paciência, já próxima do fim. Ficar vendo o almofadinha desse médico, todo atencioso, fingindo-se amiguinho de Rafaela, sem tirar os olhos dela, me exaspera. Até ele chegar e puxar assunto com ela, sua atenção era praticamente minha. Estávamos envolvidos em uma sintonia bem excitante, por sinal. Claro que sem deixarmos de apoiar o Gui, integralmente. Mas o clima de sedução estava ali e se foi com aquela ridícula presença.

Volto os olhos para o meu sobrinho e me entristeço. Ver o meu pigmeu tão debilitado em cima dessa cama hospitalar me deixa de coração partido.

Meus olhos vagueiam pelo quarto, onde há outras crianças como ele, e eu penso comigo como é que a vida pode ser tão cruel. A maioria delas está careca, como ele. Mas isso é o que menos impressiona. Há magreza, apatia, cateteres externos em todas elas. Algumas têm deficiências, sem membros ou olhos, isso sem contar aquelas "gaiolas" de ferro na perna. E ainda assim elas lutam como guerreiras. Gui percebe que meus olhos se movimentam pelo ambiente tristonho:

— A mamãe me contou que não é em todos os amiguinhos que estão aqui que a doença está no sangue, como é comigo. Em algumas delas está no osso, na cabeça, na pele. Por isso que estão aqui, como eu. Temos dores em lugares diferentes, mas o tratamento para todos nós é igual. — Meus olhos se enchem de lágrimas com sua explicação. A doença o fez amadurecer, em alguns aspectos, precocemente.

— Você é muito esperto, pigmeu. O que você vai querer fazer quando terminarmos aqui?

— Dormir... — Seu tom de voz parece cansado.

---

* Esse dispositivo é acoplado sob a pele, tem formato arredondado e permite que a agulha seja colocada de forma que não traumatize a pele e que a quimio seja injetada sem riscos de extravasamento. Apenas um local no corpo é utilizado para inserir o dispositivo em todas as sessões, fazendo que não seja necessária a punção de outras veias.

— E o bolo? Eu não esqueci que ele estará lá nos esperando.

Gui vira o rosto no travesseiro.

— Você pode comer.

Por mais que eu tente distraí-lo com promessas e brincadeiras, parece que a partir do momento em que a medicação começou a gotejar em seu cateter, o mundo à sua volta deixou de ser importante. Ele fica triste, deprimido e sem forças. Rafaela também tenta animá-lo... É tão emocionante a forma como ela lida com ele, com um profissionalismo admirável. Porém, dá para ver em seus olhos o carinho e afeição que já sente por ele. Até o doutorzinho conversa com Gui e ele não responde, mas isso não parece incomodá-lo, porque parece mais interessado é nos encantos de Rafaela.

Eu já acompanhei Eliana e Gui em outras sessões como essa e o almofadinha nunca sequer deu as caras. Engraçado, justo hoje, ele estar aqui cuidando de tudo pessoalmente, não é mesmo? Sem contar que está todo falante e se gabando de que vai viajar em breve e blá, blá, blá... Tento segurar o bocejo.

— Que lindo seu gesto, dr. Rafael, em abrir mão das suas férias para estar em uma missão dos Médicos Sem Fronteiras.

A empolgação no tom de voz da Rafaela faz meu sangue esquentar. Vejo-o sorrir para ela, abrindo as penas como um pavão convencido.

— Essa é a quarta vez que participo. Já estive em algumas missões humanitárias antes no programa. Cada vez que volto, me sinto um novo homem. — Meus lábios se retorcem, involuntariamente, de desdém. Ele percebe que tem a atenção e admiração dela e continua. — São muitas lições e histórias de vida.

Como um gato pronto para marcar território, me aproximo dela, encostando meu braço no seu, enquanto ajeito o braço do pigmeu sobre a cama... Como se isso fosse necessário, já que ele parece bem confortável. A intensidade do toque parece causar uma descarga elétrica nela, fazendo-a respirar profundamente. Sei o que ela sente, porque a mesma descarga permeia o meu corpo.

— Imagino — ela responde, tentando demonstrar normalidade, mas eu conheço essa respiração: sei que ficou mexida. Satisfeito, presto atenção no que ela conclui. — Eu já li muito sobre as ações humanitárias realizadas. Eu amaria poder participar um dia.

O pavão sorri novamente para ela, que retribui. Talvez ela esteja fazendo isso para disfarçar os motivos que a levaram a ruborizar e isso me irrita! Ver os dois tão entrosados instiga um lado de mim que desconheço. O agressivo, por exemplo, que tem ganas de arrancar as penas do doutorzinho para ver o quanto um pavão pode se achar convencido sem elas. Eu mexo meu braço lentamente, esfregando-o no dela. Senti-la estremecer faz o meu peito se encher, satisfeito, e um desejo incontrolável de continuar a brincadeira. Então viro meu rosto para ela e dou uma piscada maliciosa, tornando-me um viciado na visão de como ela responde a mim. Aprenda, pavão convencido, que essas suas asas pomposas não são capazes de fazê-lo voar e muito menos de seduzir uma fêmea caramancheiro!* Macho que é macho atrai sua fêmea, a seduz e a envolve, não fica apenas se exibindo e se mostrando.

O que está acontecendo comigo? Que paixão possessiva é essa que ameaça minha sanidade? Onde foi parar a excitação que sempre tive ao ver um casal flertando? Sim, porque é exatamente isso que esse médico almofadinha está fazendo, se exibindo para chamar a atenção dela, que, por sua vez, está gostando de apreciá-lo e admirá-lo, mesmo que estremeça ao meu toque. Tento voltar minha atenção para o Gui e ser indiferente ao que eles conversam. Afinal, sou feito de um material tecido de imunidade à inveja e ao ciúme. Por mais que essa situação toda desperte em mim uma indigestão, eu ainda me sinto um ser controlado.

— Por que não participa? A experiência é fantástica. Garanto que não irá se arrepender.

Cruzo os braços porque tenho medo de estrangular o pavão pelo pescoço. Levo um tempo para perceber que a sensação que sinto é de posse. Nunca senti isso antes. Rafaela era minha.

Minha... A palavra faz eco na minha cabeça, tão nitidamente quanto sua resposta:

— Vou pensar nessa possibilidade.

Uma tosse indiscreta escapa do meu peito. Minha pressão sobe e eu me pego olhando para o pavão com os olhos arregalados.

— Quando decidir, será uma honra acompanhá-la em uma dessas missões. Se tiver dúvida pode me ligar. Podemos marcar um bate-papo para falarmos sobre como funciona o programa.

Juro que tentei, mas não dá... É muita cara de pau desse cara. Sério mesmo que ele a está convidando para sair na minha frente? Irritado, limpo a garganta emitindo um som contrariado, só esperando ver o que ela dirá. Seus olhos encontram os meus, mostrando o meu pleno desagrado. Balanço a cabeça em silêncio, sinalizando para que ela responda que não ligará para ele.

— Obrigada, dr. Rafael. Ligarei sim! — ela me provoca. — Tenho muitas dúvidas e acho que será maravilhoso conhecer o programa.

Dane-se o controle! Posso pensar em ser domador das emoções, mas não sou de ferro. Não aguento e me intrometo.

— Rafael o seu nome, né? — Encaro-o. — Por que tenho a impressão de nunca tê-lo visto acompanhando as sessões de quimio do Gui?

— Thomaz, né?

— Jonas — corrijo, seco.

---

* O pássaro caramancheiro é originário da Oceania. É um animal surpreendente: o macho, para atrair a fêmea, constrói um verdadeiro ninho de amor, com um chão completamente limpo e decorado com pétalas de flores, sementes e pedras, criando um espetáculo natural. Após o trabalho, chama a fêmea, que inspeciona o local e, caso goste, inicia o acasalamento.

— Você é um bom observador. — Ele não imagina o quanto. — Geralmente não o acompanho, é verdade. Mas ontem enviei uma mensagem para a srta. Rafaela, perguntando como Guilherme estava passando. Logo ela me respondeu que ele estava bem, e inclusive que estariam aqui hoje. Por isso, achei importante passar para uma visitinha rápida, já que, por coincidência, estou de plantão aqui no hospital. É sempre bom verificar de perto como anda o meu paciente.

É muita informação para raciocinar em uma resposta só. Quem ele quer enganar dizendo que está aqui com a missão médica, interessado no paciente e não para cantar a enfermeira que o acompanha? E como é? Ele mandou uma mensagem para Rafaela e ela respondeu? Então eles estão se falando? Eu vou descobrir isso é agora!

— Estou muito admirado por saber que meu sobrinho está sendo assistido por um médico tão atencioso. Se me permite, poderia nos fazer o favor de ficar com o Guilherme um minuto? Lembrei que tenho algo importante para tratar com a enfermeira Rafaela.

— Jonas, não pode...

Interrompo-a antes de concluir:

— Nosso assunto vai demorar somente um minutinho, querida.

Seguro o seu braço, levando-a para fora do ambulatório.

— Posso saber o que foi aquilo lá dentro? — ela parece indignada.

Sem deixá-la se afastar, mantenho-a perto de mim. O brilho da fúria em seus olhos azuis parece capturar toda a luz do dia e ampliá-lo, tornando-a mais linda. Eu não me canso de encará-la. Um misto de posse e excitação me deixa confuso, e, por um instante, inseguro. Acho que começo a perder o controle. Se bem que já tinha esses sentimentos conflitantes desde o momento em que a revi hoje mais cedo.

— Além de informar que precisava falar com você, acredito que o resto seja óbvio. Que flerte era aquele do pavão para cima de você?

O rosto de Rafaela enrijece.

— Flerte? Você só pode estar alucinando! Eu bem que falei que você precisava ver um médico. Aquele golpe que tomou na cabeça quando a porta do carro bateu nela deve ter afetado seu cérebro. Aliás, acho que a cabeça inteira.

Danada, eu nem me lembrava de que, ao ficar hipnotizado vendo-a sair do carro, tão encantadoramente, acabei batendo a cabeça na porta.

— O único golpe que tenho que me preocupar é com o seu, se derretendo toda para aquele almofadinha.

— Em primeiro lugar, você pode me definir se ele é uma ave ou um objeto, para eu tentar defendê-lo adequadamente? Já que cada hora você usa um educado adjetivo para ele.

Fito-a e então digo o que acho.

— Um pavão almofadinha cai bem para ele.

— Certo, definido isso, posso saber o que você tem a ver com a minha vida?

— Tenho muito! Você esqueceu de que, para todos os efeitos, estamos envolvidos perante a minha família? O que eles vão dizer quando souberem que minha namorada está flertando com o médico do meu sobrinho? E pior, na minha frente... Sem contar que, menos de duas horas atrás, nos beijamos.

Posso sentir o seu coração acelerado sob a sua costela. O que aconteceria se eu a estivesse tocando sem a barreira da roupa, explorando sua pele macia e bela? Será que estaria tão desafiadora quanto quer demonstrar? Movo a mão em suas costas e ela fecha os olhos, inspirando fundo. Ela abre a boca para dizer algo e eu a fito com intensidade. A delicadeza dos seus lábios pulveriza todos os meus sentidos. Tenho vontade de beijá-la, porém recuo, sabendo reconhecer onde estamos. O que eu estou fazendo, meu Deus?! Passo a mão pelo cabelo, enquanto ela parece recuperar o fôlego e criar coragem para me afrontar.

— Sua definição de envolvimento é muito engraçada, não acha? Primeiro você mente para sua família dizendo que está envolvido comigo. Me seduz, me deixa apavorada com minha exposição espontânea a você, e logo em seguida some. Não, espera! — Ela levanta a mão, impedindo-me de qualquer defesa. — Você me ignora. — Dou-me conta de que mereço ouvir isso. — Daí, depois de alguns dias você reaparece e decide novamente alimentar uma mentira. Ah, mas essa inverdade é oferecida com um doce e eu tenho que aceitar enfiá-la goela baixo, porque você decidiu que me deve isso. Agora você me arranca do meu trabalho, deixando seu sobrinho lá dentro, deitado, precisando de nós, para discutir comigo sobre eu estar sendo educada com o doutor Rafael? Qual é o próximo passo? Vai me acusar de derrubá-lo caso tropece em uma pedra qualquer?

— Eu adoraria se me derrubasse. — Pauso para sondá-la e concluo. — De preferência em cima de você, é claro.

— Para você tudo é uma brincadeira?

Coloco a mão sobre o peito, fingindo que ela me acertou com um golpe, em cheio, no peito. Sei o quanto ela precisa da verdade para se manter confiante. Estudo seu rosto perfeito e respondo francamente.

— Eu nunca brincaria com você.

— Não? E o que pensa que está fazendo comigo?

Nunca apreciei tanta honestidade. A resposta que consigo arrancar dela é um ponto contra mim e eu decido ser sincero.

— Não sei! A única coisa que posso lhe garantir é que é sério. Você tira meu chão. Eu não sei como agir quando você está ao meu lado e se agora mesmo me dissesse que não pode me dar tudo o que quero, eu diria que me contentaria com ao menos um pouquinho da sua atenção.

— Era atenção que você queria? Pronto, você já teve os seus cinco minutos comigo. Agora podemos entrar e ficar com o seu sobrinho?

— Ainda não. Quero saber o porquê de ele andar mandando mensagens para você!

— Se você não ouviu lá dentro, creio que é necessário procurar um otorrino. Dr. Rafael foi bem claro ao dizer que me enviou uma mensagem para saber do seu paciente.

— E você quer que eu acredite que ele só fala sobre o Gui nessas mensagens? Seus olhos demonstram indignação e eu franzo o cenho em resposta.

— Isso eu acho que não é da sua conta, não é mesmo? — O sarcasmo ecoa na voz dela. — Porém, como eu sei que você não vai me soltar até eu responder, vamos lá! Não há mensagens... Teve uma mensagem e essa foi ontem.

Rafaela sustenta o olhar firme, mostrando que não aceita ser interrogada e categorizada como leviana por mim, e eu não me dou por feliz. Preciso de respostas. Médicos, enfermeiros, pacientes e acompanhantes passam por nós e eu não me importo se reparam ou não em nossa discreta discussão.

— Por que ele tem o seu número de telefone?

Ela dá de ombros.

— Pergunta para Eliana. Foi ela que deixou com ele na última consulta do Gui.

— E para que ela deixou?

— Meu Deus, Jonas! Estudei enfermagem, não psicologia para entender a cabeça do ser humano. Sendo assim, acho que você já gozou de todo o tempo que precisava e devemos entrar.

Diante dos seus esclarecimentos, sinto vergonha do sentimento de posse que me dominou. Tento pensar rápido em algo para amenizar a tensão.

— Eliana às vezes passa dos limites...

— Não a culpe. O que ela está passando não deve ser fácil.

Fácil é me apaixonar por você, penso comigo. Como é que Rafaela consegue ser tão compreensiva com todos à sua volta? Não se alterar com o interrogatório que fiz. Eu a afrontei e ela se defendeu. Eu a encurralei e ela se desvencilhou elegantemente. Ela me afoga em admiração, embebeda-me no seu charme e ainda tripudia sobre a minha exaltação com classe. Seu olhar distante faz algo estalar dentro de mim. Eu preciso trazê-la de volta. Agora...

— Você é muito especial, Rafaela. — Fito-a intensamente, incapaz de mover meu olhar, com a mão pressionada gentilmente contra a sua pele. Ela fecha os olhos, parecendo tentar encontrar sentido e absorver minha mudança de temperamento.

— Por que toda essa confusão?

— Quer dizer, causada por mim?

Um pequeno espaço nos separa. De tão perto, posso ver os seus olhos voltarem a brilhar, sentir o perfume doce a me envolver e observar-lhe a respiração se agitar, fazendo o peito subir e descer. Ela me alucina.

— Sim, por você.

— Acredito que é porque a quero só para mim.

— E você me diz isso assim?! No meio de um corredor de hospital?

Leio a emoção brotar nos seus olhos, seu corpo relaxar, e pela segunda vez hoje, tenho a crença de que ela é o que eu preciso.

— Direi tudo isso e muito mais que estou sentindo se você me prometer que irá considerar o convite que fiz.

— Agora sua intimação virou um convite? — ela debocha.

— Se você falar que aceita, pode considerá-lo como quiser.

Jamais imaginei querer alguém tanto quanto eu a quero. Tudo o que preciso, sinto e sei é que, de alguma forma, ela deve ser minha. Talvez seja aquela história de "quando o mel é bom, a abelha sempre volta". O problema é que, em uma dessas voltas, a abelha pode descobrir que existe um novo zangão tomando conta desse mel. Esse deve ter sido o motivo de eu ter acordado e enxergado que devo conquistá-la de uma vez por todas.

— Vamos ver como o Gui reagirá à quimio primeiro.

— Eliana cuidará dele. Você já deve saber mais do que eu que ela é maníaca por controle e não abrirá mão disso.

— Por que você sempre tem um argumento para tentar convencer as pessoas?

— Nem sempre — respondo, fitando-a e lutando para não romper nosso contato.

Rafaela finge ficar estupefata e me ricocheteia de volta.

— Nossa, quem ousaria não ser convencido por você?

— Posso estar me sabotando em dizer isso, mas acredito que o seu coração não o é... — Coloco a mão sobre o peito dela.

— Você é incorrigível, não é mesmo?

Dou de ombros.

— Só um consegue reconhecer o outro.

— Não é justo dizer isso. — Seu tom de voz se torna meigo. E por um tempo fico hipnotizado por seu encanto.

— É muito justo, porque nós dois temos pontos de vistas diferentes um do outro. Minha definição de incorrigível para você se trata de sua beleza, que de tão perfeita seria impossível corrigir algo. — Ela balança a cabeça de um lado para o outro, dizendo que não. — Não pense demais, Rafaela. O que consome a sua mente, controla a sua vida. Pense nisso! — Aperto a ponta do seu nariz arrebitado com os dedos. Posso ver o ímpeto e a determinação dela vacilarem.

— Não quero pensar nisso.

— Pensar é só o que a vejo fazer o tempo todo. O que me diz da sua pulsação ficar sempre frenética quando chego perto de você? Por que acredita que suas pupilas dilatam quando falo em seu ouvido? Por que pensa e imagina muitas coisas entre nós?

— Talvez eu represente bem e saiba esconder o que sinto.

Sorrio surpreso, ao perceber que ela não está me afrontando. Na verdade, ela está flertando comigo. Essa mulher danada, que é menos experiente sexualmente, consegue me provocar de uma forma que faz a minha vasta experiência se transformar em pó.

— Desse jeito você me põe à prova. E sempre que isso acontece torno-me insano. Você não quer me ver insano de curiosidade... Ou quer?

— Vou pensar sobre isso e te respondo depois que comermos a sobremesa — Rafaela responde no mesmo tom descontraído. — Até lá, precisamos esquecer suas sandices e ver Guilherme. Ele deve estar precisando de nós.

Fico fascinado ao ver as emoções passarem pelo seu rosto. Ansiedade. Dúvida. Curiosidade. Então, excitação. Ouvi-la me dá prazer. Olhá-la me dá prazer. Senti-la me dá prazer. Tudo nela desperta em mim as melhores sensações jamais sentidas.

— Como sempre, você tem razão. — Ela se vira para voltar para o quarto e eu a sigo. Determinado a convencê-la de que, ao degustar de meu melado, jamais deixará de desejar estar lambuzada.

Capítulo 22

Rafaela

Assim que a quimio do Gui termina, ainda sem conseguir entender direito o que foi aquela demonstração de macho alfa do Jonas, encaro-o com o canto dos olhos e o flagro me admirando.

Sempre me achei razoavelmente aceitável para os padrões de beleza, mas nunca me achei tão bela como ele me faz sentir. De vez em quando, eu olhava outras mulheres e as invejava pela forma como elas conseguiam explorar a sensualidade. Nunca teve nada a ver com a estética ou com os seus traços. Contudo, depois da nossa conversa, apesar de estarmos em um local nada apropriado, sinto-me sensual e desejável.

A insistência dele em me provocar lá fora mexeu comigo. A maneira íntima como me tratou me fez sentir dele. Sentimentos que ninguém jamais demonstrou por mim vieram à tona, o que me leva a resolver não travar uma batalha com ele neste exato momento.

É impressionante como ele disfarça bem as suas duas facetas ao mesmo tempo: a de civilizado e a de homem das cavernas. Enquanto Jonas faz carinho e brinca com o sobrinho, como se estivesse alheio aos que estão a sua volta, sua mão quente segura o meu braço, se fazendo presente, em um gesto de dominação. Sinto a pele formigar sob o seu toque, envolvida pelo frenesi do desejo. Tento puxar o braço e ele segura firme. Evito olhá-lo, sorrindo para dr. Rafael, tentando disfarçar essa atitude possessiva dele sobre mim e o que ela me causa. Enquanto isso, o médico se dispõe a me ajudar efusivamente com o que eu precisar.

— Qualquer dúvida não hesite em me ligar, Rafaela.

— Obrigado pela oferta, doutor. Diremos para Eliana que você está disposto a nos atender quando precisarmos. — Jonas responde por mim. Fico tão furiosa com sua audácia! Meu peito arfa de indignação e, de repente, me sinto sem graça com a forma que ele o olha. Cruzo os braços energicamente, fuzilando-o.

— Estou à disposição. — Ouço o médico responder. — Tchau, Guilherme, nos encontramos no consultório. Vamos ver se nosso Verdão nos traz o campeonato no domingo.

Debilitado, Gui apenas acena para o médico e, antes que ele se vá, respondo educadamente, já que vem se mostrando atencioso comigo desde que o conheci.

— Agradeço a gentileza, dr. Rafael. Pode ter certeza de que, se precisar, ligarei.

— Estarei esperando. Até mais, Rafaela.

Conforme recebo uma piscada e um sorriso educado do médico, sinto um braço envolver minha cintura, puxando meu corpo ao encontro de uma massa muscular. Jonas se põe atrás de mim, me abraça e apoia o queixo no meu ombro, como se fosse um espectador, no aguardo da resposta que vou dar ao médico. Não consigo ignorar o impacto do seu corpo junto ao meu.

— Até — me despeço, sem jeito. Não consigo dizer mais nada, porque Jonas esfrega lentamente a barba pelo meu ombro, em direção até o pescoço. Irritada, finco as unhas em seu braço.

Espero que, com os arranhões que lhe dou discretamente, ele seja convencido a se afastar. Mas a tentativa é em vão. Jonas se sente desafiado e me provoca, inspirando fundo, próximo do meu ouvido

As duas enfermeiras que cuidam do Gui e que estão fazendo os procedimentos nele trocam algumas palavras com o médico, e voltam a atenção para o homem ao meu lado, que não se contém e faz piadinhas sem graça para elas:

— Vocês enfermeiras são verdadeiros anjos sem asas. Não é, pigmeu? Que mãos de fadas elas têm.

Seduzidas, elas sorriem para ele. Aliás, elas e todas as mulheres que passaram por nós hoje, independentemente da idade. Seus cumprimentos simpáticos e galanteios contagiam a todas. Eu me sinto estranha com aquilo. Minha vontade é de dizer que fiquem com ele, por tempo indeterminado.

Elas que não se enganem com todo aquele charme. O homem é também um poço de egocentrismo. Em todo o tempo em que o dr. Rafael permaneceu aqui, depois que retornamos da conversa sem pé nem cabeça lá no corredor, sua mão não saiu da minha cintura, do meu braço ou das minhas costas. Quando o médico falava comigo, ele dava um jeito de olhá-lo. Por vezes me senti como um troféu que estava exibindo. Toda a confiança e a coragem que senti lá fora se desmancharam aqui no quarto, sob seu toque possessivo.

As duas profissionais se despedem de nós e do Gui, informando que ele está liberado, mas antes uma delas o leva ao banheiro, assim que o pequeno pede. Ela é mais rápida do que eu, que não consigo me livrar do corpo de Jonas colado ao meu, mesmo colocando as duas mãos nos braços que me prendem, tentando afastá-lo, porque ele libidinosamente roça o quadril em minhas nádegas, demostrando que não tem a intenção de me largar.

— Você gosta de deixar um homem anestesiado, não é, Rafaela? — Jonas sopra as palavras no meu ouvido, depois que a enfermeira sai com o Gui.

— Só quando ele pede — digo entre os dentes, soltando-me dele, assim que Gui volta. Ajudo o pequeno a sentar-se na cama. Agradeço a enfermeira e me volto novamente para Jonas, que me observa, e fico irritada com aquela atitude imatura de posse. — Posso te garantir que hoje já imaginei pegar alguns anestésicos guardados aqui no hospital para aplicar em você. As seringas já estavam ao meu alcance mesmo. — Jonas olha para o armário do almoxarifado, onde estão dispostos os medicamentos, agulhas e seringas e volta seu olhar para mim. — Quem sabe anestesiado de verdade você não teria sido tão aplicado em me tirar do sério na frente de todos, me colocando em situação tão vexatória!

— É nessas horas que entendo por que as administrações dos hospitais mantêm seus medicamentos trancados. Nunca se sabe quando uma enfermeira insana pode querer se aproveitar deles para usar em uma vingancinha boba.

— Não se engane com um cadeado! Profissionais da área de saúde têm grandes facilidades em adquirir o veneno que desejarem.

— O que acha que me causa quando me olha assim? — Ele suspira de forma audível.

— Gosto de me defende, olhando as pessoas diretamente. Se preferir, posso me virar de costas quando estiver falando com você.

— Você não tem ideia do quanto a desejo, Rafaela. — Meu rosto parece pegar fogo, tamanha a intensidade das suas palavras, abalando assim a minha raiva. — E não se engane, porque eu sei que me deseja também. Seu rosto é muito expressivo. — Como é irritante saber que os meus pensamentos são tão transparentes para ele. — Por mais que esteja brava comigo, acredite: o instinto de proteção que aflorou em mim quando a perturbei foi para defendê-la das investidas daquele pavão almofadinha.

— Eu poderia não estar querendo a sua proteção. Já pensou nisso?

— Você não me pareceu especialmente interessada no doutorzinho.

Claro que não desejo o dr. Rafael. Embora ele seja um homem bem charmoso, o vejo apenas como um colega de trabalho. Mas não iria me declarar para Jonas, assim, tão facilmente.

— Pois as aparências podem enganá-lo. Cuidado! Eu posso vir a desejá-lo mais do que acredita... — provoco-o e mudo o meu foco para Gui, deixando-o irritado.

— Quanta comoção, Rafaela — ele diz, ironicamente, e fica branco ao ver que Gui começa a passar mal.

A atmosfera muda instantaneamente. Jonas recua... Sinto meu coração batendo forte como se ele ainda me tocasse.

— Como você está se sentindo, Gui?

— Preciso vomitar. — Ele se mostra enjoado e com ânsias.

Entendo-o perfeitamente. A quimioterapia é um tratamento destinado a eliminar células cancerígenas de rápido crescimento, mas também acaba afetando células saudáveis, sendo, portanto, muito agressiva ao organismo. Dentre as células saudáveis afetadas, estão aquelas responsáveis pelas ações no trato digestivo, causando efeitos indesejados. Então é natural que Gui se mostre enjoado e com ânsias. Eu o acolho e o ajudo a voltar para o banheiro. Cuido dele com carinho, como se fosse meu filho. Tento lhe transmitir toda a segurança e ternura que ele precisa, como se sua mãe estivesse aqui.

Quando decidi ser enfermeira, sabia que, ao encontrar um paciente sob a chuva, eu poderia até não conseguir evitar que se molhasse, mas poderia, sem sombra de dúvidas, acompanhá-lo e me molhar junto com ele. A enfermagem para mim é isso: cuidar com amor e carinho daqueles que necessitam, oferecendo um alento quando a vida lhes nega amparo, ensinando-os a aprender a conviver em condições nem sempre saudáveis, sabendo enfrentá-las com dignidade, preservando o cuidado.

Jonas se junta a nós e pega-o no colo, sonolento.

— Vamos para casa, pigmeu. Acabou, meu amor. — Ele afaga as costas magras do menino. — Você venceu mais essa batalha.

Pelo que ouvi o dr. Rafael falar na última consulta, este seria o último ciclo de quimio — no caso dele, foram quatro ciclos. Agora ele entrará em manutenção e poderá ter uma vida mais normal. A imunidade dele vai estar mais alta, então logo Gui poderá voltar às suas atividades. Isto não quer dizer que estará curado, ele ainda tem uma série de exames e etapas pela frente. Na manutenção, ainda terá algumas sessões de quimioterapia a fazer, mas elas serão mais espaçadas e isso vai ajudá-lo a se reerguer. Estou ciente de como poderei orientá-lo e monitorá-lo. Nesta última semana que passei ao lado dele, estudei muito para ocupar minha cabeça, em vez de ficar pensando em besteiras.

O telefone de Jonas toca. Com um braço ele segura Gui e, com a mão livre, puxa o celular do bolso. Desacelero, deixando-o andar na frente para lhe dar a privacidade de que precisa. Enfim, depois de risadas e sussurros, já na saída do Graacc, Jonas enfia o celular no bolso. Paro ao lado deles e seu olhar se volta para mim.

— Era um amigo. Ele ligou para me lembrar que é hoje a festa do encontro dos colecionadores de Mavericks no Rey Castro.

Não era para me sentir decepcionada com a notícia. Mas no fundo é isso que sinto ao constatar que a sobremesa que ele inventou como pretexto para ficarmos juntos foi por água abaixo. Assusto-me com minha reação e reajo depressa.

— Muito legal isso! É sempre bom encontrar com os amigos.

Ele assente, em silêncio, sem transmitir emoção. O sol no horário de verão, às duas horas da tarde, é muito forte. Jonas cobre a cabeça do Gui com a mão e juntos atravessamos rapidamente a rua em direção ao estacionamento.

— Damos sempre boas risadas. O pessoal é bem bacana, você vai se divertir.

— Por acaso ele perguntou se eu desejo ir com ele?

— De jeito nenhum. Eu não vou com você. Como pode ver, Gui vai precisar de mim...

— Eu não pretendo ir sozinho.

— Isso não deve ser um problema para você.

— Seria um problema, sim, quando a mulher que desejo ao meu lado está procurando desculpas para fugir de mim. Mas, como esse não é um problema, você vai comigo! Falei há pouco com Felipe e ele me contou que já chegou e está com Eliana, ansiosos e esperando por Gui. Como pode ver... — Ele faz uma pausa, sorrindo por usar minhas palavras. — Qualquer um de nós dois que ficar lá quando o deixarmos será visto como um intruso. Eu não quero me sentir assim. Você quer?

Logo cedo essa foi a primeira coisa que Eliana me informou: que eu estaria dispensada depois de acompanhar Gui.

— De jeito nenhum. Mesmo assim, acredito que não possa realmente ir. Eu nem teria roupa para ir em um evento como esse.

Jonas para de andar e me olha.

— Que tipo de evento você acha que é? O Rey Castro é uma casa de show latina, com comidas e bebidas típicas. Nada além disso! Você pode ir com qualquer roupa e tenho certeza de que estará linda. Se te tranquiliza, antes de passarmos na minha casa para eu me trocar, vamos para a sua.

Fico gelada, mesmo neste calor escaldante, quando ele cita minha casa. A inesperada sugestão provoca pânico em mim. Eu não posso permitir que ele descubra que estou morando temporariamente em uma pensão. Aproveito que ele abre a porta do carro para colocar Gui no banco para ganhar tempo. Preciso pensar em uma nova desculpa. Rápido.

— Vamos lá, Rafaela. Quando foi a última vez que saiu para se divertir?

Não sei por que estou teimando com ele, quando sei que definitivamente não existe o não em seu vocabulário.

— Eu aceito ir com uma condição. — Arrisco-me a desafiá-lo.

— Qual?

— Marcamos um horário e nos encontramos lá.

— Isso não é negociável, minha querida — ele retruca. — Se vai me acompanhar, faremos a coisa do jeito certo.

— Pelo menos aceite que eu te encontre na sua casa. Não quero que seu Zé e a dona Betina fiquem constrangidos por eu levar alguém em casa — minto. — Você sabe como eles são protetores, pôde comprovar isso quando esteve lá.

— Por que tenho a impressão de que está mentindo para mim?

— É pegar ou largar. — Finjo procurar algo na minha bolsa para não ter que encará-lo.

— Se você estiver me enganando, tenha certeza de que seus guardiões não só me verão em sua casa, como também arrombando a porta do prédio para pegá-la. Ele fecha a porta do carro e em um passo fica a centímetros de mim. O duro é que o imagino fazendo exatamente isso.

— Isso tudo é para eu me sentir intimidada?

— Se não deve, não tem o que temer. — Jonas pega meu queixo e o leva até próximo do seu rosto, me forçando a encará-lo. Pela primeira vez desde que nos conhecemos, não consigo retribuir seu olhar. Mentir nunca foi o meu forte. — Você pode acreditar que mente bem, mas eu sei ler muito melhor as pessoas. Não sei o que está me escondendo, mas vou descobrir, Rafaela.

Sinto um nó na garganta, envergonhada. Ele me abraça. E o calor sobe pelas minhas pernas.

— Não tenho o que temer. O que eu disse é a mais pura verdade.

— Agora, antes de irmos, você me deve uma explicação.

— Não me lembro disso. — Como se quisesse refrescar minha memória, ele traz sua boca para perto da minha. Fecho os olhos, esperando que me beije. Em vez de fazer o que desejo, ele fala baixinho.

— No hospital você me disse que as aparências enganavam e me aconselhou a ter cuidado. Ainda teve a petulância de dizer que poderia se sentir atraída pelo pavão.

— Foi apenas um exemplo. — Sua língua contorna meus lábios, enquanto minha boca se abre para recebê-lo, mas ele recua. Quase suplico para que me beije.

— Acabei de perceber isso.

— Como?

— Seu corpo está dizendo o quanto me deseja. Adoro como você reage a mim e posso te dizer com toda segurança que isso me excita muito. Não me desafie mais, minha querida. Já disse a você o quanto isso é estimulante. — Torturando-me, ele apenas sela um beijo casto em minha boca, como sinal de penitência, antes de concluir: — Não se sinta frustrada por imaginar que não teremos o nosso momento gourmet. A sobremesa está te esperando em casa.

— Que ótimo, então podemos degustá-la antes de seguirmos para o seu evento.

— Para mim, "o" evento será quando degustarmos a sobremesa, o que acontecerá após chegarmos da reunião com os meus amigos.

Com essa promessa, ele me deixa sozinha depois de abrir a porta para que eu entre no carro. Odeio quando ele faz isso.

Capítulo 23

Jonas

Rafaela enrolou até conseguir me fazer desistir de esperá-la. Tentei de todas as formas levá-la para casa, mas ela foi reticente. Entretanto, para o meu deleite, foi impagável sua expressão de surpresa quando Eliana e Felipe a informaram que só precisariam dela na segunda-feira e que estaria livre no fim de semana para curtir ao meu lado.

Eu já tinha noção de que Eliana não abriria mão de cuidar pessoalmente do Gui, mas Felipe concordar com isso foi novidade para mim. No entanto, antes que eu saísse, ele me chamou para conversar e pediu para que tranquilizasse Rafaela. Solicitou que eu lhe explicasse que Eliana estava muito impressionada com a eficiência e profissionalismo com que ela trabalhava e que estava gostando de tê-la em casa, mas que no momento precisava ficar com o filho. Felipe completou, dizendo que a situação toda de a esposa não poder acompanhar Gui durante as sessões a tinha desestabilizado um pouco. E minha irmã reconhecer a ajuda de outra pessoa, mesmo através do meu cunhado, já é um grande avanço. Acabei agradecendo o recado e garantindo para ele que falaria com Rafaela. Tinha certeza de que ela entenderia.

Com o carro preso no trânsito caótico da cidade, arrependo-me de ter decidido passar no escritório antes de seguir para casa. Um pouco dessa decisão impensada tinha a ver com Rafaela, porque eu sabia que se fosse direto para casa, ficaria feito um leão enjaulado, de um lado para outro, me corroendo para saber o que ela estava me escondendo. Porque é lógico que não consegui engolir suas desculpas esfarrapadas. Mesmo que ela tivesse as melhores desculpas, ainda assim, suas feições a entregaram.

Eu não menti para ela quando, antes de deixar a casa da minha irmã, a beijei nos lábios e disse que, quando ela menos esperasse, eu seria a pessoa em que poderia confiar de olhos fechados. Queria que Rafaela visse que não precisava esconder nada, que estava segura comigo.

Ela desperta em mim um lado protetor, diferente do fraternal que nutro pela minha família. Rafaela se tornou para mim um vício. Durmo e acordo pensando nela, não me canso do seu sabor. Aquele episódio íntimo do flagra no banho, especialmente, se tornou a minha maior ambição. Preciso tê-la para mim. Meu coração acelera e o corpo reage de forma incontrolável cada vez que a cena vem a minha mente.

Começo a perceber que ela vem se tornando importante para mim quando passo a me desinteressar de toda a vida boêmia, solitária. Em que situação eu passaria alguns dias na Argentina sabendo que tem uma casa especialmente voltada para o *voyeurismo* e não iria nem passar na porta? Nunca! Em outros tempos eu teria ido, não só uma noite, mas em todas que estive por lá. No entanto, Rafaela me envolveu de uma maneira que eu mal consigo pensar direito. Sair com ela hoje poderá ser somente a cereja no bolo, para eu saciar o meu desejo por ela. Acontece que estou consciente de que, da forma como o corpo dela responde ao meu, esse encontro só vai ser um ingrediente a mais para que essa vontade aumente.

Admiro a história dela em virtude das condições que teve ao crescer e, ainda assim, venceu. Sua independência a torna encantadora e eu tenho certeza que conseguirei encontrar um meio para que ela me queira da mesma forma que a quero.

Hoje entendo como o meu pai demonstrava tanto o amor em forma de admiração à minha mãe. Ele a conheceu em circunstâncias muito parecidas com aquelas em que conheci Rafaela. Com a única diferença de que eles ainda eram acadêmicos. No entanto, minha mãe era batalhadora e guerreira como Rafaela e conseguiu vencer sozinha, tendo crescido de lar em lar. Ela também não teve pais como referência, porém foi uma mãe maravilhosa e uma esposa parceira, amiga e cúmplice. Meu pai a olhava com adoração, e eu sempre pensei que o dia em que encontrasse uma pessoa que me fizesse encará-la daquela maneira, era porque a mulher da minha vida tinha aparecido.

Inferno de trânsito! Bato no volante, exausto pela jornada do dia. Venho de uma viagem aérea de oito horas, uma manhã e parte da tarde no hospital. Minha vontade é de meter a mão na buzina. Algumas rotas vêm à minha mente e eu decido cortar o trânsito, sentido bairro. Entro na primeira rua à direita e me arrependo, pois ela é contramão da metade do quarteirão em diante e sou obrigado a retornar, perdendo assim ainda mais tempo.

Merda, não era nessa rua que eu tinha que ter entrado. Era na outra!

Impaciente, viro à esquerda e a minha tentativa de pegar a rua paralela também não dá certo. Então, dirijo por dedução, seguindo nas ruas adjacentes para conseguir sair novamente na marginal. Em vez de ligar o GPS, teimosamente continuo e me perco, vindo parar na Santa Cecília. *Caramba, como é que eu vim parar aqui? Pelo menos é uma região que eu conheço.*

Como eu gosto desse bairro. Ele é antigo, e suas construções contam um pouco da história da cidade. Pena que ela também tem uma parte do bairro degradada e bem desfavorecida, da qual a droga e a prostituição tomaram conta.

Logo chego a um cruzamento e paro. Olho para os dois lados, raciocinando rapidamente sobre qual a melhor direção. Pego a avenida expressa, pois parece que o trânsito nela está fluindo melhor. O farol fecha e, como se fosse o destino me levando por aquele caminho, tomo um choque ao ver pela janela Rafaela entrar em uma pensão. Pensão não! Espelunca.

O que ela estaria fazendo ali?
Penso em seguir o meu caminho, talvez enviar uma mensagem questionando-a. Mil coisas passam pela minha cabeça em frações de segundos...
Seria alguém da família? Mas ela disse que não tem ninguém na cidade. Poderia estar mentindo. Não, eu vi sinceridade em seus olhos quando me contou do passado.
Quem sabe está visitando uma amiga? Também não, acredito que por piores condições financeiras que uma mulher pudesse estar vivendo, não iria escolher viver naquele lugar de livre vontade. *Podia ser um paciente?* Impossível! Alguém que pudesse pagá-la para ser sua enfermeira particular não moraria ali.
Curioso, assim que o farol abre, eu estaciono o carro em uma vaga próxima. Pelo retrovisor, passo alguns minutos observando a entrada da pensão. Queria ver se ela sairia do tal lugar.
Rafaela, o que você está escondendo?
Apesar da voz insistente na minha cabeça que diz para eu ir embora e o fato de ela estar ali não ser da minha conta, continuo esperando-a.
Um pequeno alvoroço se forma em frente ao local. Do retrovisor não consigo ver direito do que se trata. Então coloco a cabeça para fora do vidro a fim de ver melhor. Noto que é uma discussão entre um homem e uma mulher. O cara é forte e não consigo ver nitidamente o perfil da mulher que o acompanha. Imediatamente, desço do carro e corro na direção da confusão. Conforme vou me aproximando, desacelero e só quando estou a centímetros deles, na entrada da tal pensão, percebo que se trata de um casal desconhecido discutindo, não há nem sinal de Rafaela ali.
O cara me olha estranho, enquanto a mulher continua falando histericamente. Tento disfarçar e entro pela porta de acesso ao lugar. Se por fora o lugar se parece com uma espelunca, por dentro as coisas são piores ainda, e o cheiro de sujeira e degradação empesteia o lugar. No centro da recepção há uma mesinha e, à sua volta, algumas pessoas cochicham. Assim como eu, deveriam estar curiosas com a discussão do casal do lado de fora. Antes que eu me vire e saia, uma voz me aborda.
— O que deseja?
Se eu achei que o cara de fora era mal-encarado, o da recepção é ainda pior. Parece um armário, cheio de tatuagens sinistras. Que inferno! O que traria Rafaela aqui? Se ela tinha que visitar alguém em um lugar como esse, por que não me pediu que a acompanhasse? Por que tem de ser tão teimosa com a sua independência? Eu preciso descobrir o que ela faz aqui.
— Eu estava vindo para cá com uma amiga e parei para atender uma ligação e ela acabou entrando antes de mim. Apressadas essas mulheres, não é mesmo? — Medindo-me dos pés à cabeça, vejo o cara me estudando antes de concluir.
— Eu falei para Rafaela me esperar. — Dou seu nome para ver se ele revela algo.

— A loira?

— Ela mesma. Você vê, colega, essas mulheres não têm paciência de esperar a gente nem terminar uma ligação. Você pode me falar para aonde ela foi?

— Ela já subiu, mas você não poderá segui-la. São regras da casa.

Regras? A única que deve ter aqui nessa espelunca deve ser movida a suborno.

— Não vou demorar nada. Aliás, temos um jantar marcado para daqui a pouco. É só o tempo de me juntar a ela e sair.

— Não aceitamos visitas íntimas nos quartos dos hóspedes. Se quiser, vai ter que esperá-la aqui. — O que foi que esse cara disse? Ela está hospedada aqui? Cheio de marra, ele me dá a resposta de que preciso. — Eu logo desconfiei que uma mulher como aquela não seguiria regras. Agora estou entendendo por que pediu quarto individual. — Fecho a mão em punho, nervoso com sua insinuação.

— É, Paulão, essas garotas mais arrumadinhas acham que, porque atendem clientes mais ricos, podem fazer o que querem aqui dentro. Vê se coloca ordem na casa! — De canto de olho vejo uma mulher de meia-idade, com um short minúsculo e uma blusinha de igual tamanho, marcando o corpo curvilíneo. Ela destila veneno, enquanto finge olhar para o esmalte descascado das unhas.

É pelo murmurinho dos outros que descubro, em choque, o real motivo da discussão que ocorria lá fora: um cafetão dando uma dura em uma de suas prostitutas.

— Clô, se já terminou a faxina dos quartos, pega o seu rumo. Não gosto de papo furado aqui na recepção — o cara emposta a voz duramente com a mulher.

— Não está mais aqui quem falou. Estou saindo...

— E vocês aí, podem voltar para os seus quartos! A confusão não está mais aqui dentro.

— Com essa voz eu me apaixono, gostoso. — Outra mulher comenta e eu nem me viro para ver quem fala com ele.

Impaciente, volto a falar com o cara.

— Desde quando Rafaela está hospedada aqui?

Ele coça a cabeça, como se quisesse ganhar tempo para ficarmos sozinhos.

— Por que você quer saber isso? Não falou que estava com ela?

Estou vendo que o cara não vai facilitar. Então, resolvo falar na língua dele: pego a carteira mostrando que estou disposto a lhe dar uma boa gorjeta, se colaborar.

— Eu a conheci há algum tempo e olha que não tem sido fácil conseguir um momento com ela. Você sabe como é, né? Estou solteiro e não é todo dia que um avião daqueles nós dá bola. — Os olhos do cara parecem brilhar vendo as notinhas. Puxo uma de cem reais e ele sinaliza com a cabeça, dizendo que não. Sou contra esse tipo de situação, mas uma coisa é clara: ele não facilitará as coisas se não forem desse jeito. E eu não saio daqui sem uma explicação de Rafaela. Puxo duzentos reais da carteira e ele praticamente toma as notas da minha mão. Esse país merece mesmo os políticos que tem, penso comigo.

— Ela está no quarto 215. Você pode subir, mas seja discreto.
— Obrigado. Serei o mais reservado possível.
— Os quartos privados ficam do lado esquerdo.

O prédio contém dois anexos e eu sigo pelas escadas do lado indicado com o coração disparado, cheio de perguntas e ansioso pelas respostas. Não aceitarei menos que a verdade vinda dos lábios dela.

Rafaela

Antes de chegar à pensão, aproveitei o resto da tarde livre que meus patrões me deram e passei para ver um apartamento próximo à casa da família Pamplona. O imóvel era ajeitado e estava dentro das minhas condições orçamentárias. Era tudo de que precisava. A fim de fechar negócio com o senhor que me mostrou o imóvel tão gentilmente, perguntei o que precisava para alugar e aí veio a minha frustração. Ele me informou que o proprietário exigia um fiador e que era intransigente quanto ao seguro fiança e o depósito antecipado de aluguel. Saí de lá desolada e ciente de que esse seria o meu maior problema, tendo em vista que eu não tinha ninguém para pedir esse favor. Esse era um dos preços que a vida cobrava quando se era só.

Mas as minhas esperanças não iriam se acabar. Ainda dentro do metrô, circulei alguns classificados de imóveis para visitar no dia seguinte.

Já dentro do meu miserável quarto, enfio a cabeça embaixo d'água, deixando escorrer de mim toda a minha angústia. O chuveiro aqui é precário e acho que, mesmo reclamando que a ducha está entupida, por causa do péssimo estado de conservação, seria improvável que alguém se preocupasse em arrumá-la. Uma das primeiras coisas que faria amanhã quando saísse para ver os imóveis selecionados, seria tirá-lo para ver se eu conseguia desentupi-lo. Para mim as coisas sempre foram assim, nunca precisei de ninguém para me ajudar. Se era tempestade que tinha que enfrentar, eu mesma seria o meu para-raios.

Eu ainda não me conformava com a decisão de Eliana em cuidar do Gui sozinha. Não que eu a achasse incapaz, mas não era porque ela estava se sentindo melhor que podia abusar. Jonas, antes de sair, veio me tranquilizar quanto ao pedido dos pais de passar o fim de semana cuidando dele. No fundo, até achei a decisão plausível, se assim queriam.

O que eu podia fazer quanto a isso? Nada. Ainda mais precisando desse emprego como nunca, porque sem fiador e vínculo empregatício, as coisas se tornariam ainda piores. E francamente, por mais que eu tenha morado em lugares não muito favorecidos, nunca foram tão barra pesada quanto esse. Eu precisava sair dali o quanto antes.

Nesse momento, as palavras de Jonas vêm a minha mente:

Rafaela, você ainda vai confiar em mim de olhos fechados!

Tal promessa me soou tão verdadeira... Eu percebi que ele está tentando se aproximar de mim. Isso não é uma fantasia. Existe uma conexão entre nós dois desde o dia em que o conheci. Ele foi profissional comigo quando teve de ser, firme quando me senti vulnerável e me fez sentir desejada como nunca. Até sumiu por alguns dias quando precisei de um tempo para raciocinar sobre o que havia acontecido. Mas o mais excitante mesmo foi sua demonstração de macho alfa horas antes. Quando na vida pensei que um homem poderia sentir ciúmes de mim? Pego-me sorrindo como uma adolescente apaixonada e decidida a terminar logo o banho para me encontrar com ele.

O som de alguém batendo na porta insistentemente me assusta. Seria alguém da administração vindo até aqui reclamar pelo tempo que eu estou no chuveiro? Fecho o registro com dificuldade e visto o roupão rapidamente. Mal tenho tempo de enrolar o cabelo ainda encharcado de água em uma toalha e a pessoa bate novamente. *Que saco! Nem um banho decente eu posso tomar?!* Quando fechei este quarto, mesmo relutante por causa do local, decidi optar por ele por ter a exclusividade de banheiro, já que nas outras pensões que fui conhecer, nem banheiro privado eu teria. Se tinha uma coisa desde pequena que me enfezava era estar no banheiro e as pessoas ficarem batendo na porta para me apressar.

Batem novamente.

— Já vai!

Destranco a porta e assim que a abro, dou de cara com Jonas, de braços cruzados diante do peito. Cada músculo em meu corpo se enrijece, enquanto o coração bate forte. Sinto a cor do meu rosto sumir, o mundo estremecer e sair do eixo...

Suas palavras dizendo que descobriria o que eu estava escondendo vêm em minha mente no mesmo instante.

— Jonas?! — Vergonhosamente aperto o nó do cinto do roupão, depois de me sentir despida por seus olhos intensos e examinadores que me deixam sem rumo, sem lugar para correr ou me esconder.

— Quando foi que você se mudou para essa espelunca, Rafaela?

Não consigo encontrar uma única resposta, tamanha a indignação que sinto por ele estar aqui.

— O que você está fazendo aqui?

— É assim que você sempre abre a porta, sem verificar quem está batendo?

Parados um de frente para o outro, nos encarando, ele age como se aquele fosse o seu modo habitual de advogar e ignora minha pergunta, respondendo com outra. Simples assim.

— Vamos voltar para a minha pergunta inicial: o que você está fazendo aqui? — Nossos olhos se desafiam.

— Coincidências, minha querida. Mas isso eu lhe direi depois que você responder a minha pergunta.

Sem qualquer autorização, ele entra no quarto.

— Você não pode entrar aqui.

Com medo de algum curioso ouvir o que conversamos, fecho a porta. Eu já tinha ele querendo saber da minha vida, não precisava de mais nenhum curioso.

— Não só posso, como já entrei. E só saio daqui quando me disser por que está hospedada neste local miserável.

Quando eu enumerava as qualidades dele, não podia deixar de me lembrar o quanto Jonas era arrogante também.

— Eu não sei como você conseguiu chegar até aqui, tendo como regra da pensão a proibição de receber hóspedes nos quartos. Então eu peço que vá embora e nos falamos depois, antes que me arrume um problema.

Mas ele nem se mexe, parece determinado.

— Não se preocupe, você não terá problemas com as regras. — Um sorriso irônico surge em seus lábios. — Afinal, em um lugar como este, é facilmente possível burlá-las.

— Imagino como deve ter sido fácil. Aliás, o que é difícil para você, Jonas?

Jonas me encara por um momento e eu tenho a sensação de tê-lo atingido no peito.

— Eu poderia enumerar, mas por agora, o difícil para mim está sendo entender como você veio parar aqui.

— Não é nada definitivo... — Procuro encontrar um meio de me explicar.

— Nem tente mudar de assunto, Rafaela.

Fico sem entender a sua insistência em saber o porquê de estar hospedada aqui. Será que ele estava pensando que eu morava nesse lugar com segundas intenções? A de, por exemplo, ter um segundo emprego como a maioria das que se hospedavam aqui? Eu mesma tinha me surpreendido ao encontrar com alguns rostos conhecidos daqui no quarteirão de cima fazendo ponto, dias antes. Ele, como um cara esperto, deveria ter desconfiado de algo desse nível assim que entrou na pensão.

— Eu sei o que você deve estar pensando.

— Duvido. Mas estou bem curioso para saber toda a história.

— O prédio em que eu morava foi interditado — desabafo. — Satisfeito?

Ergo o queixo e encontro com os seus olhos me fitando. Meros centímetros nos separam. Tão de perto, posso sentir o seu aroma cítrico e amadeirado me entorpecer. Seus olhos parecem ler cada emoção que tento esconder.

— Como assim, interditado? Houve algum incêndio, rachadura ou acidente estrutural no imóvel? Você se machucou?

Sua preocupação me comove. Independente do papo sério que estamos tendo, são apenas nossas bocas que se mexem e nossas cabeças que se comunicam. Porque a conexão visual entre nós é clara. A vontade que tenho é de que ele me puxe, me agarre e me console.

— Não sei direito o que aconteceu. Uma noite quando cheguei do trabalho tinha uma espécie de notificação da Defesa Civil dizendo que tínhamos quarenta e oito horas para desocupar o imóvel, devido à precariedade da estrutura.

— Por que você não falou disso comigo? Como locatária, você tem seus direitos.

Jonas tem uma beleza impressionante e sua expressão sisuda o deixa ainda mais atraente. Ao mesmo tempo em que ele se mostra imponente, exala também preocupação e autoconfiança. Ele me faz bem e, de repente, percebo que esse homem é apaixonante. Quer dizer... Eu acho que me apaixonei por ele. O que vou fazer?!

— Você não estava aqui, no Brasil. — Dou de ombros.

— A porra do telefone serve para quê? — Essa é a primeira vez que o ouço soltar palavrões. Embasbacada, entreabro os lábios tentando responder. Porém, fico presa por alguns segundos em seus olhos. Após um duelo silencioso, sou direta:

— Não liguei porque não tinha o que ser feito. Eu precisava desocupar o apartamento imediatamente, não havia tempo para procurar qualquer tipo de direito.

Jonas fecha a cara e suas sobrancelhas se juntam, formando uma linha reta acima do nariz. Ele parece perplexo. Essa não era a reação que eu esperava dele.

— É por causa de pessoas conformadas como você que nesse país ninguém cumpre as leis. Você nem sequer verificou se realmente estava tudo de acordo com a lei? — Seu questionamento soa mais como acusação.

— Você está querendo atribuir a culpa a mim?!

— Não, minha querida! Mas amanhã pela manhã quero ver seu contrato de locação e o Auto de Interdição da Defesa Civil. O proprietário do imóvel também tem suas responsabilidades. Vou analisar todas as possibilidades para que você não seja prejudicada ainda mais, isso eu te garanto!

Sua expressão dura relaxa imediatamente e se torna terna. O pedido tão franco e humano me pega de surpresa novamente. Fico tocada com a sua preocupação e, apesar de nunca ter alguém se preocupando comigo, sinto-me bem.

De repente a atmosfera muda. E aqueles olhos negros de pestanas longas voltam a fitar o meu corpo, escurecendo ainda mais. Subitamente mordo os lábios trêmulos no instante que seus olhos se voltam para o meu rosto. Um calor toma-me o corpo e, para tentar ocultar o que estou sentindo, me viro para apanhar o documento que pediu.

— Não é preciso esperar até amanhã. Tenho uma via do contrato e uma cópia do documento da Defesa Civil aqui comigo.

Caminho com as pernas bambas até a cadeira que sustenta uma das minhas malas. Eu não as desfiz ainda, primeiro porque o armário não tem chaves e eu não me sinto segura em deixar as coisas soltas e segundo porque ele parece ter mais cupim e traças do que madeira.

Lembro que a pasta de documentos não está nessa mala e sim na do lado, no chão. Então me agacho para abrir o zíper e pegá-la no fundo, embaixo das roupas. Apoiando a pasta no meu colo, percebo Jonas observando as minhas pernas nuas que ficaram à mostra, pois, por causa da posição em que estou, o robe se abriu, revelando-as. Todos os meus sentidos entram em estado de alerta. Posso ouvir as batidas do meu coração batendo e a sensação de ser tocada por ele volta ao meu corpo, as lembranças afloram como se minha pele revivesse aquele instante. Meio sem jeito, levanto e me recomponho.

 Sua boca se curva sensualmente e eu tento me advertir para não a encarar. A presença poderosa dele preenche o ambiente com uma aura opressiva que rouba o meu ar. Apesar da sensação que me invade os sentidos, forço-me a falar.

 — Aqui está. — Consigo encontrar os documentos e os entrego. Seus dedos tocam os meus e como em todas as outras vezes, a energia entre nós explode. Audaciosamente, ele roça o interior do meu pulso. Não contenho o tremor que me percorre.

 — Eu ainda tenho muitas perguntas a lhe fazer, Rafaela. Mas conversaremos hoje à noite, quando estivermos fora daqui.

 Não entendo o que ele quer dizer com isto, porém sua promessa contém uma mistura de mistério e luxúria. Sinto que o quarto é minúsculo e preciso de ar, de vento, de qualquer coisa que não seja apenas o calor que exala dos nossos corpos. Decido abrir pela primeira vez a janela, na qual até então não havia tocado, enquanto Jonas parece se entreter com as cláusulas do documento.

 — Nossa! Você tem o hábito de dar ordens assim sempre, ou eu sou privilegiada?

 — Arrisco dizer que é tentadoramente especial fazer isso com você. Sem contar que esse é o único jeito que você parece entender.

 — Penso que deveria perguntar mais as coisas e não simplesmente comunicar quando decide algo que me envolva.

 — Você será consultada quando eu tiver a certeza de que não sairá pela tangente. Por enquanto, minhas decisões têm sido bem razoáveis. Prova disso é a forma como responde a mim quando a toco.

 Ruborizo com sua declaração e, de rabo de olho, vejo-o sorrindo entretido com os papéis. Como ele fica charmoso quando se coloca no modo profissional. A temperatura no quarto sobe mais ainda. Sem pensar e sedenta por ar, abro de vez as venezianas e, ao fitar o exterior, me lembro por que não tinha feito isso antes. Minha janela dá de frente para o outro anexo da pensão. A distância entre os dois é de, no máximo quatro metros. Ajeito a cortina para nos privar de olhares e antes de me virar para Jonas, para saber o que ele está achando do contrato, algo prende minha atenção. Por um instante fico entretida e, de repente, não consigo me mexer. Ele diz algo, mas não consigo raciocinar direito diante da cena que me nubla a visão. Então o sinto se aproximar e o calor do seu corpo incendiar o meu.

Capítulo 24

Jonas

Os direitos dela no contrato, baseados na lei do inquilinato, são claros. Fico pensando se ela foi permissiva e se conformou, desocupando o imóvel imediatamente, ou se questionou o proprietário antes de vir parar aqui, nesse muquifo.

— Você leu o contrato antes de desocupar o imóvel? Questionou as cláusulas ou simplesmente saiu de lá e veio parar aqui? — Rafaela não responde às minhas indagações, o que me intriga. Então, movo os meus olhos do documento em sua direção e a vejo estática, de costas, parada rente ao peitoral da janela, com a cortina entreaberta. — Rafaela? — Curioso, aproximo-me dela.

Seu frescor adocicado me desconcentra. Estremeço ao imaginá-la nua sob aquele roupão atoalhado, em sua forma delgada, de cintura fina e quadril arredondado. De inquisidores meus olhos se tornam apreciadores. A fim de roubar sua atenção, carente e dependente do brilho dos seus olhos azuis conectados aos meus, levo a mão ao seu braço e com um toque gentil a faço se mexer e se acomodar ao meu corpo. O fato de ela se encaixar e se moldar a mim impressiona-me. A reação dela é prazerosa e eu sinto vontade de lhe confessar todos os meus desejos, lhe contar que não consigo parar de pensar nela e em seus beijos... E que desde que experimentei os seus lábios, cujo sabor se infiltrou em mim, me tornei um viciado febril, insano e necessitado.

Desviar minha concentração de uma causa jurídica é raríssimo de acontecer. Porém, tendo-a tão entregue ao meu toque, mal percebo o contrato escapar da minha outra mão quando enlaço sua cintura. Eu preciso dela mais próxima de mim.

Noto que algo a prende, hipnotizada, e meus olhos procuram o que desvia sua atenção de mim.

No quarto em frente ao de Rafaela, há duas jovens atraentes se tocando, como se conhecendo uma o corpo da outra. A ruiva é um pouco mais curvilínea do que a loira. A conexão entre elas é linda de se ver. Por um breve momento, fico imóvel, sentindo minha respiração acelerar e combinar com o ritmo da dela. Meu corpo reage por senti-la magnetizada pela cena diante de nós. Os olhos das moças estão conectados, enquanto estão absorvidas em se despirem lentamente. Suas bocas se provocam, se beijam e incitam as línguas a se entrelaçarem.

Bem-vinda ao voyeurismo, minha querida, penso, comovido por percebê-la entretida. O calor do seu corpo reverbera no meu. E só aumenta.

Não sei se Rafaela está em choque ou envolvida no que acontece e, para averiguar, resolvo tratar a situação com naturalidade. Afinal, é perceptível que as moças estão conscientes de que estamos testemunhando a cena quando, entre palavras e sorrisos, voltam os olhares para nossa janela. Inspiro o ar, tentando encontrar um pouco de racionalidade.

— Rafaela, você conseguiu ouvir o que te perguntei? — digo, encaixando meu queixo entre seu pescoço e ombro, roçando a barba em sua pele. Ela estremece e eu comemoro ao notar que também tenho sua atenção. — Se não ouviu, eu a questionei se conversou com o proprietário antes de desocupar o imóvel — repito a pergunta.

— Acho que não — ela murmura, rouca, parecendo estar em transe.

— Ok! Não precisa mais se preocupar com isto... — Removo gentilmente a toalha que envolve seu cabelo para deixá-la totalmente relaxada. — Porque agora a questão é minha. Nunca mais ninguém vai tirar vantagem de você. Eu não vou deixar.

Os fios úmidos caem como cascatas em seus ombros e eu inspiro o perfume dela, profundamente. Rafaela solta gemidos, causando reflexos diretamente em meu membro.

Como um duelo de atenções, as moças retiram peça a peça de roupa, se exibindo e torturando uma a outra.

As ações físicas delas são recíprocas: elas se tocam, beijam, acariciam, abraçam. Isso que eu considero ser um verdadeiro show. Tudo no ritmo certo para envolver um *voyeur*, para apreciar uma relação sexual atraente.

Eu não preciso dizer nada para continuar a me deleitar prazerosamente com a situação. Porém, isto não é só sobre mim. É sobre nós, Rafaela e eu. Continuo a envolvendo:

— Você me nomeará como o *seu* advogado? — sopro as palavras bem baixinho, com a esperança de que ela compreenda que quero ser seu em todos os sentidos.

— Pensei tê-lo ouvido insinuar que, independentemente da minha decisão, você estará cuidando da minha causa.

Sua língua afiada me mostra que ela retomou a consciência. Acredito que essa é maneira de que encontrou para provar isso, me provocando com suas palavras. Uma nova sensação me instiga. Não tenho certeza se devo explorar sua ousadia ou se continuo tentando entendê-la.

— Já disse a você o quanto me excita quando me desafia? — Minha pergunta a faz se mexer impaciente e eu resolvo me arriscar a lhe explorar a ousadia. Deixo cair qualquer expressão polida e, com atitude, exponho claramente as minhas intenções. — Não precisa responder. Tenho ciência de que já lhe avisei sobre isto! — Pressiono-a contra minha ereção dolorida. Receptiva, ela movimenta a bunda em uma cadência provocante. Encaixo o meu membro latejante entre suas nádegas e ela aceita. — Muito lisonjeiro de sua parte não me contestar — provoco-a, no duplo sentido. — E já que concorda em me deixar defendê-la, pode me responder por que veio parar aqui neste lugar? — Deslizo a barba em seu pescoço, lhe acariciando a pele, onde a artéria revela-me o ritmo em que seu coração pulsa.

Orgulhoso por tê-la tão cúmplice, continuamos a nos roçar em silêncio, enquanto vislumbramos as moças já nuas tocarem-se por todo o corpo lentamente, principalmente quando chegam ao baixo ventre. Elas estimulam-se uma à outra com os dedos, com uma massagem clitoridiana linda de ser ver. Solto um gemido baixo de prazer ao sentir as nádegas da Rafaela pressionarem o meu pau entre elas.

Por diversas vezes, como *voyeur*, tive dificuldades para manter a estabilidade de um relacionamento com uma parceira, porque o meu desejo não se resumia a observar somente ela, que não tinha estrutura e autoconfiança suficientes, enchendo nosso relacionamento de questionamentos sem fundamento. Com Rafaela as coisas simplesmente fluem, como se ela tacitamente entendesse que nenhum de nós dois tem intenção de tomar qualquer atitude com relação às meninas que observamos, apenas estamos sentindo excitação por ver o que fazem juntas. E ela está tão excitada quanto eu, o que é provado por sua atitude de agir naturalmente diante da inusitada cena.

— Não tente me distrair, Rafaela! Você me deve uma resposta.

— Qual era a pergunta mesmo? — ela me provoca e, antes que eu faça qualquer coisa, continua. — Diferente de você, não tenho ninguém aqui. Tampouco podia me dar ao luxo de procurar um novo lar, restando-me improvisar este teto para dormir até encontrar um imóvel para levar minhas coisas, que ficaram provisoriamente em um depósito que o proprietário do prédio disponibilizou para todos os inquilinos. Não pense que estou contente, mas é o que posso pagar.

— Não tinha até que eu descobri. Agora você tem ambos, alguém com quem contar e um lugar para ficar.

— O que você está querendo dizer com isso?

— Que estou levando você para morar comigo, que levará tudo o que tem.

— Eu não posso aceitar isto — ela me afronta.

— Pode e vai. Rafaela, entenda que minha atitude não representa qualquer pagamento de algo que lhe devo, mesmo você me ajudando quando mais precisei. — Para não deixar minha colocação tão imperativa, faço uma gracinha. — Embora tenha precisado abusar um pouco do meu poder de persuasão... Mas, ainda assim, você não se negou a me ajudar a cuidar do Gui. E eu não vou aceitar um não como resposta, ao menos até você conseguir se ajeitar. Sem nenhuma segunda intenção, Rafaela, não posso e não vou deixá-la desamparada neste momento.

Rafaela de repente cruza os braços e eu vejo, por ser mais alto que ela, o decote do roupão se abrir e revelar parcialmente seus seios. Respiro fundo, soprando o ar em seu pescoço e, depois, no ombro. Fico momentaneamente perdido com o desejo de tocá-los, com a lembrança da maneira como aqueles mamilos suaves intumesceram instantaneamente contra as minhas mãos quando os toquei.

— Você não pode me oferecer isto. Foi uma ajuda profissional que lhe prestei, não pessoal. E, de mais a mais, sou perfeitamente capaz de encontrar um lugar para morar e me virar sozinha até lá.

Ela tem razão em se sentir incerta. No entanto, não quero que ela duvide das minhas intenções.

— Isso não é questionável, Rafaela. — Solto seu corpo e, com uma das mãos, invado a abertura do seu roupão, pegando-a desprevenida. Meus dedos vão diretamente ao seu mamilo túrgido, ao lado esquerdo do peito. A outra levo à sua nuca, segurando-a pelos cabelos e trazendo seu rosto rente à minha boca. — Não precisa me lembrar do quanto é capaz de se virar sozinha — sussurro-lhe baixinho novamente no ouvido, tentando ocultar minha demasiada ansiedade. — Você já me falou do seu passado. Agora as coisas mudaram e você tem a mim.

Percebo-a tremer. Meu Deus, que mulher teimosa! Vamos ver o quanto ela resiste ao convite quando adiciono o meu toque. Ela faz menção de virar a cabeça para mim e gentilmente puxo seu cabelo, trilhando a língua ao longo do seu pescoço, para que seus olhos não deixem de degustar a bela visão que temos à frente.

A ruiva diz algo aparentemente de natureza sexual para a outra, que sorri maliciosa, antes de plantar beijos em sua boca, pescoço e ombro, ajoelhando-se como uma súdita à sua frente. Sem pressa, a loira beija gentilmente o monte pubiano dela, que demonstra sua crescente excitação. Então a ruiva dá dois passos para trás e se senta na cama, escancarando as pernas para receber a carícia da outra. De onde estamos, temos uma visão privilegiada. Podemos apreciar as dobras dos grandes lábios da ruiva, os quais a loira toca com os dedos, intercalando beijos, lambidas longas e chupadas.

— Eu não sei se devo. — Ela parece agoniada. Eu tenho certeza de que Rafaela deve estar molhada, desejando o meu toque. Mas eu não tenho a intenção de facilitar as coisas, não até ter a sua total aceitação.

— O que você não deve é continuar aqui. Nem que eu tenha que amarrá-la como uma trouxa de roupa, jogá-la sobre meu ombro e carregá-la daqui... E garanto que o farei. Deixa alguém cuidar de você pelo menos uma vez na vida, Rafaela!

— Não brinca comigo, Jonas.

— Isso não é um jogo.

— Você consegue imaginar o que isso significa para mim ou até mesmo quantas vezes esperei ouvir algo assim quando era criança? — Sua emoção súbita toma conta de nós dois. O ar que ela expira com tamanha intensidade parece que esteve guardado em seu peito por uma vida inteira! Isso faz meu coração bater tanto que parece que vai estourar.

— Esse é seu jeito de dizer que aceita?

— Digamos que esse é o jeito de eu dizer que você sabe como convencer alguém.

A ruiva demonstra que claramente está ao bel-prazer da loira, deitando o corpo na cama e se contorcendo com o ato. A visão é dos deuses... As duas trocam palavras íntimas a todo momento. Conversam. Expressam o que sentem, deleitando-se igualmente na troca sexual.

— Esse sou eu, Rafaela. Não estou lhe garantindo a perfeição, mas ainda assim lhe ofereço a promessa de que vou tentar.

Arqueando o tronco e se apoiando nos braços, a ruiva encara a loira, que entende perfeitamente do que ela precisa. Em um movimento cada vez mais rápido para cima e para baixo, com seus dedos e língua, a loira a faz gritar, não deixando qualquer sombra de dúvida que chegou ao orgasmo.

— Você acha que seria tão ruim assim morar comigo? Eu sei que impus fingir um namoro, mas jamais a forçarei a fazer qualquer coisa que não queira.

— Esta é a coisa mais ridícula que já ouvi. Tenho certeza de que nunca me forçará a nada. O que eu tenho medo é de fazer tudo errado.

— E você acha que eu também não tenho esse medo? Mas isso não nos impede de tentar fazer as coisas darem certo.

Longe de me manter remotamente complacente com sua dúvida, e perdido em um mar violento e incandescente de tesão, viro-a de frente para mim. Seguro-lhe o rosto com as mãos. Seus olhos brilham em chamas. Inundado de desejo, a beijo sem uma gota de remorso. Devoro-a como se nunca fosse o bastante o que ela me dá.

Rafaela retribui voluptuosamente o beijo, me acariciando e me puxando para mais perto do seu corpo. Cheia de desejos, emite gemidos baixinhos que são como música para os meus ouvidos. O sangue pulsa quente dentro de mim, aquecendo as minhas veias por onde ele corre e parecendo se concentrar no meu pau, que dói, necessitando estar dentro dela.

Capturo tudo o que ela me oferece. Nossos gemidos se misturam enquanto nos alimentamos um do outro. Suas mãos vêm para os botões da minha camisa, quase os estourando pelo seu desespero em me despir. Eu preciso apreciá-la, como necessito do ar que respiro. Então eu levo as mãos para o cinto do seu roupão e separo os nossos lábios, fitando-a intensamente.

— A pressa nunca foi minha aliada, minha querida. Um corpo, por mais excitado que pareça, primeiro precisa ser apreciado, reverenciado e adorado — declaro-me a ela. — Se quiser se sentir endeusada, se mostre para mim e abra o nó desse roupão para que eu possa contemplá-lo como merece.

Olho-a intensamente, lendo em seus movimentos cada emoção estampada.

— Eu quero você, Jonas! — Sem contestar, ela abre o nó lentamente, com os dedos trêmulos, e seu corpo majestoso se mostra para mim como uma divindade. Um tesouro a ser explorado. Uma verdadeira arquitetura de formas.

— Você vai ser minha, Rafaela. — Com a ponta do indicador rodeio sua auréola rosada e seu mamilo se arrepia. Nos seus olhos brilha uma excitação maliciosa, contrastando com sua expressão inocente. — Mas não aqui, entre estas paredes sujas. — Continuo reverenciando suas formas e os ângulos que vão da sua barriga até o ventre. O processo é fascinante e me pego observando cada detalhe em um trilhar sutil. Ela é linda! Seu corpo tem um apelo sexual que me atinge.

Não sei o que será de mim depois de viajar na pele frágil de sua silhueta de ampulheta e curvas graciosas.

— Quando esse momento mágico acontecer, ficará marcado em seu coração e alma como o dia mais especial da sua vida. Algumas pessoas precisam tatuar desenhos em suas peles... — Contorno a perfeição do seu seio. Rafaela me fita enquanto seu peito sobe e desce, acompanhando a respiração descompassada. — Com imagens e recordações de coisas que marcaram as suas vidas. Eu prefiro tatuar em você o meu cheiro, o meu toque e o meu bem-querer.

Ela fecha os olhos, parecendo absorver cada sensação, evidenciando os longos cílios que se curvam para cima, dando-lhe a aparência de uma flor pronta para desabrochar.

— Por que você tem que ser tão encantador?

Não aguento ver os seus lábios umedecerem ao me elogiarem. Uma necessidade súbita me faz voltar a capturar sua boca macia. Ela se contorce com o meu toque e, sob o dedo, sinto o seu arrepiar ao sucumbir. Sigo o caminho através da pele, até atingir-lhe o baixo ventre. Seus gemidos sensuais sussurrados são como um convite ao meu dedo para mergulhar em seu sexo úmido, acetinado e quente. Sinto sua boca me devorar, assim como o seu interior tenta sugar o meu dedo, melando-o enquanto chora de prazer. Eu lhe garanti que não a faria minha aqui, mas privá-la do prazer que tanto anseia? Jamais!

Cada batida do seu coração suplica para que eu continue e eu afasto-me alguns centímetros para recuperarmos o fôlego.

— É você que me faz ser assim. — Ela fica em silêncio. Não totalmente calada, pois sua respiração a impede de não demonstrar o quanto está se deleitando. Eu a fito, provocando-a com o polegar, massageando seu clitóris lentamente, ao mesmo tempo em que o indicador brinca na beira da sua entrada. Arranco-lhe um gemido. — Encanto gera encanto, minha querida.

— Jonas! — ela chora meu nome, suplicando em um tom manhoso que parece vital que eu a penetre até o limite. Suas coxas travam minha mão entre elas, comprimindo contra o seu sexo, me tentando a ir mais para dentro do seu corpo... Mas eu recuo um pouco. Não vou romper nada com a minha mão. O hímen dela pertence ao meu pau. Cada célula do meu corpo grita que a quer e eu tento fortemente me conter. — Se eu aceitar, como ficamos a partir daqui?

Tiro meu dedo de dentro dela, sem romper nosso contato.

— Cada um ficará em seu quarto, vivendo um dia de cada vez, até vermos onde tudo isso dará. — Levo os dedos aos meus lábios, sorvendo o mel. Deliciosa! Solto um gemido de prazer.

— Você acha que isso é o bastante?

Não é o bastante... Definitivamente não é! Eu quero tudo! Só essa degustação não matou nem de longe a minha sede. Pego-a nos meus braços, levando-a para cama.

—Tentarei não fazer disso um hábito. Quero conseguir conquistá-la a cada noite para que permaneça o máximo de tempo possível no meu quarto, Rafaela. Mas, caso isso não aconteça, ficaremos como sugeri inicialmente. Entretanto, me reservo o direito de protestar se houver exageros por parte da minha inquilina.

Ponho-a deitada aos pés da cama, deixando-lhe as pernas de fora. Surpreendendo-a mais uma vez, ao me por entre elas. Os seus grandes lábios, túrgidos, quase me impedem o prazer de fitar o seu clitóris rosado, mas eu os divido com os dedos até fitá-lo, por inteiro, pulsando para mim. Em seu pedaço mais secreto, a melhor paisagem possível do paraíso.

— É bom que exponha suas intenções antes de sairmos por aquela porta, porque isso também me reserva o direito de não ir. — A sagacidade dela me encanta.

Hipnotizado pela sua intimidade úmida e pulsante, inclino-me e me sinto um miserável diante de tal beleza, colocando o meu rosto entre as suas coxas. Se ela soubesse como me sinto fascinado em vê-la se exibir para mim... Eu preciso prová-la!

— Verdade? — Inspiro fundo, inalando o seu cheiro inebriante, e expiro, soprando entre suas dobras o ar quente armazenado em meu peito. Rafaela deixa escapar um gemido mais alto e sensual. — Tenho que te mostrar então todas as minhas intenções? Eu juro que elas são as melhores em alguns momentos, e as piores em outros. — Levo a minha língua entre suas dobras, vagarosamente, tentando lhe proporcionar a realização culminante, obtendo êxito no meu assalto para o seu prazer. Não consigo pensar em mais nada à medida que minha boca toma a sua carne macia e deliciosa. Seu gosto é como o mais doce dos néctares e, desde o nosso primeiro beijo, eu soube que não seria mais capaz de me privar de todos os sabores por ela proporcionados.

— Quais intenções são essas, especificamente? — ela me questiona com a voz rouca e falhada. Eu tento me concentrar para não tomar nenhuma decisão primitiva por causa da necessidade frenética de possuí-la, ali, naquele exato momento.

— As mais razoáveis. — Substituo os dedos que separam seus grandes lábios pela minha língua, lambendo-a de trás para a frente, conseguindo arrancar dela um gemido gutural, alterado, quando brinco com o seu núcleo.

— E quais são as piores?

— As piores você vai descobrir. — A fim de ajeitá-la melhor para eu ter livre acesso à sua intimidade, puxo-a pelos quadris para a beirada da cama. Ansiosa, ela arqueia a pélvis e eu continuo a provocá-la com a ponta da língua, lentamente, alterando as lambidas lentas para um movimento mais voluptuoso.

Sua falta de experiência sexual é só a cereja do bolo, porque ela responde a mim de acordo com a avidez que o seu corpo sente. Se provar do seu sabor me deixou louco, chupá-la me torna ainda mais insano, elevando a temperatura do meu corpo a níveis inimagináveis. Rafaela não mostra sinal algum de protesto, muito pelo contrário. Ela me surpreende, deixando transparecer que cada nervo seu clama por mais. Arfa e geme como uma gatinha no cio. Essa personalidade despudorada é como uma tortura ao meu pau, que parece convulsionar dentro da calça sem nem sequer ter sido diretamente estimulado. Suas mãos vêm para o meu cabelo, entrelaçando os dedos neles. Nossos olhos se conectam. E eu a exploro, a mordisco, chupo, estimulo e arranco dela todos os gemidos mais libidinosos e sexuais que um macho pode obter de sua fêmea, sem romper o nosso contato. Cru e primitivo, como o ato tem que ser.

Adorando cada contração dela, grito de emoção, o que chega a combinar com os muitos espasmos dentro de mim ao ouvi-la e senti-la. Empolgado, a fodo com os lábios e a língua, a provoco até que seu desejo atinja o clímax, fazendo o corpo todo vibrar, chamando o meu nome entre gemidos. Seu mel escorre e eu me embebedo dele, me deleitando com suas vibrações. No canto dos seus olhos vejo uma lágrima escorrer e a incredulidade me toma.

— Querida, eu te machuquei?
— Não. É que eu nunca...
— Você nunca foi tocada assim? — a questiono, precisando de sua afirmação como nunca imaginei necessitar de qualquer coisa antes.
— Não me olha como se fosse uma extraterrestre! Só não aconteceu.

Sua confissão atinge o meu peito. Normalmente, em outras circunstâncias, eu continuaria com uma sessão de sexo e penetração profundas, mas com ela não. O meu desejo é puxá-la para os meus braços e agradecê-la por ser tão especial. Ela é um tesouro descoberto por este pirata e saqueador de prazeres que sou.

Subo na cama e me deito ao seu lado.

— Eu prometo que depois das minhas piores intenções sempre virão as melhores. Vem comigo, minha querida! — Beijo-a nos lábios, abraçando-a forte, sentindo-me o homem mais felizardo do mundo. — Temos uma mudança para fazer ainda hoje e uma festa para comemorar esta nova fase. — Ela sorri, descrente dos planos que tenho para nós ainda esta noite. A alegria explode em meu peito.

Capítulo 25

Rafaela

Os amigos de Jonas são bem animados. A maioria deles é mais velha, alguns grisalhos, outros não. Fico observando a cumplicidade e vivacidade dos que estão acompanhados de suas esposas e uma pontinha de inveja me assola. Fico pensando como gostaria de ter no futuro um relacionamento como o deles.

O clima descontraído e latino do bar temático Rey Castro não era o que estava esperando quando Jonas insistiu que déssemos uma passadinha aqui, pelo menos para que ele pudesse dar um abraço em seus amigos.

Eu não podia negar um pedido dele. Não depois de me acomodar em sua casa e vê-lo se mostrar um ótimo anfitrião, demonstrando toda a sua preocupação quanto ao meu conforto.

A ficha de ter aceitado me hospedar na casa dele, mesmo que provisoriamente, ainda não caiu. Tantas lembranças angustiantes vieram na minha mente, para me mostrar a loucura que estava fazendo... Eu nunca tive a oportunidade de alguém me oferecer um teto ou me estender a mão. Como eu havia sonhado com essa oportunidade ainda criança e na adolescência!

Para falar a verdade, no momento em que veio o convite, eu mal estava raciocinando. O turbilhão de emoções que estava sentindo vendo aquelas mulheres se tocando, enquanto também era tocada por Jonas, me fez insana. A minha racionalidade estava longe, ocultada apenas pelo desejo. Como eu podia ter confiado em um homem que era quase um estranho, mas que, ao mesmo tempo, conhecia tão bem o meu corpo e anseios? Por mais que parecesse uma solução rápida e fácil diante da situação em que eu me encontrava, essa decisão tinha sido precipitada e um pouco irresponsável.

Tudo parecia tão surreal. A pessoa que me acolheu, realizando o meu sonho de menina, foi a mesma que me ofereceu o meu primeiro e esplendoroso orgasmo, me despertando e presenteando a mulher que há em mim...

Minha vontade é de me beliscar para ter certeza de que não estou sonhando.

— Posso saber em que mares seus pensamentos estão enfrentando uma tempestade? — Jonas me traz à realidade, enquanto segura os nossos pratos, recheados de comida típica da cultura dos nossos *hermanos* de diversos países da América Latina. Ele faz questão de me explicar cada opção do cardápio disponível. Eu agora sei o que é um *burrito*, os *nachos com chilli* e *tacos* mexicanos. Ele ainda me contou que geralmente a casa serve pratos *a la carte*, mas que especialmente hoje, por terem fechado a casa para o encontro, serviam por *self-service*.

— Estava pensando em como vou conseguir comer tudo o que me fez pegar no buffet — tento disfarçar, abrindo um sorriso.

— Não tente me enganar que não é capaz. Eu já a vi comendo. — Ele pisca para mim e eu tenho certeza de que no seu tom de voz há um duplo sentido, e que não engoliu a minha resposta.

Será que sou tão transparente assim? Que olhar é esse que consegue me enxergar por dentro?

— Está me chamando de gulosa?

— Não, mas eu adoro quando você é. Não se preocupe com o que as pessoas vão pensar ao matar sua fome. — Brilhando com maliciosa diversão, ele sorri. Reajo, instantaneamente, ao efeito peculiar que ele tem sobre o meu corpo.

Segura as pontas, Rafaela, que você dá conta, advirto-me. Afinal, você nunca imaginou ir tão longe e está conseguindo. Não adianta querer planejar roteiros ou duvidar do que está preparado para seu futuro, quando se tem um destino traçado à sua frente.

Vejo Jonas olhar em direção a alguém e logo chamar a minha atenção.

— Vamos sentar ali e fazer companhia para o Garcia. — Jonas vai à minha frente e eu o sigo fascinada e encantada com o lugar. Casais rodopiam e dançam ao som de salsa, rumba e merengue por todo o bar.

— Será que ele não está esperando alguém? — Questiono ao nos aproximarmos.

— Que nada! Ninguém aguenta esse cubano. — Jonas coloca os pratos na mesa, aumentando a voz para chamar a atenção do homem que, de fato, tem traços bem latinos.

— *Mira quién está aqui, si no es el Don Juan de las carreteras*. — O homem se levanta e os dois se abraçam.

Entendo muito bem o espanhol e compreendo que seu amigo acaba de o acusar de galã das estradas.

— Antes ser das estradas do que dos balcões de bares. Lá na sua terra não alertam que bebida demais mata?

— *Si mata, muero feliz!*

Meu Deus! Como ele pode achar que se a bebida matar, ele morrerá feliz?

— Vaso ruim não quebra, Cubano! — Jonas percebe que o olhar dele se dirige para mim e me abraça pela cintura. Meu corpo se arrepia todo. Sorrindo simpaticamente, faço um esforço danado para não me entregar e deixar perceberem como estou sensível ao toque dele.

— *Quién es la bella chica?*

— *Es mía!* — responde para o amigo e se volta para mim. — Rafaela, esse é Garcia.

— *Es un placer, señor Garcia.* — Jonas me encara, parecendo admirado por eu dizer ser um prazer conhecer o seu amigo em espanhol.

— Sua? — sussurro baixinho apenas para ele ouvir.

— Minha — devolve a resposta no mesmo tom, enquanto Garcia segura a minha mão, gentilmente.

— *Encantado! Soy un hermoso bailarín. Si quieres dar algunos pasitos, seré tu siervo.*

— Obrigada pela gentileza, mas eu sou uma péssima dançarina.

— *No hay pesadilla cuando se tiene un buen compañero.*

— Não se incomode, Cubano, que Rafaela tem um excelente parceiro.

— *Sí, sí! Ahora, vamos a sentarnos.*

Garcia é uma figura. Ele provoca Jonas e o outro não deixa barato. Os dois me contam sobre as aventuras que já tiveram e enrascadas em que se meteram. De acordo com eles, não foram poucas. Divirto-me ao ouvir descreverem uma blitz policial, em que o policial acabou liberando o cubano de uma multa por excesso de velocidade após Jonas o envolver em uma conversa com sua lábia, garantindo-lhe que o ajudaria a arrumar um Maverick perfeito.

As primeiras notas da envolvente música *Despacito* começam a ressoar pelo sistema de som do bar e não deixam ninguém parado na pista. Até eu, que nunca danço, arrisco um tímido balançar. Garcia pede licença para ir colocar em prática seus dotes de dançarino. Jonas me olha e eu tenho a sensação de que ele está tentando enxergar as minhas camadas mais escondidas e profundas.

— A pista está nos esperando, Rafaela.

— Vai você! Como disse para Garcia, eu não sei dançar. Fico aqui observando. Pode ir.

— Se também ouviu minha resposta, eu disse que você tinha um parceiro. E antes que eu me esqueça de lhe informar, eu prefiro observar a ser observado. Embora tudo que venha de você me fascine. — Jonas pega a minha mão e repete o refrão da música me fitando. Balanço a cabeça, sinalizando que não vou. Ele não se importa com meu protesto e continua a me puxar, com a malícia em seu olhar. — Oh não, oh não... Oh... — canta e como se esperasse o momento certo, ele repete, seguindo a letra da música. — Vamos! — Não tenho tempo de contestar, sua força gentil se faz firme e me levanta da cadeira, levando o meu corpo próximo ao seu.

— Vou pisar no seu pé o tempo todo. Não sei nem para qual lado devo ir.

— Deixa que eu te levo, minha querida.

Olhando para ele entendo perfeitamente o que quer dizer. A sequência de mensagens subliminares que estamos trocando, desde que me desmanchei em suas mãos e boca, são explícitas. Sua camisa aberta até o peito lhe dá um charme todo especial. Hesito, indecisa, com medo de não ser capaz. Mas de repente nossos corpos parecem um só e, como prometido, ele nos move e eu o acompanho, fascinada por ele ter tanta facilidade em me adequar a tudo que propõe.

Um sorriso satisfeito brinca nos seus lábios e me sinto derreter. Pior... Volto a me sentir perigosamente ousada e então assumo a tradução da música e canto para ele.

> *Sim, sabes que já tem tempo que te observo*
> *Tenho que dançar contigo hoje (Dy)*
> *Vi que teu olhar já estava me chamando*
> *Mostre-me o caminho que eu vou (oh)*

A série de movimentos dos passos entre nós dois é sedutora e eu me surpreendo com o ritmo que estamos mantendo.

— Você acreditou que me enganaria quando disse que não sabia dançar? Não esqueça, Rafaela, que eu sei lê-la, e depois de hoje, posso lhe garantir que de trás para frente.

A ousadia das suas palavras me incendeia. Pela sua expressão, vejo muito bem como ele acha que pode me ler. Maldito homem! Por um instante, desejo desesperadamente ter um pouco mais de autoconfiança para puxá-lo e beijá-lo. Só em pensar nessa possibilidade, sinto uma onda de prazer entre as minhas pernas.

Com nossas faces coladas, Jonas parece gostar do duelo e assume a próxima estrofe, cantando baixinho no meu ouvido, soprando cada palavra com o hálito quente.

Ouvi-lo dizer que sou como ímã e ele, metal, faz tudo incendiar. Sensualmente ele diz que seu coração se acelera. Se ele soubesse como o meu está...

Se eu não estivesse com o corpo amparado pelo dele, acredito que a sedução de Jonas seria o suficiente para fazer minhas pernas amolecerem e, honestamente, eu acabaria caindo. E, para piorar, ele emposta o sotaque espanhol em sua voz rouca, tornando as coisas ainda mais difíceis para mim. Quando tomo consciência de sua mão no fim das minhas costas, pressionando os meus quadris contra seu membro rijo, a minha intimidade arde de desejo. Essa cadência erótica, com a combinação de sua respiração contra a minha pele, me faz ansiar uma conexão com ele da forma mais primitiva possível. Inspiro fundo, inclinando a cabeça um pouco para trás, em busca dos seus olhos. Eu preciso que ele veja o que os meus dizem, mas ele se mantém firme em sua missão de me seduzir, cantando a próxima estrofe e, ao mesmo tempo, balançando, se esfregando, subindo e descendo as mãos em meu corpo, embalado no ritmo e sussurrando o que deseja através da canção.

Desta vez ele não canta, mas faz o que a letra da música diz e cheira meu pescoço devagarinho, diz coisas no meu ouvido, obscenas. Entre elas, que sou gostosa. Ele ainda acrescenta que espera que eu não esqueça dele quando não estiver comigo.

Nem que Jonas queira, ou que eu me esforce, serei capaz de um dia esquecer qualquer palavra, toque ou beijo dele.

A tortura se estende e ele me afasta do seu corpo, girando-me em torno do seu braço. De frente para ele, sinto a falta do seu calor, mas ele me recompensa com um olhar incendiário. Fico hipnotizada com o seu gingado e com as palavras que saem de sua boca, que revelam o que pretende fazer comigo. Ele é erótico e, atenta, leio seus lábios dizendo que quer me despir com beijos devagarinho. Céus! Não sou capaz de dizer que parte do meu corpo que não formiga libidinosamente. Pera lá... Sou sim. E essa parte latejante lá dentro do meu íntimo parece entrar em estado de erupção ao ouvi-lo dizer que escreverá no meu labirinto.

No ritmo, ele solta minha mão e se aproxima do meu corpo, movimentando os quadris perto o suficiente para eu apreciar seu balançado, atraindo toda a minha atenção para a sua masculinidade evidente, marcada sob a calça. Ele é letal. Em cada passo que exibe para mim, e só para mim, há uma promessa sensual recitada por ele: pede para eu deixá-lo ultrapassar minhas zonas de perigo e me fazer gritar seu nome.

Acompanho cada movimento, louca para gritar para ele que também desejo muito tudo o ele que acaba de me dizer... Eu o quero.

— Se solta, minha querida. — Seu olhar se move por todo o meu corpo e seu pedido passa a ser um estímulo, que desperta a minha ousadia. A música é contagiante e, quando percebo, ele está cantando-a para mim, deixando explícito que quer me beijar, que pensa em mim, que seu coração bate por mim. E não tem pressa... Mas que, no fim, tudo se tornará selvagem.

O magnetismo é tão grande entre nós que, assim como cantou na letra da música, como se antecipando o que faria comigo, nossos corpos são atraídos um pelo outro. Jonas traz suas mãos às laterais da minha silhueta e me faz requebrar como se fizéssemos amor, porém vestidos. O mundo poderia parar de girar naquele momento que eu não perceberia. Tudo o que consigo enxergar e sentir está relacionado somente a ele. Só ele... Com os olhares cruzados, os corpos entrelaçados torturando um ao outro, pernas e pés executando os passos, a química explode e, quando me dou conta, seus lábios estão sobre os meus. Beija-me, forçando a minha cabeça para trás, em um beijo voluptuoso. Até sua língua parece me invadir sedutoramente, dançando e procurando a minha para acompanhar o ritmo produzido dentro da minha boca. A intimidade entre nós dois é chocante. Buscando fôlego, nossas bocas se separam.

— Eu preciso me despedir do pessoal e levá-la para um lugar mais apropriado, para continuarmos de onde estamos parando.

— E onde exatamente é isso?

— No ponto exato em que quero ouvi-la gritar meu nome, quando estiver fazendo-a gozar. O doce que está nos esperando esta noite nunca mais terá uma receita igual.

Claro, a sobremesa! Como eu poderia esquecer? Fecho os olhos, fantasiando--o a sorver de mim a tal sobremesa de que tanto falou. Quando consigo abri-los,

ele já está próximo a um grupo de pessoas, me fazendo ansiar pelo seu retorno junto a mim.
    Sem sombra de dúvidas, ele é o homem que se destaca entre os outros. Não canso de apreciá-lo nunca.
    — Ele é um homem que faz qualquer mulher suspirar, não é mesmo?
    Assusto-me e coro ao perceber que sou flagrada por Milena, uma senhora que aparenta beirar a meia-idade e que me foi apresentada assim que chegamos. Ela é a esposa do mecânico e amigo de Jonas, Rodolfo. A bela mulher de cabelo curto parece me avaliar.
    — Ele é bem charmoso...
    — Apenas charmoso?! Não, ele é lindo, simpático, educado, mas não vou continuar dizendo tudo o que acho. Primeiro, por ser casada e, segundo, porque você deve também saber melhor do que eu as qualidades dele. — Ela sorri, com cumplicidade. — Sem contar que, se Rodolfo me escuta, não me traz mais nos eventos, nem me leva nos passeios que geralmente fazem.
    — Você não falou nada que te comprometa — a tranquilizo. — Não se preocupe! Apenas elogiou um amigo.
    — Você diz isso porque não conhece o meu Rodolfo. Ele tem ciúme até dos meus irmãos. Se falo com eles pelo telefone quando não está em casa e depois descobre, passa dias sem falar comigo.
    — Nossa! Ele é possessivo mesmo — comento, espantada.
    — Você não viu nada! Agora, me conta: como você conheceu o bonitão da turma?
    — Ele cuidou da rescisão do meu último emprego — sou franca.
    — Mas olha como é o destino, menina! As mulheres saindo para bares e boates para encontrarem um peixão como esse e você o fisga no seu trabalho! — Acho engraçado o jeito dela. — Veja só como a mulherada olha para ele! Ainda bem que ele parece bem indiferente a elas.
    Ela sinaliza com as mãos para algumas mulheres próximas ao grupo em que ele está. Sigo a direção que me indica com o olhar e, antes de eu conseguir analisar a situação, os olhos de Jonas encontram os meus. Ele abre um sorriso e meu coração dispara com as lembranças do que ele me proporcionou na pensão. Se elas soubessem o que ele é capaz de fazer com uma mulher, duvido que só ficariam olhando. Milena continua falando e eu me volto para ela, para não ser antipática.
    — Eu não dou mole para piriguete, não! Faço a linha dura com o meu Rodolfo. Nos encontros de carros elas ainda são piores. Você tem que ver, menina, quando chegam com aqueles motores barulhentos, só falta elas pularem para dentro dos carros.
    A cólera aperta meu âmago com a ideia dele com qualquer outra mulher.
    — Posso até imaginar.
    — No outro domingo tem encontro na Riviera, aí você vai ver do que estou falando.

— Não sei se Jonas me convidará.

Milena parece ficar perplexa.

— Você tem dúvidas de que ele a convidará? O homem não para de olhar para cá! Os olhos dele estão brilhando tanto que o danado está conseguindo ficar mais bonito. — Espontaneamente deixo escapar uma risada. Essa mulher definitivamente é muito engraçada e tagarela. — Acredite em mim, ele nunca trouxe ninguém com ele em nossos encontros, a não ser seu sobrinho e o cunhado. Está certo que já o vi se enrabichar com algumas piriguetes... — Ruborizo, irritada com sua revelação e ela, percebendo, tenta remediar a situação. — Mas deixa isso para lá. Tenho certeza de que foram casos passageiros.

O sorriso morre nos meus lábios. Imaginá-lo com outra mulher me faz sentir um impulso violento, um aperto no peito e o receio de que eu também seja um caso passageiro.

— Você está tentando me consolar, Milena?

— Sou uma boa observadora. Eu vi vocês se atracando há pouco e se a atração que vocês revelaram não é paixão, eu não sei definir o que é. O que foi aquela dança de vocês? Que calor! Não teve uma pessoa aqui dentro que não tenha voltado os olhos para vocês.

A vergonha me assola. Posso imaginar todos nos olhando enquanto fazíamos amor vestidos. Que fascínio é esse que me envolve e me faz esquecer de todos a nossa volta? Nos braços de Jonas me sinto sensual, desejada e ousada o suficiente para não me importar com ninguém. A saudade de senti-lo me tocando faz novamente com que olhe para ele.

Impaciente por ficar esperando-o, digo a Milena que preciso falar com Jonas e vou até ele. Ao me aproximar, uma morena, justamente o protótipo de piriguete, como Milena disse há poucos instantes, entra na minha frente e o cumprimenta com um beijo no rosto. Para ser mais precisa, tenho certeza de que ela o beijou no canto da boca, dando-lhe atenção sem se preocupar com as pessoas que conversam ao redor. Ameaço voltar para onde estava, mas sou impedida por Jonas, que me enlaça e me puxa para o seu lado. Sua atitude me anima.

Os olhos da morena me fuzilam. Entretanto, ela dá um sorriso falso e se afasta.

— É muito deselegante dispensar uma mulher puxando outra. Você não sabia?

— Não puxei outra, abracei a minha mulher.

— Possessivo, não? — afronto-o, incerta sobre como agir. Sinto raiva ao me lembrar da audácia da morena em beijar-lhe o canto da boca.

— Só com o que me pertence. — Ouvir isso parece fazer meu coração descarrilhar.

— Desde quando eu te dei permissão para me tratar como sua?

— Quando gozou na minha boca e me envenenou com o seu néctar. — Mesmo ele sussurrando aquilo em meu ouvido, me sinto ruborizar por saber que não estamos sozinhos.

— Ei, Jonas, não vai nos apresentar sua namorada?

— Rafaela, estes são Trajano e Leo. — Meu Deus! Fico brava com ele. Como é que consegue me falar essas coisas e se virar para os amigos como se o que tivesse acabado de me falar fosse algo tão sem importância?

Sem jeito, sorrio para eles, tentando disfarçar o turbilhão de sentimentos que ele me desperta. Apresentações feitas, Jonas me envolve na conversa que estavam tendo antes de eu chegar.

— Olha que legal, Rafaela: o Leo, além de fazer parte do Clube Maveca, foi responsável por me apresentar ao time de polo. E, agora mesmo, quando estava me despedindo do pessoal, ele veio me dar a ótima notícia de que, no sábado, lá no Helvetia Polo Country, será realizada uma partida de polo. Em seguida, teremos um almoço beneficente. Conseguiram, ainda, que o hemocentro vá ao evento para angariar voluntários para doação de medula. — Jonas parece estar se justificando por ter me deixado tanto tempo sozinha. E eu, por outro lado, fico comovida porque sei o quanto essa notícia deve tê-lo agradado. — Léo, eu nem sei como te agradecer.

— Que isso, Jonas! Nós, do clube, sabemos o que sua família vem passando. Sem contar que esse não é um fato isolado. Tem muita gente precisando.

— Parabéns pela iniciativa — cumprimento-os.

— Rapazes, nos vemos no sábado. Rafaela e eu ainda temos um compromisso. Já nos estendemos demais.

A menção ao compromisso faz com que as minhas pernas fraquejem. Jonas segura minha mão e percebo uma careta se formar em sua expressão quando, espontaneamente, seus amigos despedem-se de mim com um beijo na face.

Assim que saímos do bar, enquanto ele pede o carro para o *valet*, fico admirando a porta da entrada do bar, com seu design. Aparentemente o lugar é antigo e, ao mesmo tempo, tão moderno. De repente, sinto algo atrás de mim e dois braços me enlaçam. Pelo reflexo do vidro da porta, vejo-o acomodar o rosto em meu ombro.

— Sobre o que você e Milena falavam tanto?

Hesito por um momento em revelar tudo. No entanto, a pressão das suas mãos e o roçar do seu corpo no meu me motivam a ser sincera. Se ele nunca tinha feito segredo de nada e se expusera com várias mulheres, não havia motivos para eu não falar.

— Além de ela dizer que você é lindo, educado e charmoso? Nada importante! Só que você é igual marinheiro que tem uma mulher em cada porto. Mas, no seu caso, é em cada evento.

— Eu deveria suspeitar que ela não deixaria de fofocar com você.

— Não acredito que tenha feito por mal. Pareceu tão espontânea.

A presença dinâmica atrás de mim me deixa agitada.

— Além da conta, para ser sincero! Inclusive, já causou algumas saias justas entre o pessoal do clube. Quando você quiser saber alguma coisa a meu respeito, pode perguntar. Não tenho nada a esconder, Rafaela.

Ele fala como se eu fosse ter coragem de perguntar algo sobre sua vida sexual e amorosa. Fico de repente irritada por ele saber tanto sobre a minha e eu mal saber sobre a dele.

— É muito fácil você dizer isso quando sabe que não tenho nenhum relacionamento amoroso para lhe contar.

— O que quer saber? Que não costumo manter relacionamentos amorosos porque os fetiches que me excitam espantam as minhas companheiras? Pergunte! Não vou esconder nada de você.

Pisco seguidas vezes com sua sinceridade.

— Está querendo me assustar?

— Não, só estou colocando as cartas na mesa. Se você decidir jogar, já estará sabendo as regras.

— O que tem de tão grave assim com esses fetiches?

— Quando lhe disse que sou um *voyeur*, não estava mentindo. Eu sinto prazer em apreciar.

— Não vejo qual o problema em apreciar— replico, não compreendendo bem o que Jonas quer dizer.

— Não há, de fato, quando diz respeito ao que pode ser publicamente apreciado. Entretanto, quando se trata da intimidade sexual das pessoas, aí sim passa a ser problema para algumas.

— Como assim, Jonas? O que envolve esse apreciar? — indago, curiosa e, não posso negar, estranhamente excitada com a conversa.

— Tudo! Vale tudo. Inclusive o que nós assistimos mais cedo! Por acaso aquela cena íntima a assustou?

— Foi estranho.

— De um modo desagradável ou bom?

Flashes das duas moças se tocando vêm à minha mente. No momento em que tudo aconteceu, parecia tão certo observá-las. Foi como assistir a uma ópera, sendo uma espectadora ignorante, que não conhecia sua essência, mas que no fim se emocionou com tamanha beleza.

— Elas pareciam tão entregues, envolvidas. — Pelo reflexo do vidro, Jonas parece me estudar. — Não sei descrever direito.

— Te excitou?

Ao levantar essa questão, percebo que nunca imaginei ficar excitada ao testemunhar uma cena de sexo entre mulheres, ou que me entregaria de bom grado às mãos de um homem como fiz com Jonas. E o mais incrível dessa situação toda que estou vivendo com ele é que não me sinto horrorizada e chocada nem com ele, nem comigo mesma. Estou, sim, é plenamente satisfeita e feliz pelo modo como as coisas estão acontecendo. Enquanto reflito, deito o pescoço de lado sentindo sua barba acariciar minha pele.

— No início me chocou, mas quando senti que você estava comigo, acho que gostei. Por que está me perguntando tudo isso? Você está querendo me dizer que também sentiria prazer me vendo com outra pessoa?

— Com você, minha querida, sou capaz de sentir prazer de qualquer jeito.
— Eu não vou ser seu brinquedinho, Jonas! — alerto-o.
— Tenho certeza de que não, Rafaela. Você vai ser a minha perdição.

O impulso dos seus braços faz meu corpo virar-se de frente para ele. Meu olhar confuso encontra o seu. Tento lhe falar alguma coisa racional, mas não há tempo, porque ele toma os meus lábios de forma libidinosa e explosiva. Entrego-me a ele sentindo uma paixão avassaladora, absorvendo toda a masculinidade que emana dele, de forma elétrica, transformando minhas incertezas em algo muito real.

Capítulo 26

Jonas

Ao passar pelo portão da garagem, me dou conta de que estive intercalando minha mão entre o câmbio do carro, quando era necessário trocar a marcha, e a perna dela, por todo o trajeto do Rey Castro até aqui.

Ainda no bar, ao vê-la tão espontânea com todos e dançando para mim como se eu fosse um sheik e ela, a minha odalisca, percebi que Rafaela era tudo o que eu queria para mim: sexy sem ser vulgar, encantadora e muito inteligente. Perfeita.

Nesse momento me senti lívido, surdo, louco e mudo para o restante do mundo ao apreciá-la se movimentar, em sua vaidade contida e tímida, contrastando com a personalidade ora pertinaz, ora ousada. Estar diante da beleza daquela mulher torna o meu futuro incerto. Não há defesa para tal encanto ou muralha construída que se mantivesse de pé em torno do meu coração. Rafaela é a pura luz do sol, o brilho do luar em meu deserto.

Ouvi-la por todo trajeto, ofegante, enquanto eu a tocava, explorando a pele macia sob a saia do vestido, foi excitante. Essa tensão entre nós fez o meu sangue ferver, despertando a minha ousadia para provocá-la, deixando-a pronta para me receber assim que eu encontrasse o momento certo. Desligo o carro e ela solta um suspiro. Parece carente do meu toque.

Rafaela ameaça abaixar-se para calçar os sapatos, que eu a orientei a tirar assim que entrou no carro. Eles pareciam torturá-la, tendo em vista como ela andou mancando até o carro. Impeço-a:

— Não se atreva a se mexer.

— Eu não posso descer descalça.

— E não vai.

Antes de ouvir qualquer protesto desço do carro e abro a porta do lado dela.

— Não vai me dizer que me levará no colo para o seu apartamento?! Por favor, Jonas, isso é ridículo!

— Essa não era minha intenção, minha querida. Mas, falando assim, me dá ideias — brinco, a entonação da minha voz tornando-se ameaçadora. Inclino o corpo para dentro do carro, olhando-a nos olhos. — Sem contar que eu a avisei para não se mexer e o que você fez? Soltou o cinto! O que faço com você agora, Rafaela?

Surge em seus lábios um ligeiro sorriso, atrevido.
— Melhor eu não falar.
— Sim! É muito melhor que você sinta. Só assim vai se comportar da próxima vez que lhe pedir algo.

Levo a mão ao joelho dela e pela penumbra da luz de emergência da garagem, vejo seus olhos brilharem em chamas. Aguardo até que o fogo esteja devidamente aceso, apertando meus dedos firmemente sobre a pele dela. Observo-a morder o lábio inferior, os dentes deixando na carne uma pequena marca.

Ameaço subir a minha mão na perna, indo ao encontro do seu núcleo, mas recuo. Percebo-a contrair a musculatura das coxas e sorrio, cobiçoso. Adoro ver a ardência lenta da expectativa estampada em sua expressão, isso me incita a lhe aumentar o desejo. Continuo fitando-a em silêncio até ouvi-la deixar escapar, por meio de um suspiro, que aquela provocação está sendo insuportável. Então, me movo habilmente para fora do carro, trazendo comigo aquelas belas pernas, parcialmente nuas. Sem pressa, aprecio a nuance do contorno delas, passando meus olhos pelos tornozelos até chegar-lhe aos pés, onde deposito meus beijos em cada um deles. Torno-me súdito de sua beleza, reverenciando-a.

— Você tem pés delicados, minha querida. Capazes de deixar um pobre mortal como eu estirado para senti-los pisar sobre mim.

Rafaela parece incapaz de dizer qualquer coisa. Eu, por outro lado, não vejo a hora de tê-la todinha para mim, em volta do meu pau, subindo e descendo lentamente em uma cadência íntima. Tudo dentro de mim se torna urgente. Apanho seus *scarpins* e a calço.

— Jonas! — rouca, ela chama o meu nome baixinho.
— Acabo de concluir que me agrada muito quando não faz o que eu peço. Sua teimosia dá um novo sentido às coisas. Me incita a te provocar muito mais.
— Me lembrarei disso no futuro.

Ajudo-a a sair do carro, segurando-a, sentindo-a bambear.
— Mal posso esperar. — Ergo o queixo de Rafaela com as costas dos dedos, selando um beijo de paz.

Já dentro do elevador, leio a expressão da mulher diante de mim e não gosto de ver a insegurança conflitando com o seu desejo. Então, aperto o botão que interrompe a caixa de lata entre um andar e outro. O cabelo cascateando sobre os ombros e o vestido marcando as suas curvas a deixam com um ar de gatinha, ocultando a leoa que existe dentro dela. Tenho certeza de que tudo feito por mim até chegar aqui mexeu com os sentidos de Rafaela. No entanto, eu a quero à vontade: desinibida e ousada, como mostrou-se capaz de ser em muitas ocasiões.

— Obrigado pela companhia prazerosa — tento quebrar a tensão, sorrindo para ela.
— Não tive que me esforçar muito. Aquele lugar contagia qualquer um.
— Admita, não foi só o ambiente. A companhia também.
— Ah! Ela foi ótima.

Rafaela coloca o cabelo para trás e meus olhos vão direto para o seu pescoço. A combinação da nossa proximidade com o cheiro do seu perfume me impulsiona e, quando vejo, a tenho em meus braços. Uma necessidade primitiva me domina.
— Foi?
— Acho que está cada vez melhor.
— Muito lisonjeiro ouvir isso.

Seguro-lhe o rosto e a beijo do jeito que ansiava fazer. Os braços de Rafaela serpenteiam o meu pescoço e me fazem esquecer de quem eu sou. Pressionando-a pelos quadris, a encurralo na parede do elevador, roçando a minha ereção dolorida. Ela geme em minha boca e eu a prendo para que não se afaste. Não há mais volta... Não serei mais capaz de soltá-la essa noite. Talvez nem amanhã, ou depois, e depois...

Pegamos fogo. Não há maneira de definir melhor essa explosão. Suspendo-a do chão e suas pernas enlaçam meus quadris. Uma posição bem favorável para que eu abrisse meu zíper, tirasse meu pau para fora e a tomasse ali mesmo. Entretanto, as coisas não podem ser assim. Mas isso não quer dizer que não possamos nos roçar, nos esfregar e nos estimular por cima da roupa. Porque é exatamente isso que fazemos. Uma leve separação para puxarmos o fôlego me faz vê-la abrir os olhos.

— Acho que devemos sair daqui — ela gagueja de modo incoerente. — Tem uma câmera no teto.

Totalmente insano e excitado, a encaro.

— A maioria dos elevadores tem, minha querida. Se quem está nos olhando do outro lado da câmera se sentir mal no que vê, é só desligá-la. — Continuo beijando-a da boca até o ouvido, e acrescento uma mordidinha de leve na ponta da orelha, em retribuição pela ousadia dela de arquear o corpo e esfregar a intimidade contra a minha virilha. — Eu não vou deixar de beijá-la porque alguém supostamente pode estar nos vendo.

— Não estou pedindo para que o faça — ela sussurra. — Só acho que podemos fazer isso em um lugar mais reservado.

Suas palavras me deixam em alerta e chocado. De repente, percebo que algo não se encaixa. Solto-a bruscamente e ela me olha espantada.

— Eu não deixo de fazer o que eu quero e onde eu quero, quando tenho a permissão de quem está comigo, e sinto que ela me deseja na mesma intensidade. Não se preocupe nunca, Rafaela, com que as pessoas vão pensar de você. Apenas viva. Preconceitos inibem, frustram — sou franco.

— Você fala de um jeito que parece tão fácil. Mas na realidade as coisas não são assim.

— Assim como?

— Sei lá! — Ela dá de ombros. — Alguém nos observando, aqui...

— É um pouco de hipocrisia dizer isso, não acha? Hoje assistimos duas pessoas felizes, se beijando, se tocando, se adorando e achamos lindo. Pelo menos foi isso que me falou — ironizo. — Agora, no entanto, estamos fazendo exatamente a mesma coisa e você está se questionando. Qual a diferença?

— Não pensei nisso.

— Então não emita um pré-julgamento a respeito de situações sobre as quais ainda não refletiu.

Afasto-me um pouco mais dela, me sentindo mal. Que ironia, não é mesmo? Eu a conheci em um momento de sua vida em que ela descobriu que suas fantasias não eram reais. E no momento acontece comigo a mesma coisa.

— E eu que pensei que você fosse diferente. — Sorrio ironicamente, mais pela minha frustração de ter projetado algo em Rafaela do que para ela. — O dia foi exaustivo, vamos descansar. — Aperto o botão e desbloqueio o elevador. Por um breve momento, sinto raiva de mim e me acho uma engrenagem imperfeita. Como foi que me deixei enganar? No fundo, tudo parecia perfeito demais para ser verdade. E era.

As portas se abrem.

Saio, e antes de abrir a porta de casa, faço o que sei fazer de melhor: defendo o meu ponto de vista.

— Eu te disse quem eu era. Não pedi para aceitar. E jamais a forçarei a fazer nada. Não fique com medo de mim. Nada muda porque pensamos diferente.

Dou passagem para ela, que para ao meu lado.

— Não estou. Eu só disse o que sentia.

A palidez do seu rosto me faz ficar com peso na consciência, pensando que talvez eu a tenha julgado mal. Eu não deveria ter projetado sobre ela as minhas frustrações do passado. Acabei me exaltando desnecessariamente. Naquele momento, fiquei cego, tomado por um *déjà vu* pavoroso, de como me incomodava ver as pessoas com quem me relacionava me julgarem por uma coisa que eu achava natural.

— Entre, temos um doce a nossa espera. Não vamos estragar a ótima noite que estamos tendo com mal-entendidos. Poderemos conversar melhor sobre isso quando estivermos degustando a nossa iguaria. O que acha?

Rafaela se aproxima, com a mão estendida tocando meu rosto. Seus olhos voltam a brilhar de uma forma que não sei decifrar.

— Desculpa, Jonas! Não foi minha...

— Está tudo bem, não me peça desculpas. Eu que preciso me explicar. — Pisco para tranquilizá-la. — Agora se acomode, a casa é sua. Vou até a cozinha pegar algumas coisas.

— Eu posso te ajudar.

— Estará me ajudando se colocar uma música e acabar com este silêncio.

— Bóris faz falta para você, não é mesmo?

— Faz! Mas é por uma causa justa que ele não está aqui. Aquele cão é uma boa companhia para o Gui.

— Não está sendo só para ele, não. Além de ser um cão muito charmoso e ficar me seduzindo, ele conquistou Eliana também.

— Essa eu pago para ver.
— Vai se surpreender. Agora ele tem até uma caminha no corredor entre os quartos, dá para acreditar?
— Desse jeito você me deixa preocupado. Se eles querem um amigão como ele, terei que providenciar outro para presenteá-los antes que o roubem de mim.

O mal-estar parece se dissipar. Rafaela sorri e eu me viro em direção à cozinha.

— O que será que a dona Izabel preparou? Tem algum palpite? — grito para ela me ouvir.
— Achei que você soubesse.

Rafaela me flagra esfregando as palmas das mãos uma na outra, como uma criança que vai ganhar um presente. Eu não esperava que me seguisse até aqui.

— Não sabia que você gostava tanto de doce assim. — Ela sorri.
— Sou um formigão.

Abro a geladeira e lá estão eles.

— Uau! Ela acertou em cheio. Adoro *crème brûlée*.
— Creme o quê? Brúlê? — ela repete o nome fazendo um bico sensual e eu me derreto todo. Ah, essa boca. Se Rafaela imaginasse tudo o que fantasio com ela...
— *Brûlée* — sopro a palavra para ela de forma correta. — É uma das sobremesas mais famosas da França. É deliciosa. — Me viro para ela, encarando-a. — Leve e com um toque de baunilha... Tentadora! — Pego os dois recipientes com os doces.
— Hum, tem uma cara ótima — Rafaela suspira.
— O toque todo especial desse creme é a casquinha crocante por cima dele. A dona Izabel me ensinou a fazer, mas eu nunca acerto. Quer me ajudar? — finjo ignorância. Prefiro tê-la perto de mim a me gabar dos dotes culinários. De que adiantaria inflar o meu ego, se existe em mim algo que está louco para ser esvaziado dentro dela.

Em cima da pia vejo que tenho tudo separado: o açúcar para polvilhar a superfície, junto com uma peneirinha e o maçarico culinário.

— O que você quer que eu faça? — Noto um súbito reluzir da língua dela, umedecendo os lábios.
— Para começar seria muito bom se viesse mais perto de mim.
— Sim, *masterchef*! — Provocante, ela caminha lentamente. Hipnotizado, percebo que ela está descalça, e a minha vontade passa a ser de largar a sobremesa e me ajoelhar até aqueles pés delicados e reverenciá-los, de tão lindos que são.

Esqueço-me de que há pouco ela me deixou confuso. A única coisa verdadeira aqui, a me dominar, é o latejar doloroso do meu pau, que eu estava tentando insistentemente ignorar até agora. Meu desejo é beijá-la, agarrá-la pelas nádegas deliciosas e descobrir qual a cor da calcinha que a reveste. Pude senti-la na ponta do mindinho em uma das vezes que a toquei no carro.

— Eu vou colocar os recipientes em cima da pia e o que você tem a fazer é polvilhar o açúcar por cima deles. Consegue fazer isso, minha querida?
— Só isso?
— Por enquanto, só.
Rafaela assume um lugar diante da pia e eu me posiciono atrás dela, sem tocá-la. Se mostrando ágil, ela polvilha a superfície do doce e eu a vejo sacudir o corpo, acompanhando os movimentos do recipiente, só para me provocar.
Propositalmente, esbarro o meu ombro em suas costas, fazendo um pequeno esforço para pegar o maçarico à frente dela. Regulo-o de lado e com cuidado, passando o meu braço por ela, me posicionando bem rente ao seu corpo.
— Eu assumo daqui — Sopro as palavras em seu ouvido e ela dá um grito gutural quando passo rapidamente a chama sobre o açúcar, que se carameliza.
— Isso é demais! — ela vibra. — Sempre vi na televisão, mas nunca tive o prazer de ver de perto.
— Existem experiências que são boas de serem vivenciadas. — Passo o outro braço pela sua cintura e fecho o maçarico, sem me mover. O desejo por ela aumenta rapidamente, à medida que seu corpo irradia um calor de que me incendeia. Por um instante permito me deleitar com esse ardor provocante invadindo meus sentidos, e quase me entrego à poderosa necessidade de tomá-la aqui mesmo. Porém, orgulho-me do meu autocontrole e da habilidade de resistir à tentação, e recuo. Não quero fazê-la minha sem conversarmos antes.
— Jonas! — Ela se vira para mim.
— O que, Rafaela? Se for para falar sobre o que aconteceu...
Seus dedos vêm aos meus lábios e me interrompem.
— Não sou nenhuma falsa moralista. O que aconteceu há pouco foi muito intenso para mim. No entanto, me excitou. Se eu soubesse que alguém estava me vigiando, querendo encontrar alguma falha minha, no trabalho ou em qualquer outra circunstância, eu me sentiria mal. Mas ali eu sabia que éramos apenas eu e você... Nós. Embora, quando pedi para que viéssemos para cá, era porque eu não suportava mais a ideia de não me entregar para você de corpo e alma. Eu quero isso, Jonas. Quero muito. E isso me assusta. Assim como o fato de estar hospedada na sua casa me assusta. Tudo me assusta...
Vejo sinceridade em suas palavras e me abro.
— Você não é nenhuma intrusa aqui.
— Eu sei disso e lhe agradeço pelo carinho. Tudo está acontecendo tão rápido...
Rafaela faz um movimento para tirar a mão dos meus lábios e eu seguro o seu pulso, levando seus dedos para dentro da minha boca. Chupo-os lentamente um a um, fitando as profundezas do mar azul dos seus olhos
— Posso lhe garantir que eu sei exatamente o que você está sentindo. — Enquanto passo a língua entre os dedos dela, a tensão sexual crepita entre nós de forma repentina.

— Sabe? — Inspira fundo, quase me oferecendo os seios cobertos ainda pelo tecido fino do vestido.

O que eu faço com ela? Provocante, ela é a virgem que não esconde suas necessidades. Não faz joguinhos, é direta e sincera. Minha vontade é prová-la de todas as maneiras.

— Hum... Deliciosa! — Lambendo cada pedaço da sua pele, me estendo da mão para o pulso, onde a seguro com firmeza. Ela geme baixinho. — Mas agora não vamos falar sobre isso. Esse doce deve estar um pecado. — Largo-a delicadamente.

— Foi você que disse que precisávamos conversar? — Rafaela sussurra, me afrontando, enquanto mordisco seu ombro e pescoço. Paro com os lábios em frente aos dela.

— Disse?! — Nós nos encaramos e procuro me esforçar para ter uma atitude mais adequada. — No entanto, acho que nada de coerente sairá de nós agora, que não seja o ato de apreciarmos esse doce.

A mania dela de morder o lábio inferior está de volta, brincando e testando os meus limites. Sendo tique nervoso ou não, isto mexe muito comigo, provoca o latejar da minha ereção. É foda vê-la cravar os dentes assim. Não resisto... Aproximo-me e chupo a parte marcada de seus lábios.

— Para mim, isso está perfeito. De fato, esse *crème brûlée* parece ótimo. — O tremor dos lábios dela me prova que estamos indo na direção certa. Rafaela é encantadoramente única.

— Que tal você servi-lo para mim?

— Não deveria você fazer as honras, já que eu sou a convidada?

Céus! Ela testa minhas resistências e mina todas elas. Eu juro que tentei deixar as rédeas em suas mãos, mas já que ela as estava transferindo para mim...

— Que falta de educação a minha. Tem toda razão, minha querida. Só temos um probleminha.

— Temos?

Balanço a cabeça, sorrindo maliciosamente, tendo mil ideias na minha cabeça. Antes de sugerir qualquer coisa, a incito, aproximando-me mais dela.

— Como um solteiro, não tenho muitos utensílios aqui em casa e por isso, esqueci de mencionar que para o doce ser servido eu preciso do seu corpo nu — desafio-a, tomando-a nos braços e permitindo que sua boca lentamente venha ao encontro da minha.

Rafaela chega a suspirar de prazer quando eu levo a mão agilmente sobre a pia, enfiando o dedo no creme, trazendo-o entre nossas bocas. O sabor doce e suave da baunilha explode entre nosso beijo. O gosto e a sensação se tornam gloriosamente prazerosos. Perigosamente, ela arranha as minhas costas sobre a camisa e solto um som, como um rugido, da garganta. O beijo se torna provocativo, se intensificando cada vez mais, e eu faço questão de instigá-la, pressionando a minha virilha e cutucando-a, dando assim a prova inconfundível das minhas intenções sobre ela. Os sons emitidos por aqueles lábios doces são vorazes.

— Acha que é capaz de me ajudar, minha querida?

— Quando entrei pela porta dessa cozinha, estava disposta a lhe dar o que fosse necessário.

Sua resposta é canção para meus ouvidos. Com maestria, abro o zíper em suas costas, deixando a critério dela tirar as mangas do vestido. E ela não me decepciona. Aliás, ela me surpreende ao colocar o dedo no meu peito e me empurrar até a banqueta do balcão da cozinha.

Atento apenas ao som de nossas respirações rompendo o silêncio do ambiente, me dou conta de que ao fundo ressoa bem propiciamente a música *Forever*, da banda de rock Kiss.

— Você escolheu Kiss?

— Só apertei o play. — Ela dá de ombros, despretensiosamente.

Como um obcecado por sua beleza, a observo. Noto o contraste entre o tímido e ousado em seus movimentos ao se despir. Esse momento seria para sempre, como a própria música diz. Talvez eu devesse levá-la para minha cama e assumir o papel de despi-la e tratá-la como uma virgem merece, transformando esse momento único em algo delicado e especial. Mas é impossível. Aproximo-me apaixonado, vendo seus atos libidinosos se expandirem devagarzinho, conforme ela desliza o tecido, revelando cada parte da sua pele arrepiada. Dessa vez sou eu quem morde os lábios.

— Linda demais!

Levantando uma perna para mover o vestido, fico fascinado... Nem um supremo sábio saberia o que fazer nesse exato momento que não endeusá-la. Seu corpo curvilíneo parece que foi moldado em argila pelos anjos. Seus modos místicos me enfeitiçam com pura luxúria. Rafaela coloca as mãos para trás abrindo o fecho do sutiã, dando vida a seus mamilos pontudos que parecem se sentir livres ao serem libertados: esplêndidos em um etéreo espetáculo. Eles clamam pelo meu toque. Não consigo ficar inerte e manter o autocontrole. Parecendo orgulhosa e exibida em me seduzir, ela desliza as mãos pelo centro do abdômen causando um frisson em meus sentidos. Eu a faço parar.

— Espere, minha querida.

Dentro da minha insensatez, a lucidez me lembra que não sou a vítima do prazer aqui, e sim o seu algoz. Em um ímpeto, me levanto.

Não suporto mais a ideia de passar um só segundo sem tocá-la. Os olhos arregalados e sua respiração acelerada de Rafaela causam algo inexplicável dentro de mim.

Minhas mãos tremem ao abrir cada botão da minha camisa. Fito-a intensamente e desta vez sou eu que me dispo para ela.

— Vai ser extremamente prazeroso me sorver do doce em você.

— Não pense que porque sou inexperiente, não estou faminta também.

— Se tem uma qualidade de que posso me gabar é que tenho um ótimo coração e aprendi desde muito cedo a dividir os prazeres da vida. — Sentindo-me estranhamente primitivo, como se o desejo de possuí-la fosse o que eu precisasse para sobreviver, abaixo o zíper, arregaçando a calça para baixo junto da cueca, libertando a minha ereção dolorida com um suspiro de alívio.

— Nossa!

— Tudo bem, minha querida? — Sorrio ao ver sua expressão.

— Você é mesmo como diriam por aí: bem-dotado!

— Todinho para você.

Termino de arrancar tudo e, em menos de um passo, a tenho em meus braços. Toco-a sobre a calcinha e escuto seu ligeiro ganido de prazer.

— Mas antes de nos servimos da iguaria que nos espera eu preciso provar você, Rafaela.

Enfiando minha mão dentro da simples calcinha somente ornamentada com uma rendinha, vou direto ao seu sexo e o invado, separando os grandes lábios, sentindo-a.

— Ah! Rafaela... Essa sua umidade deixando o meu dedo deslizar dentro de você é magnífica. — Ela se contorce com a minha invasão e eu me retiro de dentro dela, levando os meus dedos aos seus lábios, juntando a minha boca à dela. — Prove, minha querida, junto comigo do seu sabor. Veja como ele é doce como o mel.

Minha cabeça trabalha na velocidade máxima. Se eu pudesse seguir o que a razão me diz, ao gritar na minha mente para ser gentil, porque ela é tão inocente, eu não estaria agora puxando a calcinha de Rafaela para baixo, passando por seus joelhos e tornozelos com tamanha urgência, suspendendo o corpo delicado dela e sentando-a sobre o mármore da pia. Ela solta um arfar gutural, extremamente erótico. Meu braço longo pega ao lado do seu quadril o pote do doce tão esperado.

— Como eu disse, não tenho muitos utensílios em casa — minto. — Então espero que não se importe de provar o creme de um jeito inusitado.

Enfio a língua no pote, rodeando as laterais, pegando dele uma boa porção do doce, que espalho pela boca. Sobre a camada de tortura proporcionada por essa brincadeira, ela tripudia desse servo e lambe tudo, soltando sons excitantes.

— Você deveria prová-lo também. — Replicando o meu modo rude, Rafaela parece não se importar e, sem frescura alguma, leva as mãos ao pote e pega uma quantia razoável do creme. Corajosa, ela não se inibe em me provocar levando os dedos até os mamilos, esfregando-os lentamente. Ela rodeia afoita as auréolas e, destemida, trilha com o doce subindo até o pescoço. Eu fico vidrado me deleitando em cada movimento seu.

— Não sei se era exatamente assim que pensou degustar o doce. No entanto, essa foi a melhor forma de servi-lo que encontrei.

Posiciono-me melhor entre as pernas dela, inclinando a minha cabeça.

— Bela forma — Passo a pontinha da língua em cada mamilo dela, ambos intumescidos. — Nem os maiores confeiteiros do mundo saborearam o *crème brûlée* tão divinamente. — Mal consigo terminar de falar e já tenho um seio inteiro em minha boca, como um louco faminto, degustando até que a pele de Rafaela fique vermelha, aplicando a mesma tortura em seguida no outro. Ela entrelaça a mão em meu cabelo e eu não deixo para trás nenhuma gota do doce. Pela forma com que ela reage, não a decepciono.

Abaixando-me diante dela, entre as pernas, sinto-me refém do poder da sua feminilidade. Fito a sua bocetinha melada, sem um único pelo, com os lábios rosados brilhando como se estivessem recobertos de mel. Encaixo meu rosto em sua intimidade, Rafaela toda lânguida e entregue para mim, e a chupo gostoso. Seu pequeno broto parece vibrar diante do toque possessivo da minha língua.

— Aqui eu tenho uma certeza: o seu néctar com o creme é a melhor combinação dessa receita, um toque inédito que jamais foi apreciado! — Viro o pote de doce em sua pelve, que escorre lentamente. Estimulando-a com a língua, espero o doce melar os grandes lábios e chupo tudo, intercalando mordidas e lambidas, excitando-a cada vez mais.

— Isso é incrível. — Vejo-a jogar a cabeça para trás, entre um gemido e outro. O corpo, antes plácido, se contorce, implorando para que eu a penetre de alguma forma. Porém não faço o que ela implora, nem com a língua nem com os dedos. O orgasmo dela será proporcionado pelo meu pau, que bravamente se controla para não explodir. Continuo flagelando-a cruelmente até ouvi-la me pedir verbalmente o que precisa. Acho incrível como ela se solta sem pudor e se aventura ao tocar seus próprios seios. — Jonas! — ela suplica. — Eu preciso de você! Não me negue isso. Não agora.

— Eu vou nos conceder o que precisamos, minha querida Rafaela. — Me levanto, ficando rente ao seu corpo. — Mas não aqui. Você é digna da minha cama. Enlace as suas pernas na minha cintura, porque daqui até lá eu não pretendo ficar um só segundo sem ter os seus lábios nos meus. — Circulo os seus quadris, trazendo-a de encontro a minha ereção, que ajeito entre nossos corpos. Ela une as mãos em meu pescoço e as pernas em minha cintura. Sacramentamos então o tormento que nos envolve. Nos beijamos até que chegamos ao quarto e posso colocá-la sobre os meus lençóis. Cobrindo minha ereção com o látex de proteção, eu a encaro, antes de me deitar sobre ela.

— Oh! — ela reclama por estar sozinha na cama, mesmo que por um curto espaço de tempo.

— Você me promete que dirá exatamente o que está sentindo? Porque não sei se serei capaz de me conter, de controlar o desejo que está acumulado desde que te conheci.

— Esperei por muito tempo para você ser delicado. — Ela solta um sorriso tímido, mas convidativo.

Rafaela tenta me tocar, mas eu a impeço.

— Nem pensei em fazer isso. — Mal consigo controlar minha voz, que dirá meu pau. — Estou excitado demais...

— Isso é um problema?

— Enorme. — Sorrio maliciosamente. — Ainda estou esperando você me prometer. — Desesperadamente, posiciono meu pau em sua abertura, brincando em sua borda. Rafaela morde os lábios e eu sustento o olhar inquisidor. Como ela demora para responder, decido provocá-la um pouco mais, arremetendo o pau até onde o hímen me impede de seguir. Se ela não disser algo logo, sinto que meus nervos não se controlarão.

— Eu prometo o que quiser, mas me faça sua. — Seu consentimento no olhar me incentiva a seguir em frente. Rafaela tem razão. Não tem outro meio de fazê-la minha sem romper a inocência de seu corpo de uma só vez. Trazendo o meu pau para a borda, suas pernas voltam a serpentear-se em meus quadris e, num movimento rápido, com força e sem aviso, vou até o fim. O gemido de desconforto vindo de Rafaela me faz ficar imóvel no mesmo instante.

— Eu a machuquei, minha querida? — questiono-a, detendo-me em seu interior, deixando-a se adequar a mim.

Ela sacode a cabeça, em silêncio.

— Você me prometeu. — Aplico uma punição, retraindo o meu quadril até tirar o pau quase por completo de dentro dela. — Diga o que está sentindo, Rafaela.

— Você não me machucou. Agora volte ao que estava fazendo!

— E o que era exatamente? — Deslizo para dentro dela em uma cadência atroz. Não quero vê-la inibida, e sim tê-la para mim desprovida de qualquer reserva. — Te fodendo?

— Sim! — exclama, fechando os olhos, deixando escapar suspiros roucos.

— Não feche os olhos, Rafaela, não quando a estou tornando minha.

Assim ela faz, movendo a pálpebra para cima e me contemplando como se o céu azul refletisse sua cor exclusivamente para mim. É um momento poderoso, jamais experimentei nada parecido. Ela recebe minhas arremetidas de bom agrado em sua bocetinha apertada e gulosa, com suaves exclamações, o desconforto parece se dissipar.

Que delícia! Vou ao céu e ao inferno de uma vez só. Rafaela se mexe comigo e eu meto bem firme, ambos conectados pelo olhar e por nossos órgãos, tornados um só corpo...

Ela é minha! Não havia jeito algum de eu permitir que outro homem a tocasse. Essa afirmação possessiva me choca. Quando foi que eu pensei isso antes? Nunca! A ideia me faz intensificar os movimentos com voracidade, despertando em mim profundos estremecimentos de prazer, enquanto ela me acompanha de forma primordial. Sua receptividade lasciva alimenta um repentino desejo de não a soltar jamais. Rafaela rouba um beijo meu e eu me desfaço nos seus lábios macios e quentes, soltando palavrões obscenos e sussurros. Nossos gemidos se misturam. A investida da minha língua em sua boca segue o mesmo ritmo com que a penetro. A energia sexual vibra, densa, entre nós.

Minha vasta experiência diz que mulheres em sua primeira vez não sentem prazer e isso se torna um desafio para mim. Busco meu autocontrole incansavelmente para esperá-la atingir o ápice.
— Rafa, vou colocá-la sobre mim e você vai ditar o ritmo que lhe dá prazer.
— Então giro nossos corpos pela cama, sem romper a conexão. — Cavalgue em mim, minha rainha. — E ela o faz. Parece que nasceu para isso. Levo uma das minhas mãos aos seus mamilos, torturando-os, e com a outra massageio o clitóris. Trago o dedo à boca para sentir o gosto do nosso coito e volto a estimular seu brotinho túrgido. Rafaela intensifica os movimentos. Adoro vê-la alucinada, fora de si. — Vem para mim, Rafa, me banhe com o seu mel. — Em sua feição vejo o prazer estampado. Sobre mim ela começa a se contrair, sugando o meu pau para dentro de si. Cada vez mais eu a ajudo, aumentando o ritmo com estocadas fundas e ritmadas, até ouvi-la gritar o meu nome. Beijo-a com volúpia. Não há racionalidade em meio ao caos desta paixão.
— Isso, meu bem... Seu prazer pertence a mim!
— Ohhh! — ela choraminga, encontrando o êxtase em volta do meu pau, que parece crescer mais e mais. Seu peito sobe e desce, de forma entrecortada. Rafaela parece enfraquecer e eu assumo o controle. Metendo incessantemente dentro de sua intimidade, quente e escorregadia, torno-me mais bruto, entrando e saindo vorazmente, sentindo-a me devorar por completo. Nos encarando, nos apaixonando, enquanto a golpeio até que um doce e prazeroso jato explode do meu pau, seguido de outro, e mais outro, até sentir-me esgotar e esvaziar.

Eu a abraço forte e a trago mais junto de mim. Estamos suados e arfantes.
— Você é perfeita, minha querida Rafaela. — Beijo-lhe os lábios, sentindo-me extasiado. Porém, essas reles palavras não expressam o mínimo do que estou sentindo. Quando dou por mim, ainda ofegante e sem forças, luto contra a fadiga pós-sexo e idolatro-a como merece. — Não sei ao certo o que fiz para ser digno de receber um presente tão lindo como o que você me deu. O mais belo tesouro a ser descoberto. Nunca fui um homem ambicioso, no entanto me pego agora, diante de você, com pensamentos ávidos, cobiçosos e extremamente egoístas, querendo preservar essa linda joia, para que eu possa apreciá-la como nunca foi antes. Fazê-la somente minha...

Aperto-a em meus braços, sentindo em meu âmago a paixão por ela, junto da possessividade que me toma.
— E você é tudo que imaginei e ainda melhor.
Ainda duro dentro dela, a sinto entorpecida e abandonada cair sobre mim. No canto dos seus olhos vejo uma lágrima de emoção escorrer.
— É mesmo? — Viro novamente nossos corpos, que se mantêm colados. Fico por cima dela, sentindo os nossos corações disparados na mesma sintonia. Beijo cada rastro de lágrimas e a questiono, curioso. — E como você me imaginava?
— Ah, jura que vai me fazer contar?

Os dedos delicados correm pelas minhas costas suadas e eu lentamente me movo dentro dela, sentindo-me incapaz de nos desconectar.

— Se não responder espontaneamente, vou ter que torturá-la. — Seguro-lhe o queixo e o mordisco.

— Você é incansável? — Ela desvia a conversa e eu acho melhor deixá-la de lado. Tudo o que quero e preciso agora é que ela se sinta querida, desejada e amada. O peso do último sentimento que paira na minha cabeça me assusta um pouco, porque sei o quanto é sincero. Sinto dentro de mim que ela é digna do melhor.

— Digamos que certa enfermeira muito atraente e pertinaz vem me atentando há bastante tempo. Então eu não sei quando, ou se poderei um dia me cansar.

— Devo levar isso como um elogio ou ficar preocupada?

— Considere as duas opções. — Relutante, retiro-me de dentro dela. Seu rosto corado e os cabelos desalinhados estão espalhados pelo travesseiro. Ela parece faceira e natural. Essa é a mulher que, em sua simplicidade natural, está me desestabilizando dia após dia. Puxo o látex, o descarto e acrescento: — O tamanho do tesão recolhido que tenho por você é capaz de fazer inveja ao Pacífico. Vem, vamos tomar um banho. Quero cuidar de você como merece. — Beijo-a e complemento. — Nunca provei um doce tão delicioso e fiquei tão melado.

— E ficou satisfeito?

— De forma alguma, agora precisarei provar muitas outras vezes. Esse doce virou meu maior e mais novo vício.

Ela sorri e se aconchega em mim.

— Vamos ficar só mais um pouquinho aqui — murmura, toda dengosa. Desse jeito não resisto. Todas as suas facetas me fascinam e ficamos ali, acariciando um ao outro. Não sei dizer por quanto tempo ficamos daquele jeito, demonstrando o nosso querer. É como se estivéssemos envolvidos por uma bolha. Para ela podia ter sido a primeira experiência sexual, no entanto, para mim também era a primeira vez que me sentia ligeiramente feliz, planejando o amanhã, o depois e depois... Um futuro ao seu lado. Não consigo me lembrar de quando fiquei assim, trocando carícias com uma mulher e me sentindo aconchegado.

Capítulo 27

Rafaela

Sinto calor e a umidade entre as pernas. Meus seios doem, firmemente pressionados contra o peito dele. De alguma forma, tenho um estalo de sanidade e afasto a boca de Jonas, respirando como se tivesse corrido a São Silvestre ou, melhor dizendo, uma maratona de mais de trinta horas de sexo ininterruptas. Desde que chegamos em casa anteontem, não fizemos outra coisa, a não ser ficarmos enlaçados um no outro. Os potes de *crème brûlée* renderam.

Jonas veio me acordar com beijos por todo o corpo e, desde então, pegamos fogo. Eu nunca imaginei que aquilo pudesse ser tão bom, capaz de fazer com que eu me sentisse como uma ninfomaníaca, já que me resguardei por uma vida toda.

— Ei, não estamos atrasados? Seu jogo não é às 11 horas? — Sinto-o tocar meu sexo e mal consigo formular uma frase coerente.

Ontem ele me fez prometer, após uma sessão de tortura ao passar gelo por todo meu corpo, que eu fosse com ele para o jogo de polo, aquele que chamou o Gui para assistir.

— Daqui até lá são apenas duas horas. Ainda temos muito tempo — Jonas me olha selvagem e excitado.

— Atletas não precisam se concentrar?

— Sou um jogador amador, Rafa. No entanto, um profissional quando se trata de sexo... Minha concentração é apenas em você — ele sussurra em meu ouvido. — Quer um aquecimento melhor?

— Aquecimento demais pode vir a lesionar a musculatura. — Quase não consigo responder ao sentir nossos corpos se roçarem um no outro.

— Não corro esse risco. Esse músculo, com nervos e vasos sanguíneos, é difícil de lesionar.

— É mesmo? — Ousadamente levo a mão até ele, cheia de segundas intenções. — Sendo assim, na qualidade de enfermeira vou cuidar para que ele seja muito bem tratado.

Consigo sair de debaixo dele, sem deixar de estimulá-lo. Lentamente deslizo a mão por todo o seu comprimento... Ele suspira.

— Como advogado, eu defendo a causa. Até porque, desde que provem o contrário, meu cliente é inocente e merece boas regalias.

— Não vejo assim. Ele não é tão inocente...

Desinibida, o provoco, mordendo o lábio inferior, ciente de que ele aprova.

— Esse seu olhar! — Jonas não se contém. — Pela expressão deles devo deduzir que você o acha um menino muito mau e está louca para puni-lo. Estou certo?

Ordinário, ele amplia o sorriso...

— Ah, sim! — Passo os dedos por toda sua extensão grossa, dura e grande, em uma cadência de vai e vem, por cima da veia latejante que vem da cabeça à base. — Ele esteve se comportando muito mal. Não subestime as provas que tenho contra ele. Suas defesas estão em minhas mãos — sussurro um tanto rouca, ansiando por provar do seu sabor.

Jonas fica me fitando de cima, com admiração e uma intensidade ansiosa, provocando em mim um desejo sedento, impossível de encontrar alívio... Ele me faz sentir poderosa!

— Vai me mostrar quais são estas defesas?

— Ainda estou pensando! — Uma gota se forma em sua glande. — Talvez eu deva começar minando-as, o que acha? — Olhando de forma provocativa, inclino a cabeça em direção ao seu membro e dou uma lambidinha na gota, que começa a escorrer. Deslizo a língua até suas bolas. Elas são enrugadas, do tamanho certo e macias. Jonas puxa o ar entre os dentes e o som me excita. Encarando-o, chupo cada uma delas.

— Isto é golpe baixo e não há defesa que resista, Rafa.

— Eu avisei que elas estavam em minhas mãos. Só esqueci de acrescentar que estavam também na minha boca.

Eu posso não ter experiências sexuais anteriores, mas estudei sobre anatomia e já li muito a respeito sobre o que os homens gostam... Então, decido ousar, voltando minha boca para o membro, levando-o quase inteiro para dentro, massageando com a língua sua veia grossa e pulsante. A mão dele vem para meu cabelo e o enlaça, de forma firme, detendo todos os meus movimentos. Sofregamente, ele impulsiona minha cabeça para baixo e eu o sinto atingir-me a garganta. Delicado e atencioso como foi quando tirou a minha virgindade, ele espera eu me adaptar ao seu tamanho e a partir daí sigo chupando, sugando e vibrando com as palavras obscenas que solta me elogiando, enquanto estoca dentro da minha boca.

— Caralho, isto é muito gostoso. Por que demorou tanto assim para querer minar qualquer defesa minha?

Sua voz rouca e despudorada torna tudo carnal e quente. Tiro-o por um instante da minha boca, buscando fôlego.

— Uma boa oponente analisa antes o adversário.

Entre a minha mão, língua e lábios, volto a torturá-lo libidinosamente, até que o faço gemer e rugir como um leão. Seus dedos afrouxam o nó dos meus cabelos e eu atrevidamente acelero meus movimentos voluptuosos, até que o sinto voltar a me puxar com firmeza:

— Se não quiser engolir minha porra é melhor me soltar.

Isto é tudo que preciso para continuar luxuriosamente o engolindo, estimulando-o com rapidez. Jonas solta um gemido gutural, junto com um palavrão, seguido de todo seu gozo, que jorra em minha garganta, boca e lábios.

—Apetitoso! — Passo os dedos nos cantos dos lábios. — Que a dona Izabel e todas as chefes gastronômicas me desculpem, mas eu duvido que exista um doce mais delicioso que esse creme dos deuses. Literalmente é de lamber os beiços.

Ele me puxa para seus braços.

— Porra, Rafa, você é foda, mulher. Que boca é essa?

Suas mãos hábeis tocam meu corpo eroticamente e, entre as batidas do meu coração, que se acelera, consigo sussurrar.

— Aqui tem muito mais subterfúgios para minar outras defesas suas. — Pisco para ele. Puxo o ar, tentando buscar o fôlego que ele me rouba de diversas maneiras. — Agora levanta, bonitão. Eu não quero ser a responsável se deixar de fazer os gols que prometeu para o seu sobrinho.

— Me levantar? — Ele dá um sorriso diabólico e sexy. — Você só pode estar brincando, não é mesmo? Depois de me dar o melhor sexo oral da minha vida, você só levanta daqui de cadeiras de rodas.

Eu não posso acreditar no quanto ele me deseja. Chego a ficar com medo de estar vivendo um sonho e acordar. De fato, eu amaria sair daqui carregada, mas neste caso somente por ele. Porém, sei que Jonas tem um compromisso e, por mais tentadora que a ideia possa ser, ele precisa se preparar. Afinal, temos uma estrada para encarar ainda.

— Se você me penetrar mais uma única vez, não precisará nem de cadeira de rodas. Porque só conseguirei sair daqui de maca e direto para UTI.

Beijo sua boca e me levanto. Ele fica me fitando com a expressão de vira-lata.

— Quê?

— Você feriu meus sentimentos, sabia? Por que não me disse que eu a machuquei?

— Porque não o fez. — Dou uma risadinha sacana. — Mas se fizermos algo novamente, neste momento, certamente eu me machucarei. Você é uma máquina, Jonas.

— É você que me deixa assim. — Ele aponta para sua ereção enorme, dura e pronta. Meu Deus! Esse homem é uma perdição.

— Se as pernas não o ajudarem a marcar um gol, pelo tamanho do seu membro, poderá dizer que tem um elemento-chave guardado na manga, ou melhor dizendo, na cueca.

— Adoro quando você me desafia, Rafa.

E eu amo como ele simplifica meu nome. Jonas não me chama mais de Rafaela e nem de minha querida, desde ontem, quando tornei-me dele... Rafa. Por mais que isso possa parecer besteira, para mim significa muito. Esse é o primeiro apelido carinhoso que recebo em toda a minha vida.

Um arrepio me corre pela espinha, porque além de achar carinhoso como ele me chama, eu sinto a provocação em suas palavras ao entrar no banheiro e ligar a ducha. Não preciso me virar para saber que ele me tomará sem resistência alguma sob ela. Nossos banhos têm sido assim. Ele me provoca, seduz, eu gosto e me entrego.

Capítulo 28

Rafaela

— Uau! — comento admirada, ao ver toda a infraestrutura do Helvetia Polo Country Club, que além de contar com a estrutura principal, com dois campos para jogo que me parecem oficiais, também possui outra área, onde são mantidos mais oito campos de polo. Tudo ali é muito organizado e elegante, com as grandes Palmeiras Imperiais oferecendo um toque todo charmoso ao verde do condomínio. Antes de chegarmos próximo das cocheiras, Jonas me contou um pouco da história do lugar, a seriedade dos administradores com o esporte e a preocupação com animais, disponibilizando em todos os campos o que se tinha de melhor em grama. A animação e a paixão de Jonas pelo lugar eram tamanhas que eu já sabia até que a grama *tifton* de alta qualidade era a melhor para esse tipo de lugar. — Quando você me falou em um jogo amador, eu não imaginava a imensidão disso tudo.

O lugar é glamoroso e, para onde olho, tem pessoas bonitas caminhando, homens exalando poder, mulheres de chapéus e vestidos floridos bem propícios para a ocasião. Entre todos ali, fico contente por não me sentir um patinho feio, mesmo estando de jeans e botas. Tudo isso por causa do meu querido anfitrião que, depois de tomarmos banho juntos, demorando um pouco mais do que eu esperava, me deu de presente uma camisa polo, semelhante ao uniforme do seu time, que jogará hoje. Ela é linda. Preta com uma listra grossa branca sobreposta, na transversal, dividindo o peito onde tem o número e um brasão.

— Nem sempre que venho jogar aqui está assim. Hoje, excepcionalmente, está mais agitado, por causa do evento. — De mãos dadas, ele me leva até sua família, que nos acena.

Gui corre para dar um abraço no tio.

— Você demorou, hein, tio Jonas?

— Agora estou aqui. — Ele pega o menino magrinho nos braços, beija-o e o coloca no chão.

— Meu pai falou que achava que você tinha desistido, porque ficou com medo de tomar uma surra do time adversário.

— Seu pai não sabe de nada.

— Ei, pigmeu, você está me entregando?

Felipe e Eliana se aproximam de nós.

— Foram bem de viagem? — Jonas comenta, depois de beijá-la na testa em um gesto afetuoso.

— Saímos cedo de São Paulo. Felipe achou melhor irmos parando pelo caminho.

— Tomei essa decisão porque tenho uma linda esposa grávida, que me pediria para parar em cada posto para ir ao banheiro.

Protegido do sol, assim como Gui, Felipe está também com um boné e a camisa polo do time, igual a minha. Parecemos uma verdadeira torcida organizada e isso faz o meu coração se encher de alegria. Nunca esperei essa sensação de acolhimento.

— Olá, Eliana! Você está linda! — Sorrindo, cumprimento-a com um beijo no rosto. Elegante como muitas outras mulheres no recinto, ela usa um vestido floral de gestante e um chapéu com abas grandes, que me faz lembrar daqueles acessórios elegantes que se usavam nos anos 1970. Ela retribui o sorriso.

— Vocês também estão com uma aparência ótima, de felicidade. — Coro ao perceber que ela alterna o olhar entre mim e Jonas. — Posso imaginar o motivo de demorarem tanto a chegar.

— Meu bem! Você não perde uma, não é mesmo? — Felipe nota o meu constrangimento e me socorre. — E vocês, como foram de viagem? — Formalmente ele cumprimenta a mim e a Jonas com um aperto de mão.

— Foi ótima.

— Que bom que encontrei vocês aqui. Estava vendo a hora que teria de deixar Rafaela sozinha para procurar vocês. — Jonas demonstra preocupação comigo e fico emocionada sem razão aparente. — De fato nos atrasamos um pouquinho. Você tem razão, dona Eliana. Essa mulher é uma distração — Jonas brinca com a irmã e me coloca na fogueira. Fuzilo-o com olhos e ele pisca para mim. — Se não se importarem de fazer as honras de levá-la para conhecer um pouco do clube e indicar a arquibancada, agradecerei muito. Eu ainda tenho que selar o cavalo e me trocar. — Ele olha o relógio e conclui: — O jogo começa em meia hora.

Eu ainda não o vi vestido com seu uniforme, mas posso imaginá-lo. Deve ficar uma tentação.

— Pode deixar que cuidamos dela — gentilmente, Felipe se prontifica.

— Você me deve um gol, tio Jonas.

— E você me deve um pedaço de bolo.

— Mas já acabou. A mamãe tem que fazer outro.

— Que guloso! Não deixou nada para mim? Mas não precisa se preocupar. Rafaela sabe cozinhar também. Vou pedir para ela fazer um bolo especial e só eu vou comer.

Meu corpo se arrepia todo com o duplo sentido que noto em sua voz.

— Eu estou aqui, viu? Gui, ele te chamou de guloso, mas na verdade, ele que é. Passou praticamente o dia inteiro ontem comendo *crème brûlée*.

Se ele sabe jogar, também sei. Jonas me puxa pela cintura e eu fico constrangida com seu gesto possessivo diante da família. Porém, me sinto fraca e incapaz de lhe oferecer resistência.

— O melhor, por sinal — ele sussurra baixinho. — Agora eu preciso ir. E, Gui... Eu vou pensar no seu gol.

— Ih, filho! O tio Jonas está dando para trás — Eliana provoca o irmão.

— Aguardem! — Antes de se virar e sair, ele me beija nos lábios. — E você, mocinha, se cuida. Aqui tem garanhão demais circulando.

Meus lábios formigam enquanto o vejo andar em direção às inúmeras cocheiras, desacreditada que me beijou com tanta paixão na frente de todos.

Procurando um melhor lugar para sentarmos na pequena arquibancada montada, Felipe nos guia, com todo cuidado com a esposa. Eu e Gui os seguimos. Fico satisfeita e feliz por estar podendo desfrutar de um evento como esse. Mais um presente que Jonas está me proporcionando. Eu nunca estive em um lugar como este e tampouco imaginava existir algo assim sem ser nos filmes e novelas. Também pudera, esse tipo de esporte não é nada popular e, pelo que vejo, deve ser bem elitista, para os afortunados. Fora do estádio, havia palcos montados, estandes comercializando equipamentos de selaria e do próprio esporte, um parque com brinquedos para as crianças e *food trucks* formando uma praça de alimentação bem diversificada, mas o que mais me chamou atenção foi a tenda montada para o hemocentro.

Quando passei por ela, não fiz nenhum comentário com a família Pamplona. Eu podia imaginar que o assunto era bem delicado para eles. Porém, fiz uma nota mental de que, assim que nos acomodássemos, eu daria uma desculpa qualquer para ir até a tenda prestigiar os profissionais e colocar em prática o meu cadastramento e doação em prol da campanha que estavam defendendo ali, sobre a leucemia. Não apenas pelo fato de me sentir sensibilizada com o histórico do meu paciente atual, mas também porque sempre soube da importância do gesto de doar e nunca tinha feito nada, por descuido e omissão.

Jonas

O jogo está prestes a começar. Sinto o sangue se agitar com a adrenalina da partida, mas tudo se torna mais intenso ao pensar que Rafaela estará lá, assistindo. Ela me causa essa sensação estranha, não consigo deixar de desejá-la em meus braços.

Tenso sobre a sela do Azulão, tento me concentrar na partida e no time, que troca olhares e palavras de incentivo. Aquela equipe de quatro jogadores tinha se tornando importante para mim. Não temos nenhuma rixa contra o time adversário de hoje, ele é formado pelos cuidadores de cavalos do haras aqui do clube. A fama deles é de serem bem agressivos.

Enquanto damos voltas, acenando para a plateia, meus olhos percorrem o público. Entre a massa vejo apenas Gui, Eliana e Felipe. Onde Rafaela teria ido que não estava com eles? Trinco os dentes em frustração.

Os jogadores começam a se cumprimentar. Esse ritual é feito em todas as partidas e competições, sejam amistosas, torneios ou campeonatos. Mas eu não consigo mais pensar em nada. Começo a me preocupar com Rafaela, minha confiança por um momento fica abalada, à procura dela. Meus olhos se voltam para onde eles estão e nada de sua presença.

Como o time está sendo capitaneado por mim, volto a me concentrar na equipe, mesmo a contragosto. O jogo começa. Na primeira *chukka* de sete minutos, nenhum dos dois times faz gol. Peço para os caras do meu time se concentrarem e ficarem calmos, porque o time adversário não está facilitando as coisas. A fama de agressivos faz jus a eles.

Rafaela

Missão cumprida.

Volto para a arquibancada e me dou conta de que o jogo já começou.

Meus olhos chegam a brilhar e o coração a palpitar ao vê-lo tão imponente em cima do cavalo. Ele está de capacete preto, mas eu reconheceria aquele maxilar esculpido, quadrado, e aquela barba rala de olhos fechados. Vestido com o uniforme da equipe, Jonas, como sempre, se destaca entre todos. Com a calça culote de hipismo branca, ele se torna irresistível, principalmente porque marca perfeitamente os músculos das suas coxas ao galopar sobre o cavalo. As botas caramelo e joelheiras de couro dão um toque todo especial e charmoso ao conjunto. A camisa polo não é diferente das nossas, porém vestida nele é um show à parte, as mangas torneando seus bíceps, destacando-lhe as veias saltadas até as mãos. Em uma ele segura as rédeas do cavalo e na outra o bastão. Fico hipnotizada vendo-o cavalgar com tanta velocidade e maestria, passando a bolinha de um companheiro a outro de equipe, desviando-se dos adversários.

Noto que Gui e Felipe estão impacientes.

— A fila do banheiro estava enorme — digo para Eliana, omitindo a verdadeira razão da minha ausência.

— Ainda bem que gestantes não precisam enfrentá-las.

Tento manter a expressão inocente. Não gosto de mentir sobre minhas atitudes, porém a possibilidade de falar sobre o que eu estava realmente fazendo está fora de questão.

— Faz tempo que começou o jogo?

— Começou agora a segunda *chukka*. — Ela parece atenta a tudo.

Nossa! Será que eu demorei tanto tempo assim?

— Quanto tempo leva uma?

— Sete minutos — Gui responde, todo orgulhoso por se mostrar um conhecedor das regras.

— Que rápido! — Quase não sei as regras do jogo, assumo. Jonas me explicou brevemente enquanto vínhamos para cá, mas minha concentração estava presa no velocímetro do carro, que beirou os cento e quarenta por hora.

— Esse juiz está de brincadeira! — Felipe reclama e espalma a mão na perna. Minha atenção vai para dentro do campo e eu fico apavorada com a velocidade com que os cavalos chegam. Constato como parece perigosa a proximidade de um jogador com o outro. Um simples vacilo e os dois podem ir para o chão, machucando-se. — Tem que parar esse jogo e penalizar esses sanguinários.

— Calma, pai.

— Os caras estão pegando pesado, Gui. Ô, juiz, sua responsabilidade é zelar pela segurança do jogo e exigir o cumprimento das regras. Você está deixando passar todas as infrações.

O juiz parece ouvir os protestos de Felipe e interrompe a partida. Um dos jogadores do outro time fala com a equipe.

— O que será que ele está falando?

— Ele é o capitão do time, deve estar dando uma bronca neles — Gui me explica.

Os jogadores trocam palavras com o time de Jonas e eles parecem assentir.

— Na regra do jogo, quando um competidor comete uma infração, precisa pedir desculpas. Nesse caso, Rafaela, acho que estão se retratando — Felipe completa a explicação do Gui.

— Nossa, que agressivo esse esporte.

— Não, é bonito de se ver. Geralmente a cordialidade reina — Eliana diz, orgulhosa. — Adoro vir assistir meu irmão jogar.

Jonas

Parto a galope para o ataque e ao conseguir me desvencilhar do número sete da equipe local quase caio, mas o meu Azulão aguenta firme. Posso ouvir o barulho dos cascos dos cavalos atrás de mim. Meus olhos seguem à frente e de repente se deparam com Gui e Rafaela abraçados, pulando e torcendo para eu conseguir o objetivo de emplacar a bola. Esqueço a perseguição e me concentro na vibração deles. Levantando o bastão, lanço a bola em direção ao gol e emplaco em cheio. Esse era o ponto de que precisávamos. De relance vejo todos comemorarem, mas a minha atenção se prende nos seios de Rafaela que se movem sob a blusa, conforme ela pula. Nunca marcar um gol foi tão prazeroso. Essa diabinha com carinha de anjo está fazendo com que eu fantasie mil coisas com ela.

— Vamos lá, capitão, essa vitória é nossa — minha equipe me incentiva. As *chukkas* vão se seguindo e na última, depois de encontrar razões prazerosas para marcar mais cinco gols, parto com mais uma bola. O placar está sendo disputado acirradamente. Não podemos subestimar a competência dos caras. Sigo galopando, determinado, porém dessa vez tenho o número sete emparelhado comigo. Tento ser mais ágil que ele e, ao levantar o bastão, puxo as rédeas do Azulão e ele me obedece, mas quando vou arremessar a bola, algo acontece e tudo se transforma em um borrão.

Capítulo 29

Rafaela

— Jonas! — grito ao ver o adversário colidir com Azulão e Jonas ser arremessado. Posso escutar um murmurinho ao meu lado, mas não consigo me mexer, totalmente estática. Lágrimas de angústia se formam em meus olhos, a sensação de pavor aperta o meu peito.

Isto não pode estar acontecendo, perdê-lo seria mais do que posso suportar. Pela primeira vez na vida encontrei um homem que me faz tão bem. Os sentimentos podem ser egoístas mas ali, diante de mim, eu só consigo sentir o meu coração sangrar.

Todos vão ao centro do campo e correm até onde Jonas está. Uma junta médica chega no mesmo instante e parece examiná-lo. Minha vontade é pular o alambrado e ir ao encontro dele. Vejo-o se mexer e o alívio toma conta de mim. Jonas tenta se levantar, mas o médico que o atende diz algo de que ele parece não gostar. Deita-se novamente. É angustiante ficar de longe vendo tudo e não poder fazer nada, nem sequer ouvi-lo. Vê-lo caído no chão, de longe, sobre a grama, parecendo tão vulnerável, faz o meu coração apertar. O médico e um socorrista o ajudam a deitar na maca.

— Eles vão tirá-lo do campo. Vem, Stella. Gui, você pega a mão da Rafaela, por favor? Vamos ver o tio Jonas — Felipe nos chama. Eu quero ir, mas meus olhos querem acompanhá-lo, vê-lo ser carregado. A ansiedade de saber se ele está bem me tortura. Tudo passa como um borrão, pareço entrar em um transe. Diversas lembranças desconexas vêm à minha mente, principalmente coisas da minha infância. As imagens não são claras, mas me enchem de tristeza. Choro calada, encolhida no canto do ambulatório, alheia a tudo que ocorre à minha volta, sentindo o gosto do medo.

Sinto um toque suave no meu ombro, como uma corda me resgatando do fundo do poço. Meus olhos se voltam embaçados para a figura à minha frente.

— Jonas está bem! — Eliana me olha fixamente, e em seguida, parece sentir piedade de mim. — Ele não sofreu nada grave, nem uma concussão ou aparente fratura.

— Fizeram alguma tomografia? Aqui não parece ser possível dar um diagnóstico exato — digo, com conhecimento de causa.

— Eles vão encaminhá-lo para o hospital local, para que possam fazer todos os exames. Ele quer te ver. Falamos que você estava aqui esperando e que o médico só deixou a família entrar para vê-lo.

— Tio Jonas até brigou com o médico, Rafaela — Gui comenta e o ar preso em meu peito sai aliviado, junto com um sorriso. Imaginava-o na sua imponência arrogante, exigindo a minha presença.

— Eu vou lá vê-lo.

— Vai sim. Estaremos aqui esperando. — Ansiosa, sigo em direção ao ambulatório. — Rafaela? — Viro-me. — O médico pediu para não excitá-lo muito, até que saibam o que a queda ocasionou.

— Fique tranquila. Não há perigo disso acontecer. Serei breve.

— Felipe está conversando com o médico, tentando levá-lo para um hospital em São Paulo.

— Eu não aconselho. Por melhores que sejam as condições de uma UTI móvel, ainda assim, é melhor ele fazer os exames por aqui. Não precisam se preocupar, eu posso ficar com ele.

— Eu não conseguirei ir embora sossegada.

É muito compreensível sua angústia e preocupação e, por mais destroçada e abalada que eu me sinta por dentro, busco forças para tranquilizá-la e amenizar a preocupação.

— O médico já disse que aparentemente não é nada. Você precisa se preocupar com o Gui e com seu estado de saúde.

— Vou esperar e ver o que o Felipe decide. Também não acho prudente o Gui ficar aqui com ele.

— Tudo dará certo. — Exibo um meio sorriso e, como resposta, ela retribui.

Já dentro da unidade a visão do que me aguarda faz o coração ficar miudinho dentro do peito. Ao seu lado, a enfermeira parece prostrada e fascinada com sua beleza, enquanto mede a pulsação. Não posso recriminá-la, porque até eu que já estou acostumada com seu charme, fico hipnotizada ao notá-lo tão tentador deitado sob o lençol branco, em contraste com sua pele nua e bronzeada, apenas o dorso coberto, até um pouco acima da virilha. Jonas parece grande demais para a maca estreita. Com os olhos fechados e quietinha, me aproximo com as pernas bambas. Ao prometer à Eliana que não o excitaria, não estava afirmando que isso não poderia acontecer comigo. Porque mesmo a situação sendo trágica, meus sentidos não entendem isso.

Acostumada a lidar com pacientes, a sensação de ter alguém tão próximo acamado é bem estranha. Engulo em seco e me aproximo mais. O homem que me tira o chão, que me faz flutuar, de repente parece tão indefeso... Algo no meu íntimo se derrete.

— Jonas — sussurro baixinho, afagando o seu cabelo macio. — Ah, meu querido, como isso foi acontecer? Eu quase morri quando o vi cair.

Ele entreabre os olhos, direcionados para os meus. Eu não estava preparada para ver aquela intensidade neles. É como se ele jogasse um pozinho mágico sobre mim e desfizesse toda a aflição que estava sentindo há pouco. Jonas parece me estudar e deixa escapar um sorriso terno, que faz os meus lábios tremerem. Lágrimas emocionadas se formam em meus olhos, junto com o alívio.

— Se eu soubesse que um anjo tão lindo ia vir me fazer um carinho tão gostoso como este, eu teria providenciado levar uma queda logo na primeira *chukka*.

Vejo que o velho galã sedutor está muito melhor do que eu imaginava. Inexplicavelmente, o fuzilo com os olhos. Estou brava, pelo susto que me deu. Como é que ele poderia estar flertando comigo desse jeito, quando poderia ter acontecido algo tão grave?!

— Nem brinca como uma coisa dessas. — Tento manter o autocontrole e não demonstrar o quanto sua declaração mexe comigo.

— Precisaria de mais do que um tombozinho como este para fazer calar os meus sentimentos. Já disse que não faço piadas quando se trata de você. Já deveria saber isso, Rafa. — Sobrancelhas negras se juntam, em sinal de incredulidade. Jonas se faz de aborrecido.

— Mesmo não sendo uma piada, é um comentário de mau gosto. Você pode se achar forte como uma pedra, porém as rochas também se quebram em uma grande queda.

O tremor típico volta à minha voz e os olhos negros dele se estreitam, me fitando. Ele mexe as pernas de forma impaciente e, ao dobrá-las, o lençol desliza mostrando um pouco mais das suas coxas musculosas e peludas, beirando o seu sexo. Exibido, ele não resiste e dá um sorriso diabólico ao perceber que tanto a enfermeira quanto eu deixamos escapar um ligeiro suspiro de surpresa involuntária.

Como pensei antes, eu realmente não posso julgá-la por vislumbrar tamanha magnitude e beleza. Surpreendentemente, em vez de cobri-lo, eu me excito ao vê-la apreciar sua masculinidade evidente, que parece ganhar vida sob o lençol. A experiência parece chocantemente íntima. Mas o que eu poderia fazer se nós duas, profissionais da saúde e cientes do estado do paciente, não conseguíamos nos mexer?

Por um instante, orgulhosa, o vejo como uma obra de arte esculpida a ser explorada pelos olhos femininos, ao se remexer um pouco mais, indecentemente. Seu corpo exala sexualidade em cada músculo torneado. Sinto os seios pesados e o meio das minhas pernas formigar. Seu membro desinibido pulsa sob o tecido, palpavelmente.

Jonas é esperto, sabe o que está fazendo. Por mais obsceno que possa parecer, não está desrespeitando ninguém, pois estamos sendo consensuais. Os movimentos não lhe causam nem uma mera expressão de dor. Seu trauma poderia até ter sido grande, mas ele parece estar muito bem.

Virando para a enfermeira, que parece ter terminado os procedimentos e só está ali nos observando, Jonas dá um sorriso charmoso e inocente, para fazer-lhe um pedido.

— A senhora poderia me deixar um minutinho a sós com a minha noiva? — Ouço como ele se refere a mim, porém estou tão excitada que nem penso em contestar a nomenclatura. — Não me negaria isso, não é mesmo? Sou um sobrevivente. — Seu tom de voz está cheio de pura chantagem emocional. — Hoje eu vi a morte de perto e percebi que preciso dizer para esta mulher que vem preenchendo o meu coração o quanto ela é importante para mim.

A mulher, que aparenta beirar seus cinquenta e poucos anos, assente. Parece estar hipnotizada por causa dele, incapaz de contestá-lo.

— A chave está na porta — ela responde, rouca. — Eu vou dizer ao médico que em breve poderemos seguir para o hospital.

— Tenho certeza de que dirá. — Jonas pisca para ela, e eu posso vê-la suspirar. Acompanho-a com os olhos ao sair pela porta.

Jonas ameaça se sentar e eu instantaneamente o detenho. Eu preciso tocá-lo, preciso tê-lo dentro de mim. Essa compulsão é mais forte que eu. É como se eu dependesse desse contato para provar para mim que ele está aqui, que não me deixou.

— O que acha de ficar quietinho, meu bem? — Vou até a porta e giro a chave, fitando-o com segundas intenções.

— Já te disse quanto ficou linda com essa camisa? — Ele me fita diabolicamente.

— Não.

— Enquanto eu jogava só pensava em como seria prazeroso vê-la trotando em mim vestindo só isso. Aliás, eu fantasio muitas coisas com você desde o dia em que te conheci.

Esse jogo de sedução me estimula... Ah, meu querido, como eu preciso de você.

— Então no dia em que fez a minha homologação, dr. Jonas Pamplona, enquanto eu, inocente, morria de vergonha por estar diante de um homem tão sedutor, o senhor tripudiava da minha timidez?

— Muito! O que pensa fazer sobre isso, agora que sou réu confesso?

Deslizando a mão corajosamente pela minha barriga, a coloco sobre o botão da calça.

— Sabe qual foi a restrição médica para minha visita breve? — Marotamente, ele balança a cabeça. — Que eu não o excitasse demais! — Abro o botão da calça.

— Pois isso pode ser prejudicial ao paciente. — Deslizando lentamente o zíper, vejo suas pupilas se dilatarem. — Eu deveria seguir as orientações médicas, sabe? Ainda mais sendo uma profissional formada na área de saúde. Mas não vou! Sua confissão me faz querer condená-lo.

— A mente humana é uma caixinha de surpresas, Rafa. — Jonas puxa o lençol e se toca, deslizando sua mão grande por todo o membro grosso, me fitando

maliciosamente. Qualquer resquício de sanidade se esvai de dentro de mim. Quando vejo, estou arrancando as botas e descendo minha calça junto da calcinha
— Agora vem aqui e me cavalga. Realize a fantasia desse moribundo, antes que o médico entre por aquela porta e queira engessá-la conectada a mim.

— Eliana me disse que pelos exames laboratoriais não há nem um osso quebrado em você — desafio-o, vidrada em seus movimentos, na cadência do vai e vem da masturbação.

Ele me olha como se eu fosse o centro das suas atenções.

— Realmente não há, mas se formos interrompidos eu terei que brigar e isso pode acabar os quebrando.

— Não sei se devemos — brinco com ele fingindo pudor. Começo me tocar, quando na verdade eu preciso é que ele me toque.

Jonas me olha com adoração, me faz acreditar que ao seu lado eu posso tudo, transmite segurança e confiança. Ainda é capaz de me fazer ter prazer em me sentir uma devassa, linda e totalmente desejável.

— Já que está na Antártida, minha Rafaela, por que não carregar o bloco de gelo?

Sua tentativa filosófica de encarar os fatos me estimula a seguir em frente. A maca baixa me permite levantar a perna e passar por cima de sua pélvis, possibilitando que eu me posicione em cima dele. Não há preliminares, beijos e nem palavras românticas. Tudo que nos envolve é um silêncio libidinoso e incandescente. Olhares cruzados refletindo de dentro deles o desejo. Totalmente entregue a ele, seguro-lhe o membro com a mão e posiciono-o na minha entrada, deslizando para dentro de mim toda a sua extensão, com urgência. Senti-lo me invadir centímetro a centímetro é delirante. Voluptuosamente o tomo por inteiro. Galopo-o, estimulada pelos seus sussurros guturais, acelerando os meus movimentos conforme a ânsia da luxúria vai nos dominando. Sinto vontade de chorar, por saber que está aqui, dentro de mim, vivo e disposto a me dar tudo. Sua mão espalma a minha nádega e a aperta, me auxiliando sofregamente a tomá-lo. Nunca imaginei ser capaz de cometer um gesto tão irresponsável, mas que parece tão certo... Fico encantada com o efeito que sou capaz de provocar nele e o modo como ambos ficamos cada vez mais à vontade um com o outro. Estou à beira do êxtase e Jonas parece perceber, trazendo a sua mão ao meu clítoris, o estimulando. O proibido tem um prazer diferente. Chegando ao clímax, meu sexo o engole com intensidade. Junto comigo ele se esvazia, gozo como uma amazona em cima do seu cavalo.

Capítulo 30

Jonas

Posso me considerar um afortunado, pois além de ganhar uma *home care* bem persistente, que me mantém na linha, ainda de quebra tive por toda a última semana uma namorada carinhosa, uma amante quente e amiga muito atenciosa. Rafaela tem dessas coisas, de cativar a todos à sua volta, ao se doar integralmente em tudo que faz.

Quem diria que eu passaria uma semana de repouso?

Claro, ela seguiu à risca tudo que o médico prescreveu depois da tomografia. Alertou sobre todo o mal que poderia ter me acontecido, embora eu tenha saído apenas com uma luxação no tornozelo direito. O conselho era uma semana de compressa e pé para cima, com algumas sessões de fisioterapia. Bastava isso para que tudo se resolvesse.

Quem me surpreendeu também foi Eliana, que, ao saber do diagnóstico do ortopedista, insistiu que Rafaela passasse a semana comigo. Para tranquilizar a todos, aceitou contratar uma ajudante para ajudá-la com as atividades domésticas enquanto cuidava do Gui. A vida não poderia estar melhor.

Agora, olhando Rafaela se arrumar para voltar a trabalhar com o meu sobrinho, sinto o gosto amargo da saudade. Sentimento este que nunca senti antes, o de querer estar com uma pessoa antes de ela se ausentar, mesmo que por pouco tempo.

— Não está cedo demais para estar de pé?

— Estou pensando em dar uma passadinha em um prédio próximo da casa de Eliana. Tinha uma placa de *aluga-se* na semana passada.

Sua declaração é como um punhal em meu peito. Eu não estou preparado para sair da bolha de felicidade em que Rafaela nos envolveu.

Salto da cama e o impacto com o chão me faz sentir uma dorzinha chata no tornozelo. Mas o que é essa dorzinha comparada ao aperto do meu coração?

De frente ao espelho, nossos olhos se cruzam. Eu não toco nela, tudo que preciso é ler em seus olhos os reais motivos dessa fuga.

— Será que não deixá-la desfrutar do seu quarto, nem uma noite sequer, mantendo-a aqui em minha cama, a fez querer me deixar? — pergunto, com certa ironia.

Seus olhos estão inexpressivos.

— Passei as noites aqui porque quis. Você não me forçou a nada. Mas fico com sensação de estar maculando o seu espaço com a minha presença.

— Posso saber de onde você tirou isso?

— Tenho convivido com isso desde pequena. Quando eu tinha por volta de cinco ou seis anos, uma família foi visitar o orfanato e me levou para passar o Natal com eles. Eu acreditei naquele momento que era para sempre, que ali tinha encontrado o meu lar. Senti-me tão aconchegada que me dei ao luxo de encontrar uma gaveta vazia em uma cristaleira, cheia de copos e taças, e coloquei as poucas roupas que eu tinha nela. A gaveta era muito pequena, mas coube tudo. Eu sabia que eles me vigiavam a todo momento, mas acreditava que eles estavam me admirando. Era uma desconfiança que eu via com olhos inocentes, de esperança. Quando eu ia fechá-la, senti uma mão pousar em meu ombro. Assustada, me virei e com o bracinho curto esbarrei em uma prateleira, deixando cair todos os copos. Os berros que vieram a seguir só cessaram quando me vi deitada, entregue novamente ao orfanato, momentos antes de dar meia-noite, quando os fogos de artifício anunciavam o Natal. — Seu rosto pálido e a confidência caem em mim como uma bomba. Tenho vontade de abraçá-la e apertá-la nos braços. Mas isso a impediria de continuar e eu, como um bom ouvinte antes de tomar qualquer decisão, preciso saber o desfecho. — A partir daquele dia, até hoje, eu tenho a sensação de que aquela mão vai me tocar novamente e eu não quero sentir aquilo de novo.

As lágrimas escorrem por sua face. Com as mãos fechadas em punho, eu mal consigo me controlar. Se eu tivesse condições de encontrar essa família, eu os faria sentir na pele que o valor material que perderam era insignificante perto do que perderiam rejeitando a minha Rafaela. Contenho a emoção respirando fundo, antes de dizer algo:

— Você tem a minha mão em seus ombros, Rafaela. Junto com meu corpo e — faço uma pausa, virando-a para mim. — meu coração.

— É muito bom ouvir isso. Não pense que eu não sou agradecida pelo que está fazendo, porque eu sou. Mas não podemos ficar assim. Você precisa voltar a ter sua privacidade e eu a minha.

Eu não quero ter porra de privacidade nenhuma! Tenho vontade de gritar isso para ela. Entretanto, embora esse seja o meu desejo, ela tem razão. As decisões precisam ser bem pensadas. Eu não posso dizer e nem lhe prometer nada, no afã deste momento. Ela merece mais e eu estou aqui não para ser essa mão que ela teme, mas a que vai lhe dar forças e fazê-la esquecer o restante.

— Você sente tanta falta assim da sua privacidade? — Os olhos dela encontram os meus, intensos, curiosos para saber o que ela precisa para se sentir segura. Ela permanece em silêncio, me fitando. Eu tento mostrar para ela que ao meu lado pode ter esperança, trazendo-a pela cintura para perto de mim. E como nuvens cinzentas se afastando com o vento, de repente o céu azul reluz para mim.

Seus olhos brilham. — Você sabe o que me causa quando me olha assim? Se eu fosse você não me olharia assim, agora — questiono-a com a voz rouca e grave.

— E se eu quiser?

Sinto que ela precisa se sentir tocada, amada e idolatrada. Não canso de lê-la e me fascinar com cada emoção explícita e descrita por ela. Sei que precisa se conectar a mim da forma mais primitiva e rápida possível. Não me importo de trazê-la para a profundidade do meu desejo. É lá que ela necessita estar e é exatamente para lá que vou levá-la, a fim de esquecer quaisquer lembranças do passado.

— Serei responsável pelo seu atraso no primeiro dia de retorno ao trabalho.

— Eu não o estou detendo. Acredito que se o apartamento está até hoje disponível, estará também no fim do dia.

— Você não precisa de nenhum outro lugar que não seja aqui. Se é espaço que precisa, eu lhe darei.

Rafaela pisca várias vezes.

— Não sei se isso é bom ou ruim.

— Se você se refere a eu me afastar, acharei horrível.

Deslizo a mão sobre a camiseta branca que ela veste, contornando com os dedos a estampa tribal de flores cor-de-rosa que se estende de um seio ao outro. Sua respiração se acelera e posso imaginar seus mamilos se intumescerem sob o sutiã, lançando um breve e expressivo olhar para cada um deles.

— Como acredita que sobreviverei sem tocá-la e ouvi-la gritar meu nome enquanto está gozando para mim? Quando eu a conduzo até a cama, para o sofá, sobre a mesa da cozinha ou dentro do box do banheiro? Será duro eu não poder tirar sua blusa para poder saborear cada seio seu. Imaginar ter que me privar então de levar minha mão para baixo de seu ventre e deslizar a calcinha para o lado, prosseguindo até encontrar os lábios úmidos. Ficar sem isso será uma tortura! Mas acho que posso me privar de tudo isso se assim a fizer se sentir acolhida em sua privacidade.

— Isto não é privacidade. É intimidade! — ela exclama, baixinho.

Em uma análise rápida vejo o canto de sua testa transpirar e a veia do pescoço pulsar. Subitamente, fico louco no turbilhão de desejo que sinto por ela e continuo, me expondo de peito aberto.

— E no fim não é a mesma coisa, Rafa? Não é cumplicidade, conexão que faz as pessoas se sentirem próximas e benquistas umas pelas outras? Não é o aconchego que elas procuram no outro? Porque é justamente o que estou sentindo vivendo ao seu lado. Para mim, não interessa se esse espaço que estamos dividindo tem um nome na escritura ou não. Basta para mim que ele está sendo harmonioso.

A forma como o corpo dela responde para mim faz a cueca apertar minha ereção, que lateja.

— Você é minha querida e apaixonante Rafaela. — Puxo a camiseta pelos braços, que prontamente se erguem, seguidos por suspiros de prazer. Abro o fecho do seu sutiã, dando alívio aos seus seios túrgidos. Passo as costas da mão no vale entre eles e a vejo se arrepiar. — Vou tomá-la agora, depois e depois, até não se esquecer que aqui, você é mais que bem-vinda. — Desço lentamente a mão pela barriga dela, até alcançar a junção entre suas pernas. — Aqui é o lugar onde você tem que estar — confesso para ela e meus dedos sentem a umidade quente e macia. — Dessa vez vou possuí-la como um animal, e você vai entender da forma mais bruta e carnal possível que aquilo que temos é mais do que pele, muito maior do que qualquer coisa que consiga conceber.

Rafaela se contorce e mordisca o lábio inferior. Aquela marquinha que me excita tanto está de volta e eu a chupo até estalar. Afasto-lhe as coxas aperto a palma da mão contra o seu brotinho, olhando-a nos olhos.

— Eu quero ouvi-la gritando o nome do seu porto seguro!

Curvo meus braços e a levo para cama, sentindo o meu tornozelo doer um pouco. Seus olhos ficam grudados aos meus, absorvendo toda a intensidade entre nós, enquanto a desço sobre os lençóis, ainda emaranhados pela noite de prazer que tivemos. Estendida ali, para nosso deleite, tiro para fora o meu pau latejante e só afasto a calcinha de lado... Agradeço aos céus por termos discutido sobre ela se cuidar tomando pílula, porque penetro-a fundo e forte, fazendo-a se esquecer do seu passado. Não precisamos discuti-lo mais, quando o que mais importa é viver o presente, e traçar o futuro com carinho, respeito e compreensão, dedicados um ao outro.

Capítulo 31

Rafaela

O que significava o amor? Será que simbolicamente ouvir aquelas três palavrinhas era mais majestoso do que se sentir amada? Não pode ser. Sentir-se sobre as nuvens, querida, cuidada, amparada, acolhida e adorada é a melhor sensação do mundo. É sagrado e vai além da gratidão. É um desejo de gritar para o mundo que eu sou feliz. Sinto-me amada sem medidas ou restrições.

Cada espelho da sala dos Pamplona em que me olho reflete cada emoção vívida que me permeia. É como se eles provocassem em mim um toque, um sentimento, uma vontade louca de gritar o quanto estou me sentindo a mulher mais amada do mundo.

— Rafaela, você se importa de buscar o Gui na escola hoje? Felipe vai me levar para a consulta de pré-natal e não sei o tempo que passaremos lá.

Eliana parece outra pessoa desde que Felipe conseguiu transferir-se para São Paulo. Não sei se são os meus olhos apaixonados ou se os dois estão mesmo em uma sintonia invejável. Ela, por exemplo, passou a ser minha amiga e até me chama para acompanhá-la toda vez que vai ao salão de beleza. Sem contar que não se opõe a nada na forma como eu cuido e administro as medicações do Gui ou com a alimentação do menino. E isso não quer dizer que passou a ser desleixada com o filho, muito pelo contrário. O que a faz ser permissiva a esse ponto é a gravidez de risco e a pressão, que vive instável.

— Não tem problema algum, pode ficar tranquila. Caminhar dois quarteirões até aqui fará bem para ele.

Gui, por sua vez, tem se mostrado um menino mais disposto. Acredito que os intervalos mais espaçados da quimio vêm lhe fazendo bem. Não que isso seja a solução e cura da leucemia, mas ainda assim, não está judiando tanto do seu organismo.

Ouvimos o som de uma buzina. Eliana começa a se organizar para sair.

— Felipe chegou. Obrigada, Rafaela. Você tem sido muito especial para todos nós e principalmente para o meu irmão. Nunca o vi tão feliz.

— Ele também me faz muito feliz. Eu o amo como nunca imaginei ser possível amar alguém.

Quando termino de falar me dou conta de que revelei em voz alta os meus sentimentos.

— Meu Deus! Que coisa mais linda de ouvir.

— Ai, que vergonha!

— Vergonha do quê? Se é o que está sentindo, por que não dizê-lo? Eu aprendi amargamente que, com o silêncio, podemos afastar as pessoas que amamos. Veja o que o aborto que tive e escondi de todos me rendeu. Por pouco eu não sofri outro por ser orgulhosa demais. Pense nisso.

— Você tem razão. Agora vá, porque o Felipe deve estar ansioso para saber o sexo do bebê. Aliás, Jonas e eu fizemos uma aposta. — Levo a mão à boca. Hoje eu estou uma linguaruda!

— É mesmo? — ela pergunta enquanto pega a bolsa. — Posso saber o que apostaram?

— Apenas palpites. Ele acha que é menino e eu acho que é menina. Só isso — omito a aposta. Eu não diria a ela o que ele me propôs: que se ele ganhar eu terei que acompanhá-lo em uma festa de gala *voyeur*. Em contrapartida, eu lhe propus que, se eu ganhasse, ele teria que realizar uma fantasia minha. Mal sabe ele que a minha fantasia mais secreta tinha se tornado exatamente essa, a de acompanhá-lo em um evento desses.

— Que sem graça. Aqui apostamos que o vencedor vai ganhar um dia de mimos e carinhos. — Felipe buzina mais uma vez. — Até mais tarde, Rafaela. Se dependesse do apressado do meu marido esse neném nasceria de sete meses.

Eliana sai, sorrindo. Ao mesmo tempo em que ela fecha a porta, escuto o meu celular tocar. O número é desconhecido e eu estranho.

— Alô. Por favor, Rafaela Faria?

— É ela!

— Aqui é do Redome.

— Pois não! — Meu coração acelera.

— Você se inscreveu no processo de voluntariado para doação de medula. Em sua ficha deixou registrado o nome de um paciente, alegando que ficaria muito contente em poder ser, caso fosse compatível, uma possível doadora. Por isso estamos ligando: para conferir se ainda é de sua vontade e disponibilidade a doação, pois conforme informações transmitidas ao médico do paciente inscrito e análises médicas devidamente realizadas, foi confirmada a sua compatibilidade com o paciente Guilherme Pamplona Onassis. Parabéns pelo seu gesto de amor e carinho.

As lágrimas brotam dos meus olhos como uma enxurrada e eu me sento, incapaz de acreditar. É muita coincidência. Eu jamais poderia imaginar que isso fosse possível. Quando procurei o estande do Hemocentro naquele evento, fui lá cumprir um papel de solidariedade ao próximo. Quando na ficha eu vi que tinha a opção de indicar um paciente, eu não hesitei em fazê-lo. Não apenas pelo carinho que eu tinha pelo pequeno, ou por ter me acolhido, mas porque, assim como Guilherme, todas as crianças mereciam encontrar a esperança novamente. Se todas as pessoas soubessem como o gesto era simples e capaz ajudar tanta gente, eu tenho certeza que o banco de doadores seria enorme.

— Rafaela? — ouço a pessoa do outro lado da linha me chamar.

— Estou aqui. Só estou tentando digerir direito tudo isso. O que devo fazer agora?

Ela me fala quais os próximos passos e eu desligo, pulando e vibrando de alegria. Bóris se junta a mim, eufórico. Faço a dança da vitória na frente dos espelhos, mirando cada um com trejeitos de comemoração. Eu choro, sorrio... Rio e choro novamente, tudo ao mesmo tempo. Só que, estabanada como eu sou, sem querer tropeço em uma das diversas mesinhas da sala e deixo cair um vaso de cristal... Em câmera lenta, o pego no ar.

Ufa! Isto que eu chamo de um dia de sorte. Não é, Bóris? O destino é uma coisa louca! Quando eu poderia imaginar que tamanha coincidência pudesse acontecer? Sorrio para ele, que parece me entender.

Quando acreditei que não tinha mais motivos para ter esperanças, a vida me apareceu com um novo desafio. Embora no início não tenha acreditado muito nele, o tempo me mostrou que a esperança estava ali, novamente. Hoje eu posso dizer que não só acredito nela, como a agarrarei com todo o meu coração.

Eu preciso dividir isso com o homem responsável por acreditar em mim...

Pego a bolsa e as chaves, ansiosa para dar a notícia.

— Tchau! Vou ali fazer o seu dono feliz! — Fecho a porta.

Jonas descobrirá hoje o quanto eu o amo, e a todos em volta dele.

Jonas

Pego-me de frente à tela do computador, aproveitando a brisa leve que alivia o meu calor. O que inicialmente era um programa de segurança doméstico passou a ser uma diversão para mim, e a solução para matar um pouco a saudade que nutro quando estou longe de Rafaela.

Como é que uma mulher podia abalar tanto as minhas estruturas assim?

Dando uma escapadinha no meio do expediente, enquanto aguardo o meu assistente chegar com um processo para a audiência que temos para daqui a duas horas, me pego sorrindo ao vê-la desligar o telefone e dar uma verdadeira exibição de felicidade por todo ambiente da sala.

Olha se não é o safado do Bóris quem está junto na festa!

Estreito os olhos, reparando no balanço rítmico dos seus cabelos nas costas esguias, enquanto se remexe toda, e ele pula com ela. Em cada câmera que aparece, dou pausa e zoom, me divertindo com as poses congeladas. Em cada uma delas passo o dedo sobre a tela, como se fizesse carinho em sua pele macia.

Chego a sentir até as pontas dos meus dedos formigarem, com o desejo de poder tocá-la de verdade.

O que tinha nessa ligação de tão especial, minha palhacinha charmosa?

Não me recordo de ela mencionar nada que estaria esperando. Embora seja contagiante vê-la tão feliz.

Solto uma sonora gargalhada ao vê-la, toda atrapalhada, remexer os quadris e desastrosamente deixar cair o vaso de cristal que era da minha avó e pegá-lo no ar.

Sua expressão é impagável. Mais uma tela que congelo. Quando eu mostrar todas essas imagens para ela, vamos dar boas gargalhadas juntos.

Rafaela coloca novamente o vaso sobre a mesinha e até dá um beijo nele. Ai, como eu queria sê-lo agora. Vejo-a pegar a bolsa, a chave e sair.

Pego o celular imediatamente para ligar e descobrir o que de tão especial aconteceu. Rafaela, não atende. Tento uma, duas, três vezes. Todas em vão. Algo pisca em alerta dentro de mim.

Não é possível. Será que essa ligação tinha a ver com a ideia dela de encontrar outro lugar para morar? Um gosto amargo me vem na boca. Inferno! Tento ligar mais uma vez e vai para caixa postal. Aperto rediscagem e sou interrompido pelo Alberto.

— Está tudo pronto! Quando quiser sair é só falar.

Levanto e fecho os botões do terno. Ficar aqui pensando besteiras não ajudará em nada. Fosse o que fosse, mais tarde conversaríamos.

— Vamos agora — digo, determinado. — Antes da audiência precisamos passar no cartório. E a propósito, o processo dos Arantes vai nos dar trabalho. — Alberto assente com a cabeça. Peguei esse caso em segunda instância, já que o primeiro escritório que representou esse cliente fez algumas burradas e o recurso acabou vindo parar no meu colo. É sempre assim. O cliente me procura, na maioria das vezes por indicações, pois, modéstia à parte, eu realmente sou bom no que eu faço. Mas acham meus honorários caros e preferem procurar outro escritório. Resultado: quando a situação se torna desfavorável, me procuram novamente para tentar reverter. Nesse caso, eu cobro o dobro e fim de história.

— Eu admiro você, dr. Jonas! Eu não sei se teria pegado esse caso.

— Um caso quase perdido sempre é um desafio, Alberto.

— Melhor é que o senhor acaba sempre conseguindo reverter as coisas.

— Não dê os méritos somente a mim. Nossas leis ajudam, elas dão brechas.

Alberto abre caminho e eu passo por ele. Na recepção me dirijo à dona Izabel.

— Estou tentando falar com Rafaela e o celular dela está fora de área. Se por acaso ela me procurar, diga que passo para pegá-la assim que a audiência acabar.

— O senhor não passa mais no escritório hoje?

— Eu volto, sim. Só vou passar para pegá-la antes porque Eliana mora perto do Fórum e já é caminho.

— Ah, tá! Porque eu preciso da sua assinatura em alguns documentos.
— Não me esqueci disto.

A pulguinha volta me incomodar atrás da orelha e eu tento mais uma vez ligar para Rafaela, enquanto vejo Alberto se despedindo de dona Izabel.

Capítulo 32

Rafaela

Cada andar que o elevador sobe parece aumentar as batidas do meu coração. Na última vez que tentei me declarar para um homem, deu tudo errado. Está certo que daquela vez a situação era diferente e o amor também. Antes não tinha passado de uma ilusão. No entanto, hoje, tenho certeza dos sentimentos que vêm da minha alma.

As portas se abrem e de frente ao corredor extenso vejo dona Izabel, sentada e entretida com o computador.

— Olá!

— Rafaela, que bom receber a sua visita — ela me recebe de bom grado. Desde que aceitei morar com o Jonas, eu coloquei uma condição: a de que eu me sentiria mais à vontade se pudesse participar das atividades domésticas. Sendo assim, acabou tornando-se desnecessária a ida de dona Izabel todos os dias à casa dele. Antes que Jonas contestasse, coisa que de fato fez, eu encontrei uma forma de convencê-lo: insisti que me sentiria mais útil dessa forma e ele aceitou superbem, por fim. E mais, ele vem dividindo comigo por lá. Lavar louça, por exemplo, passou a ser um momento prazeroso. Cozinhar, uma verdadeira lambança deliciosa e, para completar, passar pano na casa se tornou um show à parte, pois o balde virou uma grande ferramenta ousada de sedução. Cada vez que tenho que lavar o pano, o tenho atrás de mim, se oferecendo para me ajudar a torcê-lo. — Se veio falar com Jonas, ele saiu faz um pouco mais de meia hora. Foi para uma audiência.

— Não acredito! Eu devia ter ligado antes, mas no meio do caminho percebi que esqueci o celular.

— É, ele comentou que tentou te ligar diversas vezes e não conseguiu.

Frustrada, me sento no sofá no canto da sala, totalmente desolada. Mordo o polegar pensativa e tenho uma ideia audaciosa. E se eu deixasse em sua mesa algo inusitado para provocá-lo? Já que eu estava lá, poderia fazer uma travessura dessas. Fico imaginando como seria quando ele encontrasse em sua gaveta a minha calcinha...

— Dona Izabel, será que posso deixar um recado na mesa dele?

— Claro, Rafaela. Você sabe o caminho, fique à vontade. — Ela sorri para mim e volta ao computador. E antes de seguir ela me chama: — O dr. Jonas tinha pedido para eu avisá-la que iria buscá-la.

— Assim que sair deixo uma mensagem para ele.

Puxando o ar, sigo até a sala.

Assim que fecho a porta, penso que já voltei aqui outras vezes desde aquela primeira, mas a sensação e os arrepios são os mesmos. O ambiente tem o seu cheiro próprio, os móveis e o estilo característicos. Sorrio ao notar a deusa da Justiça, em bronze maciço, sobre a mesa e me lembro de como fiquei envergonhada quando quebrei a que estava ali anteriormente.

Colocando o plano em prática, me dirijo para o banheiro, anexo à sala. Dentro dele tiro a peça, objeto da minha provocação.

Aquela travessura podia não ser original, tendo em vista que quase todos os dias me surpreendo encontrando dentro da minha bolsa um bilhetinho romântico deixado por ele, ou uma peça íntima dele dentro das minhas gavetas, colocada ali propositalmente. Isso sem contar as inúmeras mensagens de: *bom dia; oi, linda, tenha um ótimo dia* e *pense em mim*, escritas com creme de barbear, no espelho do banheiro. Jonas é um romântico incorrigível, um verdadeiro lorde!

Entusiasmada, abro a gaveta da escrivaninha e ajeito a peça, deixando-a sobre os documentos. Para completar a arte, decido deixar uma mensagem gravada no computador. Aperto o *enter* e a tela se abre.

Inicialmente sorrio, pensando no que vou escrever. Porém, aos poucos, começo a analisar as imagens congeladas, atentamente, na tela. E a percepção do que vejo me choca.

É a casa dos Pamplona!

Com as mãos trêmulas, vasculho tudo. Horrorizada, levo a mão à garganta, começando a sentir o ar faltar em meus pulmões.

Eles me vigiavam o tempo todo?

Eu acreditava que meu coração já tivesse se partido um dia, mas não que fosse estraçalhado dessa maneira, depois de estar tão pleno de lindos sentimentos recém-descobertos.

Centenas de imagens vão aparecendo, uma seguida da outra. Procuro pela data e lá estou eu, nos meus primeiros dias de trabalho. Enfraquecida, tento recobrar as forças.

Isso não pode estar acontecendo!

Corajosa, vou em frente. Nada mais tenho a perder. Por que Jonas nunca me disse nada? Eu deveria estar muito brava, mas a única coisa que sinto é a dor por ainda desconfiarem de mim. Por que ele omitiu que a casa tinha câmeras de segurança? Será que guardaria essas imagens para serem usadas contra mim, caso um dia ele se cansasse da minha companhia ou quando os meus reais patrões quisessem me demitir? As lágrimas rolam pelo meu rosto.

Seu idiota. Você me ensinou o que era amar e ser amada!

Por que fez isso comigo?
Por que me ensinou a ser diferente da pessoa que cheguei aqui?
Eu tinha medo. Fechei-me para as pessoas e você me abriu, me deixou exposta a aceitar tudo de bom que estava recebendo, para depois me ferir, sem dar chances de me defender.
Eu me despi para ele de corpo e alma, deixei-o entrar na minha vida. Ele me fez encarar os meus medos mais profundos e ainda me iludiu, mostrando que o mundo podia ser um lugar maravilhoso, que eu era alguém que jamais imaginei antes. O pior de tudo é que me fez acreditar que eu podia confiar nele e que era recíproco. A dor me dilacera por dentro. Jonas acabou com tudo: a esperança, a felicidade e a vontade de querer seguir em frente.
Limpo o rosto com as mãos.
A felicidade que encontrei ao seu lado foi uma ilusão, tão insubstancial quanto a chuva no sertão do agreste.
Transtornada, saio do escritório sem nada dizer.
As lágrimas me impedem de enxergar a minha volta. Sinto nojo dele, da sua irmã, do seu cunhado, de todos. Afasto-me pelo corredor vazio. Em algum lugar dentro de mim, os sonhos estão se desintegrando e desaparecendo. As palavras de dona Izabel ecoam, me questionando se estou bem. Eu não respondo, imersa ao mar de angústia.
As portas duplas do elevador se abrem e mecanicamente eu entro. Eu preciso correr dali, fugir. Não podia ficar mais ali, não mais... Uma lição eu aprendi: estava destinada à dor.
Na rua fico um bom tempo parada, olhando para o vazio, com medo de me mover e a dor de dentro de mim me esmagar, me transformar em nada. Por fim, decido fazer o que o meu coração manda.

Jonas

— Boa tarde, doutor. Se o senhor tivesse chegado dois minutinhos mais cedo, tinha encontrado a dona Rafaela aqui. — Mal piso na portaria e Jaime me dá a notícia.
— Rafaela esteve aqui? — Estranho a visita inesperada. Se eu soubesse que a parte contrária iria pedir redesignação da audiência por motivos de saúde, não tinha nem perdido meu tempo indo ao Fórum. É nessas horas que não entendo por que tudo não é informatizado. A tecnologia é tão avançada... Facilitaria muito se os advogados e seus representados pudessem acompanhar tudo virtualmente.
— Saiu bem agora. Está tudo bem com vocês? — ele me questiona.
— Melhor impossível, Jaime.
Não há um dia que eu chegue para trabalhar que ele não pergunte de Rafaela. Aquela feiticeira encanta a todos. Isso porque todas as vezes que vem me encon-

trar aqui, ela faz questão de ficar conversando com o porteiro. Rafaela diz que todos no prédio passam por ele como se fosse um vaso, que mal dirigem a palavra a ele. Então ela não vê problema em jogar um pouco de conversa fora enquanto me aguarda descer. Como não amá-la quando sua simplicidade, solidariedade e humildade são suas maiores virtudes?

— Ah, isso é bom. É que às vezes as mulheres não estão bem, não é mesmo?

— Esta é uma coisa que raramente acontece com ela — respondo antes de entrar no elevador.

Mal passo pela porta do escritório e dona Izabel vem me despejando uma enxurrada de informações.

— Ah, dr. Jonas, que bom que o senhor chegou. Eu ia ligar agora mesmo. A Rafaela esteve aqui e parecia tão feliz... Mas, de repente, ela foi à sua sala, e quando saiu de lá parecia que tinha visto uma assombração. Eu estava em uma ligação quando ela saiu. Tentei segui-la porque estava chorando, mas quando desliguei ela já tinha sumido. Olha, dr. Jonas, eu não sei o que aconteceu, mas ela não me parecia nada bem quando saiu.

Fixo meus olhos nela e vejo que está mesmo preocupada. Pego o celular.

— Se está pensando em ligar para ela, não adiantará. Quando ela chegou aqui me disse que esqueceu o aparelho em casa.

Tudo isso parecia impossível. Ela parecia tão bem hoje pela manhã quando a vi no...

— Dona Izabel, a senhora me disse que ela entrou na minha sala. Foi isso que entendi?

Ela balança a cabeça positivamente. Sua expressão é neutra, mas existe mais alguma coisa em seus olhos que eu podia reconhecer. A tensão vibra dentro de mim. Os olhos dela se estreitam, me desaprovando. Eu reconheço naquela expressão que ela deve ter ido se certificar do que poderia ter acontecido com Rafaela dentro daquela sala, e assim como a mulher que amo, algo aconteceu ali que a decepcionou. Eu jogo minha pasta na cadeira e vou direto para a mesa. Sobre a madeira envernizada noto marcas de gotas. Lágrimas.

Ao abrir a tela do computador levo as mãos à cabeça. Droga, Rafaela entendeu tudo errado.

A culpa me assola no instante em que eu me lembro do pavor que ela tem de se imaginar vigiada por alguém. Fecho os olhos, me sentindo nauseado. Que os deuses me ajudem a encontrá-la.

Capítulo 33

Rafaela

Perdi a noção do tempo que fiquei perambulando, presa em pensamentos. Eu não tinha para onde ir, com quem falar, onde me esconder ou até mesmo desabafar. Tudo o que eu sentia era o peso nas costas, como se não fosse apenas uma mão que me tocasse, me empurrando para baixo, e sim o mundo todo.

O desconforto físico e as bolhas no pé não se igualavam à dor que vinha da minha alma. Segurando as grades do portão da escola do Gui, ouço os pais e responsáveis chegando para pegar os alunos. A única coisa que ainda me mantém em pé é meu senso de responsabilidade. Eu enfrentarei a dor. As coisas poderiam não ter saído como fantasiei. Mas ainda assim, eu não me submeteria à tamanha humilhação de ser julgada. Mereço respeito e consideração, acima de tudo.

Eu avisarei os Pamplona que sou uma possível doadora para Gui, mas que não me sinto mais à vontade de continuar a servi-los.

Algumas pessoas trocam uma ou duas palavras comigo e eu respondo educadamente, sem as encarar. Talvez esteja com um pouco de vergonha, ou quem sabe talvez o medo de encarar alguém novamente me domine.

Uma menininha diz para a mãe que o sinal da escola vai tocar e que ela poderá ver o irmãozinho. Sorrio, simpatizada com a sua fofurice quando uma sensação estranha deixa meu corpo em alerta. Cumprimentos se exaltam nas vozes femininas, em forma de suspiros. Meus joelhos deixam de fazer as ligações das minhas pernas e cedem um pouco. A dor não é suficiente para superar as vibrações que o meu corpo sente. Sabia quem havia acabado de chegar.

— Não foi fácil te encontrar.

Sinto sua mão cobrir a minha sobre a grade de metal.

— Talvez seja porque você esqueceu de pedir para instalarem câmeras por toda a cidade.

— Vejo que seu senso de humor permanece intacto. Será que em algum momento passou pela sua cabeça que as coisas podem não ser como está imaginando? Se bem que vou ser sincero com você, se eu tivesse poder e dinheiro para fazer isso, acho que teria valido a pena. Quem sabe eu teria poupado os meus nervos de não saber onde encontrá-la...

Parado ao meu lado, ele está tão próximo que tenho a impressão de que consegue escutar o meu coração bater. Vagamente ciente dos cochichos das mulheres, contendo uma explosão de xingamentos.

— Presumo que você tenha vindo aqui atrás de mim. — Fico impressionada com minha firmeza e objetividade.

— Vim buscá-la!

— Não precisava se dar o trabalho. Eu quero caminhar com Gui, já que tenho coisas importantes para conversar com ele.

— Você poderá falar o que quiser com ele, mas antes vai me ouvir.

— Sinto desapontá-lo, mas eu não posso sair daqui sem ele. Eliana está no médico. Sou responsável por ele hoje.

— Se tão presunçosamente você acha que está certa, quem deve dizer que sente em desapontá-la sou eu, pois nesse exato momento os pais dele estão estacionando o carro do outro lado da rua.

— Mas...

— Você vai dizer que combinou com ela, acertei? Como pode ver, as coisas mudam em fração de segundos. O que achávamos ou fazíamos segundos atrás pode mudar bruscamente.

— Bom para você pensar assim, pois eu não penso. Não vou com você. Como disse, quero conversar com o Gui e vou fazer isso.

— A briga vai ser boa então! Porque eu só saio daqui depois de falar com você.

Perco a paciência e me viro para ele. Arrependo-me no mesmo instante ao me dar conta de que não sou tão indiferente à sua presença como eu imaginei, mesmo sentindo tamanha raiva. Jonas é estonteante, lindo e elegante com sua camisa aberta, deixando o peito parcialmente desnudo, os pelos negros a lhe darem todo o charme. Aqueles mesmos fios entre os quais por vezes deslizei meus dedos. As mangas dobradas no meio dos seus antebraços deixam à mostra as veias que os torneiam, me possibilitando até imaginar a força daquelas mãos me abraçando. Jonas parece ter corrido uma maratona para chegar aqui, já que o suor do corpo colou o tecido em seu peito e ombros. Nossos olhos se cruzam e eu posso ver as chamas se avivarem dentro de mim.

— O que é de tão importante que o fez largar seu trabalho para estar aqui?

— Hoje não existe nada mais importante para mim que você. Caso não queira que todos ouçam o que tenho a dizer, sugiro que me acompanhe.

— Eu já disse que não vou. — Nervosa, sinto os meus lábios ressecados e começo a umedecê-los. Os seus olhos instantaneamente desviam dos meus e eu os sigo. Noto que ele observa os movimentos da ponta da minha língua, fazendo a minha respiração parar.

— Ah, vai! — Sua ameaça vem decidida e eu o detenho antes de me jogar sobre seus ombros.

— Eu vou! Mas nós não vamos longe. Ali na esquina tem um café.

Ele parece ansioso para falar e mantenho minha expressão séria. Então ele assente e me acompanha. Os olhares de especulação me deixam encabulada. Sorrio sem graça, tentando manter a compostura.

Jonas

Conversar em um café não era o que eu esperava, mas era melhor do que nada.

Quando vi em seus olhos toda a dor e a repulsa com que ela me fitava, senti-me sujo diante da sua pureza. Imagino o quanto ela deve estar triste e quantas caraminholas deve ter colocado na cabeça. Vir até o colégio e constatar que ela estava ali, depois que consegui falar com Felipe, só confirmou o tamanho da admiração que tenho pelo seu senso de responsabilidade. As duas horas procurando por ela foram um inferno para mim. Até imaginar que ela pudesse ter partido eu imaginei. A cada segundo que se estendeu eu tinha mais certeza de que ela era tudo para mim. Eu nunca amei outra mulher como a amo.

Ao passar por algumas mesas ocupadas, vejo que há uma varandinha fora com mesas vazias e conduzo-a até elas.

— Aqui não é muito reservado para os seus padrões? — ela ironiza o local escolhido e aceito, sentindo-me merecedor.

O garçom vem até nós e tira nosso pedido. Por alguns instantes ou minutos nos encaramos sem dizer nada, até que rompo o silêncio.

— Eu não me importo com o que as pessoas possam pensar de mim. Escolhi este lugar para prezar a sua valiosa privacidade.

— Muito tarde para pensar nisso, não acha? — O cinismo dela, em vez de me irritar, me faz querer sorrir, e eu mordo os lábios para não colocar tudo a perder. É imprudente cutucar a minha tigresa com vara curta.

— Rafaela, eu sinto muito!
— Sobre o que realmente você sente?

Sua voz se altera e eu tento manter a calma.

— Aquelas câmeras atrás dos espelhos foram colocadas muito antes de você trabalhar na casa da minha irmã. — Ouço-a arfar, balançando a cabeça em sinal de horror. — Quando descobrimos a doença do Gui, Eliana passava muito tempo com ele no hospital e logo descobriu que a pessoa que a ajudava com os deveres da casa a roubava. Pouco depois, ainda acreditando nas pessoas, ela contratou uma nova auxiliar e essa foi flagrada judiando do Gui. — Ao terminar de contar o episódio, noto que consegui sua atenção. Continuo: — Depois disso, ela desistiu de ter ajuda, passando a fazer tudo sozinha. Como se não bastasse toda a carga de cuidar dele, tinha de levá-lo ao médico a cada dois dias, além de enfrentar todas as atividades domésticas. Sem contar as noites que passava em claro. Minha irmã estava definhando. — Fecho os olhos ao lembrar que nesse período, sem contar para ninguém, ela ainda enfrentou um aborto calada. Eu tive vontade de estrangulá-la quando descobri. — Felipe, como bem sabe, até conseguir a transferência para São Paulo, só estava aqui nos fins de semana. E eu... Bom, sempre tive uma vida desregrada, presente como pude. A ideia das câmeras foi minha — eu assumo.

— Conveniente para um *voyeur*.

A provocação me irrita.

— Não seja tola. Eu não sou um psicopata. Tenho prazer sim, em apreciar uma boa relação sexual, o corpo de uma mulher, mas faço isso somente quando eu sei que é consensual. Sem contar que como advogado sei dos meus deveres como cidadão.

— Era consensual me observar?

— Não.

— Por que não me contou?

— A bem da verdade, eu nem sei explicar o porquê. Eu já tinha até esquecido daquelas câmeras quando você foi trabalhar lá. Um dia no escritório, acho que logo quando você começou a trabalhar, eu estava procurando um arquivo e vi o programa, alertando que precisava de atualização. A tentação falou por mim e, quando me vi, estava diante da tela do computador, fascinado pela beleza da mulher que não saía da minha mente. Observando-a, assistindo-a naturalmente olhar para o espelho tão bela, peguei-me contemplando-a e analisando como você mexia comigo. Captei ali, naquela tela, cada movimento seu. Era impossível deixar de perscrutá-la...

O garçom coloca as duas xícaras fumegantes à nossa frente e se afasta ao ver Rafaela com as mãos na garganta.

— Você é um...

Dói ver a rejeição naqueles olhos em que um dia visualizei paixão, sonhos e carinho.

— Doente? É isso que ia dizer? Chame do que você quiser. Mas essa é a mais pura verdade. Eu nunca a vigiei. Eu a idolatrei! Se você quer saber, tem mais. A primeira noite que você dormiu na minha casa, depois de sair do meu escritório, dizendo com o peito cheio, toda orgulhosa, que não dormiria na minha cama... — Sorrio, debochando de mim mesmo. — Eu fui ao meu quarto procurar os meus óculos e nem imaginava que você estivesse lá. Porém, quando abri a porta eu a vi se banhando e se tocando. — Rafaela põe a xícara no pires, brava. Com o baque, noto-a derramar o café em sua mão. Tento ajudá-la, mas ela recua, limpando-se sozinha com o guardanapo. Sua atitude me dá forças para prosseguir. — Foi tão surpreendente quanto excitante para mim observá-la. Eu não consegui me mexer, meus pés pareciam que tinham criado raízes no solo, enquanto meu corpo ganhava vida ao sentir cada parte dele clamar por endeusá-la e tocá-la.

Para meu desconsolo seus olhos se arregalam, enquanto sinto o gosto amargo do remorso em minha boca.

— Está chocada, Rafaela? Então fique mais. Esse último mês eu passei a observá-la todas as vezes que sentia saudades de você. Printei todas as imagens em que a achei linda, engraçada, sensual e brava, quando eu fazia questão de te ligar e provocá-la para ver esse rostinho lindo fazer bico. Desculpe se eu a desapontei, mas nada foi proposital. Se acha que eu a agredi de alguma forma e ultrapassei algum limite, me processe. Arcarei com toda a responsabilidade das minhas atitudes.

— Quando isso começou?

Uma pena eu sentir que as coisas fogem das minhas mãos. Sinto como se a confiança dela me escorregasse pelos dedos.

— Eu já lhe disse, nada foi premeditado. Aconteceu. Eu me apaixonei por você antes de descobrir a pessoa linda que é. Acredito que o fiz já na primeira vez em que a vi, uma menina tímida e confusa, aquela que depois me arrebatou quando a encontrei naquele bar, salvando-a dela mesma.

— Você se apaixonou por mim?

Minha pulsação é tão errática quanto a dela.

— Ora, Rafaela, não faça essa cara de desapontamento. Não estou revelando meus sentimentos para confundi-la. Você tem todos os direitos de se sentir violada. Pode ir, vai lá e me denuncie. Faça a sua justiça. Entretanto, deixe que as leis me julguem, porque sem você serei um condenado a nunca mais amar ninguém.

Seus olhos se enchem de lágrimas. Não suporto mais encará-la e ver tamanho dano que causei a ela. Eu não fui capaz de exaltá-la como merece.

— Jonas, eu...

A voz dela é um sussurro apressado e eu a interrompo.

— Não diga nada, Rafaela. O que você tinha para dizer os seus olhos já me contaram assim que vi a dor expressa neles. Você merece alguém que a respeite e a trate como a rainha que é.

Rafaela é incapaz de dizer mais alguma coisa, principalmente algo que não está sentindo somente para me consolar, porque tem um coração limpo. Eu sinto então que é hora de me retirar antes que desmorone. Não preciso de sua piedade e nem de sua compaixão. Eu precisei apenas de sua confiança, e me foi negada. Eu a amo com todas as minhas forças e se lhe provoco dor, eu prefiro me afastar e é o que faço. Coloco o dinheiro sobre a mesa e saio.

Capítulo 34

Rafaela

Tenho vivido no modo automático. Acordo, cuido dos meus afazeres, espero o Gui chegar da escola e me entretenho com ele até chegar o horário de dormir. Depois, me tranco no quarto e espero o sono me fazer esquecer. Meus dias têm sido monótonos e nem mesmo o Bóris tenho mais por perto para me distrair, pois ele voltou para os braços do dono.

Depois da conversa que tive com Jonas, eu não quis voltar para casa dele e até tentei me mudar para uma pensão, mas Eliana e Felipe não permitiram. Então aceitei a oferta de ficar com eles, com a condição de que me mudaria assim que a documentação de doação de medula saísse e eu arrumasse um lugar decente para morar.

O que vem me mantendo de pé, acredito eu, é a alegria que senti voltar a reinar nessa casa depois de que contei que podia ser uma possível doadora para o Gui.

A notícia foi recebida com festa e celebrada com um jantar oferecido por eles. Nesse evento tive a esperança de me reencontrar com Jonas, porém ele não veio. Mas não deixou de marcar sua presença: enviou flores para me parabenizar e agradecer, junto com um brinquedo para o Gui e uma garrafa de vinho para selar o jantar.

Aquela noite passei quieta, sem conseguir arrumar ânimo para festejar. O sorriso não chegava aos meus olhos, embora tenha me esforçado muito. Afinal, era a esperança que estávamos celebrando, pois além da possibilidade de restabelecimento do Gui em breve, tivemos a notícia de que o bebê que Eliana espera é outro menino. No fim da noite eu acabei soltando para Eliana, depois de algumas taças de vinho, entre soluços, risadas e choro, o que eu tinha apostado com Jonas. Claro que mencionei que era apenas uma festa. Não dei detalhes. Eu estava levemente embriagada, mas a temática da festa eu consegui esconder. Entretanto, enrolar a língua acabou não adiantando de nada, pois ela me disse que sabia muito bem quais eram os tipos de festas que o irmão frequentava.

E foi o começo daquela conversa, que durou o restante da festa.

— Rafaela, você pode me emprestar aquele livro que te dei? — Hoje Eliana acordou toda misteriosa. Tem feito cada pedido, até parece que não me quer muito perto dela.

— Claro, você quer que eu vá buscar?

— Se puder... — Ela dá de ombros. — Enquanto pega vou terminando de ajeitar o quarto do Gui.

— Pode deixar.

Abro a porta do meu quarto e em cima da minha cama vejo um vestido lindo estendido. Vou me virar para avisar a senhora que está fazendo faxina hoje que ela se enganou de quarto e me assusto ao ver Eliana parada atrás de mim.

— Lindo vestido, não acha?

— Maravilhoso! — Pego-o e fico admirando. O vestido longo é cinza-chumbo, bordado de pedrarias até um pouco abaixo do quadril, todo aberto nas costas, seguindo com o bordado até a frente, a saia em um leve *evasê* de seda. — Para ser honesta, eu só vesti um traje de festa até hoje, na minha formatura de enfermagem.

— Fiquei apaixonada por ele quando o vi.

— Deve ter ficado lindo em você — afirmei, e ela riu.

— Nem quando eu não estava grávida ele me serviria...

— Então por que comprou?

— Porque eu fiquei sabendo por meio do Felipe que hoje Jonas tem uma festa para ir. — Ouvir o nome dele é como pular de um *bungee jumping*. — Como você me contou naquela noite que perdeu a aposta que fez com ele, imaginei que ele seria perfeito para você.

Minhas mãos ficam trêmulas só de pensar o que estávamos fazendo quando apostamos o sexo do bebê.

— Isso foi antes. Tenho certeza que ele já deve ter arrumado outra companhia.

— Acho que não. — Meu coração dispara. — Para falar a verdade, Felipe até o repreendeu porque ele tem se isolado de tudo. Não é só aqui que ele não tem vindo, ele não tem se encontrado nem com o pessoal do Maveca.

Sozinho que ele não deveria estar. A ideia de ele estar com outra pessoa aperta-me o peito.

— Deve estar ocupado. — Dou de ombros.

— Continue repetindo isso para você, quem sabe se convence.

— Foi ele que se afastou.

— Para te dar espaço, ou estou enganada? Vamos lá, Rafaela, vocês dois se amam. Por que ficarem separados? Você fica sofrendo aqui e ele lá.

Essa é a primeira vez que eu a vejo defendê-lo. Para falar a verdade, ela nunca se meteu nesse assunto. O máximo que fez foi se desculpar, porque acreditava que tudo isso tinha acontecido por culpa dela. Eu tentei dizer que não, mas Eliana disse que, mesmo que eu tentasse confortá-la de todas as formas, ela morreria com essa culpa.

— Ele me disse naquele dia que me amava, mas não me deu chance de falar.

— Nem precisava. Está estampado na cara dele. Agora é você que eu admiro. Como é que uma pessoa que passou a vida querendo amar e ser amada pode deixar a felicidade ir embora?

Ela tem razão! Não era apenas em seu rosto e expressões que eu tinha enxergado o amor. Foi em seus olhos negros que me afoguei nas melhores sensações. Jamais vivi ou senti algo igual.

— Quando eu disse isso?!

— Se eu ficar me recordando de tudo o que me contou aquela noite, eu não conseguirei olhar mais para Jonas. Você estragou a imagem de irmão inocente que eu tinha dele, sabia?

Juntas, sorrimos.

— Meu Deus! O que será que eu disse mais para você?

— Nem queira saber. Mas eu já avisei o Felipe que assim que o bebê nascer vamos nos aventurar um pouquinho. Só de você me contar aquelas coisas, senti um calorão.

Vermelha diante do comentário, tentei mudar de assunto:

— Você acha que eu devo ligar para ele? — Encaro-a, incerta.

— Não, Rafaela! — Ela balança a cabeça marotamente. — Felipe e eu temos uma ideia muito melhor. O que você acha de mostrarmos para o meu irmão o quanto você o ama e sente saudade dele?

Eliana entra no quarto com uma mão segurando a cintura, posição típica de grávida, e na outra, um par de sandálias.

— O baile é de máscaras?! Eu não sei se posso ir sem uma...

— Rafaela, olhe sobre a cômoda. — Faço o que me pede e noto uma caixa estilo *vintage*. — Meu marido é um ótimo militar. Ela sabe investigar e descobrir todos os detalhes, quando precisa. — Ela pisca para mim. — Está esperando o quê? Abra a caixa e deixe que vou te contar tudo o que precisa saber...

Jonas

Felipe tinha razão, um pouco de distração me fará bem. Eu estava mal, parecendo um adolescente apaixonado que levou o seu primeiro fora.

Só eu sei o esforço que fiz para não procurá-la. Principalmente depois de ficar sabendo sobre o seu gesto de amor tão lindo pelo Gui. Não achei prudente impor a minha presença. Estou acertando a gravata quando ouço a campainha tocar.

Quem seria? Não estou esperando ninguém. A portaria não me interfonou anunciando visita. De certo é a dona Denise, a vizinha da frente, uma senhora viúva e mais uma integrante do fã-clube da Rafaela. Ela falou mais com a senhora em um mês do que eu em anos morando aqui. O mais bonitinho era vê-la sempre oferecer algo diferente à senhorinha quando elas se viam, como alguma coisa que tinha cozinhado no dia. Por causa disso, a mulher fez um estoque de potes em sua casa e agora volta e meia ela vem devolvê-los, sempre com uma novidade. A alcoviteira vem com certeza querer notícias da Rafaela, para passar aos que estão curiosos com seu sumiço.

Só que ao abrir a porta, tenho uma grande surpresa.

— Senhor Jonas, pediram para lhe entregar essa encomenda — Alguém da portaria vem me trazer uma caixa. Estranho isso, já que não solicitei nada.

— Você sabe me dizer quem deixou?

— Foi o seu cunhado.

— Obrigado. — Mal fecho a porta, abro a caixinha. Deixo cair nas minhas mãos um *pen drive*, junto de um recado.

Jonas
Dê uma olhada no que está acontecendo aqui em casa.
Felipe.

Inicialmente, penso em deixar para ver o conteúdo depois. Entretanto, quando se trata da minha família a curiosidade e o senso de responsabilidade falam mais alto. Então o conecto no computador e abro o arquivo. Vejo que se trata de um vídeo.

Não entendo direito as imagens. O que é aquilo? Eliana transformou sua casa em um salão de beleza? Embora não tenha nada indicando, observo um vulto feminino sentado na cadeira, enquanto uma manicure, uma pedicure e um cabelereiro trabalham juntos, em volta dela. Acho o vídeo estranho. Não dá para saber bem que é... As imagens continuam e os profissionais trabalham com afinco, mas ocultando a pessoa. De repente, o vídeo começa a ficar interessante, pois na tela aparecem pés esmaltados de uma cor bem clarinha, em seguida uma perna nua, coberta por uma meia-calça que percorre a pele alva até um pouco acima do joelho. A imagem muda de plano, mas me deixa babando. Uau, se Eliana estava querendo fazer um vídeo institucional para divulgar algum novo empreendimento, eu não indicaria este, pois parece mais sensual do que comercial.

A tentação não para por aí. Segue com a efígie não muito nítida de um corpo feminino seminu, curvilíneo, torturando a minha sanidade mental. O coração dispara quando eu percebo que conheço aquelas curvas de olhos fechados. Sedutoramente, ela coloca o vestido delicadamente pelos braços esguios e ele cai como luva, deixando-a o puro pecado. Mãos delicadas com unhas compridas e esmaltadas, da mesma cor clara do pé, sobem o zíper do vestido até a altura do início da coluna. Cabelos loiros levemente encaracolados nas pontas caem feito cascata até o meio das costas e pelo decote posso ver que ela não usa sutiã, ficando assim com um aspecto selvagem e natural. Arqueio as costas me lembrando dos momentos em que ela fincava suas garras em minha pele, gritando o meu nome. O que essa leoa está aprontando?!

Mal termino de me questionar e a imagem de uma máscara aparece, sendo posta em seu rosto, cobrindo-lhe parcialmente a face, deixando à mostra apenas o brilho cintilante daqueles olhos azuis como o céu, que me tiraram tantas vezes da escuridão.

Não blefe neste jogo, minha querida! Porque eu tenho a melhor sequência de cartas na mão.

O brilho em seus olhos tem uma mistura de ousadia e desejo, formando uma surpreendente combinação, perfeita.

— Você ganhou a aposta. — Lábios esculpidos cobertos de rosa aparecem na tela. Ah, esses lábios carnudos, macios e exuberantes... Como senti falta. Levo os dedos à tela e contorno as linhas perfeitas. Fantasias quentes e bem eróticas se formam em minha mente. — E eu estou aqui para pagá-la na porta do seu prédio, muito ansiosa para reencontrá-lo.

Minha querida Rafaela!

Ainda não se deu conta de que eu adoro um desafio?! Claro que sim!

Eu dei o seu tempo, meu amor. Agora você viverá o meu.

Ansioso, pego a chaves, contando os passos que me levarão a ela. Passos estes que não têm volta. Não desta vez!

Rafaela

Ai, meu Deus! Por que ele está demorando tanto? Impaciente, estalo os dedos, sentada em um banco enorme, dentro de uma limusine.

Nem sei como agradecer a família Pamplona pelo dia que me proporcionaram. Estou me sentindo uma princesa, indo ao encontro do príncipe encantado. Como em um conto de fadas, a magia da música *Read All About It (Part 3)*, da Emeli Sandé, começa a ressoar pelo som do carro. Ela diz que as palavras podem mudar uma nação, transformar as pessoas, e eu espero que aquilo que dissermos um para o outro faça a diferença. Espero não! Tenho certeza de que o fará, dará um final feliz à "nossa" história.

A passos lentos, lindo como um Eros, o deus do amor, vejo Jonas caminhando até o carro... Suspiro, envolvida pelo que o amor causa dentro de mim. Sempre impecável, com um terno preto, ele ajeita a gravata e fecha os botões do blazer antes de abrir a porta do carro.

— Oi! — O curto cumprimento corre de seus lábios em uma baixa e suave carícia.

— Oi! — sussurro no mesmo tom. Nossos olhos se encontram e por alguns momentos nos fitamos. O silêncio conversa por si só, não precisamos dizer nada um para o outro. Por mais que pareça estranho, as palavras perderam a importância e tudo o que interessa passa ser os nossos sentimentos.

— Senti falta de você!

— Eu também!

— O motorista tem o endereço da festa?

— Acho que o seu cunhado cuidou de tudo.

Ele sorri e aperta o botão ao lado da porta, fechando o vidro que nos divide da parte da frente do carro, que entra em movimento. Em nenhum momento rompemos o nosso contato visual.

— Você está incrível! — Sua mão vem à minha orelha e o toque me faz inclinar a cabeça sobre os seus dedos, enquanto um arrepio percorre todo o meu corpo. — Esse par de brincos foi a herança que a minha mãe me deixou. Um dia eu disse para Eliana que ela ficasse com eles, porque eu não tinha certeza se seria capaz de dá-los a uma mulher que se tornasse tão especial como a minha mãe foi na minha vida. E hoje, vendo-os em você, percebo que minha irmã sabia exatamente que essa mulher existia. Eles não ficariam perfeitos em outra pessoa que não fosse você.

A história dos lindos brincos cravejados de brilhantes me emociona. Eu coloco minhas mãos trêmulas sobre a dele.

— Espero honrá-los.

— Você já fez muito mais do que isso. Não sei como consegui sobreviver sem você ao meu lado. — Seus dedos se movem a partir da minha orelha, trilhando lentamente um caminho carinhoso sobre meu pescoço, queixo e maxilar, parando em meus lábios. Minha respiração fica presa no peito.

Jonas sorri, em um vislumbre de admiração, de felicidade. O brilho dos seus dentes brancos irradia uma paz reconfortante. Meus olhos se enchem de lágrimas.

— Estamos aqui e juntos, minha querida. — Seu braço serpenteia entre o banco e o meu corpo, me aproximando dele. — Não há motivos para chorar. — Sua boca beija cada canto dos meus olhos.

Meus sentidos entram em combustão. Sua fragrância amadeirada e cítrica me entorpece. Eu o assisto e sinto em câmera lenta sua boca me beijar, juntamente com a respiração quente em minha face, até pairar próxima dos meus lábios.

— Também senti falta de você.

— Seu corpo exala isto.

Sua mão aperta o meu corpo contra o seu, a boca esmaga a minha, enquanto ele habilmente me leva para o seu colo, aconchegando coxa contra coxa, seios contra peito. Minha respiração fica curta e rápida. Eu esperava por esse beijo preciso, controlado e calmo. Sentia que necessitava de mais, quando, em vez de continuar de uma forma paciente, ele se torna quente, urgente, se entregando por meio da língua que me invade toda, a testosterona e a energia sexual prestes a nos engolir. Em um movimento simples, ele me dobra, inclinando-se sobre mim, e tira minha última gota de sanidade.

O toque voraz pelo meu corpo nos sucumbe. Ele está disposto a me torturar, me levar à beira da loucura. Deixo escapar um gemido, enquanto outra mão me segura a cabeça e ele continua a sensual invasão. Meus seios se tornam doloridos e pesados e um calor líquido fervilha entre minhas pernas. No júbilo de estar em seus braços não vejo o tempo passar e tampouco o carro parar. Eu poderia dizer que estávamos conectados de tal forma que poderia acabar o mundo, mas ainda assim, seria impossível saciar o nosso desejo de estarmos juntos.

Jonas suspende o meu corpo, delicadamente.

— Você tem certeza de que quer entrar nessa festa? — Seus olhos quase suplicam para eu dizer sim. — Acredita que seu coração está aberto a acolher os desejos das pessoas como um ato natural e não doentio? — Eu confirmo, assentindo em concordância. — Porque ali dentro nada é sujo. Tudo é baseado no prazer e na apreciação. Mas uma coisa é certa, Rafa, você estará lá comigo, somente comigo. Tudo ali é só sobre eu e você.

— O motorista está esperando para abrir a porta.

— Para o inferno ele. Eu estou esperando você me dizer o que quer para sua vida, para nossa vida.

— Eu quero você.

Minha admissão o faz abrir um sorriso tão brilhante que eu poderia dizer que foi feito para um comercial de pasta de dente.

— Onde está sua máscara? — Jonas indaga e eu a apanho no compartimento ao lado do banco. Enquanto isso, ele veste a dele. Negra como os seus olhos!

Viro a minha cabeça e o sinto apertar o nó do laço. A confiança irradia das suas mãos quando ele termina e vira-me para encará-lo.

— Vamos nos divertir, Rafa.

Jonas sela um beijo casto em meus lábios e sai do carro com a altivez de um rei, oferecendo o braço para me ajudar.

Não sei descrever o caminho que percorremos até chegarmos aqui e muito menos em que lugar de São Paulo fica a mansão toda cercada de grama e árvores, apenas iluminada por pequenos holofotes, que se intercalam por um caminho que percorre todo o trajeto até a entrada. Observo as linhas de arqueamentos dos pilares que sustentam a casa, dando um charme todo especial. O que dá para perceber é o isolamento do lugar e que ali se pode fazer o que quiser, já que não tem vizinhos para incomodar. Alguns casais chegam junto conosco, cumprimentos cordiais são trocados. Todos encobertos por suas máscaras.

— O que acha?

— É impressionante. A casa mais linda que já vi.

— Linda está você. — Jonas me faz girar e assobia baixinho, juntando o meu corpo ao dele. Minhas nádegas sentem a evidente excitação, me preparando para sentir essa e muitas outras sensações que a noite promete oferecer.

— Ela é tão isolada...

— A intenção é essa, de estar em um lugar onde possa deixar, do outro lado do muro, os preconceitos, isolando-se aqui dentro.

— Eu não vejo por que teríamos que nos isolar para usufruir de algo que gostamos.

— Não se engane, meu amor. Essa festa não é apenas sobre o *voyeurismo*. Não mesmo...

— O que você quer dizer?
— Espere e verá. Só não esqueça que você está comigo.
— Está querendo me assustar?
— Apenas a alertando. Não vai se acovardar agora, você me deve uma aposta, lembra? — Brincalhão, ele sorri e eu retribuo, sabendo que o seu bom humor está de volta.
— Eu não acredito que me enganou!
— Nunca faria isso. Essa festa é sobre o *voyeurismo*! É sobre observar o ato de alguém se despir ou se exibir, sem pudor. — A ideia me deixa quente, ainda mais com Jonas assoprando em meu ouvido. — Apreciar a realização de um casal se amando, se possuindo como se tivesse assistindo uma cena ou vislumbrando uma bela obra de arte. O que eu estava tentando te dizer é que nem todas as formas de prazer que as pessoas encontrarão lá dentro serão as mesmas que nos atrairão. Estarei com você, para você e só sentirei prazer quando você sentir. Porque, Rafaela, eu te amo! E não há nada nesse mundo mais prazeroso para mim do que saber que está feliz.

Nada do que ele acaba de dizer mexe tanto comigo quanto a declaração de que me ama. É linda, profunda e verdadeira.

— Eu também te amo, Jonas Pamplona! Agora me beija, porque eu não posso ouvir você se declarar para mim sem ter os seus lábios sobre os meus.

— Te amo, te amo, te amo... — ele repete entre minha boca e a dele, me beijando lentamente.

Jonas

O sangue pulsa em minhas veias. Rafaela vem tornando tudo difícil para mim. Sua língua passa pelos lábios delicados e eu desejo que ela estivesse saboreando algo que não fosse o vinho nesse exato momento. Os sons guturais que emite ao prová-lo me fazem lembrar exatamente dos que já ouvi quando me enterro profundamente dentro dela, tão molhadinha e apertada... A saudade de tê-la novamente aperta as minhas bolas. Quando penso que ela já tinha me torturado o bastante, ela chupa os lábios e eu fecho os olhos, diante da cena gravada na minha memória... Quando ela terminava de me chupar, tomando tudo. Sempre, até a última gota.

— Não imaginava que você apreciava tanto assim o vinho!

— Tudo é muito gostoso. O lugar, as pessoas, a bebida... Principalmente a companhia.

Um garçom passa e ela troca a taça por outra cheia. Eu a puxo, precisando que fique bem perto de mim. Se não fosse o seu quadril roçando a minha ereção, me provocando e me deixando bem ciente da minha vitalidade, eu pediria para alguém me beliscar para saber se não estou sonhando. Mas sei que tudo é deliciosamente real.

Até agora ficamos apenas no salão de baile, dançando, namorando e matando a saudade. Se ela está tão acesa assim somente pelo glamour que nos rodeia e em observar os casais se pegando com tanta sensualidade, imagino quando visitarmos as áreas mais restritas e íntimas.

— O que acha de circularmos um pouco? Aqui está ficando monótono demais. — Mordisco o lóbulo da sua orelha à minha frente e ela solta um gemidinho sensual, antes de responder. A sedução tem um papel excitante, pois o que atrai os olhos esmera o desejo de um jeito absurdo. Eu quero explorar toda a visão de Rafaela, ver até onde consegue enxergar.

— Acho ótima a ideia — ela diz por fim.

Saco o cartão dourado do bolso. A aceitação tão espontânea dela me atinge e me atrai, como um apostador de um puro-sangue ao ouvir o tiro de partida. Sinto a vitória antes mesmo de ela entrar pela porta da frente.

— Então vamos?

— O que é esse cartão? — indaga, curiosa.

— Ele permite que tenhamos acesso aos lugares mais privados.

— Isso parece bem excitante.

Os pelos do seu braço arrepiados me fazem sorrir, comemorando o resultado óbvio. Porém, me recuso a ser misericordioso. Eu já tinha apostado errado uma vez e agora era ela que iria suplicar o que queria.

— Vai ser. Só que antes preciso limpar uma gotinha de vinho que respigou aqui no cantinho da sua boca.

O calor na minha virilha sobe para a cabeça como um torpedo ao vê-la fechar os olhos e entreabrir os lábios. Beijo-a e só consigo me concentrar no calor úmido da sua boca com o gosto da uva, sentir o corpo mole em meus braços. Eu preciso dela nua o quanto antes, emaranhada e enlaçada em meu corpo. Sua sagacidade me torna insano.

Rafaela

Em uma sala grande, há várias pessoas seminuas, se beijando, se tocando, como se fosse um balé de corpos entrelaçados. Não dá para perceber quem é de quem entre as pessoas desse grupo.

A energia sexual nos ronda como um furacão, ganhando velocidade e arrastando tudo. Sinto o botão do terno de Jonas contra as minhas costas nuas. A respiração dele corre pela minha nuca.

— Consegue perceber, minha querida, como todos observam a cena, parecendo determinados a participar do encontro íntimo? — A visão é fantástica e excitante. — Em breve estarão todos nus e continuarão chegando pessoas para assistir à bela dança.

Seus olhos parecem arder com um brilho de fogo ao me encarar, esperando minha resposta.

— Um belo espetáculo. — Minha voz sai extremamente rouca.

— Ah, minha querida, como é prazeroso vê-la tão fascinada como uma boa espectadora.

Vê-lo olhar tão fixamente o meu colo, que sobe e desce com a respiração descompensada, faz os meus mamilos empurrarem o tecido com veemência. A tensão fica estática. Então seus lábios voltam a me provocar.

— Não me canso de sentir seu sabor. Hoje, excepcionalmente, ele está mudando a cada momento. De doce, ele está ficando picante. Mal posso esperar para senti-lo ao fim desta noite. Vem, vamos continuar o nosso *tour*.

Estou tão hipnotizada que sou incapaz de dizer algo. Conduzindo o meu corpo pelo corredor, Jonas segura a minha mão, indicando uma outra sala um pouco menor. É parecida com uma masmorra, as narradas nos livros. Nessa há um público um pouco menor, todos encantados com um casal que, ao centro, praticam a arte de dominação e submissão. Embora o homem cumpra claramente o papel de dominador com um chicote na mão e as pernas da mulher estejam com marcas avermelhadas, posso ver entre elas o brilho do seu prazer. Em seu rosto, apenas o desejo estampado.

A cada som que o chicote faz, sinto o meu corpo se arrepiar.

No extenso corredor, as salas parecem não ter fim. Em todas elas há pessoas praticando algum ato sexual, ou apreciando a cópula. Existem ainda as que imitam o que os outros fazem.

— Será que a vista vale mais do que o sentir? — Jonas sussurra as palavras baixinho, para não chamar atenção para nós e atrapalhar as pessoas que se envolvem tão excitantemente.

— Acho que não.

Minha resposta é simbólica, perto da magnitude de tudo à nossa volta. Seu corpo colado ao meu o faz crepitar. Ele me encara enquanto suas mãos repousam nas curvas dos meus quadris. O comprimento de sua ereção, pressionada à minha pélvis, me faz latejar.

— O que te dá prazer, minha querida? — murmura ele. — Me imaginar tomando-a profundamente, tocando-a, beijando-a ou apenas apreciar as outras pessoas?

— É difícil responder uma só, quando na verdade sinto inveja dos casais que estão fazendo tudo isto enquanto nós apenas olhamos.

— Se eu te disser que podemos fazer melhor que eles? Conseguiria usar sua imaginação? — Vejo Jonas me estudar. Sinto estar participando de um jogo onde interessa somente o que eu desejo. Me sinto honrada com isto. — O que me pediria?

Não há uma parte do meu corpo que não doa, almejando senti-lo me tocar.

— Eu quero que você mostre a todos, Jonas, que eu sou sua! — O orgulho verte de mim quando digo isto em voz alta, audaciosamente. — Quero vê-los invejar quanto você me conhece.

— Você tem consciência de que se isto acontecer não sairá mais da minha cama? — Uma das suas mãos sobe em uma carícia erótica pelo meu corpo, indo direto ao meu rosto, onde ele segura meu queixo e me faz encará-lo. — Ficará acorrentada para sempre? — Um brilho selvagem aparece no fundo dos seus olhos negros.

— Eu não quero me soltar. Porque eu já sinto que estamos subjugados um ao outro.

— Seu pedido é uma ordem. Eu sou todinho seu também. — Ainda segurando o meu queixo, ele massageia com o polegar o centro sensível do meu lábio inferior. — Para falar a verdade, essa será a primeira vez que eu deixo alguém apreciar quem sou e o que é meu.

— Tenho certeza que será uma bela exibição.

Jonas leva o meu rosto para perto do dele.

— Não tenho dúvidas.

Urgente, ele me beija e depressa puxa as minhas mãos, talvez com medo que eu desista no meio do caminho. Mas isso é impossível.

A direção que ele toma é inversa ao corredor das imensas salas. Ele nos leva direto para a saída!

— Jonas, para onde você está me levando?

— Para a nossa cama!

Ele não para...

— Mas eu pensei que... — as palavras morrem em minha boca ao me dar conta do que ele disse: nossa cama.

— Nós teremos uma vida inteira pela frente para mostrar ao mundo o quanto nos amamos, nos queremos bem e nos desejamos. Agora eu preciso de você só para mim. Eu estive deitado na nossa cama nos últimos dias com uma ereção que não ia embora, imaginando mil maneiras diferentes de fazê-la voltar para mim. Por diversas vezes eu peguei a chave do carro com o intuito de buscá-la e a joguei longe em seguida, por saber que você precisava do seu tempo. Meu coração sangrou, Rafaela, doeu como nunca, pensando que nosso amor não tinha mais volta. Sofri noites e mais noites... Por isso, não vou permitir que nesta, em especial, ninguém sem ser você e eu participe.

Meu coração explode de emoção. Sua declaração não era um pedido de casamento, mas quem precisava de um pedido formalizado quando tinha um homem me levando para o lugar de onde, segundo ele, eu nunca deveria ter saído? A nossa cama!

Capítulo 35

Jonas

A ideia de fazê-la minha na frente de uma plateia era tentadora e, em um futuro próximo, eu pretendia realizar essa fantasia fetichista com ela. Mas hoje ela merece mais. Nós merecemos, o nosso amor merece. A conjugação verbal para no presente. O futuro deixaremos para classificar juntos, com toda certeza. E na primeira pessoa do plural: nós.

Essa definitivamente será a primeira noite de nossas vidas juntos...

Com os lábios colados aos seus, espero a porta do elevador se abrir e a suspendo do chão, pegando-a no colo.

— Não bebi tanto assim para ser carregada. Ainda consigo andar.

Rafaela nem suspeita das minhas boas intenções.

— Não é de praxe o homem levar a sua mulher nos braços para a primeira noite do resto de suas vidas juntos? Esqueceu que eu disse que não pretendo nunca mais soltá-la das amarras da minha cama? — Ela abre um sorriso maroto. Beijo seus lábios e, como em todas as vezes, ela corresponde com fogo e paixão.

Conseguindo equilibrá-la, abro a porta do apartamento e fecho com os pés. Podíamos não estar saindo de uma cerimônia de casamento ovacionados, porém quando Bóris nos vê juntos, ele faz a festa por uma multidão. Late, pula, parece comemorar a nossa união.

— Ei, Bóris! Senti saudades. — Ela afasta sua boca da minha e o saúda.

— Ela voltou, amigão. Desta vez para sempre.

Rafaela ergue a sobrancelha.

— Quê? Não me olha assim. A chave da corrente eu perdi, não tem mais volta.

— Chave? Que chave? Existiu uma, algum dia? Nossa conexão já estava entrelaçada antes mesmo de nos conhecermos. Esses dias, refletindo sobre tudo, tenho percebido que nada é por acaso. Foi o destino que quis que eu estivesse exatamente onde estou.

Uma satisfação voraz me rasga ao ouvir isso.

— Eu não podia desejar um melhor destino.

Levo-a para onde ela deve estar, fechando a porta do quarto. Depois poderemos brincar e festejar com Bóris. Agora a celebração é nossa.

No meio do ambiente, a coloco no chão com toda a delicadeza, sentindo-a deslizar cada parte do seu corpo no meu.

— Não canso de admirá-la. — Meus olhos vagueiam dos seus cabelos aos pés delicados, embelezando a sandália que veste.

Pronto a me despir para ela de corpo e alma, tiro o terno e arremesso para a poltrona, no canto do quarto.

Sua respiração parece se acelerar e meus olhos se estreitam na fenda do seu peito.

Rafaela pisca por diversas vezes e dá um passo para trás, a fim de poder ver melhor as minhas intenções.

Puxo o nó da gravata, retirando-a pela cabeça.

— Gosta do que vê?

— É simplesmente a coisa mais torturadora que já vi.

— Eu já me despi para você antes, Rafa!

— Sim, mas nunca como o homem que fará parte da minha vida para sempre.

— Posso saber exatamente o que você espera desse homem? — Abrindo lentamente os botões da camisa, a encaro intensamente.

— Que ele continue me olhando sempre assim, como se tivesse me tocando.

— Não se subestime, você merece mais do que isso.

— Você me deixa muda.

Caminho até ela, que dá mais um passo para trás. Minha intenção é tê-la exatamente para onde está caminhando.

— Assim você fere os meus sentimentos. Eu acreditando aqui que posso te dar o mundo e você querendo apenas que eu a aprecie. Você não é apenas uma joia, meu amor. Você é a mulher que eu quero para mim. — Dou mais um passo e noto as pupilas dela dilatarem, enquanto as costas roçam contra a parede. Pronto, ela está onde a quero.

Mais um pouco e estou perto dela. Coloco as palmas das mãos contra a parede, em cada lado da cabeça de Rafaela, enjaulando-a. Este é o lugar onde a minha tigresa precisa estar.

— Tente outra vez! — Inclino a cabeça, dirigindo-lhe as palavras, cada vez mais próximo da sua boca. — O que você espera do seu homem?

— Espero... — A pulsação frenética em seu pescoço demonstra que ela mal consegue falar.

— Pois se não está conseguindo me dizer, vou confessar exatamente o que você vai ter de mim. — Beijo sua testa. — Eu serei o homem que fará tudo para estar sempre em seus pensamentos... — Arrasto minha boca para seus olhos. — O homem que verá o mundo junto com você. — Beijo-lhe a face. — Aquele que lhe dará carinho... — Castamente selo seus lábios. — O mesmo que lhe dirá o quanto você é especial. — Inclino mais a cabeça e chupo levemente a veia pulsante em seu pescoço. — O que a deixará sem fôlego. — Sigo lentamente e mordisco a orelha, lhe soprando as palavras. — Direi toda a verdade do que sinto. — Flexionando os meus joelhos, me ponho à frente do peito dela, que sobe e desce. — Estarei com você na saúde e na doença. — Olho para seus seios e para os olhos. — Essa parte do seu corpo vou pular, dispensarei comentários. Eu lhe mostrarei depois o que farei sempre com ela. — Rafaela solta um suspiro de protesto e eu sigo me ajoelhando diante dela. Pego suas mãos e as beijo. — Eu serei o homem que a guiará para ser feliz. — Solto-lhe as mãos, suspendendo a barra do seu vestido. Beijo as pernas de Rafaela até chegar aos seus pés, onde não faço menos do que tocá-los e reverenciá-los. Sinto uma gota cair na minha testa e ao olhar para cima, vejo que chora de felicidade. — Eu serei o homem que caminhará com você, minha linda e querida, amada Rafaela. Não estou dizendo com isso que não encontraremos obstáculos pela frente, mas sei que juntos pularemos todos eles.

— Eu quero você, Jonas.

— Você já me tem, minha querida, mas ainda falta eu lhe mostrar mais uma coisa. — Suspendo sua saia por completo e quase caio para trás quando vejo a minúscula calcinha preta que a encobre. Como não poderia ser diferente, mostro para ela o homem primitivo que existe dentro de mim e afasto a bela peça que a adorna. Por um momento fico apreciando o formato da sua feminilidade e o cheiro de mulher. Não lhe dou chance de recuar ou me afastar. Eu simplesmente a lambo por completo do centro do seu núcleo ao clitóris, estas joias lindas em formato de prazer. As mãos dela vêm para meus cabelos, juntamente com o seu gemido gutural. — Esse é o homem que te dará prazer para o resto da sua vida.

Facilmente se desmanchando em minha boca a faço vir contra a minha face. Chupando-a, estimulando-a e esfregando-a com a língua sobre seu cerne, introduzo um dedo dentro no seu sexo úmido e macio. Depois insiro outro até que a ouço gritar o meu nome como um privilégio, ela me contempla com seu mel do prazer e eu tomo tudo.

Rafaela

— Eu te amo.

Jonas se levanta à minha frente e eu sou incapaz de me mover por alguns segundos, segurando-me com as mãos espalmadas na parede.

Sua boca invade a minha no mesmo instante em que ele replica que também me ama, me invadindo com sua língua lisa e sedosa. Sinto o meu sabor nela e a chupo profundamente, ciente de que esse é o gosto do prazer oferecido por ele.

Agarro as suas costas e as arranho. Ele solta um uivo.

Minha pele queima com todo o desejo reprimido que senti quando estava longe dele. Sinto suas mãos puxarem a camisa fora e seguirem para a fivela do cinto e zíper. Eu até inclino a cabeça, acompanhando a conexão das nossas bocas se beijando para dar acesso fácil para Jonas se despir.

Como eu senti falta destes músculos bronzeados e torneados.

Eu jamais saberia colocar em palavras o que quero, nem também iria repetir os seus gestos, porque ele saberia de imediato que aquela não seria eu. Mas eu também preciso dizer e expor a mulher que desejo ser.

— É minha vez, querido, de lhe mostrar a mulher que serei para você. — Com o indicador, levo-o até a cama e antes de empurrá-lo, seguro sua ereção dura e grossa me saudando, firmemente.

Jonas abre os braços e se joga na cama, fingindo se sentir arrebatado. Eu sorrio, divertida com a naturalidade com que me faz me libertar ao lado dele.

— Estou muito feliz por ter o privilégio de possuir um homem como você.

Deslizando o zíper do vestido, deixo-o cair lentamente pelos meus braços.

O frio do ar condicionado corre sobre minha pele revelada, mas o olhar dele a incendeia.

Sinto-me como a joia rara que ele sempre descreveu, o seu tesouro descoberto. O vestido se amontoa a meus pés e eu os levanto para me desvencilhar dele.

— Fica parada, Rafaela. — Coloco as mãos nos quadris e o encaro, frustrada.

— Não vale me interromper. Eu fiquei comportada quando você estava...

— Shh! — Surpreendo-me como ele se levanta tão agilmente e coloca os dedos em meus lábios. — Você não precisa me mostrar e muito menos me dizer a mulher maravilhosa, muito menos a pessoa linda que é. Eu venho notando-a há muito tempo.

Nossas respirações de repente parecem ganhar um ritmo desigual. O calor líquido escorre entre minhas coxas. Ele parece tão sedento... Um dedo circula a tira da renda da minha calcinha, deslizando lentamente sob ela, fazendo o meu corpo se arrepiar.

— Essa peça minúscula precisa sair do seu corpo. — Imóvel, sou incapaz de contestar. Sua mão a desliza para baixo, junto com a sua cabeça que toma o meu seio na boca, intercalando um e outro. Sinto meus mamilos intumescerem com a ponta da língua que os tortura. Eu facilito, levantando um pé de cada vez para ele tirar a minha calcinha. Desesperada, sou eu que dessa vez o surpreendendo, puxando os seus cabelos.

— Eu não posso esperar mais, Jonas! Eu preciso de você dentro de mim.

Então eu pulo em seu colo, com a ajuda das mãos dele, que espalmam os meus quadris. Aturdida, arqueio minhas costas para facilitar que o seu membro me tome por completo, me rasgando inteira. A nossa necessidade é pura e crua.

— Como eu precisava estar aqui dentro de você, minha querida. — Ele faz uma pausa e eu preciso de mais.

— Por favor, Jonas. Seja duro e rápido. Não aguento mais ficar sem você dentro de mim.

Ele me atende e me pega sofregamente, impulsionando as estocadas urgentes, de forma primitiva. O suor desliza entre nossa pele e sua mão começa a escorregar dos meus quadris. Então, brutalmente ele me joga na cama e intensifica as ondas de prazer, me fazendo gritar para o mundo em gemidos despudorados e lascivos. Meu corpo vibra junto do seu, sinto o membro dele crescer dentro de mim e minhas terminações pulsarem à sua volta.

— Não posso segurar mais, meu amor.

— Nem eu, minha querida.

Ele me golpeia, com todo amor e ânsia por trás de investidas delirantes. Jonas sabe deslizar até os lugares certos, espaços todinhos seus, pondo cada nervo dentro de mim em uma pulsação incessante, estimulando todos os receptores, que me transmitem sensações delirantes. Ele se movimenta tão rápido e intensamente como eu almejo.

A visão de seu rosto e a sensação dele sucumbindo ao me levar às alturas, junto à própria pulsação do meu corpo, me leva ao auge.

A explosão de êxtase vai se aproximando cada vez mais dentro de mim, fazendo-me incapaz de suportar o ápice do prazer. Eu gozo junto com ele, sentindo-me amada, marcada e escolhida para ser sua.

Seu corpo pesado e molhado recai sobre o meu. Nossas bochechas se encostam, seu peito musculoso e peludo prensa o meu e ali ficamos, enquanto o ouço declarar a noite inteira que me ama.

Capítulo 36

Jonas

Andando de um lado para o outro, no corredor do hospital, sinto meus nervos à flor da pele. Mesmo sabendo que é um procedimento sem grandes riscos — palavras ditas pela Rafaela — estou uma pilha de nervos. Só de pensar nela naquele centro cirúrgico, fico apreensivo. Porra! Eu detesto pensar em tomar uma simples picada de injeção, que dirá levar de boa a possibilidade de tomar uma anestesia peridural.

Ainda permaneço refletindo sobre as suas palavras tranquilas. Ela me explicou que era necessária a medicação pois a medula é retirada do interior dos ossos da bacia, por meio de punções. Covardias à parte, se a anestesia tinha me apavorado, a foto que ela me mostrou da agulha de punção quase me fez desmaiar. Imagino então o dia que ela tiver nosso filho...

Já vai dar noventa minutos que o procedimento começou e meus olhos não saem da porta do centro-cirúrgico.

Viver ao lado de Rafaela tem sido uma avalanche de surpresas boas. Depois que foi constatada a real compatibilidade para doar a medula ao Gui, as coisas desandaram. Tudo aconteceu como uma bomba-relógio. Meu sobrinho ficou ruim de repente, e o processo de documentação e viabilidade teve de correr depressa. O dia em que Rafaela o encontrou caído no quarto pela manhã, junto com Eliana, as duas passaram mal juntas, aflitas com a situação.

Quando ela me ligou, eu mal entendia o que falava, tamanha era a dor e desespero em sua voz. Inconsolável, ela dizia que tinha se mantido forte ao lado de Eliana e Gui, pois era uma profissional e era isso que se esperava de uma, mas que tinha se afastado deles um pouco porque precisava desabafar. Ela se apegou muito a ele e doía vê-lo tão mal e permanecer de mãos atadas esperando toda a burocracia. Naquele momento, eu sabia que as coisas não estavam indo nada bem com o pequeno. Rafaela sempre demonstrou ser uma mulher contida e aquela explosão de emoções não era apenas porque o Gui tinha simplesmente passado mal. A situação devia estar crítica. Eu corri para o hospital e cheguei praticamente junto com Felipe. As horas seguintes foram cruciais para os médicos decidirem o melhor a fazer. Implorando-me, ela pediu que eu interviesse juridicamente para acelerar o processo e assim o fiz. Corri contra o tempo.

A porta enfim se abre e a enfermeira vem me dar a notícia de que ocorreu tudo bem e que daqui a pouco vou poder ficar com ela no quarto.

Dou por mim soltando o ar dos pulmões ao sentir um toque leve em meu braço.

— Oi, minha irmã! Como você está?

— Otimista! — ela diz e eu vejo em volta dos seus olhos as rugas que a marcaram nesses últimos tempos. Gui está internado em outro andar, aqui, no mesmo hospital.

— Vai dar tudo certo!

— Tenho fé!

Felipe chega ao nosso lado e a abraça.

— Jonas, eu e Stella não sabemos nem como agradecer a Rafaela.

— Não se preocupem com isso — tranquilizo-os. — Ela é incrível e tenho certeza de que o amor de vocês já basta. Nada além disso.

— Nós já a amamos — Eliana afirma, convicta.

— Eu sei, minha irmã.

A grande verdade é que Rafaela merece muito mais do que amor. Algo vem à minha mente diante desse pensamento. Conto para eles o meu desejo e eles me abraçam, felizes.

Rafaela

Venho recebendo nestes últimos dias surtos de carinho e beijos do Jonas. Nos primeiros três dias após a doação, eu senti um desconforto localizado, de leve, que foi amenizado com o uso de analgésicos. Porém, quem disse que ele me deixou mover uma palha por toda a semana? Levou as recomendações médicas à risca. Até quando eu me levantava para ir ao banheiro ele perguntava todo solícito se eu precisava de ajuda.

Enfim, o grande dia chegou...

Gui está neste exato momento em um centro cirúrgico especializado em transplantes, que é preparado e protegido contra micro-organismos circulantes, recebendo a transfusão de sangue oriundo da minha medula. Eu até pedi para acompanhá-lo, mas como lá tudo é restrito e o ambiente, totalmente limpo, entendi logo que o médico falou, me pedindo para não ir. O que acalenta meu coração é saber que Eliana está lá com ele. Isso já é o suficiente.

Jonas e Felipe conversam baixinho, enquanto eu oro para que tudo dê certo e que ele não tenha nenhuma rejeição à doação.

Certo tempo depois, Eliana vem dar a notícia de que acabou e que ele já tomou toda a bolsa de sangue da medula. Algumas horas se passam e ficamos esperando, enquanto os pais ficam com ele no quarto, em uma área isolada do hospital. Nós sabemos que esse é um momento íntimo da família, mas eles nos garantiram que Gui queria nos ver.

Estou louca para beijá-lo. A sensação de ter um pouco de mim nele me faz acreditar que tenho alguém conectado de certa forma comigo. Não sei explicar. Passei a vida com a obstinação de querer encontrar uma família para mim, e hoje percebo que sou amparada e acolhida por uma família maravilhosa.

— Felipe acabou de enviar uma mensagem avisando que está descendo e poderemos subir, um por vez. Você se importa se eu for primeiro?

— Claro que não me importo, meu amor.

Jonas acordou hoje pilhado, nervoso e suando frio o tempo todo. Por mais que tentasse acalmá-lo, mostrando para ele que a transfusão era supersimples, uma infusão gota a gota através de uma bolsa de sangue como se fosse uma transfusão, não houve meio de tranquilizá-lo. Homens! Depois dizem que somos nós que fazemos drama.

— Vai você. Depois eu subo quando Eliana descer. Eles precisam comer alguma coisa — concluo.

Felipe chega, o cumprimenta emocionado e ele sobe.

— Esse hospital é rigoroso mesmo. Não teve jeito de deixarem os dois subirem como visitantes, enquanto Stella fica lá como acompanhante — simpático como sempre, Felipe puxa conversa.

— No caso do Gui, eles estão certos. Ele vai passar por um tratamento que baixa a imunidade pelos próximos dias, para evitar a rejeição.

— Uma pena! Porque ela queria estar lá junto com vocês. — Ele levanta os ombros. Acho tão especial a forma como ele fala da esposa e a trata. — Quero aproveitar também para agradecê-la mais uma vez pelo que fez pelo Gui e por nós.

— Não precisa agradecer. Eu já amo aquele menino como se fosse meu.

Enquanto converso com ele, passa um bom tempo até Eliana descer, com os olhos marejados, e me abraçar forte.

— Obrigada por tudo, anjo de luz. Você veio para iluminar novamente nossas vidas.

Seu abraço é forte e comovente. A emoção é tamanha que me junto a ela em lágrimas.

— Estamos tão felizes pela sua chegada na família.

Sorrio entre lágrimas. Que bom que ela me vê assim.

— Também estou.

— Agora sobe porque meus meninos estão ansiosos te aguardando. — Dou um beijo na testa dela e vou em direção às escadas, para o andar em que estão.

Na ala restrita e especializada, sigo as rigorosas orientações quanto à paramentação, lavando primeiro as mãos com sabão antisséptico e depois vestindo a roupa branca descartável. Coloco então o gorro, máscara e luvas.

Ansiosa, bato de leve na porta.

— Olá!

— Oi, tia Rafaela!

Ouvi-lo me chamar de tia enche o meu peito de orgulho e amor. Olho para cima, tentando conter as lágrimas. Essa é a primeira vez que alguém se refere a mim com a intimidade de algum grau de parentesco. Ah, Eliana tinha me chamado de cunhada na casa dela, mas falou em tom de brincadeira, já que eu ainda nem estava com seu irmão.

— Como você está se sentindo? — Me aproximo da cama.

— Estou bem e agora eu tenho você dentro de mim. Obrigado por salvar a minha vida.

As lágrimas escorrem no cantinho dos seus olhinhos, e as minhas, que eu estava tentando controlar, descem como cachoeira. Jonas não fica atrás, vejo seus olhos marejados também do outro lado da cama.

— Estamos conectados, Gui. — Pisco para ele.

— É agora, tio Jonas? — o pequeno fala, de repente, me deixando confusa.

O tio balança a cabeça para ele.

— Tia Rafaela, põe a sua mão em cima da minha.

Surpresa, fico olhando inquisitiva para Jonas.

— Você também, né, tio?

— Eu também — Jonas responde, olhando dentro dos meus olhos. Diante dele, eu só vejo admiração e carinho.

— O tio Jonas quer dar a mão dele para você.

— Não, Gui! Já esqueceu? Você tem que pedir a mão dela para mim.

— Ah, é verdade. — Gui mexe as mãozinhas, que cobrem alguma coisa. — Tia Rafaela, o tio Jonas... Ai, esqueci... Tia, ele quer se casar com você.

Eu fico atônita, não sei se choro ou sorrio. Estou confusa e perdida, não com a resposta, porque essa eu sei de cor, mas com a surpresa que eles estão me fazendo. Então era isso que Jonas me escondeu o dia todo?

— E aí, tia? — Acho graça nele.

— Sim, Gui! Eu aceito me casar com ele.

— A resposta é para mim, viu — Jonas chama a minha atenção. — O papel do Gui era só fazer o pedido, que, por sinal, foi perfeito, hein, pigmeu?!

— Foi o pedido mais lindo que já imaginei receber.

Gui revela a surpresa e mostra a caixinha preta de veludo, abrindo-a. São alianças! O ouro que reluz delas ofusca o meu coração.

— Como é que vocês vão colocar as alianças com essas luvas?

— Assim, Gui — Jonas pega minha mão direita por cima da cama e leva o meu dedo anular até a sua boca. Discretamente o chupa por inteiro e eu o repreendo com os olhos. Ele sorri e rasga o látex. Como ele consegue ser tão ogro e romântico ao mesmo tempo?

— Nossa! Você rasgou a luva com os dentes. — Gui olha espantado para ele.

— Com essa resposta você acha que eu ficarei um segundo sem colocar a aliança nessa linda mulher?

— Quero só ver a tia Rafaela fazer o mesmo. — Ele levanta os olhos como se tivesse pensando e meu coração enche de alegria por ver sua mudança de temperamento e humor. A esperança transforma as pessoas. Gui é um novo menino.

— Somos um casal de caninos, Gui. — Repito o gesto de Jonas, com as mãos trêmulas, e rasgo a luva. Minhas mãos tremem de nervoso. Colocar a aliança em seu dedo é como selar o nosso amor. Dou um beijo sobre ela, abrindo um sorriso de lado a lado.

— Os noivos não se beijam... Só podem se beijar no casamento, não é? Mas eu pensei que já tinha visto vocês... — Gui leva a mãozinha sobre a máscara e simula um beijo ardente.

— Que canal de TV você anda vendo, moleque?

— Um monte! — Ele responde, dando de ombros. Mal pisco e meu homem está ao meu lado, me puxando em seus braços. Ah, como eu gosto desse seu jeito possessivo!

— Eu vou te dar um beijo bem representativo — ele sussurra baixinho. — Porém quando sairmos daqui, prepare-se para ficar sem fôlego.

Sua ameaça me arrepia.

— Estou pagando para ver.

Seus lábios cobrem os meus e o que era para ser representativo passa a ser uma amostra de como é que fico sem ar sempre que ele me beija.

FIM

Epílogo

O convidado mais importante dessa celebração é você.
Esse casamento se trata de um enlace entre duas pessoas que se conheceram, dispostas a viver um dia de cada vez. Cada uma com o seu propósito de ser feliz.
Essa união foi baseada na evolução que o ser humano precisa ter para encontrar seu destino. Não adianta transformar as adversidades da vida em um dramalhão. Se um problema existe, enfrente-o.

Jonas e Rafaela

Eles estavam ansiosos no grande dia de suas vidas. Por Jonas, já estariam casados há meses. Já Rafaela acreditava que não era preciso um grande evento para celebrar o enlace do que eles já tinham.

Porém, como ambos adoram tirar proveito do desafio, da forma mais provocativa e respeitosa possível, planejaram e escolheram cada detalhe do casamento juntos...

Isso tudo deu tempo do Vicenzo nascer, nome escolhido pelo irmão, em homenagem ao primeiro amiguinho que perdeu logo que começou a luta em busca da grande vitória contra a leucemia.

Os convidados começam a chegar.

Parentes e mais parentes distantes da parte do noivo entram na igreja. Entre eles também estão amigos do clube Maveca e, claro, os charmosos jogadores do time de polo.

Os pais de Felipe também vieram e entram segurando o pequeno neto no colo. O menino é uma graça, não dá um pingo de trabalho para os pais e é o xodó dos padrinhos Jonas e Rafaela, além do irmãozinho, que ajuda a mãe no que pode.

Alguns amigos da área jurídica também chegam e se juntam a eles, Alberto e dona Izabel, que trazem suas famílias junto.

O convidado mais inusitado e irreverente, o conhecido Cubano, que se tornou grande amigo do casal, entra em seu grande estilo Elvis, de braços dados com ninguém menos que uma *cosplay* perfeita de Marilyn Monroe. O casal chama a atenção de todos.

Acomodados, o grupo seleto de convidados nota que no altar os padrinhos já estão a postos. Do lado da noiva, os escolhidos por ela para abençoá-los são seu Zé e dona Betina. Rafaela os vem ajudando e cuidando deles como pode. Ela voltou a aproximar-se desde que descobriu a precariedade em que estavam vivendo, devido à doença de Alzheimer do gentil senhor, que vem se desenvolvendo dia após dia. Mas ontem à noite, ela recebeu uma notícia de Jonas envolvendo o casal, nos últimos segundos antes de sair de casa para passar a noite na casa da cunhada. Aquele tipo de notícia com que ele adora surpreendê-la, deixando-a sem palavras.

Ao se despedir, quando ela estava entrando no carro, ele a puxou nos braços e sussurrou em seu ouvido.

— Não sei por que você quer passar a noite longe de mim e só me encontrar no altar.

— Quem insistiu em casar na igreja foi você. Sendo assim, precisamos seguir as tradições, e uma delas diz que dá azar o noivo ver a noiva antes do casamento.

— Ao inferno essa tradição.

— Vai ter que conviver com isso, bonitão. Já está decidido.

— Não tenho chances nem se eu arriscar beijá-la?

— Sem beijos, lembra?

— Unzinho! — suplicou.

— Não... Eu sei aonde esses beijinhos nos levam.

— Tudo bem, então. — Jonas dá de ombros. — Achei que pelo menos merecíamos um para comemorar surpresa que tenho para você. Mas se é assim, só vou lhe contar porque sei que ficará feliz. Lembra daquela casa no alto de Pinheiros, que te levei para conhecer? — Rafaela acena, dizendo que sim. — Você se lembra, né? — Os olhos dela brilharam. Quando eles estiveram conhecendo o imóvel, Jonas se convenceu de comprá-la logo depois de ver a sua futura esposa dizendo que a casa seria perfeita para eles e também para acolher o casal que tanto a preocupava. — Pois, é... Eu fechei o negócio e quando voltarmos de lua de mel ela estará disponível, esperando por nós, pelo seu Zé e dona Albertina, que por sinal aceitaram morar lá. Mas vai lá, Rafaela... Não precisamos nos beijar hoje para comemorar, não é mesmo? — Jonas piscou para ela e a ajudou entrar no carro. Rafaela estava imóvel por receber a notícia, inicialmente sem reação.

— Jonas?

— Amanhã, Rafaela — ele respondeu sobre o ombro, caminhando para dentro do prédio.

Assim que o carro saiu, ela olhou para trás, vendo-o ficar pequeno e distante pelo vidro, enquanto o carro se afastava. Mas se sentindo feliz por seu marido ser incrível e também porque tinha uma notícia que iria deixá-lo sem palavras.

Voltando ao altar, do lado do noivo os convidados e padrinhos são Eliana Stella e Felipe. O casal irradia paixão e transborda cumplicidade. Simpáticos, eles acenam para a maioria dos convidados. Ele, em seu estilo militar sensual, segura a esposa pela cintura demonstrando a sua possessividade comedida. Ela exibe um sorriso largo a todos, feliz por estar no casamento do irmão, e por ter descoberto ainda esta semana que está grávida novamente. Os dois não esperaram nem o resguardo para aumentar a família.

De repente, ressoam as primeiras notas do violão, tocando *Every time I look at you*, do Kiss, música que Jonas acredita ter marcado a história deles como um hino. Ele surge na porta da igreja e todos se viram. Suspiros e piadinhas típicas de amigos vão se estendendo por todo o curto trajeto que ele faz até o altar. Extrovertido, ele tira a caminhada de letra, embora ansioso.

Tradicionalíssima, a marcha nupcial vem em seguida, ecoando pela nave da igreja. Seus olhos se concentram apenas em uma pessoa: a mulher que se tornou o seu eixo.

Rafaela escolheu um vestido justo, se abrindo levemente em *evasê* do meio da panturrilha para baixo, todo de seda. Coberto por uma renda fina de *guipir* e os brincos todos cravejados de brilhantes que pertenceram à mãe de Jonas.

A partir de agora, a história é com eles.

Jonas

Como a luz que ilumina o meu ser, sua aura irradia claridade. É óbvio que ela está linda de branco, representando a pureza de sua virtude. Mas o que a torna maravilhosa é o seu sorriso.

Parado ao pé da escada, acompanho cada passo seu em minha direção.

Como ela mesma disse, nenhum evento seria capaz de selar a união que já estava escrita para nós. Mas eu precisava da bênção de Deus, precisava estar aqui diante Dele, jurando em devoção e agradecendo o exemplo de mulher com que Ele me presenteou. Um anjo em forma humana que me deu asas para voar alto.

Desde o dia em que a vi pela primeira vez, enxerguei o fundo da sua alma, me perdi no seu encanto e de lá não fui mais capaz de sair. Claro que houve a química, a atração e o tesão, mas nada é comparável ao bem-estar que ela me causa.

Quando a vejo a menos de meio metro de mim, estendo minhas mãos para ela.

— Você está linda.

— Já eu não sei definir em elogios o quanto você está maravilhoso.

— Fazemos um belo par. — Puxo-a lentamente e beijo-lhe a testa. Certo de que não apenas nesta vida, como em outras, ela estará comigo para sempre.

Rafaela

É difícil definir a palavra felicidade. Ela é uma mistura de um turbilhão de emoções e sentimentos que nos preenche e transborda.

Sempre tive muita fé. Entretanto, nunca segui religião alguma. Estar diante de um padre abençoando nossa união me faz ser tomada por uma paz imensa. Tenho certeza de que, se fosse em um templo evangélico, em um centro espírita ou em qualquer instituição religiosa, me sentiria bem de qualquer jeito.

Para mim, o mais importante era estar aqui, ao lado dele, sentindo o seu olhar me apreciar, seu toque me envolver e ouvir o coração dele bater por mim.

O momento de receber as alianças é iniciado com música *Hallelujah*, em uma de suas versões traduzidas. Não existiria uma canção mais apropriada para quem traz o nosso elo material, para selar simbolicamente o espiritual.

> *Foi Deus quem mandou você para mim.*
> *Pra unidos seguirmos até o fim.*
> *Louvado, agradeço aleluia...*
> *Aleluia, aleluia, aleluia...*

Gui vem pelo corredor, escoltado pelo bonitinho Bóris, vestido de smoking, e Polly, vestida de branco. Ela é uma pug que demos de presente para o nosso pequeno assim que recebeu alta dos médicos. Juntos beijamos a testa do Gui assim que ele se aproxima.

— E as alianças, pigmeu? — Jonas o questiona.

— Estão com eles — respondo. Ele me encara desacreditado, marotamente. Dou de ombros e o ajudo a tirar das coleiras dos cães nossas alianças. Ele as entrega ao padre.

— Só você para me fazer uma surpresa como essa — ele sussurra entre os dentes.

— Sinto-me honrada em surpreender o perito no assunto.

— Sou um bom professor. — Sorri, convencido.

— Decerto é excelente — ironizo baixinho, de forma divertida. — Pois eu não sei como consegui esperar tanto tempo e só revelar para você agora que estamos muito felizes por tê-lo em nossas vidas. — Trago sua mão entrelaçada à minha para o meu ventre.

— Você está brincando?

Balanço a cabeça, em negativa.

— Gravidíssimos!

— E é aqui que você decide me contar?

— Aprendi com o melhor a dar notícias inesperadas em momentos inoportunos. — Pisco para ele e o sinto tremer.

Nossos olhos silenciosamente confirmam as juras e promessas, eternas e felizes para sempre. Antes de o padre terminar a frase tradicional de que Jonas já podia me beijar, os seus lábios já estavam sobre o meus. Tão urgente o meu marido!

Ao passarmos pelo corredor de convidados nos esperando e nos jogando arroz, desejando-nos paz, amor, união e felicidade, me sinto merecedora de toda a história linda que vamos viver juntos.

— Te amo, minha querida Rafaela Faria Pamplona. — Jonas me gira na frente de todos e eu grito também para o mundo ouvir o quanto o amo e me sinto completa.

São as coisas dessa envergadura as verdadeiramente capazes de nos provar, na prática, que a pertinácia, quando usada com sabedoria e amor, de fato justifica a sua definição. Porque a ação de persistir e não desistir de uma intenção ou vontade é o que nos faz vencer, para nos tornarmos felizes.

Agradecimentos

Como não poderia deixar de ser, o primeiro agradecimento vai para Deus que, como dádivas, presenteou-me com o dom da inspiração e com a bela vida que tenho! Obrigada por tudo que já me deu, por tudo que está me dando e tudo que ainda vai me dar.

Quanto aos demais, tenho, na verdade, inúmeras pessoas a agradecer por me ajudarem a tornar realidade esta nova história.

Obrigada, meu marido maravilhoso Milton e meu filho amado Gabriel, por abrirem mão da minha presença muitas vezes, enquanto escrevia e ficava reclusa no meu canto, dedicando-me ao livro. Vocês foram fundamentais ao me darem esse apoio e acreditarem em mim. Amo vocês!

Escrever a história de Rafaela e Jonas foi muito prazeroso, ainda mais por poder dividi-la com leitoras betas tão especiais. Antes mesmo de iniciar esse trabalho, tive a preocupação de procurar profissionais das áreas citadas para me auxiliar e, como tem sido desde sempre, deparei com anjos de luz super dispostos a embarcar nessa jornada comigo.

Quero agradecer a Joceli Lins, professora universitária de enfermagem, que tão prontamente não só verificou tudo relacionado à área de saúde como também me fez enxergar o amor que os enfermeiros têm pelos seus pacientes. Ainda falando de ajuda profissional, tive o privilégio de ter ajuda de Priscila Dias, advogada querida, que super topou me auxiliar na área jurídica e me surpreendeu quando se emocionou e se envolveu em tudo que se relacionava à história. E obrigada também à linda Margareth Antequera, que me salvou nos 45 do segundo tempo com a revisão.

As leitoras críticas Suzete Frediani, Aline Miguel, Maria Luiza, obrigada pela honra de tê-las comigo. Todas as emoções, dicas e puxões de orelha foram fundamentais para essa história se tornar tão encantadora. Agradeço também a Cassandra Gia e Ivany Souza por todos os socorros prestados. Não posso deixar de agradecer minha equipe de "Suezetes", por me ajudar na divulgação do meu trabalho enquanto estava tão ausente dedicada a essa história. Elaine Mendes, Mari Sales, Cleo, Cris, Alexandra de Souza, Aline Roberta, Erlilia Carvalho, Lais Pereira, Livia Salmoso, Miriam Batista, Taiana Bittencourt, Regina Santos,

Ediléia Fernandez e Aline Silva, vocês fazem a diferença na minha vida... Muito obrigada!

E por último, meus agradecimentos vão para todas as leitoras que vêm abraçando meus trabalhos com tanto amor e carinho, e também para as editoras Renata Sturm e Marina Castro e minhas tutoras, Tati Ramos, Andréa Guatiello e Daniela Kfuri. Amo vocês.

Surto de beijos,
Sue Hecker

Confira os outros livros da série Mosaico:

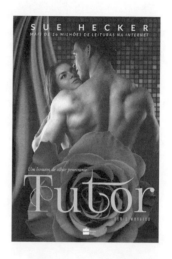

Este livro foi impresso pela Edigráfica em 2018 para a Harlequin.
O papel do miolo é Avena 80g/m^2, e o papel da capa é cartão 250g/m^2.